LE GAMBIT DU MAGICIEN

SCIENCE-FICTION
Collection dirigée par Jacques Goimard

DAVID EDDINGS

Chant III de la Belgariade

LE GAMBIT DU MAGICIEN

Titre original :

MAGICIAN'S GAMBIT

Traduit de l'américain par
Dominique Haas

© 1983, by David Eddings.
© 1990, Pocket, département d'Univers Poche,
pour la traduction française.

ISBN 2-266-10749-6

Pour Dorothy,
qui supporte les mâles de la famille
Eddings avec une patience d'ange,
Et pour Wayne,

Nous savons bien pourquoi tous les
deux, même si nous ne trouvons
jamais les mots pour le dire.

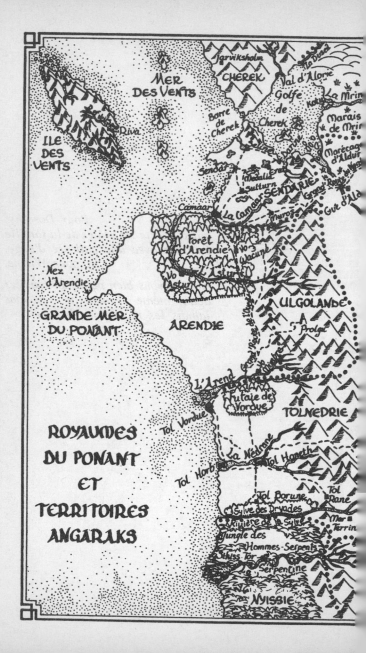

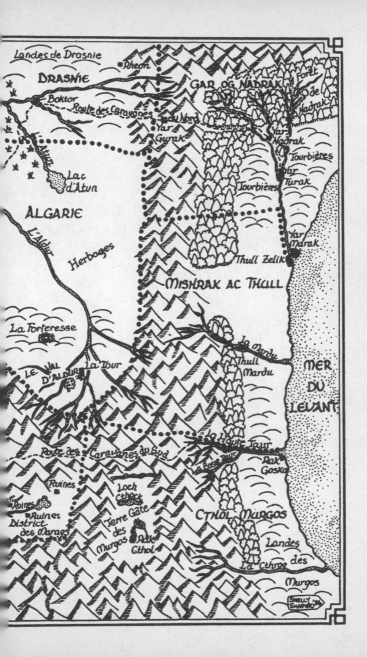

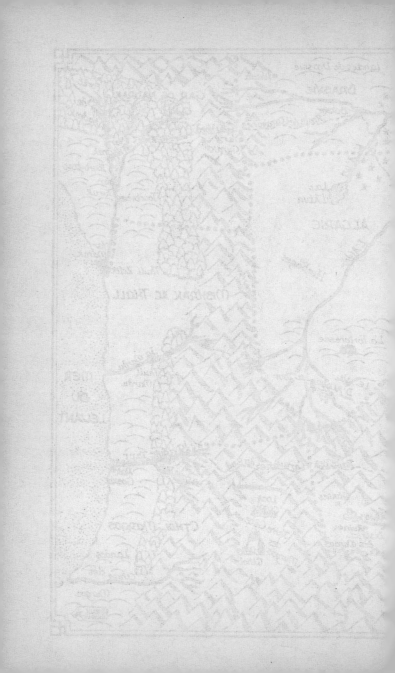

PROLOGUE

Comment Gorim partit en quête d'un Dieu pour son Peuple et trouva UL sur la Montagne sacrée de Prolgu. D'après Le Livre d'Ulgo *et autres sources.*

Au Commencement des Ages, les sept Dieux donnèrent le jour au monde, puis ils créèrent les animaux à poil et à plume, les serpents, les poissons, et enfin l'Homme.

En ce temps-là résidait dans les cieux un esprit connu sous le nom d'UL. Il n'intervint pas dans cette genèse. Et comme il s'abstint d'y contribuer par son pouvoir et sa sagesse, une grande partie en fut défectueuse et imparfaite. Nombreuses étaient les créatures étranges et difformes. Les plus jeunes Dieux songèrent à les détruire afin d'établir l'harmonie dans le monde, mais UL tendit la main pour les en empêcher et leur dit :

« Ce que vous avez fait, vous ne pouvez le défaire. Vous avez rompu l'ordre et la paix des cieux pour engendrer ce monde, en faire votre jouet et vous en amuser. Eh bien, sachez-le, toute chose issue de vous, aussi vile soit-elle, demeurera tel un vivant reproche de votre déraison. Que disparaisse un seul élément de votre création, et ce jour-là, *tout* s'anéantira. »

Grande fut la colère des Dieux les plus jeunes. A chacun des êtres monstrueux ou contrefaits qu'ils avaient conçus, ils dirent : « Va à UL, et qu'*Il* soit ton Dieu. » Puis chaque Dieu choisit parmi les races de l'homme celle qui lui plaisait. Et comme certains peuples restaient sans Dieu, les plus jeunes Dieux les exilèrent et leur dirent : « Allez à UL, et qu'*Il* soit votre Dieu. »

UL resta muet.

Longs et amers passèrent les siècles. Et les Sans Dieux erraient toujours dans les terres sauvages et désolées du Ponant en appelant vainement le nom d'UL.

Alors s'éleva parmi eux un homme juste et droit nommé Gorim. Aux multitudes assemblées devant lui il dit : « Nous nous fanons et sommes emportés comme feuilles mortes au vent mauvais de nos errances. Nos enfants, nos vieillards périssent. Mieux vaudrait ne perdre qu'une vie. Restez donc dans cette plaine et reposez-vous. Je partirai seul quérir le Dieu UL afin que nous puissions l'adorer et trouver notre place en ce monde. »

Pendant vingt années, Gorim s'épuisa à cette quête infructueuse. La poussière du temps effleura ses cheveux. Désespéré, il gravit une haute montagne et cria avec force vers le ciel : « Assez! Je renonce à chercher. Les Dieux sont un leurre, une chimère. Le monde n'est qu'un désert aride et UL n'existe pas. Je suis las de ce calvaire, de cette vie de damné. »

L'Esprit d'UL l'entendit et lui répondit : « Pourquoi ce courroux à mon endroit, Gorim? Je n'ai pris aucune part à ta création et à ton exil. »

Effrayé, Gorim se laissa tomber face contre terre. UL parla à nouveau et lui dit : « Relève-toi, Gorim, car je ne suis pas ton Dieu. »

Gorim n'en fit rien. « O mon Dieu, s'écria-t-il, ne cache pas ton visage à ton peuple qui vit dans la terrible affliction de son bannissement, sans Dieu pour le protéger.

— Relève-toi, Gorim, répéta UL, et va-t'en. Cesse de te lamenter. Va te chercher un Dieu ailleurs et laisse-moi en paix. »

Pourtant Gorim ne se releva pas. « O mon Dieu, dit-il, je ne m'en irai pas. Tes enfants ont faim; tes enfants ont soif. Tes enfants implorent ta bénédiction et un endroit où demeurer.

— Tes discours me fatiguent », répondit UL, et il disparut.

Gorim resta sur la montagne. Il y passa plus d'une année. Les animaux des champs, les oiseaux des airs lui apportèrent de quoi se nourrir. Les créatures monstrueuses et contrefaites issues des Dieux vinrent s'asseoir à ses pieds et le contempler.

L'Esprit d'UL en fut troublé. Il apparut enfin à Gorim.
« Tu es encore là? »

Gorim se laissa tomber face contre terre et répondit :
« O mon Dieu, ton peuple t'appelle à grands cris dans sa détresse. »

L'Esprit d'UL s'en fut. Gorim demeura encore une année au même endroit. Des dragons lui apportèrent de la viande, des licornes lui offrirent de l'eau. Alors UL revint et lui dit :
« Tu es encore là? »

Gorim frappa le sol de son front.

« O mon Dieu, s'écria-t-il, ton peuple meurt faute de tes soins. »

Et UL s'enfut devant le juste.

Une autre année passa pour l'homme. Des êtres inconcevables, innommables, lui apportèrent à boire et à manger. Puis l'Esprit d'UL descendit sur la montagne et ordonna : « Debout, Gorim. »

Prostré, le visage dans la poussière, Gorim implora :
« Pitié, ô mon Dieu.

— Debout, Gorim », répéta UL. Il se pencha et prit Gorim entre ses mains. « Je suis UL – ton Dieu. Je t'ordonne de te lever et de te tenir devant moi.

— Et Tu seras mon Dieu? demanda Gorim. Et le Dieu de mon peuple?

— Je suis ton Dieu, et le Dieu de ton peuple aussi », répondit UL.

Des hauteurs où il se trouvait, Gorim baissa les yeux sur les êtres difformes qui avaient pris soin de lui pendant son épreuve. « Et ceux-ci, ô mon Dieu? Seras-Tu le Dieu du basilic et du minotaure, du dragon et de la chimère, de la licorne et du serpent ailé, de l'innommé et de l'innommable? Car eux aussi sont bannis. Et pourtant, il y a de la beauté en chacun d'eux. N'en détourne pas Ton regard, ô mon Dieu, car ils ont bien du mérite. Ils T'ont été envoyés par les plus jeunes Dieux. Qui sera leur Dieu si Tu les repousses?

— Cela fut fait malgré moi, répondit UL. Ces entités me furent envoyées pour me punir d'avoir réprimandé les plus jeunes Dieux. Je ne serai jamais le Dieu des monstres. »

Les gémissements et les lamentations des créatures qui étaient aux pieds de Gorim montèrent jusqu'à lui. Alors Gorim s'assit sur la terre et dit : « Eh bien, ô mon Dieu, j'attendrai.

– Attends si tu veux », répondit UL. Et il s'en alla.

Comme auparavant, Gorim demeura immuable et les créatures veillèrent à sa subsistance. UL en fut troublé. Devant la sainteté de Gorim, le Grand Dieu connut le repentir et redescendit vers lui.

« Lève-toi, Gorim, et sers ton Dieu. » UL prit Gorim entre ses mains. « Amène devant moi les êtres qui t'entourent et je les examinerai. Si chacun recèle une parcelle de beauté et de mérite, comme tu l'affirmes, je consentirai à être aussi leur Dieu. »

Gorim amena donc les créatures devant UL. Elles se prosternèrent devant le Dieu et l'implorèrent en gémissant de leur accorder sa bénédiction. UL s'étonna de n'avoir jamais vu leur beauté auparavant. Il leva les mains pour les bénir et leur dit : « Je suis UL et je reconnais la beauté et le mérite qui est en vous. Je serai votre Dieu et vous prospérerez et la paix sera sur vous. »

Le cœur empli d'allégresse, Gorim donna aux hauteurs où ils s'étaient réunis le nom de *Prolgu*, qui signifiait « Séjour des Bienheureux ». Puis il partit rejoindre les siens dans la plaine afin de les amener devant leur Dieu. Mais son peuple ne le reconnut pas : en l'effleurant, les mains d'UL l'avaient privé de toute couleur, lui laissant le corps et les cheveux blancs comme neige. Son peuple prit peur de lui et le chassa à coups de pierre.

Gorim appela UL à grands cris : « O mon Dieu, Ton contact m'a changé et les miens ne me reconnaissent plus. »

UL leva la main et le peuple perdit toute couleur, comme Gorim. Puis l'Esprit d'UL s'adressa à eux d'une voix tonitruante : « Ecoutez les paroles de votre Dieu. Voici celui que vous appelez Gorim. Il a réussi à me convaincre de vous accepter pour mon peuple, de veiller sur vous, de pourvoir à vos besoins et d'être votre Dieu. A partir de ce jour, l'on vous donnera le nom d'Ulgo, en souvenir de moi et en reconnaissance de sa sainteté. Vous ferez ce qu'il vous ordonnera et irez où il vous mènera. Ceux qui se feront faute de lui obéir ou de le suivre, je les écarterai afin qu'ils se flétrissent, dépérissent et cessent d'être. »

Gorim ordonna à son peuple de réunir ses biens, de rassembler le bétail et de le suivre dans les montagnes. Mais les anciens de la tribu refusèrent de le croire, ou que la voix était celle d'UL. Ils s'adressèrent à Gorim et lui dirent : « Si tu es bien le serviteur du Dieu UL, prouve-le par un miracle », et grande était leur colère.

Gorim leur répondit : « Regardez votre peau et vos cheveux. Ce miracle ne vous suffit-il pas? »

Ils furent troublés et s'en furent. Mais ils revinrent en disant : « La marque qui est sur nous ne constitue en rien une marque de faveur d'UL. Elle est causée par un mal pestifère que tu as rapporté d'un endroit impur. »

Gorim leva les mains, et les créatures qui l'avaient aidé à survivre vinrent à lui comme les agneaux à leur berger. Les anciens prirent peur et s'éloignèrent un moment. Mais ils revinrent bientôt en disant : « Ces créatures sont monstrueuses et difformes. Tu es un démon envoyé pour abuser notre peuple et le mener à sa perte, pas un serviteur du Grand Dieu UL. Nous attendons toujours la preuve de la grâce d'UL. »

Alors d'eux tous Gorim conçut une grande lassitude. Il leur cria au plus fort de sa voix : « Je vous le dis, mes frères, c'est la voix d'UL que vous avez entendue. J'ai beaucoup souffert pour vous. Maintenant, je retourne à Prolgu, le séjour des bienheureux. Que ceux qui le souhaitent me suivent; les autres peuvent demeurer ici. »

Il se détourna et s'en alla vers la montagne.

Quelques-uns partirent avec lui, mais presque tous les autres restèrent en arrière à invectiver Gorim et ceux qui l'accompagnaient : « Où est le miracle qui nous prouve la faveur d'UL? Nous n'obéirons pas à Gorim et ne le suivrons pas sur la route de la ruine et de la destruction. »

Alors Gorim abaissa son regard sur eux avec une profonde tristesse et leur parla pour la dernière fois : « Vous attendiez un miracle de moi, eh bien contemplez, celui-ci. Ainsi que l'a annoncé la voix d'UL, vous vous desséchez déjà comme les branches d'un arbre élagué. En vérité, de ce jour, la mort est sur vous. » Et il mena dans les montagnes, jusqu'à Prolgu, le petit nombre qui avait choisi de l'accompagner.

Les hommes restés en arrière se raillèrent de Gorim et rentrèrent sous leur tente pour brocarder les fous qui l'avaient suivi. Ils rirent et se gaussèrent pendant une année. Puis ils cessèrent de rire car leurs femmes étaient stériles et ne portaient pas d'enfants. Avec le temps, le peuple se flétrit, dépérit, et cessa d'être.

Les compagnons de Gorim édifièrent une cité à Prolgu. L'Esprit d'UL était avec eux, et ils connurent la paix parmi les êtres contrefaits qui avaient nourri Gorim. Celui-ci vécut de nombreuses vies. Après lui, on donna le nom de Gorim à tous les Grands Prêtres d'UL, et tous moururent chargés d'ans. Pendant un millier d'années, la paix d'UL fut sur ses enfants. Ils en vinrent à croire que cela durerait toujours.

Puis Torak vola l'Orbe créée par le Dieu Aldur, et ce fut le début de la guerre des Dieux et des hommes. Brandissant l'Orbe, le Dieu maléfique ouvrit la terre en deux, et la mer s'engouffra dans l'abîme. L'Orbe infligea une terrible brûlure à Torak, qui se réfugia en Mallorée.

Comme la terre avait été mise en rage par sa blessure, les créatures qui vivaient jusqu'alors en harmonie avec le peuple ulgo devinrent folles. Elles se dressèrent contre les enfants d'UL, renversant les cités, tuant leurs habitants, et ne laissèrent que peu de survivants.

Ceux qui réchappèrent au massacre se réfugièrent à Prolgu. Les monstres n'osèrent pas les suivre, redoutant la colère d'UL. Si forts furent les cris et les lamentations de ses enfants qu'UL s'en émut et leur révéla les galeries souterraines de Prolgu. Alors son peuple descendit dans les grottes sacrées d'UL et s'y établit.

Le moment venu, Belgarath le Sorcier mena le roi des Aloriens et ses fils en Mallorée pour reprendre l'Orbe. Torak tenta de les poursuivre, mais la colère de l'Orbe l'en dissuada. Belgarath confia l'Orbe au premier roi de Riva et lui dit ceci : tant qu'elle serait entre les mains de l'un de ses descendants, les royaumes du Ponant seraient protégés.

Après cela les Aloriens se dispersèrent et s'établirent sur les terres inviolées du Sud. Bouleversés par la guerre des Dieux et des hommes, les peuples des autres Dieux prirent la fuite à leur tour. Ils conquirent de nouveaux territoires et leur donnèrent des noms étranges. Mais les enfants d'UL n'eurent de contact avec aucun d'eux. Ils se cloîtrèrent dans leurs cavernes de Prolgu où UL les protégea et les cacha si bien que les étrangers ne soupçonnaient pas leur présence. Pendant des siècles et des siècles, le peuple d'UL se désintéressa des événements du dehors, même lorsque le monde fut ébranlé par l'assassinat du dernier roi de Riva et de sa famille.

Pourtant quand Torak vint dévaster le Ponant, ravageant le territoire des enfants d'UL à la tête de sa puissante armée, l'Esprit de son Dieu parla au Gorim. Alors le Gorim mena les siens contre l'envahisseur. Ils s'abattirent sournoisement, la nuit, sur les troupes endormies, y semant la ruine et la désolation. Ainsi affaiblies, les légions de Torak succombèrent devant les défenseurs du Ponant en un endroit appelé Vo Mimbre.

Puis le Gorim fit ses préparatifs et partit tenir conseil avec les vainqueurs. Il en revint porteur de prodigieuses nouvelles : Torak avait été grièvement blessé, son disciple Belzedar s'était emparé de sa dépouille mortelle et l'avait cachée en un endroit secret. On disait que le Dieu maléfique resterait plongé dans un sommeil pareil à la mort jusqu'au jour où un descendant du roi de Riva reviendrait s'asseoir sur son trône – autant dire jamais, car tout le monde savait que cette lignée était sans postérité.

Aussi troublante qu'elle ait pu être, l'expédition du Gorim dans le monde extérieur n'eut selon toute apparence aucune conséquence néfaste. Les enfants d'UL prospéraient toujours sous la protection de leur Dieu et la vie continuait pour ainsi dire comme avant. On remarqua que le Gorim passait peut-être moins de temps à étudier *Le Livre d'Ulgo* et davantage à faire des recherches dans de vieux parchemins tout moisis qui annonçaient des prophéties. Mais on pouvait pardonner certaines excentricités à un homme qui s'était aventuré hors des cavernes d'UL, parmi les autres peuples.

Puis un jour, un drôle de vieillard se présenta à l'entrée des cavernes et demanda à parler au Gorim. Si puissante était sa voix que le Gorim fut contraint d'obéir. Alors, pour la première fois depuis que ses enfants avaient cherché refuge dans les grottes, un étranger à la race d'UL fut admis à y pénétrer. Le Gorim emmena le visiteur dans sa retraite et ils y restèrent enfermés pendant plusieurs jours. Après cela, le drôle d'homme à la barbe blanche et vêtu de haillons reparut de loin en loin. Le Gorim lui réserva toujours bon accueil.

Un jeune garçon rapporta même une fois avoir vu le Gorim en compagnie d'un grand loup gris. Sans doute n'était-ce qu'un délire fébrile, bien que l'enfant refusât de l'admettre.

Les hommes se firent à l'étrangeté de leur Gorim et l'acceptèrent. Et les années passèrent, et le troupeau rendit grâces à son berger, car il se savait le peuple élu du Grand Dieu UL.

Première partie

MARAGOR

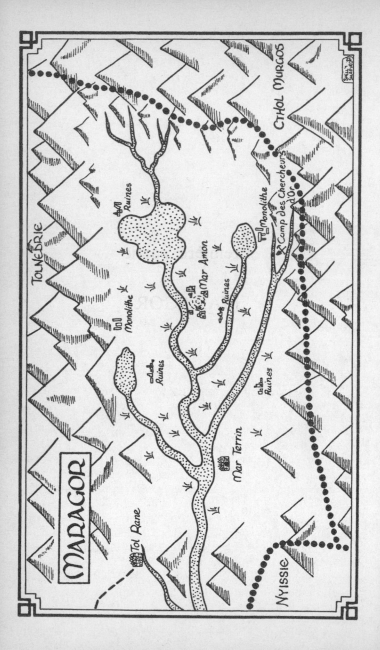

CHAPITRE PREMIER

Sa Majesté impériale la princesse Ce'Nedra était assise en tailleur sur un coffre de marin dans la cabine aux poutres de chêne ménagée sous la proue du vaisseau du capitaine Greldik. Le joyau de la Maison des Borune arborait une courte tunique de dryade vert clair et une magnifique traînée de suie sur la joue. Ce fleuron de l'empire de Tolnedrie mâchonnait pensivement le bout d'une mèche de ses cheveux cuivrés tout en regardant dame Polgara réduire la fracture du bras de Belgarath le Sorcier. Sur le pont, au-dessus, le battement cadencé du tambour rythmait les coups de rame des matelots de Greldik. Ils quittaient la ville de Sthiss Tor enfouie sous les cendres et remontaient la rivière.

C'était absolument épouvantable, décida la princesse. Tout avait commencé comme un joli coup dans le jeu interminable d'autorité et de rébellion auquel elle s'amusait depuis toujours avec son empereur de père. Et soudain la partie avait dégénéré, virant au drame. Elle était loin d'imaginer que les choses prendraient cette tournure quand ils s'étaient, Maître Jeebers et elle, glissés hors du palais impérial de Tol Honeth à la faveur de la nuit, il y avait des semaines de cela. Jeebers n'avait pas tardé à l'abandonner – de toute façon, ça n'avait jamais été qu'un complice utile sur le moment – et elle était tombée sous la coupe de cet étrange groupe de gens à l'air sinistre venus du nord chercher Nedra sait quoi. La dame Polgara, dont le nom seul faisait frissonner la princesse, lui avait annoncé sans ambages dans la Sylve des Dryades que le jeu était fini : rien – tentative d'évasion, ruse ou cajolerie – ne pourrait l'empêcher de se retrouver à la cour du roi de Riva le jour de son seizième anniversaire, enchaînée si nécessaire. Ce'Nedra avait la certitude que dame Polgara ne parlait pas à la légère, et elle se vit, l'espace d'un instant, traînée dans un grand bruit de chaînes au milieu d'une salle du trône lugubre, sous les rires de centaines d'Aloriens à la barbe hirsute. Quelle humiliation ! Il fallait à tout prix éviter cela. Aussi les accompagnait-elle, peut-être pas de son plein gré mais sans regimber ouvertement. Le regard de dame Polgara avait des reflets d'acier qui suggéraient de façon inquiétante des chaînes et des fers cliquetants, et cette évocation suffisait à mettre la princesse au pas (chose que jamais la puissance impériale de son père n'avait obtenue).

Ce'Nedra n'avait qu'une vague idée de ce que faisaient ces gens. Ils semblaient suivre quelque chose ou quelqu'un dont la piste les avait menés jusqu'en Nyissie, dans ces marécages infestés de serpents venimeux. Les Murgos, qui jouaient apparemment un rôle dans l'affaire, leur mettaient des bâtons dans les roues, semant des obstacles terrifiants sur leur route. Ils étaient allés jusqu'à faire enlever le jeune Garion.

Ce'Nedra cessa de rêvasser pour regarder Garion assis de l'autre côté de la cabine. Qu'est-ce que la reine de Nyissie pouvait bien trouver à un garçon si *ordinaire*? Ce n'était qu'un paysan, un vulgaire marmiton, un rien du tout. D'accord, il n'était pas vilain et même plutôt mignon avec ses cheveux raides, blond cendré, qui lui retombaient sans cesse sur le front (les doigts lui démangeaient de le recoiffer). Mais enfin, il avait un visage plutôt banal. Evidemment, ça lui faisait quelqu'un à qui parler en cas de frayeur ou quand elle se sentait seule, et elle pouvait toujours passer ses nerfs sur lui. Dans le fond, il était à peine plus âgé qu'elle. La seule chose, c'est qu'il refusait obstinément de la considérer avec le respect dû à son rang. Sans doute ne savait-il même pas comment il lui aurait fallu se conduire. Pourquoi s'intéressait-elle donc tant à lui? se demanda-t-elle en le contemplant d'un air méditatif.

Voilà qu'elle remettait ça! Elle détourna la tête avec colère. Pourquoi ne pouvait-elle s'empêcher de l'observer? Chaque fois que ses pensées vagabondaient, elle le cherchait machinalement du regard. Il n'avait pourtant pas grand-chose pour lui. Elle s'était même prise en flagrant délit de s'inventer des prétextes pour se placer à des endroits d'où elle pouvait l'observer. C'était complètement idiot!

Ce'Nedra continua à mâchouiller ses cheveux en ruminant ses pensées, à mâchouiller et à ruminer, puis ses yeux finirent par reprendre leur examen minutieux des traits de Garion.

– Ça va aller? gronda Barak.

Le comte de Trellheim tiraillait distraitement sa grande barbe rousse en regardant dame Polgara mettre la dernière main à l'écharpe qui soutenait le bras de Belgarath.

– C'était une fracture simple, répondit-elle d'un ton très professionnel en rangeant son matériel. Ce vieux fou se remettra vite.

Belgarath réprima une grimace en récupérant son bras maintenant pourvu d'une belle attelle.

– Tu n'étais pas obligée de me martyriser comme ça, Pol.

Sa vieille tunique couleur de rouille était maculée de taches de boue et arborait une nouvelle déchirure, témoignage de son combat rapproché avec un arbre intempestif.

– Allons, Père, il fallait bien que je réduise la fracture. Tu n'aurais pas voulu que l'os se ressoude de travers, si?

– Je suis sûr que ça te fait plaisir, au fond, accusa-t-il.

– La prochaine fois tu te débrouilleras tout seul, déclara-t-elle froidement en lissant sa robe grise.

– Je ne pourrais pas avoir quelque chose à boire? grommela Belgarath à l'immense Barak.

Le comte de Trellheim se dirigea aussitôt vers la coupée.

– Tu pourrais aller chercher un pot de bière pour Belgarath? demanda-t-il au matelot qui se trouvait au dehors.

– Comment va-t-il? s'enquit celui-ci.

– Il est de mauvais poil, répondit Barak. Et ça ne va pas s'arranger tout seul. Alors grouille-toi.

– J'y vais, annonça le matelot.

– Sage décision.

Voilà encore un sujet d'étonnement pour Ce'Nedra. Les nobles de la bande donnaient l'impression de traiter ce vieillard déguenillé avec un respect prodigieux; pourtant, à sa connaissance, il n'était même pas titré. Elle pouvait énoncer avec un luxe de détails l'ordre des préséances entre un baron et un général des légions impériales, un grand-duc de Tolnedrie et un prince héritier d'Arendie, le Gardien de Riva et le roi des Cheresques; mais elle n'avait pas la moindre idée du rang que les sorciers occupaient dans la hiérarchie. D'abord, le matérialisme tolnedrain se refusait à admettre l'existence des sorciers. Certes, dame Polgara, qui portait des titres de la moitié des royaumes du Ponant, était la femme la plus respectée du monde, mais Belgarath n'était qu'un vagabond, un aventurier – doublé, pour l'essentiel, d'un fléau majeur. Et Garion était son petit-fils.

– Bon, et si tu nous racontais ce qui t'est arrivé, maintenant? disait dame Polgara à son patient.

– J'aimerais autant pas, répondit-il sèchement.

Dame Polgara se tourna vers le prince Kheldar. L'étrange petit aristocrate drasnien au visage pointu et au rictus sardonique était vautré sur un banc, une expression parfaitement impertinente inscrite sur toute sa personne.

– Eh bien, Silk? reprit-elle.

– Je suis sûr, mon vieil ami, que vous comprenez ma situation, fit-il à l'attention de Belgarath, dans une superbe démonstration d'hypocrisie. Même si j'essayais de garder le secret, elle réussirait à me tirer les vers du nez – et je doute fort que ça soit très agréable.

Belgarath braqua sur lui un regard inflexible en reniflant de dégoût.

– Je ne le fais pas de gaieté de cœur, vous vous en rendez bien compte.

Belgarath se détourna, écœuré.

– Je savais bien que vous comprendriez.

– Accouche, Silk! insista Barak, impatiemment.

– C'est très simple, en vérité, commença Kheldar.

– Sauf que tu vas compliquer l'histoire à plaisir, pas vrai?

– Tenez-vous-en aux faits, Silk, ordonna Polgara.

– Il n'y a pas grand-chose à raconter, en réalité, poursuivit le Drasnien en s'asseyant plus convenablement. Après avoir repéré la trace de Zedar, nous l'avons suivi jusqu'en Nyissie, il y a trois semaines environ. Nous avons bien eu quelques échauffourées avec des gardes-frontière nyissiens, mais rien de très sérieux. Et puis, à notre grande surprise, la piste de l'Orbe a bifurqué vers l'est, juste après la frontière. Zedar donnait vraiment l'impression d'aller droit vers la Nyissie et nous en avions tous les deux déduit qu'il avait conclu un accord avec Salmissra. Peut-être est-ce justement ce qu'il voulait faire croire à tout le monde. Il est très futé, et Salmissra s'est fait la réputation de fourrer son nez dans des choses qui ne la regardent pas.

– J'y ai mis bon ordre, déclara dame Polgara d'un ton quelque peu sinistre.

– Comment cela? s'informa Belgarath.

– Je te raconterai plus tard, Père. Continuez, Silk.

– C'est à peu près tout, reprit Silk avec un haussement d'épaules. Nous avons suivi la piste de Zedar jusqu'à l'une de ces villes en ruine, non loin de la vieille frontière marag. Là-bas, Belgarath a reçu une visite. Enfin, c'est lui qui le dit; *moi*, je n'ai vu personne. Bref, il m'a annoncé qu'il y avait changement de programme : nous devions faire demi-tour et suivre la rivière jusqu'à Sthiss Tor afin de vous y rejoindre. Il n'a pas eu le temps de m'en dire davantage; tout d'un coup la jungle s'est mise à grouiller de Murgos. Nous n'avons jamais réussi à savoir s'ils en avaient après Zedar ou après nous. En tout cas, depuis ce moment-là, nous avons passé notre temps à jouer à cache-cache avec les Murgos et les Nyissiens, en voyageant de nuit et en nous réfugiant dans les fourrés. Nous vous avons envoyé un messager, une fois. A-t-il réussi à parvenir jusqu'ici?

– Avant-hier, répondit Polgara. Mais il avait attrapé la

fièvre et nous avons mis un certain temps à lui arracher votre message.

— Tout de même, railla Kheldar avec un hochement de tête entendu. Enfin, les Murgos n'étaient pas tout seuls; il y avait des Grolims avec eux, et ils essayaient de nous retrouver mentalement. Belgarath s'est débrouillé pour les empêcher de nous localiser par ce moyen. Je ne sais pas comment il s'y est pris, mais il devait être assez absorbé parce qu'il ne regardait pas où il mettait les pieds. Et tôt ce matin, alors que nous menions les chevaux par la bride dans une zone marécageuse, il a reçu un arbre sur la tête.

— J'aurais dû m'en douter, nota Polgara. L'arbre est tombé tout seul ou on l'y a aidé?

— Je pense qu'il est tombé tout seul, répondit Silk. Ç'aurait pu être une chausse-trape, évidemment, mais j'en doute. Le cœur était pourri. J'ai bien essayé de retenir Belgarath, mais il s'est littéralement jeté dessous.

— Ça va, coupa Belgarath.

— J'ai *vraiment* essayé de vous mettre en garde.

— N'en rajoutez pas, Silk.

— J'ai fait l'impossible pour vous prévenir; je ne voudrais pas qu'ils s'imaginent le contraire, protesta Silk.

— *Père!* fit Polgara d'un air consterné.

— Laisse tomber, Polgara, conseilla Belgarath.

— Je l'ai extirpé de là-dessous et je l'ai rafistolé comme j'ai pu, reprit Silk. Puis j'ai *emprunté* cette barque et nous avons descendu le fleuve. Nous ne nous en sortions pas trop mal quand toute cette poussière s'est mise à tomber.

— Et les chevaux? demanda Hettar. Qu'est-ce que vous en avez fait?

Ce'Nedra avait un peu peur de ce grand seigneur algarois silencieux avec ses vêtements de cuir noir et sa queue de cheval flottant derrière son crâne rasé. On ne le voyait jamais sourire, et chaque fois que quelqu'un prononçait le mot « Murgo » devant lui, son visage devenait plus dur que la pierre. Il semblait ne s'humaniser — et encore, pas beaucoup — que lorsqu'il était question de chevaux.

— Ils vont bien, lui assura Silk. Je les ai attachés dans un coin où les Nyissiens ne risquent pas de tomber dessus.

Il ne leur arrivera rien jusqu'à ce que nous les récupérions.

– Père, tu as dit en montant à bord que l'Orbe était maintenant aux mains de Ctuchik, rappela Polgara. Comment est-ce arrivé?

– Beltira n'est pas entré dans les détails, répondit Belgarath avec un haussement d'épaules évasif. Tout ce qu'il m'a dit, c'est que Ctuchik attendait Zedar au tournant quand il est entré à Cthol Murgos. Zedar a réussi à se sauver, mais il a abandonné l'Orbe dans sa fuite.

– Tu as parlé avec Beltira?

– En esprit, précisa Belgarath.

– T'a-t-il dit pourquoi le Maître voulait nous voir?

– Non. Il ne lui est sans doute même pas venu à l'idée de le lui demander. Tu connais Beltira.

– Ça va prendre des mois, Père, objecta Polgara en fronçant les sourcils. Nous sommes à deux cent cinquante lieues du Val.

– Aldur veut nous voir. Je ne vais pas commencer à lui désobéir maintenant, après toutes ces années.

– Pendant ce temps-là, Ctuchik emporte l'Orbe à Rak Cthol.

– Ça ne lui servira pas à grand-chose. Torak lui-même ne parviendrait pas à dominer l'Orbe, et il y a deux mille ans qu'il essaie. Je sais où est Rak Cthol; Ctuchik ne peut pas m'échapper. Je n'aurai pas de mal à le retrouver quand je déciderai d'aller lui reprendre l'Orbe. J'ai mon idée sur la façon d'agir avec ce *magicien*.

Il prononça ce mot avec un mépris insondable.

– Et Zedar, pendant ce temps-là?

– Oh! il n'est pas au bout de ses peines. D'après Beltira, il a changé Torak de place. On peut compter sur lui pour tenir le corps de Torak aussi loin de Rak Cthol que possible. En fait, la situation n'évolue pas mal du tout. Je commençais à en avoir plein le dos de courir après Zedar, de toute façon.

Ce'Nedra y perdait son tolnedrain. Pourquoi étaient-ils tous tellement préoccupés des agissements d'une bande de sorciers angaraks aux noms étranges et des tribulations de cet étrange joyau que tout le monde semblait convoiter? Pour elle, une pierre en valait une autre. Elle avait passé son enfance dans une telle opulence qu'elle avait depuis longtemps cessé d'attacher la moindre importance à ce genre de frivolités. En ce moment précis, ses seuls bijoux étaient de petites boucles d'oreilles en forme de gland, et elle aimait moins l'or dont elles étaient faites que leur petit tintement à chacun de ses mouvements.

On se serait cru dans l'une des légendes aloriennes qu'elle avait entendu narrer par un conteur, à la cour de son père, des années auparavant. Il y était justement question d'une pierre magique volée par Torak, le Dieu des Angaraks, récupérée par un sorcier et des rois aloriens, puis enchâssée dans le pommeau d'une épée conservée dans la salle du trône, à Riva. Elle était censée protéger le Ponant du désastre effroyable qui surviendrait si elle disparaissait. Chose étrange, le sorcier de la légende s'appelait Belgarath, comme ce vieil homme.

Mais il aurait eu des milliers d'années, ce qui était impossible et ridicule. On avait dû lui donner ce nom en souvenir de cette antique légende et de son héros. Ou peut-être s'en était-il lui-même affublé pour impressionner les populations.

Comme attirés par un aimant, ses yeux s'égarèrent une fois de plus sur le visage de Garion. Le jeune garçon était tranquillement assis, l'air grave et sérieux, dans un coin de la cabine. Elle songea que c'était peut-être sa gravité qui piquait tant son intérêt et attirait constamment son regard. Les autres garçons de sa connaissance – tous nobles et fils de nobles – se donnaient un mal fou pour l'impressionner par leur charme et leur esprit. Garion, lui, n'essayait jamais de plaisanter ou de faire le malin dans l'espoir de l'amuser. Elle se demandait comment elle devait le prendre. Etait-il obtus au point d'ignorer la conduite à tenir? Ou bien la connaissait-il pertinemment mais n'avait-il pas envie de se mettre en frais? Il aurait tout de même pu *essayer*, ne serait-ce que de temps à autre. Comment pouvait-elle espérer le manœuvrer s'il refusait purement et simplement de se ridiculiser à son profit?

Elle se rappela tout à coup qu'elle était fâchée contre

lui. Il avait dit que la reine Salmissra était la plus belle femme qu'il ait jamais vue, et il était beaucoup, *beaucoup* trop tôt pour lui pardonner une affirmation aussi scandaleuse. Il allait le lui payer. Les yeux toujours braqués sur Garion, elle jouait machinalement avec une des boucles qui lui dégringolaient le long du visage.

Le lendemain matin, la pluie de cendres – issue d'une prodigieuse éruption volcanique quelque part à Cthol Murgos – avait bien diminué et ils purent remonter sur le pont. La jungle qui longeait la rivière disparaissait encore en partie dans le brouillard poussiéreux, mais l'air était maintenant assez dégagé pour leur permettre de respirer, et Ce'Nedra émergea avec soulagement de la cabine étouffante.

Assis à sa place habituelle, à l'abri de la proue du navire, Garion était en grande conversation avec Belgarath. Ce'Nedra remarqua avec un certain détachement qu'il avait encore oublié de se peigner ce matin-là. Elle résista à l'impulsion d'aller chercher un peigne et une brosse pour remettre de l'ordre dans sa tignasse. Au lieu de cela, elle se coula avec une rare hypocrisie le long du bastingage, jusqu'à un endroit d'où elle pouvait commodément les espionner sans en avoir l'air.

– ... Elle a toujours été là, disait Garion à son grand-père. Elle me parlait, elle me disait quand j'allais faire une bêtise, quand je me comportais comme un bébé, ce genre de chose. Elle avait l'air d'être toute seule dans un coin de ma tête.

– Elle semble être complètement indépendante de toi, remarqua Belgarath en hochant la tête d'un air pensif tout en se grattant la barbe avec sa main valide. Ta voix intérieure a-t-elle jamais fait autre chose? A part te parler, je veux dire?

– Je ne pense pas, répondit Garion en se concentrant. Elle m'indique la façon de faire les choses, mais c'est à moi d'agir, je crois. Lorsque nous étions au palais de Salmissra, je me demande si elle ne m'a pas fait sortir de mon corps pour aller chercher tante Pol... Mais non, rectifia-t-il en fronçant les sourcils. Quand j'y repense, elle m'a bien dit comment procéder, mais j'ai été obligé de le faire moi-même. Et puis, hors de la salle, je l'ai sentie à côté de moi. C'était la première fois que nous étions séparés. Je n'ai rien vu, d'ailleurs. Il me semble tout de même qu'elle a pris l'initiative pendant quelques minutes. Pendant ce temps-là, je faisais la conversation à Salmissra pour lui donner le change.

— Tu ne t'es pas ennuyé depuis que nous sommes partis de notre côté, Silk et moi, hein?

— Ça n'a pas été rose tous les jours, approuva Garion, en hochant la tête d'un air sinistre. Tu sais que j'ai fait griller Asharak?

— Ta tante m'a raconté ça, oui.

— Il l'avait giflée, raconta Garion. J'allais me jeter sur lui avec ma dague, mais la voix m'a dit de m'y prendre autrement. Je l'ai frappé avec ma main et j'ai dit : « Brûle! ». « Brûle! », c'est tout, et il a pris feu. J'allais l'éteindre, et puis tante Pol m'a dit que c'est lui qui avait tué mon père et ma mère. Alors j'ai accru la chaleur du feu. Il m'a supplié de l'éteindre, mais j'ai refusé.

Il frissonna.

— J'ai bien essayé de te prévenir, lui rappela gentiment Belgarath. Je t'avais dit que ça ne te plairait pas beaucoup ensuite.

— J'aurais dû t'écouter, fit Garion dans un soupir. Tante Pol dit qu'une fois qu'on a eu recours à ce...

Il s'interrompit, cherchant le terme approprié.

— Ce pouvoir? suggéra Belgarath.

— C'est ça, acquiesça Garion. D'après elle, une fois qu'on l'a utilisé on n'oublie jamais comment faire et on n'arrête plus de s'en servir. Je regrette de ne pas avoir plutôt employé mon couteau. Cette chose qui est en moi n'aurait pas eu l'occasion de se manifester.

— Oh! si, tu sais, assura calmement Belgarath. Elle attendait l'occasion de se déchaîner depuis plusieurs mois déjà. Tu en as usé sans le savoir au moins une demi-douzaine de fois, à ma connaissance.

Garion le regarda, incrédule.

— Tu te souviens du moine fou qui s'est jeté sur toi juste en sortant de Tolnedrie? J'ai bien cru qu'il était mort tellement tu avais fait de barouf en le touchant.

– Tu avais dit que c'était tante Pol!

– Ah oui? Eh bien, j'ai dû mentir, reconnut le vieil homme d'un ton désinvolte. Ça m'arrive assez souvent. Enfin, là n'est pas le problème. Tu as toujours disposé de cette faculté; elle devait bien finir par se donner libre cours. Je ne plains pas trop ce damné Chamdar. Le traitement que tu lui as infligé était peut-être un peu exotique – ce n'est pas tout à fait la façon dont j'aurais réglé le problème – mais non dénué de justice tout de même.

– Alors je l'aurai toujours?

– Toujours. Je regrette, mais c'est comme ça.

La princesse Ce'Nedra ne se sentait plus d'orgueil. Belgarath venait juste de confirmer une chose qu'elle avait elle-même dite à Garion. Si seulement ce garçon voulait bien cesser de faire sa tête de mule... Sa tante, son grand-père – et elle-même, bien sûr – savaient tous mieux que lui ce qui était pour son bien et pourraient sans peine, ou très peu, régenter sa vie à leur entière satisfaction.

– Revenons-en à ton autre voix, suggéra Belgarath. J'aimerais en savoir un peu plus long à ce sujet. Je ne voudrais pas que tu abrites une présence hostile dans ta tête.

– Elle ne nous est pas hostile, objecta Garion. Elle est de notre côté.

– C'est peut-être ton impression, précisa Belgarath, mais il ne faut pas toujours se fier aux apparences. Je serais beaucoup plus tranquille si je savais à quoi m'en tenir au juste. J'ai horreur des surprises.

Mais la princesse Ce'Nedra était déjà perdue dans ses pensées. Une idée commençait à prendre forme au fond de sa petite cervelle tordue. Une idée vague encore, mais qui offrait des possibilités très intéressantes.

CHAPITRE II

Il leur fallut près d'une semaine pour remonter les rapides de la Rivière du Serpent. Il faisait toujours une chaleur suffocante, mais ils s'y étaient maintenant presque habitués. La princesse Ce'Nedra passait le plus clair de son temps assise sur le pont avec Polgara. Elle affectait d'ignorer Garion, mais cela ne l'empêchait pas de lui jeter de fréquents coups d'œil, à l'affût du moindre signe de souffrance.

Ces gens tenaient sa vie entre leurs mains, et Ce'Nedra ressentait la nécessité impérieuse d'en faire la conquête. Belgarath ne poserait aucun problème. Quelques-uns de ces battements de cils aguichants dont elle avait le secret, un petit sourire mutin et deux ou trois baisers faussement spontanés auraient tôt fait de l'entortiller autour de son petit doigt – manœuvre qui pourrait être menée à bien à tout moment. Seulement il y avait Polgara, et ça, c'était une autre paire de manches. D'abord, la beauté parfaite de cette femme prodigieuse lui en imposait. Même la mèche blanche qui striait le minuit de sa chevelure constituait moins une imperfection qu'une sorte de ponctuation, comme une marque distinctive. Mais le plus déconcertant pour la princesse, c'était les yeux de Polgara. Selon son humeur, ils passaient du gris au bleu, un bleu très foncé, et ils voyaient *tout*. Rien n'échappait à ces prunelles calmes, inexorables. Chaque fois que la princesse croisait son regard, elle avait l'impression d'entendre un cliquetis de chaînes. Il fallait absolument qu'elle se la mette dans la poche.

— Dame Polgara? commença la princesse, un beau matin.

Les deux femmes étaient assises côte à côte sur le pont. Les marins suaient sang et eau sur les avirons. La jungle vert-de-gris disparaissait dans une brume de chaleur, le long des flancs du bateau. Cet endroit en valait un autre pour amorcer le débat.

— Oui, mon petit chou?

Polgara releva les yeux de la tunique de Garion où elle recousait un bouton. Elle portait une robe bleu clair, ouverte jusqu'à la naissance des seins à cause de la chaleur.

— Qu'est-ce en fait que la sorcellerie? J'ai toujours entendu dire que ce genre de chose n'existait pas.

— L'éducation tolnedraine est parfois un peu partiale, commenta Polgara avec un sourire.

— C'est un tour de passe-passe, ou quelque chose comme ça? insista Ce'Nedra en jouant avec les lacets de ses sandales. Je veux dire, ça consiste à montrer un objet aux gens de la main droite pendant qu'on en escamote un autre de la gauche?

— Non, mon petit. Pas du tout.

— Jusqu'où peut-on aller au juste grâce à cela?

— Nul n'en a jamais exploré les limites sous cet angle particulier, répondit Polgara sans cesser de s'activer avec son aiguille. Quand on a quelque chose à faire, on le fait, sans se demander si c'est possible ou non. Mais chacun a des aptitudes particulières; ainsi certains font de bons menuisiers tandis que d'autres se spécialisent dans la maçonnerie.

— Garion est sorcier, n'est-ce pas? De quoi est-il capable?

Mais pourquoi avait-il fallu qu'elle demande ça?

— Je me demandais aussi où cela allait nous mener, fit Polgara en braquant un regard pénétrant sur la petite jeune fille.

Ce'Nedra devint d'un joli rose.

— Allons, mon chou, reprit Polgara. Ne vous mâchonnez pas les cheveux comme cela; c'est mauvais pour les pointes.

Ce'Nedra s'empressa de retirer la mèche de ses dents.

– A vrai dire, personne ne peut encore le dire, poursuivit Polgara. C'est beaucoup trop tôt, assurément. Cela dit, il semble très doué. En tout cas, il fait un bruit fou chaque fois qu'il se hasarde à faire quelque chose, ce qui est bon signe.

– Alors ça devrait être un sorcier très puissant.

Un sourire effleura les lèvres de Polgara.

– Probablement, assura-t-elle. A condition, bien sûr, qu'il apprenne à se dominer.

– Eh bien, déclara Ce'Nedra, nous n'aurons qu'à le lui enseigner, n'est-ce pas?

Polgara la regarda un moment et éclata de rire.

Ce'Nedra se sentit d'abord un peu penaude, mais elle se mit à glousser à son tour.

Garion, qui était debout non loin de là, se retourna et les regarda.

– Qu'est-ce qu'il y a de si drôle? s'informa-t-il.

– Tu ne pourrais pas comprendre, mon chou, objecta Polgara.

Garion se détourna, outré, le dos raide et le visage figé.

Ce'Nedra et Polgara redoublèrent d'hilarité.

Ils finirent par arriver à un endroit où les récifs et la vitesse du courant interdisaient toute avance. Les matelots amarrèrent le navire à un gros arbre, le long de la rive nord, et le groupe se prépara à descendre à terre. Planté à côté de son ami Greldik, Barak regardait Hettar superviser le débarquement des chevaux.

– Si tu vois ma femme, donne-lui mon bonjour, suggéra le grand bonhomme à la barbe rousse en suant à grosses gouttes sous sa cotte de mailles.

– Je devrais passer du côté de Trellheim cet hiver, promit Greldik avec un hochement de tête.

– Euh, pas la peine de lui dire que je suis au courant pour sa grossesse. Elle préfère sûrement me réserver la surprise et m'accueillir avec mon fils lorsque je rentrerai au bercail. Je ne veux pas lui gâcher ce plaisir.

– Je croyais que tu adorais lui gâcher son plaisir? s'étonna Greldik.

– Il serait peut-être temps que nous fassions la paix, Merel et moi. Cette petite guéguerre était amusante quand nous étions plus jeunes, mais il me semble qu'il vaudrait mieux baisser les armes, dorénavant, ne serait-ce que pour les enfants.

Belgarath monta sur le pont rejoindre les deux Cheresques barbus.

– Allez au Val d'Alorie, ordonna-t-il au capitaine Greldik. Faites savoir à Anheg où nous sommes et ce que nous projetons. Qu'il mette les autres au courant. Rappelez-lui que je leur ai formellement interdit d'entrer en conflit avec les Angaraks en ce moment. Ctuchik a emporté l'Orbe à Rak Cthol ; si la guerre éclate, Taur Urgas fera fermer les frontières de Cthol Murgos. Nous aurons déjà assez de problèmes sans ça.

– Je le lui dirai, assura Greldik, dubitatif. Mais je doute fort que ça lui plaise.

– Je me fiche pas mal que ça lui plaise ou non, déclara Belgarath sans ambages. Qu'il m'obéisse, un point c'est tout.

Ce'Nedra fut un peu ébranlée. Comment ce vieillard en haillons osait-il donner des ordres aussi péremptoires à des rois, des souverains ? Et si Garion, lui aussi sorcier, se mettait à faire montre d'une pareille autorité par la suite ? Elle se retourna. Le jeune garçon aidait Durnik, le forgeron, à calmer un cheval ombrageux. Il n'avait pas l'air d'avoir beaucoup d'ascendant. Elle esquissa une moue pensive. Ça irait peut-être mieux avec un genre de longue robe, se dit-elle. Ou peut-être une sorte de livre de magie... et pourquoi pas un soupçon de barbe ? Elle plissa les yeux en essayant de l'imaginer en robe, un gros livre dans les bras et du poil au menton.

Garion dut se sentir observé, car il leva sur elle un regard interrogatif. Il était tellement *ordinaire*. L'image de ce garçon quelconque, sans prétention, dans les atours dont son imagination l'avait paré lui parut tout à coup d'une drôlerie irrésistible. Elle ne put s'empêcher de pouffer de rire. Garion s'empourpra et lui tourna le dos avec raideur.

Les rapides de la Rivière du Serpent interdisaient toute

navigation en amont, aussi la piste qui s'enfonçait dans les collines était-elle d'une certaine largeur. La plupart des voyageurs poursuivaient en effet par voie de terre à partir de là. Ils quittèrent la vallée à cheval, sous le soleil matinal. La jungle impénétrable des abords de la rivière fit bientôt place à une forêt d'arbres feuillus beaucoup plus conforme aux goûts de Ce'Nedra. Au sommet de la première crête, ils furent même effleurés par une brise qui sembla chasser la chaleur étouffante et les miasmes des étangs putrides de Nyissie. Ce'Nedra se sentit immédiatement ragaillardie. Elle envisagea un instant de favoriser le prince Kheldar de sa compagnie, mais il somnolait sur sa selle et la petite princesse n'était pas très à l'aise avec le Drasnien au nez pointu. Elle n'avait pas mis longtemps à comprendre que ce petit bonhomme rusé, cynique, était tout à fait du genre à lire en elle comme dans un livre, et cette perspective ne l'enchantait guère. Elle opta pour le baron Mandorallen qui menait la marche, conformément à son habitude, et remonta la colonne. Elle y fut en partie incitée par le désir de s'éloigner le plus possible de la rivière et de sa puanteur, mais elle avait une autre idée derrière la tête. C'était l'occasion rêvée d'interroger le noble Arendais sur un sujet qui l'intéressait au plus haut point.

— Son Altesse, commença respectueusement le chevalier en voyant son cheval approcher de son immense destrier, croit-Elle raisonnable de se venir ainsi placer à l'avant-garde ?

— Qui serait assez stupide pour attaquer le chevalier le plus brave du monde ? rétorqua-t-elle avec une ingénuité étudiée.

L'expression du baron se fit mélancolique et il poussa un grand soupir.

— Et pourquoi ce soupir, Messire Chevalier ? railla-t-elle.

— Point cela n'est d'importance, ô Altesse, répondit-il.

Ils chevauchèrent en silence dans l'ombre émaillée de taches de soleil, striée d'insectes bourdonnants. De petites créatures furtives fuyaient devant eux, faisant bruisser les fourrés de chaque côté de la piste.

– Dites-moi, reprit enfin la princesse. Y a-t-il long-temps que vous connaissez Belgarath?

– Depuis le premier jour de mes jours, ô Altesse.

– Jouit-il d'une haute considération en Arendie?

– S'il est bien considéré? Mais saint Belgarath est l'homme le plus respecté au monde! Cela Tu ne puis, ô Princesse, l'ignorer.

– Je suis tolnedraine, Baron Mandorallen, souligna-t-elle. Mes relations avec les sorciers sont assez limitées. Belgarath est-il ce qu'un Arendais décrirait comme un homme de haute naissance?

– La question de Son Altesse est sans objet, s'esclaffa Mandorallen. La naissance du saint Belgarath se perd dans les abîmes du temps.

Ce'Nedra se renfrogna. Elle n'aimait pas beaucoup qu'on lui rie au nez.

– Est-il noble, oui ou non? insista-t-elle.

– Belgarath est Belgarath, répéta Mandorallen, comme si cela constituait une réponse. Il y a des centaines de barons, des milliers de comtes et des myriades de sei-gneurs, mais il n'y a qu'un Belgarath. Tous les hommes lui cèdent le pas.

– Et dame Polgara? reprit-elle en lui dédiant un sou-rire rayonnant.

Mandorallen cilla. Ce'Nedra comprit qu'elle allait un peu trop vite pour lui.

– Dame Polgara est révérée au-dessus de toutes les femmes, déclara-t-il d'une façon plus que sibylline. Son Altesse daignera-t-elle m'indiquer le sens de Son ques-tionnement? Plus satisfaisantes seraient les réponses que je pourrais alors Lui fournir.

– Mon cher Baron, répondit-elle en riant, ne voyez là rien de grave ou d'important – c'est juste de la curiosité, et une façon de passer le temps tout en allant de l'avant.

Un bruit de sabot se fit alors entendre derrière eux, sur la piste de terre battue. Durnik le forgeron se rapprochait au trot sur son alezan.

– Dame Pol vous demande d'attendre un peu, annonça-t-il en arrivant à leur hauteur.

– Il y a un problème? s'enquit Ce'Nedra.

– Non, mais elle a reconnu un certain arbuste non loin de la piste et voudrait en ramasser les feuilles. Sans doute ont-elles des vertus médicinales. Selon elle, ce serait un arbuste très rare; on ne le trouverait nulle part en dehors de cette partie de la Nyissie.

Le visage ouvert du forgeron traduisait un profond respect, comme toujours quand il parlait de Polgara. Ce'Nedra concevait des soupçons particuliers quant aux sentiments de Durnik, mais elle se serait bien gardée de les exprimer à haute voix.

– Oh, reprit-il, faites attention. D'après elle, il y en a peut-être d'autres de son espèce dans les parages. L'arbuste fait à peu près un pied de haut et porte des petites feuilles vertes, très brillantes, et de minuscules fleurs mauves. Il est empoisonné, et son seul contact est mortel.

– De la piste point ne nous écarterons, Maître Durnik, assura Mandorallen, et ici même attendrons l'autorisation de la gente dame pour reprendre notre route.

Durnik acquiesça d'un hochement de tête et rebroussa chemin.

Ce'Nedra et Mandorallen amenèrent leurs chevaux à l'ombre d'un gros arbre et restèrent en selle en attendant.

– Comment les Arendais considèrent-ils Garion? s'informa abruptement Ce'Nedra.

– Garion est un brave garçon, rétorqua Mandorallen, un peu dérouté.

– Mais il n'est pas noble, insinua Ce'Nedra.

– Il est à craindre que l'éducation de Son Altesse l'ait induite en erreur, objecta délicatement Mandorallen. Garion est issu du même lignage que Belgarath et Polgara. Peut-être n'est-il point titré comme Son Altesse ou moi-même, mais onc ne vit sang plus noble en ce bas-monde. Je lui céderais le pas sans le moindrement tergiverser s'il me le demandait – ce que point ne fera, étant un garçon modeste. Lors de notre séjour à la cour du roi Korodullin, à Vo Mimbre, une jeune comtesse le poursuivit de ses assiduités dans l'espoir de conquérir un statut et moult prestige d'une union avec lui.

– Vraiment? coupa Ce'Nedra, d'une voix un tout petit plus stridente peut-être qu'elle n'aurait voulu.

– Grand était son désir de s'enganter avec lui, et elle tenta plus souvent qu'à son tour de l'apiéger par moult invitation impudente à badinage et échange de doux propos.

– Une *belle* comtesse?

– L'une des plus grandes beautés du royaume.

– Je vois.

La voix de Ce'Nedra charriait des glaçons.

– Aurais-je offensé Son Altesse?

– C'est sans importance.

Mandorallen poussa un nouveau soupir à fendre l'âme.

– Qu'y a-t-il encore? lança-t-elle.

– Je perçois la multitude de mes fautes.

– Je pensais que vous étiez censé être parfait?

Elle regretta instantanément sa pique.

– Que non point! Je suis plein de défaillances, au-delà de tout ce que Son Altesse peut concevoir.

– Vous manquez peut-être un peu de diplomatie, mais ce n'est pas un grand défaut – chez un Arendais.

– La couardise en est un, Votre Altesse.

– Vous seriez couard, vous? fit-elle en s'esclaffant à cette idée.

– J'ai reconnu cette infamie en moi, avoua-t-il.

– Ne soyez pas ridicule, se gaussa-t-elle. Si vous avez un défaut, ce n'est pas celui-là.

– C'est difficile à croire, j'en conviens, reconnut-il. Mais – j'en atteste les Dieux – j'ai, à ma grande honte, senti l'étreinte de la peur glacer mon cœur.

La triste confession du chevalier laissait Ce'Nedra sans voix. Elle cherchait frénétiquement une réponse appropriée lorsqu'un grand bruit de branches cassées se fit entendre à quelques coudées de là : une bête fonçait sur eux dans les fourrés. La princesse eut juste le temps de voir une masse jaune surgir des broussailles et bondir sur elle, la gueule grande ouverte. Son cheval se cabra et s'emballa. Elle se cramponna désespérément au pommeau de sa selle d'une main en essayant de retenir sa monture terrifiée de l'autre, mais dans sa fuite éperdue, celle-ci passa sous une branche basse. Désarçonnée, Son Altesse atterrit d'une façon fort peu protocolaire dans la poussière de la piste. Elle roula sur elle-même, se retrouva à quatre pattes et se figea... nez à nez avec l'animal qui avait bondi de sa cachette avec si peu de tact.

Elle comprit aussitôt que ce n'était pas un lion adulte : il avait peut-être atteint sa taille définitive, mais il n'avait pas toute sa crinière. C'était à l'évidence un jeune, encore peu habitué à chasser. L'animal poussa un rugissement de frustration en voyant le cheval s'enfuir le long de la piste et fouetta l'air de sa queue. La princesse trouva d'abord la chose assez comique – il faisait si bébé, si pataud. Puis son amusement fit place à de l'irritation : quoi, c'était cette grosse bête empotée qui lui avait fait vider les étriers de cette humiliante façon? Elle se releva, s'épousseta les genoux et le regarda droit dans les yeux d'un air implacable.

– Allez, ouste! ordonna-t-elle en agitant la main avec un geste impérieux.

Après tout, elle était princesse, et ce n'était qu'un lion. Un jeune lion très stupide.

L'animal braqua sur elle ses prunelles jaunes en plissant légèrement les paupières. Puis tout à coup le fouet de la queue s'immobilisa, il écarquilla les yeux avec une vivacité terrifiante et se ramassa sur lui-même, son ventre traînant presque par terre. Il retroussa les babines, révélant de longues, très longues dents blanches et commença à faire un pas vers elle, lentement, sa grosse patte se posant doucement sur le sol.

– Allez, couché! lança-t-elle avec indignation.

– Que Son Altesse ne bouge pas! conseilla Mandorallen d'une voix d'un calme mortel.

Du coin de l'œil, elle le vit se laisser glisser à terre. Le lionceau ramena son regard vers lui d'un air ennuyé.

Prudemment, un pied après l'autre, Mandorallen réduisit l'espace qui le séparait du fauve. Il interposa enfin son corps cuirassé entre la princesse et le gros chat. Celui-ci le contempla avec lassitude, apparemment inconscient de ce qu'il faisait jusqu'au moment où il fut trop tard. Alors, frustré de son casse-croûte, le félin étrécit les yeux de rage. Mandorallen tira lentement son épée; puis, à la grande stupeur de Ce'Nedra, la lui tendit, la garde en avant.

– Ainsi Son Altesse aura les moyens de se défendre si j'échouais à le faire, expliqua le chevalier.

Sans trop y croire, Ce'Nedra prit l'immense épée à deux mains. Mais lorsque Mandorallen la lâcha, la pointe tomba immédiatement sur le sol et tous ses efforts pour la relever demeurèrent vains.

Le lion se ramassa encore un peu en montrant les dents de plus belle. Sa queue battit furieusement l'air puis se raidit.

– Mandorallen! Attention! hurla Ce'Nedra en s'efforçant de redresser la prodigieuse arme du chevalier.

Le fauve bondit.

Mandorallen écarta largement ses bras gainés d'acier et fit un pas en avant, prêt à affronter l'assaut du félin. L'homme et la bête se heurtèrent de plein fouet, dans un vacarme retentissant. Le chevalier étreignit l'animal entre ses bras puissants. Le lion passa ses énormes pattes autour de ses épaules, ses griffes crissant sur sa cuirasse. Il essaya de lui écraser la tête entre ses mâchoires, mordillant son heaume, arrachant des grincements au métal. Mandorallen resserra son étreinte mortelle.

Ce'Nedra quitta le théâtre des opérations en traînant l'épée derrière elle et suivit le combat à bonne distance, les yeux agrandis par la peur.

La bête griffa férocement l'armure de Mandorallen, y imprimant de profondes rainures, mais les bras du chevalier mimbraïque se refermaient inexorablement sur leur proie. Désormais le lion ne se débattait plus pour mordre ou pour tuer, mais pour échapper à l'étau qui le broyait. Ses rugissements se muèrent en hurlements de douleur. Il se tortilla, se cabra, tenta de donner des coups de dents, remonta ses pattes de derrière, raclant frénétiquement le torse cuirassé de Mandorallen. Puis ses hurlements devinrent plus perçants, trahissant sa panique.

Dans un effort surhumain, Mandorallen croisa ses bras sur sa poitrine. Ce'Nedra entendit craquer les os avec une netteté écœurante et un flot de sang jaillit de la gueule du félin. Le corps de l'animal fut agité de soubresauts et sa tête retomba sur le côté. Mandorallen dénoua ses mains. Echappant mollement à son étreinte, le cadavre de la bête s'effondra sur le sol, à ses pieds.

Sidérée, la princesse regarda le prodige humain debout devant elle, dans sa cuirasse maculée de sang, striée de coups de griffes. Elle venait d'assister à l'impossible. Mandorallen avait tué un lion sans armes, à la seule force de ses bras puissants, et tout ça pour elle! Sans savoir comment, elle s'entendit croasser son nom avec délectation.

– Mandorallen! entonna-t-elle. Mon champion!

Encore haletant de l'effort qu'il venait de fournir, le chevalier releva la visière de son heaume. Ses yeux bleus lui sortaient de la figure. Apparemment, les paroles de la princesse avaient eu sur lui un impact stupéfiant. Il se laissa tomber à deux genoux devant elle.

– O Majesté, dit-il d'une voix altérée. Je fais ici serment, sur le corps de cet animal, d'être fidèle à Sa Grandeur et de la servir aussi longtemps qu'un souffle animera mon sein.

Ce'Nedra eut l'impression d'entendre un déclic très loin, tout au fond d'elle-même, comme si deux choses s'emboîtaient, deux choses destinées à se rencontrer depuis le commencement des temps. Elle ne saurait jamais exactement quoi, mais un événement d'une importance cruciale venait de se produire en cet instant, dans cette clairière piquetée de soleil.

C'est alors que l'énorme, le gigantesque Barak arriva au grand galop, Hettar à ses côtés, les autres les serrant de près.

– Que s'est-il passé? demanda le grand Cheresque en se laissant tomber à bas de son cheval.

Ce'Nedra attendit qu'ils eussent tous mis pied à terre pour faire sa déclaration.

– J'ai été attaquée par un lion, dit-elle en s'efforçant de prendre un petit ton désinvolte, comme si cela se produisait à chaque instant. Mandorallen l'a tué à mains nues.

– En fait, Votre Altesse, je portais ceci, rectifia le chevalier toujours agenouillé, en tendant devant lui ses poings gantés de fer.

– C'est l'acte de bravoure le plus courageux qu'il m'ait jamais été donné de contempler, susurra Ce'Nedra.

– Qu'est-ce que vous fichez à genoux? tonna Barak. Vous vous êtes fait mal?

– Je viens d'adouber Messire Mandorallen mon chevalier, déclara Ce'Nedra. Il s'était agenouillé pour recevoir cet honneur comme il convient.

Du coin de l'œil, elle vit Garion se laisser glisser à bas de sa monture. Il fronçait les sourcils comme si une tempête se déchaînait sous son crâne. Dans son for intérieur, Ce'Nedra exultait. Elle se pencha pour placer un chaste baiser sur le front de Mandorallen.

– Levez-vous, Messire Chevalier, ordonna-t-elle.

Mandorallen se releva dans un concert de grincements. Ce'Nedra était prodigieusement contente d'elle.

Le restant de la journée passa sans autre incident. Ils franchirent une zone mamelonnée, et comme le soleil sombrait doucement dans un banc de nuages, à l'ouest, ils s'engagèrent dans une petite vallée. Un torrent d'eau fraîche miroitait au fond. Ils décidèrent de s'arrêter et de dresser le campement pour la nuit. Pénétré de son nouveau rôle de champion et de protecteur, Mandorallen se montra aux petits soins pour Ce'Nedra. Celle-ci se laissa faire de bonne grâce, en jetant des coups d'œil à la dérobée en direction de Garion afin de s'assurer qu'il n'en perdait pas une miette.

Un peu plus tard – Mandorallen s'occupait de son cheval et Garion était parti ruminer ailleurs – elle faisait sa sainte nitouche sur un tronc d'arbre couvert de mousse et se délectait des hauts faits du jour lorsque Durnik, qui préparait le feu à quelques pas de là, lui dit abruptement :

– Vous avez des jeux bien cruels, Princesse.

Ce'Nedra sursauta. Pour autant qu'elle s'en souvînt, Durnik ne lui avait pas adressé la parole une seule fois depuis qu'elle s'était jointe au groupe. En fait, le forgeron était manifestement mal à l'aise en présence des personnages royaux, et semblait plutôt l'éviter. Pourtant, il la regardait bien en face et son ton était nettement réprobateur.

– Je ne vois pas de quoi vous voulez parler, répondit-elle.

– Je crois bien que si.

Son visage d'honnête homme était grave, et son regard ne cillait pas.

Ce'Nedra baissa les yeux et s'empourpra lentement.

— Je ne sais pas combien de filles de ferme j'ai vu jouer à ce jeu-là, continua le forgeron. Ça ne donnait jamais rien de bon.

— Je ne veux faire de mal à personne, Durnik. Il n'y a vraiment rien entre Mandorallen et moi. Nous le savons bien tous les deux.

— Mais pas Garion.

— Garion? fit Ce'Nedra, feignant la surprise.

— C'est bien de cela qu'il s'agit, non?

— Bien sûr que non! s'exclama-t-elle, indignée.

Durnik eut un regard des plus sceptiques.

— Jamais une chose pareille ne me serait venue à l'esprit, s'empressa d'ajouter Ce'Nedra. C'est complètement absurde.

— Vraiment?

L'assurance qu'affectait Ce'Nedra s'évanouit.

— Il est tellement têtu, se lamenta-t-elle. Il ne veut rien faire comme il faut.

— C'est un brave garçon. Quoi qu'il puisse être ou devenir d'autre, il restera toujours le garçon honnête et sincère qu'il était à la ferme de Faldor. Il ne connaît pas les règles des jeux auxquels jouent les nobles. Il serait incapable de mentir. Il ignore la flatterie, et il ne vous dira jamais rien qu'il ne pense vraiment. Je crois qu'il va bientôt lui arriver quelque chose de très important. J'ignore quoi, mais je suis sûr qu'il aura besoin de toutes ses forces et de tout son courage. Ne sapez pas sa confiance en lui par ces enfantillages.

— Oh, Durnik! fit-elle avec un grand soupir. Que dois-je faire?

— Soyez vous-même. Ne dites rien que vous ne pensiez au plus profond de votre cœur. Ce genre de chose n'a aucune chance de marcher avec lui.

— Je sais bien. C'est ce qui complique tout. Il a été élevé d'une certaine façon, et moi d'une autre. Nous ne pourrons jamais nous entendre.

Elle poussa encore un soupir.

— Allons, ce n'est pas si grave, Princesse, conclut Durnik, et un doux sourire, presque malicieux, effleura ses

44

lèvres. Vous vous chamaillerez beaucoup, au début. Vous êtes presque aussi têtue que lui. Vous êtes nés sous des cieux différents, mais vous êtes bien pareils, au fond. Vous vous insulterez sur tous les tons et vous échangerez pas mal de noms d'oiseaux, mais cela passera, vous verrez, et bientôt, vous ne vous souviendrez même plus pourquoi vous vous disputiez. Certains des meilleurs mariages que j'ai connus ont commencé ainsi.

– *Mariages?*

– C'est bien ce que vous avez en tête, n'est-ce pas? Elle le dévisagea, incrédule. Puis elle éclata de rire.

– Cher, bien cher Durnik, dit-elle. Vous n'y comprenez rien, n'est-ce pas?

– Je comprends ce que je vois, répondit-il. Et je vois une jeune fille qui fait tout ce qu'elle peut pour piéger un jeune homme.

Ce'Nedra poussa un grand soupir.

– Ce serait rigoureusement hors de question, vous savez. Même si j'en avais envie, ce qui n'est pas le cas, bien sûr.

– Bien sûr que non.

Il avait l'air un peu amusé.

– Cher Durnik, reprit-elle, je ne peux même pas me permettre de telles pensées. Vous oubliez qui je suis.

– Il y a peu de chances. Vous faites tout ce qu'il faut pour que nous ne l'oublions pas un instant.

– Vous ne voyez pas ce que cela veut dire?

– Pas tout à fait, avoua-t-il au bout d'un instant, un peu perplexe.

– Je suis Princesse impériale, le joyau des Borune. J'*appartiens* à l'Empire. C'est à mon père et au Conseil des Anciens qu'incombera le choix de mon futur époux. Je n'aurai pas mon mot à dire et il est probable que je ne serai même pas consultée. J'épouserai un homme riche et puissant – sûrement beaucoup plus vieux que moi – désigné en fonction des intérêts de l'Empire et de la Maison des Borune.

– Mais c'est révoltant! s'indigna Durnik, sidéré.

– Pas vraiment, objecta-t-elle. Ma famille a le droit de protéger ses intérêts, or je constitue un bien très précieux pour les Borune. (Elle poussa encore un soupir, un petit soupir pitoyable.) Evidemment, cela doit être bien agréable... de pouvoir choisir son époux soi-même, je veux dire. Si j'en avais le droit, peut-être – il ne faut jurer de rien – formerais-je à l'égard de Garion les projets que vous me prêtez, bien qu'il soit vraiment insupportable. Mais les choses étant ce qu'elles sont, il ne sera jamais pour moi qu'un ami.

– Je ne savais pas, s'excusa-t-il, son visage franc et ouvert tout à coup plein de mélancolie.

– Ne prenez pas les choses au tragique, Durnik, dit-elle d'un ton léger. J'ai toujours su qu'il en serait ainsi.

Mais le diamant d'une larme se mit à briller au coin de son œil. Dans un geste de réconfort, Durnik posa maladroitement sur son bras sa grosse patte abîmée par le travail. Sans savoir pourquoi, la petite princesse jeta ses bras autour de son cou, enfouit son visage au creux de son épaule et éclata en sanglots.

– Allons, allons, fit le forgeron en lui tapotant gauchement les épaules. Allons, allons.

CHAPITRE III

Garion passa une mauvaise nuit. Il était jeune et inexpérimenté mais pas stupide, et la princesse Ce'Nedra n'y était pas allée de main morte. Depuis son arrivée dans leur petit groupe, quelques mois auparavant, il avait vu évoluer son attitude envers lui. Ils en étaient venus à partager une forme d'amitié. Il l'aimait bien, elle l'aimait bien ; tout allait pour le mieux dans le meilleur des mondes. Elle ne pouvait pas en rester là ? Pour Garion, ça devait venir des rouages internes de l'âme féminine. Ah, les femmes ! dès que l'amitié passait certaines bornes, une frontière mystérieuse, inconnue, elles ne pouvaient pas s'empêcher de tout compliquer. C'était maladif.

Il était presque certain que son petit jeu ostensible avec Mandorallen lui était en fait destiné à lui, Garion, et il se demandait s'il ne ferait pas mieux de prévenir le chevalier afin de lui éviter de se crever le cœur à la première occasion. Ce'Nedra se riait de ses sentiments. Ce n'était qu'un jeu cruel, un peu bête, un caprice d'enfant gâtée et pas autre chose, ça crevait les yeux, mais il fallait mettre Mandorallen en garde. Avec sa caboche d'Arendais, il était bien capable de ne pas s'en rendre compte.

Cela dit, Mandorallen avait tout de même tué un lion pour elle. Pareil acte de bravoure était bien du genre à subjuguer la petite princesse frivole. Et si l'admiration et la reconnaissance lui avaient fait franchir le pas, et si elle s'était amourachée de lui pour de bon ? Cette éventualité effleura Garion dans les heures les plus sombres de la nuit, juste avant l'aube, l'empêchant de se rendormir. Le lendemain matin il se leva du pied gauche, les yeux rouges et en proie à un terrible soupçon.

Ils menèrent leurs chevaux hors des ombres bleutées du petit matin sous les rayons obliques du soleil levant qui émaillaient d'émeraudes la cime des arbres. Garion se rapprocha de son grand-père. Il recherchait la compagnie réconfortante du vieil homme, mais ce n'était pas la seule raison. Ce'Nedra chevauchait de conserve avec tante Pol, juste devant eux, et Garion avait l'impression qu'il serait bien inspiré de la tenir à l'œil.

Sire Loup avançait en silence, l'air maussade et à bout de nerfs. Il passait sans cesse ses doigts sous l'attelle de son bras gauche.

— Arrête, Père. N'y touche pas, le gourmanda tante Pol sans se retourner.

— Ça me gratte.

— C'est la cicatrisation. Laisse ça tranquille.

Il grommela dans sa barbe.

— Par quel chemin penses-tu nous amener au Val ? reprit-elle.

— Nous allons passer par Tol Rane.

— On avance dans la saison, Père, lui rappela-t-elle. Si nous traînons trop en route, nous risquons d'avoir mauvais temps dans les montagnes.

— Je sais, Pol. Tu préférerais que nous prenions tout droit à travers Maragor ?

— Ne dis pas de bêtises.

— C'est si dangereux que ça ? s'étonna Garion.

La princesse Ce'Nedra se retourna sur sa selle et le flétrit du regard.

— Décidément, tu ne sais rien du tout, toi ! lança-t-elle d'un ton supérieur.

Garion se redressa, une douzaine de répliques cinglantes aux lèvres.

— Laisse tomber, souffla le vieil homme en secouant la tête d'un air dissuasif. Il est trop tôt pour commencer une bagarre.

Garion serra les dents.

Ils avancèrent pendant plus d'une heure dans la froidure du petit matin. Peu à peu, Garion se sentit le cœur plus léger. Puis Hettar s'approcha de sire Loup.

– Un groupe de cavaliers, déclara-t-il.

– Combien? demanda très vite sire Loup.

– Au moins une douzaine. Ils viennent de l'ouest.

– Peut-être des Tolnedrains.

– Je vais voir, murmura tante Pol.

Elle releva la tête un instant, les paupières closes.

– Non, annonça-t-elle enfin. Ce sont des Murgos, pas des Tolnedrains.

Ce fut comme si un voile tombait sur les yeux de Hettar.

– On les attaque? suggéra-t-il avec une terrible avidité, en portant machinalement à son sabre.

– Non, rétorqua sire Loup, péremptoire. On se cache.

– Ils ne sont pas si nombreux.

– Peu importe, Hettar. Silk, appela sire Loup, des Murgos arrivent de l'ouest. Avertissez les autres et trouvez un endroit où nous cacher.

Silk acquiesça d'un hochement de tête et partit au galop vers la tête de la colonne.

– Il y a des Grolims avec eux? s'enquit le vieil homme.

– Je ne pense pas, répondit tante Pol en plissant légèrement le front. L'un d'eux a l'esprit biscornu, mais je n'ai pas l'impression que ce soit un Grolim.

Silk revint aussi vite qu'il était parti.

– Il y a un bosquet sur la droite, indiqua-t-il. Suffisant pour nous dissimuler tous.

– Allons-y, déclara sire Loup.

Le bosquet se trouvait à une centaine de pas, entre les grands arbres. C'était un taillis épais, entourant une minuscule clairière au sol boueux d'où jaillissait une source.

Silk descendit de cheval d'un bond et coupa un buisson touffu avec sa courte épée.

– Cachez-vous là-dedans, conseilla-t-il. Je vais effacer nos traces.

Il prit le buisson et se glissa hors des fourrés.

– Hettar, veillez à ce que les chevaux ne fassent pas de bruit, ordonna sire Loup.

Hettar acquiesça d'un hochement de tête, mais on aurait dit un enfant à qui on avait refusé un cadeau d'Erastide.

Garion se faufila à quatre pattes jusqu'à l'orée du bosquet puis il s'allongea sur les feuilles qui tapissaient le sol afin de jeter un coup d'œil entre les troncs trapus, tortueux.

Silk revenait vers le bosquet à reculons en traînant son buisson sur le sol, devant lui, ramenant feuilles et brindilles sur la piste. Il se déplaçait rapidement, mais en prenant bien soin de dissimuler toute trace de leur passage.

Derrière lui, Garion entendit un petit craquement et un bruissement de feuilles. Ce'Nedra s'approcha en rampant et vint se coller tout près de lui.

— Vous ne devriez pas venir si près de la lisière du bosquet, protesta-t-il tout bas.

— Toi non plus, répliqua-t-elle.

Il ne releva pas. La princesse sentait bon les fleurs ; ça avait le don de l'énerver, allez savoir pourquoi.

— Tu crois qu'ils sont encore loin ? souffla-t-elle.

— Comment voulez-vous que je le sache ?

— Tu es sorcier, non ?

— Je ne suis pas très bon à ce jeu-là.

Silk acheva de balayer la piste et resta un moment planté sur place, à la recherche des traces qui auraient pu lui échapper. Puis il se coula dans les fourrés et s'accroupit à quelques coudées de Garion et Ce'Nedra.

— Messire Hettar aurait préféré attaquer, chuchota Ce'Nedra.

— Toujours, quand il voit des Murgos.

— Pourquoi ?

— Ils ont tué ses parents quand il était tout petit, et ils l'ont fait regarder.

— Quelle horreur ! suffoqua-t-elle.

— Si ça ne vous fait rien, les enfants, j'essaie d'entendre les chevaux, coupa Silk, sarcastique.

Quelque part, le long de la piste qu'ils venaient de quitter, Garion entendit un bruit de sabots. Des cavaliers approchaient au trot. Il se renfonça un peu dans les broussailles et attendit en osant à peine respirer.

Puis les Murgos apparurent. Ils étaient une quinzaine, vêtus de cottes de mailles. Ils avaient les joues couturées de cicatrices comme tous ceux de leur race. Mais leur chef était un homme aux cheveux noirs, hirsutes, vêtu d'une tunique sale, toute rapiécée. Il n'était pas rasé, et l'un de ses yeux n'était pas d'accord avec l'autre. Garion le reconnut tout de suite.

Silk laissa échapper son souffle comme s'il avait reçu un coup de poing dans l'estomac, puis il poussa un petit sifflement.

— Brill, marmonna-t-il.

— Qui est-ce? s'informa Ce'Nedra, dans un souffle.

— Chut! Je vous raconterai plus tard, chuchota Garion.

— Tu oses m'imposer silence! répliqua-t-elle avec emportement.

Silk les fit taire d'un regard noir.

Brill s'adressait aux Murgos d'un ton sans réplique, accompagnant ses paroles de gestes saccadés. Puis il tendit ses deux mains, doigts écartés, devant lui comme pour souligner ses propos. Les Murgos hochèrent la tête avec ensemble, le visage inexpressif, et se déployèrent sur toute la longeur de la piste, face aux bois et au taillis où Garion et ses compagnons avaient trouvé refuge. Brill poursuivit son chemin.

— Allez-y! hurla-t-il aux autres. Et ouvrez l'œil.

Les Murgos avancèrent au pas, scrutant les fourrés du regard. Deux d'entre eux passèrent si près du bosquet que Garion sentit la sueur ruisselant sur les flancs de leurs chevaux.

— Je commence à en avoir assez de ce bonhomme, rageait le premier.

— A ta place, je me garderais bien de le lui faire voir, conseilla le second.

— Je suis tout aussi capable qu'un autre d'accepter les ordres, mais il m'exaspère. Je trouve qu'il serait bien mieux avec un couteau entre les omoplates.

— Je ne pense pas que ça lui plairait beaucoup, et ce n'est pas du tout cuit.

— J'attendrais qu'il dorme.

— Je ne l'ai jamais vu dormir.

– Tout le monde finit par dormir, tôt ou tard.

– A toi de voir, répondit le second avec un haussement d'épaules. Mais je réfléchirais avant d'agir. A moins que tu aies renoncé à revoir Rak Hagga.

Ils s'éloignèrent, hors de portée des oreilles de Garion.

Silk se tassa sur lui-même en se mordillant nerveusement un ongle. Ses yeux étaient réduits à deux fentes étroites dans son petit visage pointu tendu dans une expression indéchiffrable. Puis il se mit à jurer tout bas, furibond.

– Silk, ça ne va pas? chuchota Garion.

– J'ai commis une erreur, explosa Silk. Allons retrouver les autres.

Il rampa à travers les buissons vers la source qui jaillissait au centre de la clairière.

Sire Loup se grattait distraitement le bras, assis sur un tronc d'arbre abattu.

– Alors? demanda-t-il en les regardant.

– Alors, quinze Murgos, répondit brièvement Silk. Et un vieil ami à nous.

– Brill, précisa Garion. Et apparemment, c'est lui le chef.

– Hein? s'exclama le vieil homme en écarquillant les yeux, sidéré.

– Il leur donne des ordres et les autres obtempèrent, reprit Silk. Bon, ils n'ont pas l'air d'apprécier beaucoup ça, mais ils lui obéissent au doigt et à l'œil, comme s'ils avaient peur de lui. Je commence à me demander si Brill est bien le vulgaire sous-fifre que je pensais.

– Où est Rak Hagga? interrogea Ce'Nedra.

Sire Loup lui jeta un regard acéré.

– Nous en avons entendu discuter deux, expliquat-elle. D'après leurs paroles, ils viendraient de Rak Hagga. Je croyais connaître les noms de toutes les villes de Cthol Murgos, mais je n'avais jamais entendu celui-là.

– Ils ont bien dit Rak Hagga, vous êtes sûre? insista sire Loup, le regard intense.

– Je les ai entendus aussi, confirma Garion. C'est bien le nom qu'ils ont prononcé : Rak Hagga.

Sire Loup se leva, le visage tout à coup très grave.

– Il va falloir nous dépêcher, annonça-t-il. Taur Urgas se prépare à la guerre.

– Comment le savez-vous? s'étonna Barak.

– Rak Hagga est à mille lieues au sud de Rak Goska. Les Murgos du Sud n'ont rien à faire dans cette partie du monde, sauf si le roi des Murgos s'apprête à déclarer la guerre.

– Ils peuvent toujours venir, déclara Barak avec un sourire sinistre.

– Si ça ne vous fait rien, je préférerais que nous ayons mené notre petite affaire à bien avant, rétorqua le vieil homme en secouant la tête avec colère. Je dois aller à Rak Cthol, et j'aimerais autant ne pas naviguer entre des armées entières de Murgos sur le pied de guerre. A quoi songe Taur Urgas? éclata-t-il. Ce n'est vraiment pas le moment!

– Aujourd'hui ou demain..., reprit Barak en haussant ses énormes épaules.

– Pas pour cette guerre-là. Trop de choses sont en jeu. Ctuchik ne pouvait pas tenir ce fou en laisse?

– Taur Urgas est un peu imprévisible; ça fait partie de son charme à nul autre pareil, commenta Silk d'un ton sardonique. Il ne sait pas lui-même ce qu'il va faire d'un jour sur l'autre.

– Connaîtrais-Tu le roi des Murgos? s'enquit Mandorallen.

– Nous avons eu l'occasion d'être présentés, reconnut Silk. Nous nous apprécions médiocrement.

– Brill et ses Murgos doivent être loin, maintenant, coupa sire Loup. Allons-y. Nous avons beaucoup de chemin à faire, et guère de temps devant nous.

Il alla vivement vers son cheval.

Peu avant le coucher du soleil, ils passèrent un col étroit entre deux montagnes et s'arrêtèrent pour la nuit dans une gorge, quelques lieues plus loin.

– Veillez à bien enterrer votre feu, Durnik, lui conseilla sire Loup. Les Murgos du Sud ont de bons yeux. Ils peuvent distinguer un point lumineux à des lieues de distance. Je n'aimerais pas qu'ils viennent me chatouiller les doigts de pieds en pleine nuit.

Durnik hocha sobrement la tête et creusa une fosse plus profonde qu'à l'accoutumée.

Ils établirent le campement pour la nuit, Mandorallen faisant les quatre volontés de la petite princesse sous le regard torve de Garion. Le jeune garçon s'était révolté avec la dernière énergie chaque fois que tante Pol lui avait demandé de se mettre au service de Ce'Nedra, mais maintenant que celle-ci avait son chevalier servant, il avait un peu l'impression qu'on usurpait ses prérogatives.

– Il va falloir mettre les bouchées doubles, leur annonça sire Loup lorsqu'ils eurent terminé leur repas de jambon, de pain et de fromage. Nous avons intérêt à passer les montagnes avant les premières tempêtes de neige, et tout ça en jouant à cache-cache avec Brill et sa bande de Murgos. (Il déblaya le sol devant lui avec son pied, ramassa une brindille et se mit à tracer une carte sommaire dans la terre.) Bon, nous sommes ici, indiqua-t-il. Maragor est là, droit devant nous. Nous allons le contourner par l'ouest, traverser Tol Rane et prendre à l'est, en direction du Val.

– Ne serait-il pas plus simple de couper à travers Maragor ? suggéra Mandorallen en observant la carte.

– Sans doute, reconnut le vieillard, mais nous ne nous y résoudrons que contraints et forcés. Maragor est hanté, mieux vaut passer à l'écart si possible.

– Nous ne sommes point des enfants pour redouter des ombres dénuées de substance, déclara Mandorallen avec emphase.

– Mandorallen, personne ne met votre courage en doute, rétorqua tante Pol. Mais l'esprit de Mara se lamente toujours dans Maragor. Autant éviter de l'offenser.

– Nous sommes loin du Val d'Aldur ? demanda Durnik.

– A deux cent cinquante lieues, répondit sire Loup. Nous allons passer au moins un mois dans les montagnes, en mettant les choses au mieux. Allons, nous ferions mieux de dormir, maintenant. Demain est un autre jour, et ça promet.

CHAPITRE IV

Lorsqu'ils ouvrirent l'œil, le lendemain matin, les premiers rayons du soleil effleuraient l'horizon, à l'est. Une fine couche de givre argentait le sol, au fond du vallon, et une mince pellicule de glace s'était formée autour de la source. En allant faire sa toilette à la fontaine, Ce'Nedra préleva à la surface de l'eau une écaille de glace pareille à une pelure d'oignon et l'observa.

— Il fait beaucoup plus froid dans les montagnes, commenta Garion en ceignant son épée.

— Je suis au courant, répondit-elle avec hauteur.

— Eh bien, ça promet, grommela-t-il, et il s'éloigna en frappant le sol de ses talons.

Ils repartirent à un trot allègre dans la chaleur du matin, laissant les montagnes derrière eux. Contournant un épaulement rocheux, ils découvrirent en dessous d'eux la vaste vallée sédimentaire qui était autrefois Maragor, le District des Marags. La prairie avait revêtu sa livrée automnale d'un vert poussiéreux. Les rivières et les lacs étincelaient au soleil. Toutes petites dans le lointain, des ruines luisaient d'un éclat blafard.

Garion remarqua que la princesse Ce'Nedra détournait les yeux du paysage, refusant de le regarder.

Un peu plus loin dans la descente, une rivière impétueuse s'était frayé un chemin dans la roche. Un groupe de huttes rudimentaires et de tentes de guingois étaient plantées sur les flancs escarpés de la ravine, sillonnés en tous sens par des sentes de terre battue. Une douzaine d'hommes en haillons donnaient sans trop y croire des coups de pic et de pioche dans la berge du torrent, teintant ses eaux de brun, au-delà des abris de fortune.

– Une ville par ici? s'étonna Durnik.

– Plutôt un campement, rectifia sire Loup. Ce sont des chercheurs d'or. Ils tamisent le gravier et fouillent le lit des cours d'eau.

– Il y a de l'or dans le coin? releva très vite Silk, les yeux brillants.

– Un peu, confirma sire Loup. Sans doute pas assez pour que l'on perde son temps à le chercher.

– Alors pourquoi se donnent-ils tant de mal?

– Qui sait? fit sire Loup en haussant les épaules.

Mandorallen et Barak menant la marche, ils descendirent la piste rocheuse qui menait au campement. En les voyant approcher, deux hommes sortirent de l'une des huttes en brandissant des épées rouillées. Le premier était un gaillard efflanqué, mal rasé, au front dégarni, vêtu d'un justaucorps tolnedrain couvert de taches de graisse; l'autre, un costaud, portait la tunique dépenaillée des serfs arendais.

– Halte-là! brailla le Tolnedrain. On ne passe pas, surtout en armes! Qu'est-ce que vous venez faire chez nous?

– Tu gênes la circulation, l'ami, remarqua Barak. Ce n'est pas prudent, tu sais?

– J'appelle et vous êtes encerclés par cinquante hommes armés jusqu'aux dents! déclara le Tolnedrain.

– Fais pas l'imbécile, Reldo, intervint le grand Arendais avec un coup d'œil las en direction de Mandorallen. Le gars au costume en ferraille est un chevalier mimbraïque. Il n'y aurait pas assez d'hommes dans toute la montagne pour l'arrêter s'il a vraiment décidé de passer. Quelles sont vos intentions, Sire Chevalier? demanda-t-il respectueusement.

– Suivre la piste, voilà tout, répondit Mandorallen. Peu me chaut votre clique.

– Ça va, grommela l'Arendais. Laissons-les passer, Reldo.

Il glissa son épée sous la corde qui lui servait de ceinture.

– Et s'il ment? rétorqua Reldo. Ils sont peut-être venus voler notre or?

– Quel or, bougre d'âne? On ne trouverait pas de quoi en remplir un dé à coudre dans tout le campement. D'ailleurs, un chevalier mimbraïque ne s'abaisserait jamais à mentir. Si tu veux lui chercher noise, ne te gêne pas. Quand il en aura fini avec toi, on pourra toujours te ramasser à la petite cuillère et balancer le tout dans un trou.

– Tu as une grande gueule, Berig, et je n'aime pas beaucoup ce qui en sort, commenta Reldo d'un ton lugubre.

– Ah ouais? Et tu comptes y remédier *comment*?

Le Tolnedrain jeta un coup d'œil sinistre à l'Arendais et s'avisa que l'autre le dominait bien d'une tête. Il tourna les talons en marmonnant des injures.

Berig éclata d'un rire sec et revint à Mandorallen.

– Allez-y, Sire Chevalier, reprit-il d'un ton engageant. S'il y a une grande gueule par ici, c'est Reldo. Ne vous en faites pas pour lui.

– Tu es bien loin de chez Toi, ami, remarqua Mandorallen en remettant son cheval au pas.

– Rien ne me retenait en Arendie, expliqua Berig en haussant les épaules. Et puis j'étais en délicatesse avec le seigneur du lieu pour une histoire de cochon. Alors, quand il a commencé à parler de corde et de pendaison, je me suis dit que c'était peut-être une bonne occasion de tenter ma chance sous d'autres cieux.

– Sage décision, approuva Barak en éclatant de rire.

Berig lui lança un clin d'œil.

– La piste descend tout droit jusqu'au torrent et remonte de l'autre côté, derrière les cabanes, indiqua-t-il. Elles sont habitées par des Nadraks, mais le seul qui pourrait vous faire des histoires, un dénommé Tarlek, est probablement en train de cuver son vin; il avait la dalle en pente, hier soir.

Un homme aux yeux égarés, vêtu à la sendarienne, sortit de l'une des tentes, leva la tête et se mit à aboyer comme un chien. Berig ramassa une pierre et la lui lança. Le Sendarien évita le projectile et courut se réfugier derrière l'une des huttes en glapissant de plus belle.

– Un de ces jours, il faudra que je lui rende le service de lui enfoncer six pouces d'acier dans l'anatomie, commenta amèrement Berig. Il passe ses nuits à hurler à la lune.

– Il a un problème? demanda Barak.

– Il est raide dingue, répondit Berig avec un haussement d'épaules. Il a cru pouvoir tenter une incursion à Maragor et se remplir les poches avant que les fantômes lui mettent le grappin dessus. Il se trompait.

– Qu'est-ce qu'ils lui ont fait? s'informa Durnik, les yeux écarquillés.

– Personne n'en sait rien. De temps en temps, un gars s'enivre ou succombe à la tentation et se fourre dans la tête qu'il va s'en tirer comme ça. Mais même s'il réussissait à échapper aux fantômes, je me demande bien à quoi ça lui servirait. Tous ceux qui s'en sortent vivants sont aussitôt dépouillés par leurs copains. Personne n'arrive à garder l'or qu'il a récupéré. Alors à quoi bon?

– Charmante société, ironisa Silk en tordant le nez.

– Moi, ça me va, s'esclaffa Berig. J'aime encore mieux ça que de décorer un verger, pendu à un pommier. Bon, eh bien, je crois que je ferais mieux de me remettre à piocher, dit-il avec un soupir, en se grattant distraitement une aisselle. Allez, bonne chance.

Il leur tourna le dos et partit vers l'une des tentes.

– Avançons, suggéra calmement sire Loup. Ce genre d'endroit a tendance à s'animer fâcheusement au fur et à mesure qu'on avance dans la journée.

– Tu en connais un rayon sur la question, on dirait, observa tante Pol.

– Ce sont des coins pratiques pour se cacher. Personne ne pose de questions. Et il m'est arrivé une fois ou deux d'avoir besoin de me cacher, au cours de mon existence.

– On se demande bien pourquoi.

Ils repartirent le long du sentier de terre battue qui descendait vers le torrent boueux en serpentant entre les cabanes et les tentes rapiécées blotties les unes contre les autres.

– Attendez! cria quelqu'un, derrière eux.

Un Drasnien d'une propreté douteuse leur courait après en agitant une petite bourse de cuir.

– Vous auriez pu m'attendre! s'exclama-t-il à bout de souffle, en arrivant près d'eux.

– Qu'est-ce que vous voulez? rétorqua Silk.

– J'offre trois onces de bon or jaune pour la fille, haleta le Drasnien en secouant sa bourse avec un regain d'énergie.

Le visage de Mandorallen perdit toute couleur et sa main se déplaça vers le pommeau de son épée.

– Non, Mandorallen. Laissez-moi régler ça, chuchota Silk en mettant pied à terre.

Sur le coup, Ce'Nedra avait encaissé, mais elle semblait maintenant sur le point d'exploser. Garion posa la main sur son bras.

– Attendez, souffla-t-il.

– Comment peut-on...

– Chut! Regardez. Silk va s'en occuper.

– Vous n'êtes pas très généreux, objecta Silk, en remuant les doigts avec nonchalance.

– Elle est encore bien jeune, souligna l'autre. Elle ne doit pas savoir faire grand-chose. Auquel d'entre vous appartient-elle?

– Pas si vite, protesta Silk. Vous pouvez certainement faire mieux.

– C'est tout ce que j'ai, plaida le gueux d'un ton plaintif en agitant les doigts à son tour. Et je ne veux pas m'associer avec les brigands du coin. Je ne reverrais jamais la couleur de mon or.

– Je regrette, conclut Silk en secouant la tête en signe de dénégation. C'est hors de question. Je suis sûr que vous comprenez notre point de vue.

Ce'Nedra s'étranglait d'indignation.

– Du calme, lança Garion. Ce n'est pas ce que vous croyez.

– Et la vieille? suggéra le misérable d'un air désespéré. Trois onces pour elle, c'est une aubaine.

Le poing de Silk partit sans préavis et le Drasnien n'eut que le temps d'esquiver le coup. Il recula précipitamment en portant la main à sa bouche et se mit à lancer des injures.

– Passez-lui sur le corps, Mandorallen, ordonna Silk d'un ton désinvolte.

Le chevalier à la triste figure tira sa large épée et dirigea son destrier droit sur l'énergumène qui eut un jappement de surprise, fit volte-face et prit ses jambes à son cou.

– Alors, Silk? Qu'est-ce qu'il a dit? demanda sire Loup. Vous étiez devant lui et je n'ai rien vu.

– La région grouille de Murgos, annonça Silk en remontant en selle. D'après Kheran, il en serait passé pas moins d'une douzaine de détachements dans le coin depuis la semaine dernière.

– Parce que vous connaissez cette brute? se récria Ce'Nedra.

– Kheran? Et comment! Nous étions à l'école ensemble.

– Les Drasniens aiment se tenir au courant, Princesse, commenta sire Loup. Le roi Rhodar a des agents partout.

– Cet horrible individu serait un agent du roi Rhodar? s'exclama Ce'Nedra, incrédule.

– En réalité, Kheran est margrave, précisa Silk en hochant la tête. C'est, en temps normal, un homme aux manières exquises. Il m'a chargé de vous transmettre ses compliments.

Ce'Nedra était sidérée.

– Les Drasniens parlent avec leurs doigts, expliqua Garion. Je pensais que tout le monde le savait.

Ce'Nedra le regarda en plissant les yeux.

– Les propos exacts de Kheran étaient : « Dis à la petite rouquine que je m'excuse » ajouta Garion d'un ton suffisant. Il avait besoin de parler à Silk; il fallait bien qu'il trouve un prétexte.

– *La petite rouquine, hein?*

– C'est lui qui l'a dit, pas moi, objecta Garion, très vite.

– Tu connais le langage des signes, *toi*?

– Evidemment.

– Ça suffit, Garion, décréta fermement tante Pol.

– Kheran nous conseille de nous tirer d'ici en vitesse, rapporta Silk à l'attention de sire Loup. D'après lui, les Murgos cherchent quelqu'un – probablement nous.

Des cris de fureur s'élevèrent tout à coup à l'autre bout

du campement. Un groupe de cavaliers murgos venait de déboucher d'un couloir rocheux et quelques douzaines de Nadraks avaient surgi de leurs tanières et leur tenaient tête. Celui qui semblait avoir pris la direction des opérations, un énorme individu plus animal qu'humain, tenait une redoutable massue d'acier dans la main droite.

— Kordoch! beugla le Nadrak. Je t'avais dit que je te tuerais la prochaine fois que tu passerais par ici.

Un homme mit pied à terre, sortit d'entre les chevaux murgos et vint se planter devant le monstrueux Nadrak. Brill!

— Tu dis tellement de choses, Tarlek! rétorqua-t-il sur le même ton.

— Cette fois, Kordoch, tu vas me le payer, et en bloc! rugit le dénommé Tarlek.

Il fit un pas vers lui en balançant sa masse d'arme.

— N'avance pas, conseilla Brill en s'éloignant des chevaux. Je n'ai pas de temps à perdre en ce moment.

— Tu n'auras plus jamais de temps à perdre, Kordoch, pour rien du tout.

— Quelqu'un souhaite-t-il profiter de l'occasion pour dire au revoir à notre ami ici présent? suggéra Barak, hilare. Je crois qu'il va partir pour un très long voyage.

Mais Brill avait plongé sa main droite dans sa tunique. D'un seul mouvement du poignet, il en ramena un curieux triangle d'acier de six pouces de long et le lança en souplesse, droit sur Tarlek. Le triangle étincelant vrombit en tournoyant sur lui-même et s'enfonça dans la poitrine du prodigieux Nadrak dans un bruit écœurant d'os éclatés. Silk laissa échapper un sifflement de surprise.

Tarlek regarda Brill d'un air effaré, bouche bée, et porta sa main gauche à sa poitrine d'où jaillissait un flot de sang. Puis il lâcha sa massue, ses genoux fléchirent et il s'abattit tout d'une pièce, face contre terre.

— Ne restons pas ici! hurla sire Loup. Le torrent! Vite!

Ils s'engouffrèrent au galop dans le lit du torrent écumant, l'eau boueuse giclant sous les sabots de leurs chevaux. Quelques centaines de mètres plus loin, ils tournèrent bride et entreprirent d'escalader un versant rocheux escarpé.

– Par ici! tonna Barak en indiquant un endroit moins abrupt.

Garion n'eut pas le temps de réfléchir. Il se contenta de se cramponner au pommeau de sa selle en essayant de ne pas se laisser distancer par les autres. Un concert de cris et de hurlements assourdis lui parvenait, loin derrière.

Ils contournèrent une colline et au signal de sire Loup ils retinrent leurs chevaux.

– Hettar, dit le vieil homme, allez voir s'ils nous suivent.

Hettar talonna son cheval et lui fit gravir la pente jusqu'à un bouquet d'arbres, à flanc de coteau.

Le visage livide, Silk marmonnait des imprécations.

– Allons, qu'est-ce qui t'arrive? lui demanda Barak.

Silk ne décolérait pas.

– Enfin, Belgarath, qu'est-ce qui lui prend? insista Barak.

– Notre ami vient d'avoir un choc, répondit le vieil homme. Il s'est trompé sur quelqu'un – et moi aussi, par la même occasion. L'arme que Brill a employée contre le grand Nadrak est une dent-de-vipère.

– Pour moi, c'était une lame d'une forme un peu particulière et voilà tout, commenta Barak en haussant les épaules.

– Oui, eh bien, navré de vous décevoir mais ce n'est pas si simple, reprit sire Loup. Cette lame est aiguisée comme un rasoir sur ses trois côtés et les pointes en sont ordinairement trempées dans le poison. C'est l'arme secrète des Dagashii. Voilà pourquoi Silk est tout retourné.

– J'aurais dû m'en douter, rageait Silk. Brill était un peu trop bon sur le parcours; ça ne pouvait pas être un vulgaire malandrin.

– Dites, Polgara, vous comprenez quelque chose à ce qu'ils racontent? ronchonna Barak.

– Les Dagashii sont une société secrète de Cthol Murgos, expliqua-t-elle. Des assassins, des criminels aguerris. Ils rendent compte à Ctuchik et à leurs propres pairs. Ctuchik a recours à eux depuis des siècles pour éliminer ses adversaires. Ils sont d'une redoutable efficacité.

– Je ne me suis jamais intéressé aux particularités de la culture murgos, maugréa Barak. S'ils tiennent à rôder dans le noir en s'entretuant, je n'y vois pas d'inconvénient. (Il leva les yeux vers le sommet de la colline pour voir si Hettar avait repéré quelque chose.) L'objet que Brill a employé constitue peut-être un gadget amusant, mais il ne peut rien contre une armure et une bonne épée.

– Enfin, Barak, ne sois pas si péquenaud, rétorqua Silk qui reprenait peu à peu ses esprits. Une cotte de mailles n'arrête pas une dent-de-vipère bien lancée. Si tu as le coup de main, tu peux viser derrière un mur. Un Dagash peut tuer pieds et mains nus, armure ou pas. Vous savez, Belgarath, nota-t-il en fronçant les sourcils, je commence à me demander si nous ne nous serions pas trompés depuis le début. Nous avons cru que Brill était au service d'Asharak, mais il se pourrait bien que ce soit juste le contraire. Brill doit être particulièrement bon, sinon Ctuchik ne l'aurait pas envoyé dans le Ponant pour nous tenir à l'œil. Je me demande jusqu'à quel point il est bon, poursuivit-il avec un sourire, un petit sourire à faire froid dans le dos. J'ai déjà eu affaire à quelques Dagashii, reprit-il en s'assouplissant les doigts, mais ce n'était pas le fin du fin. Ça promet d'être intéressant...

– Ne nous égarons pas, reprit sire Loup d'un ton grave.

Il regarda tante Pol et ce fut comme si quelque chose passait entre eux.

– Tu n'es pas sérieux ? protesta-t-elle.

– Nous n'avons pas le choix, Pol. Le coin grouille de Murgos ; ils sont trop nombreux et ils nous serrent de trop près. Quelle liberté de manœuvre avons-nous ? Ils ont réussi à nous acculer contre la pointe sud de Maragor. Tôt ou tard, ils vont nous obliger à entrer dans la plaine. En décidant nous-mêmes du moment, au moins nous nous réservons le loisir de prendre certaines précautions.

– Ça ne me plaît pas, Père, déclara-t-elle sans ambages.

– Moi non plus, admit-il, mais il faut nous débarrasser de tous ces Murgos ou nous n'arriverons jamais au Val avant l'hiver.

Hettar redescendit la colline.

– Ils arrivent, annonça-t-il calmement. Et il y en a d'autres qui viennent de l'ouest pour nous couper la route.

Sire Loup inspira profondément.

– Eh bien, Pol, le sort en est jeté. Allons-y.

Au moment où ils s'engageaient dans le rideau d'arbres séparant les dernières collines de la plaine, Garion jeta un coup d'œil en arrière. Une demi-douzaine de nuages de poussière s'élevaient, derrière eux, sur l'immense versant de la montagne. Les Murgos convergeaient vers eux de toutes parts.

Ils s'engagèrent sous les arbres dans un bruit de tonnerre et s'engouffrèrent dans un petit ravin. Barak, qui menait la marche, leva brusquement la main.

– Des hommes, droit devant, signala-t-il d'un ton âpre.

– Des Murgos? releva Hettar en portant machinalement la main à son sabre.

– Je ne crois pas. Ceux que j'ai vus ressemblaient plutôt aux pauvres types du campement.

Silk, les yeux brillants comme des escarboucles, se fraya un chemin jusqu'à la tête de la colonne.

– J'ai une idée! déclara-t-il. Je vais leur parler.

Il lança son cheval au grand galop et plongea directement dans ce qui ressemblait à une embuscade.

– Camarades! hurla-t-il. Tenez vous prêts! Les voilà! Ils ont de l'or!

Une poignée d'hommes en haillons, armés d'épées et de haches rouillées, sortirent des fourrés et jaillirent de derrière les arbres, encerclant le petit homme. Silk parlait très vite en gesticulant beaucoup. Il tendit le doigt vers les montagnes, derrière eux.

– Qu'est-ce qu'il fabrique? s'inquiéta Barak.

– Encore un de ses trucs tordus, j'imagine, souffla sire Loup.

Au départ, les hommes qui entouraient Silk n'avaient pas l'air très convaincus, mais il s'excitait de plus en plus et ils finirent par changer d'attitude. Enfin, le petit Drasnien se retourna sur sa selle, fit un ample geste du bras à l'attention de ses compagnons et s'écria :

– Allez! Ils sont avec nous!

Puis il éperonna son cheval et gravit la pente rocailleuse.

– Ne nous dispersons pas, leur enjoignit Barak, ses larges épaules remuant sous sa cotte de mailles. Je ne sais pas ce qu'il mijote, mais ses plans fumeux font parfois long feu.

Ils traversèrent dans un bruit d'enfer le groupe de brigands à l'air patibulaire et gravirent le versant de la gorge à la suite de Silk.

– Qu'est-ce que tu leur as raconté? hurla Barak tout en avançant.

– Qu'une quinzaine de Murgos avaient fait une incursion à Maragor et revenaient avec trois énormes sacs d'or, révéla en riant l'homme à la tête de fouine. J'ai ajouté qu'on les avait plutôt mal accueillis au campement et qu'ils tentaient un repli stratégique par ici. Je leur ai dit de garder cette passe-ci et que nous allions nous occuper de la prochaine.

– Ces sacripants vont se jeter sur Brill et ses Murgos quand ils vont essayer de passer, supputa Barak.

– Eh oui, reprit Silk en riant de plus belle. C'est affreux, non?

Ils poursuivirent leur chemin au galop. Au bout d'un quart de lieue, sire Loup leva le bras et ils retinrent leurs montures.

– Nous devons être assez loin, déclara-t-il. Maintenant, écoutez-moi tous très attentivement. Les collines grouillent de Murgos et nous allons être obligés de traverser Maragor.

La princesse Ce'Nedra étouffa un petit hoquet et son visage devint d'une pâleur mortelle.

– Tout ira bien, mon chou, assura tante Pol.

Jamais sire Loup n'avait été aussi grave.

– A la minute où nous entrerons dans la plaine, vous allez commencer à entendre des choses, reprit-il. N'y prêtez pas attention. Contentez-vous d'avancer. Je serai en tête; regardez-moi bien : quand je lèverai la main, arrêtez-vous tout de suite et descendez de cheval. Regardez par terre et ne levez pas les yeux, quoi que vous entendiez. Nous allons vous plonger dans une sorte de sommeil, Polgara et moi. N'essayez pas de résister. Détendez-vous et faites exactement ce que nous vous dirons.

– Nous endormir? protesta Mandorallen. Comment nous défendrons-nous en cas d'attaque si nous sommes endormis?

– Allons, Mandorallen, vous n'avez rien à craindre des êtres vivants. Et ce n'est pas votre corps qui aura besoin de protection, c'est votre esprit.

– Et les chevaux? s'inquiéta Hettar.

– Les chevaux n'ont rien à craindre. Ils ne verront même pas les fantômes.

– Je ne pourrai jamais, déclara Ce'Nedra d'une voix proche de l'hystérie. Je ne peux pas entrer à Maragor.

– Mais si, mon petit, assura tante Pol de la même voix calme, apaisante. Restez près de moi. Il ne vous arrivera rien. Je ne le permettrais pas.

Garion éprouva tout à coup une profonde compassion pour la petite jeune fille terrorisée et rapprocha son cheval du sien.

– Je suis là, moi aussi.

Elle le regarda avec gratitude, mais elle ne pouvait empêcher sa lèvre inférieure de trembler et elle était d'une pâleur inquiétante.

Sire Loup respira un bon coup et balaya du regard l'immense pan de montagne qui les dominait de toute sa hauteur. Les nuages de poussière soulevés par les sabots des chevaux murgos se rapprochaient de façon inquiétante.

– Très bien, décida-t-il enfin. Allons-y.

Il tourna bride et suivit à un trot alerte la ravine qui débouchait dans la plaine immense, droit devant eux.

Au début, ce fut une rumeur, faible et très lointaine, un peu pareille au murmure du vent dans les arbres ou au doux babil de l'eau sur les pierres. Mais comme ils s'engageaient toujours plus avant dans la plaine, le bruit devint de plus en plus fort et distinct. Garion jeta un coup d'œil presque nostalgique derrière lui, sur les collines qu'ils venaient de quitter, puis il se rapprocha de Ce'Nedra et verrouilla son regard sur le dos de sire Loup en essayant de fermer les oreilles.

C'était maintenant un chœur de cris et de lamentations ponctués de temps à autre par des hurlements stridents.

Mais derrière tout cela, semblant véhiculer tous les autres sons et les renforcer, il y avait une terrible plainte, sans doute émise par une unique voix, mais d'une amplitude, d'une puissance telle qu'elle résonnait dans la tête de Garion, effaçant toute autre notion.

Tout à coup, sire Loup leva la main. Garion se laissa glisser à terre et braqua les yeux sur le sol avec l'énergie du désespoir. Quelque chose passa en vacillant à la limite de son champ de vision mais il refusa de regarder.

Puis tante Pol s'adressa à eux d'une voix calme, rassurante.

– Formez un cercle, recommanda-t-elle, et donnez-vous la main. Rien ne pourra franchir la ronde, vous êtes en sécurité.

Garion écarta les bras, secoué par un tremblement incoercible. Il ne sut pas qui lui prenait la main gauche, mais il reconnut tout de suite la petite patte qui se cramponnait désespérément à la sienne du côté droit : c'était celle de Ce'Nedra.

Tante Pol était debout au centre du cercle, et Garion sentit sa présence les investir de toute sa force. Sire Loup se tenait en dehors, mais il ne restait pas inactif. Les veines de Garion palpitaient au rythme des ondes assourdies déferlant sur eux, déclenchant des échos saccadés du rugissement qui lui était maintenant familier.

L'effroyable lamentation de la voix solitaire s'amplifia, se rapprocha encore, et Garion éprouva une panique intense. Ça n'allait pas marcher. Ils allaient tous devenir fous.

– Allons, tais-toi! lança la voix de tante Pol.

Il comprit qu'elle lui parlait intérieurement. Son épouvante se dissipa et une étrange lassitude, un grand calme descendit en lui. Ses paupières devinrent lourdes, le gémissement perdit de sa véhémence. Puis il se sentit envahi par une chaleur réconfortante et sombra presque instantanément dans un profond sommeil.

CHAPITRE V

Garion n'aurait su dire combien de temps son esprit
était resté plongé dans cette bienheureuse inconscience,
mais il n'avait pas dû mettre très longtemps à rejeter
l'ordre lénifiant de tante Pol. Il émergea du sommeil en
titubant, tel un nageur surgissant des profondeurs, et se
rendit compte qu'il avançait avec raideur, comme s'il
était de bois, vers les chevaux. Il jeta un coup d'œil à
ses compagnons; ils avaient le visage vide de toute
expression. Il lui semblait entendre tante Pol ordonner
tout bas : « Dormez, dormez, dormez... », mais son
injonction manquait de la puissance nécessaire pour le
contraindre à obéir.

Il nota tout de même une différence subtile dans sa
perception : son esprit était en éveil, mais ses émotions
semblaient anesthésiées. Il contemplait les choses avec
un détachement calme et lucide, exempt de ces sentiments qui semaient si souvent la perturbation dans sa
pensée. Il aurait sans doute dû dire à sa tante Pol qu'il
ne dormait pas, il le savait bien, mais il préféra s'en
abstenir pour une raison obscure. Il commença posé-
ment à faire le tri dans les notions et les idées sous-
jacentes à cette décision en s'efforçant d'isoler la raison
latente, car il y en avait une, forcément. Ses explora-
tions l'amenèrent à effleurer le coin tranquille où résidait son autre conscience. Son amusement sardonique
était presque palpable.

– *Alors?* lui demanda silencieusement Garion.

– *Je vois que tu as fini par te réveiller,* répondit l'autre esprit qui était en lui.

– *Non,* rectifia Garion, très pointilleux tout à coup. *Il me semble qu'une partie de moi est encore endormie.*

– *Celle qui faisait obstruction. Nous allons enfin pouvoir parler. Nous avons bien des choses à nous dire.*

– *Qui êtes-vous ?* questionna Garion en remontant à cheval, suivant machinalement les instructions de tante Pol.

– *Je n'ai pas de nom.*

– *Vous êtes distinct de moi, n'est-ce pas ? Je veux dire, vous ne faites pas vraiment partie de moi ?*

– *Non,* répondit la voix. *Nous sommes bien distincts.*

Les chevaux s'étaient à présent remis au pas et suivaient tante Pol et sire Loup dans la prairie.

– *Que voulez-vous ?* s'enquit Garion.

– *Il m'incombe de faire en sorte que les événements se déroulent comme prévu. J'y veille depuis bien longtemps, maintenant.*

Garion médita cette réponse. Autour de lui, le gémissement s'amplifiait et le chœur de plaintes et de hurlements se précisait. Des ébauches de formes vagues, spectrales, apparurent peu à peu et vinrent vers les chevaux en planant au-dessus de l'herbe.

– *Je vais devenir fou, n'est-ce pas ?* observa-t-il comme à regret. *Je ne dors pas comme les autres, alors les fantômes vont me faire perdre la tête, non ?*

– *Je ne crois pas,* répondit la voix. *Tu vas voir des choses que tu aurais sans doute préféré ignorer, mais cela ne risque guère de te déranger l'esprit. Il se peut même que tu apprennes ainsi sur toi des choses salutaires.*

Une idée traversa tout à coup l'esprit de Garion

– *Vous êtes très vieux, n'est-ce pas ?* déclara-t-il abruptement.

– *Ce mot ne veut rien dire en ce qui me concerne.*

– *Plus vieux que mon grand-père ?* insista Garion.

– *Je le connais depuis sa plus tendre enfance. Cela te mettra peut-être du baume au cœur d'apprendre qu'il était encore plus têtu que toi. Il m'a fallu du temps pour le mettre sur la voie qu'il était censé suivre.*

– *Vous l'avez fait de l'intérieur de son esprit?*

– *Bien sûr.*

Le cheval de Garion avança sans broncher droit sur une image impalpable qui venait d'apparaître devant lui.

– *Alors il doit vous connaître, puisque vous habitiez son esprit?*

– *Il n'a jamais su que j'étais là.*

– *Moi, je l'ai toujours su.*

– *Mais toi, ce n'est pas pareil. C'est de cela qu'il faut que nous parlions.*

Tout d'un coup, une tête de femme se matérialisa juste devant le visage de Garion. Elle avait les yeux exorbités et la bouche grande ouverte sur un cri silencieux. Des flots de sang ruisselaient de son cou déchiqueté, comme tranché à la hache, et semblaient se volatiliser dans le néant.

– *Embrasse-moi,* croassa-t-elle à l'attention de Garion.

Il ferma les yeux et sa tête passa à travers celle du fantôme.

– *Tu vois bien,* fit la voix sur le ton de la conversation. *Ce n'est pas si terrible, en fin de compte.*

– *En quoi suis-je différent?* reprit Garion.

– *Une certaine chose doit être menée à bien, et c'est à toi de l'accomplir. Les autres n'auront servi qu'à amener ce résultat.*

– *Qu'attendez-vous de moi au juste?*

– *Tu le sauras le moment venu. Cela pourrait t'effrayer de la savoir trop tôt. Tu es déjà assez difficile à manœuvrer comme cela; inutile de rajouter des complications inutiles,* conclut la voix avec une sorte de malignité.

– *Alors à quoi bon en parler?*

– *Tu dois savoir* pourquoi *tu auras à agir. Cela t'aidera peut-être le moment venu.*

– *Très bien.*

– *Il s'est produit, dans un lointain passé, un événement qui n'aurait jamais dû avoir lieu. L'univers avait vu le jour pour une raison donnée et évoluait sans heurt vers ce but. Tout se passait comme prévu lorsque quelque chose est allé de travers. Ce n'était pas très grave, mais c'est arrivé au bon moment, à l'endroit voulu – disons*

*plutôt où et quand il n'aurait pas fallu. En tout cas, ce
fait a modifié le cours des choses. Tu me suis?*

— *Il me semble,* acquiesça Garion, les sourcils froncés
par l'effort de réflexion. *C'est comme si on visait un objet
et qu'en rebondissant la pierre en atteignait un autre.
Comme la fois où Doroon a jeté au corbeau un caillou
qui a ricoché sur une branche d'arbre et cassé un carreau
de Faldor.*

— *Exactement. Jusque-là, il n'y avait jamais eu qu'une
seule possibilité – la proposition originale. Et tout d'un
coup il y en a eu une seconde. Allons un peu plus loin : si
Doroon ou toi vous aviez très vite lancé une deuxième
pierre sur la première pour l'empêcher de briser les vitres
de Faldor, peut-être le premier projectile aurait-il atteint
le corbeau au lieu de la fenêtre.*

— *Peut-être,* accorda Garion, dubitatif. *Doroon ne
visait pas très bien.*

· — *Mais moi je vise bien mieux que Doroon. C'est la
justification de mon existence. Tu es, si l'on peut dire et
d'une façon très particulière, le caillou que j'ai jeté. Si tu
réussis à heurter l'autre pierre, tu la feras dévier de sa
trajectoire et l'enverras atteindre la cible prévue de tout
temps.*

— *Et si j'échoue?*

— *Alors la fenêtre de Faldor volera en éclats.*

La silhouette d'une femme nue aux bras coupés net,
une épée passée au travers du corps, se manifesta soudain
devant Garion. Elle se mit à pousser des cris et des gémissements en lui brandissant dans la figure ses moignons
dégoulinants de sang. Garion se passa les mains sur la
figure – il avait le visage sec. Indifférent à tout cela, le
cheval traversa le fantôme balbutiant.

— *Nous devons faire reprendre leur trajectoire normale aux événements,* poursuivit la voix. *La mission qui
t'incombe joue un rôle déterminant dans l'affaire. Pendant longtemps, ce qui aurait dû arriver et ce qui se produisait en réalité ont suivi des voies différentes. Or les
événements convergent à nouveau. C'est à leur point de
concours que tu devras agir. Si tu réussis, le cours normal des choses sera rétabli; dans le cas contraire, tout*

ira mal à jamais et l'univers échouera à remplir le but dans lequel il a été créé.

— Quand tout cela a-t-il commencé?

— Avant la création du monde. Avant même les Dieux.

— Et je vais réussir?

— Je n'en sais rien. Je sais ce qui est censé arriver, pas ce qui va se produire. Il faut que tu saches encore une chose : lorsque cette erreur s'est produite, elle a déterminé deux champs des possibles différents, et un champ des possibles recèle une sorte de finalité. Pour avoir une finalité, il faut qu'il en ait conscience. Disons, pour simplifier, que c'est ce que je suis : la conscience de la finalité originelle de l'univers.

— Sauf que maintenant, il y en a une autre, n'est-ce pas? Une autre conscience, liée à l'autre champ des possibles.

— Tu es plus malin que je ne pensais.

— Et son but doit être de faire aller les choses le plus mal possible, non?

— J'en ai bien peur. Nous en arrivons à l'essentiel. Le moment approche où tout doit basculer dans un sens ou dans l'autre, et il faut que tu sois prêt.

— Pourquoi moi? demanda Garion en écartant machinalement une main sectionnée qui semblait se tendre vers sa gorge pour l'étrangler. *On ne pourrait pas trouver quelqu'un d'autre?*

— Non, décréta, implacable, sa voix intérieure. *Ça ne marche pas comme ça. L'univers t'attend depuis des millions d'années, plus que tu ne pourrais en imaginer. Tu te précipitais vers cet événement avant même le commencement des temps. Il n'y a que toi qui puisses faire ce qui doit être fait. Toi seul peux jouer ce rôle. C'est la chose la plus importante de tous les temps, et pas seulement pour ce monde : pour l'univers entier. Des races entières d'êtres vivants, si lointains que la lumière de leurs soleils n'atteindra jamais ce sol, disparaîtront si tu échoues. Ils ignoreront éternellement ton existence et il n'y a aucune chance qu'ils viennent te remercier un jour, mais leur sort dépend de toi. Le second champ des possibles mène au chaos absolu et à la destruction intégrale de l'univers, mais nous conduisons à autre chose, toi et moi.*

72

– *A quoi?*

– *Tu le verras si tu réussis.*

– *Très bien. Et qu'est-ce que je suis censé faire en attendant?*

– *Tu disposes d'un pouvoir prodigieux, accordé afin de te permettre d'accomplir ce pour quoi tu as été créé. Tu dois apprendre à le maîtriser. Belgarath et Polgara s'efforcent de t'y aider, alors cesse de te bagarrer avec eux à ce sujet. Il faut que tu sois prêt le moment venu, et ce moment viendra plus vite que tu ne penses.*

Une silhouette décapitée était plantée au beau milieu de la piste, tenant sa tête par les cheveux avec sa main droite. Elle la souleva devant Garion qui approchait, et sa bouche convulsée lui cria des insultes.

Après avoir traversé le fantôme, Garion essaya de reprendre la conversation avec sa voix intérieure, mais le contact semblait provisoirement interrompu.

Ils passèrent lentement devant les ruines d'une ferme. Agglutinés sur les pierres, des hordes de spectres leur faisaient des signes aguichants et les invitaient à les rejoindre.

– C'est fou ce qu'il y avait comme femmes, nota négligemment tante Pol.

– C'était une caractéristique de la race, commenta tout aussi calmement sire Loup. Huit nouveau-nés sur dix étaient des filles. Ça les a amenés à prendre des mesures concernant les relations entre les sexes.

– Tu as sûrement dû trouver ça très amusant, observat-elle sèchement.

– Les Marags n'ont jamais pu faire les choses comme les autres. Le mariage n'avait pas beaucoup de succès chez eux. Ils faisaient preuve d'un grand libéralisme dans certains domaines.

– Ah oui? Voilà comment on appelle cela?

– Allons, Pol. Essaye de ne pas être aussi intransigeante. La société fonctionnait; c'est tout ce qui compte.

– Enfin, Père, ils s'adonnaient au cannibalisme, tout de même!

– Simple erreur de parcours. L'un d'eux a dû mal interpréter un passage de leurs textes sacrés et voilà tout.

Ils faisaient cela par obligation religieuse, pas par goût. L'un dans l'autre, j'aimais bien les Marags. Ils étaient généreux, amicaux et honnêtes les uns envers les autres. Ils aimaient la vie. Sans leur or, ils seraient sûrement sortis de cette aberration mineure.

Garion avait oublié l'or. Comme ils traversaient un petit cours d'eau, il plongea le regard dans les eaux miroitantes et vit de petits points jaunes brillants parmi les cailloux du fond.

Un fantôme nu apparut soudain juste devant lui.

– Je suis belle, hein? fit-elle, aguichante.

Puis elle empoigna les lèvres de l'immense plaie qui lui ouvrait l'abdomen sur toute sa longueur et les écarta, déversant ses entrailles sur la berge de la rivière.

Garion eut un haut-le-cœur et serra les dents.

– *Ne pense pas à l'or!* ordonna sèchement sa voix intérieure. *C'est par tes envies que les fantômes s'emparent de toi. Si tu penses à l'or, tu vas devenir fou!*

Ils poursuivirent leur chemin, Garion tentant de chasser la notion d'or de son esprit.

Mais sire Loup continuait à en parler.

– C'est toujours le même problème avec l'or : on dirait qu'il attire les pires individus. Les Tolnedrains, par exemple.

– Ils essayaient d'abolir le cannibalisme, Père, objecta tante Pol. C'est une coutume que la plupart des gens trouvent révoltante.

– Crois-tu qu'ils auraient été aussi révoltés si le lit de tous les cours d'eau de Maragor ne regorgeait pas d'or?

Tante Pol détourna les yeux du fantôme d'un enfant empalé sur une épée tolnedraine.

– Enfin, plus personne n'aura cet or, maintenant, ajouta-t-elle. Mara y veille.

– Oui, acquieça sire Loup en relevant la tête pour écouter le terrible gémissement qui semblait émaner de toutes parts. Je voudrais bien qu'il ne hurle pas si fort, protesta-t-il avec une grimace, après une plainte particulièrement stridente.

Ils passèrent devant ce qui ressemblait aux ruines d'un temple : des pierres blanches renversées, envahies par l'herbe. Non loin de là, un gros arbre était festonné de guirlandes de corps qui se balançaient et se tortillaient au bout de leurs cordes.

— Détachez-nous, murmuraient les cadavres. Détachez-nous...

— Père! s'écria tante Pol en tendant le doigt vers la plaine, de l'autre côté du temple en ruine. Là-bas! Ces gens sont réels!

Une procession de silhouettes en robe et capuchon de bure avançait lentement dans la prairie. Ils portaient sur leurs épaules une lourde cloche accrochée au bout d'une perche et chantaient à l'unisson de son glas noir, lugubre.

— Les moines de Mar Terrin, constata sire Loup. La bonne conscience de la Tolnedrie. Nous n'avons rien à craindre d'eux.

L'un des hommes en capuchon leva la tête et les vit.

— Partez! hurla-t-il.

Il se détacha du petit groupe et courut vers eux en esquivant des choses que Garion ne vit pas.

— Partez! s'écria-t-il à nouveau. Sauvez-vous! Vous approchez de l'antre même de l'horreur. Mar Amon est juste derrière cette colline, et Mara hante ses rues de sa fureur!

CHAPITRE VI

Les moines poursuivirent leur procession dans la prairie, le chant et le tintement lugubre de la cloche s'estompèrent bientôt dans le lointain. Perdu dans ses pensées, sire Loup se caressait la barbe de sa main valide.

– Autant nous en occuper tout de suite, Pol, suggéra-t-il enfin avec un soupir sinistre. Sans cela, il ne nous laissera pas en paix.

– Ça ne sert à rien, Père, objecta tante Pol. Tu sais bien qu'il n'y a pas moyen de discuter avec lui. Nous avons déjà essayé.

– Tu as sûrement raison, reconnut-il. Mais nous devons tout de même tenter le coup, sinon Aldur sera déçu. Quand il saura ce qui se trame, peut-être arriverons-nous enfin à lui faire entendre raison.

Une plainte assourdissante retentit dans la plaine baignée de soleil et sire Loup tira un nez long comme un jour sans pain.

– Il ne s'est pas encore usé les cordes vocales, depuis le temps qu'il crie comme ça! Bon, ça suffit. On y va. Direction : Mar Amon.

Il tourna bride et mena sa monture vers la colline que le moine aux yeux fous leur avait indiquée. Un fantôme estropié surgit du néant juste devant son visage et se mit à vitupérer.

– Oh! ça suffit! cria sire Loup, agacé.

Le spectre disparut avec un vacillement de stupeur. Sans doute une piste menait-elle jadis dans les collines;

on en devinait vaguement la trace dans l'herbe. Mais depuis que le dernier être vivant en avait foulé la surface, trente-deux siècles avaient passé, l'effaçant presque irrémédiablement. Ils gravirent la colline et, du sommet, plongèrent le regard sur les ruines de Mar Amon. Toujours détaché et insensible, Garion observa des choses et en tira des conclusions qui lui auraient échappé sans cela. La cité avait été presque entièrement détruite, mais on en distinguait encore le plan : la rue, car il n'y en avait qu'une, partait en spirale d'une vaste place circulaire, juste au centre des ruines. Garion eut aussitôt l'intuition fulgurante que la ville avait été conçue par une femme. L'esprit féminin fonctionnait plutôt selon des courbes alors que les hommes avaient tendance à penser en ligne droite.

Ils descendirent la colline et s'approchèrent de la cité. Tante Pol et sire Loup ouvrant la marche, suivis des autres, toujours inconscients, le visage vide. Garion gardait leurs arrières en s'efforçant d'ignorer les fantômes nus, hideusement mutilés, qui surgissaient de terre et se dressaient devant lui. La terrible plainte qu'ils entendaient depuis l'instant où ils étaient entrés à Maragor s'amplifia, se précisa. A certains moments, elle avait fait à Garion l'impression d'être issue d'une multitude de voix confondues, déformées par l'écho. Mais il s'en rendait compte à présent, elle émanait d'une gorge unique, d'une telle puissance et emplie d'un chagrin si immense qu'elle retentissait d'un bout à l'autre du royaume.

Comme ils approchaient de la ville, un vent épouvantable se leva, glacial et amenant avec lui une effroyable puanteur de charnier. Garion tendit machinalement la main pour refermer sa cape autour de lui, mais il se rendit compte qu'elle restait immobile et que l'herbe haute ne s'incurvait pas dans la tourmente. Il rumina l'information tout en s'efforçant de fermer ses narines à l'épouvantable odeur de corruption et de pourriture charriée par ce vent spectral. L'herbe ne ployait pas sous la bourrasque, c'était donc une illusion. Et si les chevaux n'entendaient pas les gémissements, c'est que ce n'étaient pas non plus de vrais gémissements. Il se sentit transi jusqu'à la moelle des os et frissonna en se répétant que le froid était plus imaginaire que réel, tout comme le vent et le hurlement de désespoir.

La première fois qu'il l'avait vue, du haut de la colline, Mar Amon lui avait semblé n'être qu'un champ de ruines; mais lorsqu'ils entrèrent dans la cité, Garion eut la surprise de se trouver entouré de murs, de maisons et de bâtiments, et d'entendre, parfois assez proche, un rire d'enfant. L'on entendait même chanter dans le lointain.

— Pourquoi fait-il toujours ça? demanda tristement tante Pol. Ça ne sert à rien.

— Tu sais, Pol, c'est tout ce qui lui reste.

— Le résultat est le même, en fin de compte.

— Je sais, mais ça l'aide à oublier pendant un moment.

— Il y a des choses que nous aimerions tous oublier, Père. Ce n'est pas le meilleur moyen d'y parvenir.

Sire Loup regarda d'un air admiratif les maisons apparemment bien réelles qui les entouraient.

— C'est très réussi, tu ne trouves pas?

— Bien sûr, reconnut-elle. Ce n'est pas un Dieu pour rien. Mais ça n'est tout de même pas une bonne chose.

Il fallut que le cheval de Barak rentre par mégarde droit dans un mur pour que Garion comprenne ce que voulaient dire sa tante et son grand-père : l'animal s'enfonça dans la pierre apparemment bien concrète et ressortit à plusieurs mètres de là. La ville entière, ses rues, ses bâtiments, n'étaient qu'illusion, un souvenir. Le vent glacial et qui sentait le cadavre en décomposition sembla redoubler de vigueur et une âcre odeur de fumée vint s'y ajouter. L'herbe brillait toujours au soleil, mais Garion avait à présent l'impression que tout s'assombrissait. Les rires des enfants, les chants assourdis s'estompèrent, laissant place à des cris.

Un légionnaire tolnedrain en cuirasse luisante et heaume emplumé, d'apparence aussi réelle et tangible que les murailles alentour, arriva en courant au bout de l'immense courbe de la rue. Son épée dégoulinait de sang, son visage était crispé dans un sourire horrible à voir et il roulait des yeux égarés.

La rue était maintenant jonchée de corps mutilés, horriblement massacrés, nageant dans des mares de sang. L'illusion approchait de son apogée terrifiante et le gémissement atteignit un paroxysme, devint une clameur assourdissante.

La rue en spirale déboucha enfin sur la large place circulaire du centre de Mar Amon. Le vent glacial semblait hurler dans la ville en flammes et l'affreuse cacophonie des épées hachant la chair et l'os semblait occuper tout l'espace disponible dans l'esprit de Garion. L'air s'assombrit encore.

Les pierres qui jonchaient la place étaient imprégnées du souvenir de centaines et de milliers de Marags inertes, morts au milieu des tourbillons de fumée. Mais ce qui les attendait au centre n'était ni une illusion ni un fantôme. Un être formidable les dominait, frémissant d'une effroyable présence, vibrant d'une réalité qui ne devait rien à l'imagination de l'observateur. Il tenait dans ses bras le corps d'un enfant assassiné comme si c'était la somme de tous les morts de ce pays hanté. Son visage levé au-dessus du petit cadavre était convulsé par une expression d'incible angoisse, de douleur inhumaine, et il pleurait. Plongé comme il l'était dans la stupeur qui préservait son intégrité mentale, Garion sentit ses poils se hérisser sur sa nuque.

Sire Loup fit la moue. Il descendit de cheval et s'approcha de l'énorme silhouette en enjambant prudemment les illusions de corps qui jonchaient la place.

— Seigneur Mara, commença-t-il en s'inclinant respectueusement devant la silhouette.

Mara répondit par un hurlement.

— Seigneur Mara, répéta sire Loup. Ce n'est pas de gaieté de cœur que je fais intrusion dans Ton chagrin, mais il faut que je Te parle.

Le terrible visage se crispa et d'énormes larmes roulèrent sur ses joues. Sans un mot, le Dieu tendit devant lui le corps de l'enfant mort, releva la tête et se lamenta de plus belle.

— Seigneur Mara! essaya encore une fois sire Loup, d'un ton plus persuasif cette fois.

Mara ferma les yeux, pencha la tête sur le corps de l'enfant et se mit à sangloter.

– C'est inutile, Père, conclut tante Pol. Il n'entend rien quand il est comme ça.

– Laisse-moi, Belgarath, répondit enfin Mara, en larmes, et sa voix gigantesque tonna et résonna dans l'esprit de Garion. Laisse-moi à mon chagrin.

– Seigneur Mara, l'accomplissement de la prophétie est proche, annonça sire Loup.

– Qu'est-ce que cela peut me faire ? sanglota Mara en étreignant le petit corps. La prophétie me rendra-t-elle mes enfants assassinés ? Elle est sans prise sur moi. Laisse-moi.

– La destinée du monde dépend de l'issue des événements qui vont se produire très bientôt, Seigneur Mara, insista sire Loup. Les royaumes de l'Est et du Ponant s'apprêtent à l'ultime combat. Torak, Celui qui n'a qu'un œil, Ton frère maudit, s'agite dans son sommeil ; il s'éveillera bientôt.

– Qu'il s'éveille, gémit Mara.

Il s'inclina sur le petit corps qu'il serrait dans ses bras et déversa sur lui un torrent de pleurs.

– Tu Te soumettras donc à sa domination, Seigneur Mara ? demanda tante Pol.

– Polgara, je suis hors de toute atteinte. Je ne quitterai pas la terre de mes enfants morts et nul, homme ou Dieu, ne saurait s'aventurer jusqu'à moi. Que Torak établisse son empire sur le monde si telle est sa volonté.

– Autant nous en aller, Père, reprit tante Pol. Rien ne peut l'ébranler.

– Seigneur Mara, insista sire Loup, nous avons amené devant Toi les instruments de la prophétie. Accepteras-Tu de les bénir avant notre départ ?

– Je n'ai plus de bénédiction, Belgarath, répondit Mara. Que des malédictions pour les enfants sauvages de Nedra. Emmène ces étrangers avec toi.

– Seigneur Mara, dit fermement tante Pol. Un rôle T'est dévolu dans l'accomplissement de la prophétie. L'implacable destinée qui nous guide s'impose à Toi aussi. Chacun doit remplir la mission qui lui est réservée depuis l'avènement des temps, car le jour où la prophétie sera détournée de son terrible cours, le monde cessera d'être.

– Qu'il cesse d'être, gronda Mara. Qu'il périsse. Il ne recèle plus de joie pour moi. Mon chagrin est éternel et je n'y renoncerais pas quand le prix en serait la fin de tout ce qui a été créé. Emmenez les enfants de la prophétie et laissez-moi.

Sire Loup s'inclina, résigné, tourna les talons et rejoignit ses compagnons, une expression de dégoût impuissant inscrite sur le visage.

– Attendez! hurla tout à coup Mara. Qu'est-ce que cela?

Sire Loup se retourna d'un bloc. Les images de la cité et de ses morts se mirent à vaciller et s'estompèrent.

– Qu'as-tu fait, Belgarath? accusa Mara en se redressant soudain de toute sa hauteur. Et toi, Polgara? Mon chagrin serait-il maintenant un sujet de dérision pour vous? Me jetteriez-vous mon chagrin à la face?

– O Seigneur!

Tante Pol semblait interloquée par la soudaine fureur du Dieu.

– Monstres! rugit Mara. Monstres!

Son prodigieux faciès était convulsé de rage. Dans sa formidable colère, il s'avança vers eux et s'arrêta juste devant le cheval de la princesse Ce'Nedra pour lui hurler sa haine au visage.

– Fille de Nedra, je déchirerai ta chair de mes mains! J'emplirai ton cerveau des vers de la folie! Je te plongerai dans une horreur sans nom jusqu'au dernier jour de tes jours!

– Laisse-la! s'écria âprement tante Pol.

– Non, Polgara, fulmina-t-il. Sur elle retombera le poids de ma colère!

Il tendit les terribles serres de ses doigts vers la princesse inconsciente. Celle-ci braquait dans le néant, derrière lui, le regard vide, candide, de ses yeux qui ne cillaient pas.

Le Dieu poussa un sifflement de frustration et fit volte-face pour affronter sire Loup.

– Je suis trahi! ragea-t-il. Son cerveau est assoupi!

– Ils sont tous endormis, Seigneur Mara, répondit sire Loup. Les menaces et les horreurs n'ont pas de prise sur eux. Tu peux hurler et tempêter jusqu'à ce que le ciel nous tombe sur la tête; elle ne T'entend pas.

– Tu seras puni, Belgarath, cracha Mara. Et Polgara aussi. Vous apprendrez le goût de la douleur et de la terreur pour vous être joués de moi avec tant d'arrogance. J'arracherai le sommeil de l'esprit de ces intrus, ils éprouveront les affres de la folie que je leur infligerai à tous!

Il s'enfla soudain, prenant des proportions prodigieuses.

– Ça suffit, Mara! Arrête!

La voix était celle de Garion, mais ce n'était pas lui qui avait parlé, il le savait bien. L'Esprit de Mara se retourna vers lui et éleva son immense bras, prêt à frapper. Garion se rendit compte qu'il mettait pied à terre et s'approchait de l'immense silhouette menaçante.

– Ta vengeance, Mara, s'arrête ici, déclara la voix qui s'exprimait par la bouche de Garion. Cette enfant s'inscrit dans mon dessein. Tu n'y toucheras pas.

Garion se rendit compte avec angoisse qu'il se dressait entre le Dieu en furie et la princesse endormie.

– Ecarte-toi de mon chemin, gamin, ou je t'écrase comme une punaise! menaça Mara.

– Sers-toi de ta cervelle, si tu ne l'as pas encore réduite en miettes par tes hurlements, reprit la voix. Tu sais bien qui je suis.

– Il me la faut! hurla Mara. Je lui donnerai une multitude de vies pour toutes les arracher à sa chair frémissante!

– Non. Tu ne feras pas cela.

Le Dieu Mara se redressa de toute sa hauteur, étendit ses bras terribles; mais en même temps, ses yeux sondaient, scrutaient – et pas seulement ses yeux. Garion sentit un prodigieux contact effleurer son esprit, comme dans la salle du trône de la reine Salmissra, quand il avait été frôlé par l'Esprit d'Issa. Un sentiment de terrible reconnaissance emplit les yeux larmoyants de Mara. Il baissa ses bras étendus.

– Donne-la-moi, implora-t-il. Prends les autres et va-t'en, mais donne-moi la Tolnedraine, je t'en supplie.

– Non.

Ce qui se produisit alors ne devait rien à la sorcellerie,

Garion le sut aussitôt. Il n'entendit aucun bruit, pas même l'étrange rugissement qui l'accompagnait toujours. Au lieu de cela, il se sentit en proie à une terrible pression, car toute la force de l'esprit de Mara était dirigée vers lui, le terrassant. Puis la voix intérieure de Garion lui répondit, si puissante, si vaste que le monde entier ne l'eût contenue. Elle ne heurta pas Mara, car cette collision terrifiante eût ébranlé le monde, mais demeura immuable face à la fureur impétueuse du Dieu. L'espace d'un instant, Garion partagea la lucidité de la conscience qui l'habitait et son immensité le fit frémir. En cette seconde, il assista à la naissance d'innombrables soleils animés de spirales prodigieuses sur les ténèbres de velours du néant. Leur genèse, leur regroupement en galaxies et en de gigantesques nébuleuses tournoyantes ne prirent qu'un moment. Et au-delà, il contempla le vrai visage du temps, assistant à son commencement et à sa fin en un seul clin d'œil terrifiant.

Mara recula.

— Je me soumets, annonça-t-il d'une voix rauque.

Il s'inclina devant Garion, ses traits convulsés de douleur, étrangement humble, puis il se détourna, enfouit son visage dans ses mains et éclata en sanglots irrépressibles.

— Ta douleur prendra fin, Mara, continua doucement la voix. Un jour, tu connaîtras la joie à nouveau.

— Jamais, sanglota le Dieu. Eternel est mon chagrin.

— Longue est l'éternité, Mara. Et seul j'en verrai la fin.

Le Dieu en pleurs se détourna sans un mot et ses lamentations retentirent à nouveau dans les ruines de Mar Amon.

Sire Loup et tante Pol regardaient tous deux Garion, le visage de pierre. Le vieil homme parla d'une voix emplie de crainte.

— Est-ce possible ?

— N'est-ce pas toi, Belgarath, qui dis toujours que tout est possible ?

— Nous ne savions pas que vous pouviez intervenir directement, reconnut tante Pol.

— Il m'arrive parfois de donner un petit coup de pouce aux événements, de faire quelques suggestions. En réfléchissant bien, vous vous rappellerez peut-être certaines de mes interventions.

– Le petit a-t-il conscience de tout cela? demanda-t-elle.

– Evidemment. Nous en avons un peu parlé.

– Que lui avez-vous dit?

– Tout ce qu'il était de taille à comprendre. Ne t'inquiète pas, Polgara. Je ne lui ferai pas de mal. Il comprend l'importance de tout cela, maintenant. Il sait qu'il lui faut se préparer et que le temps presse. Je pense que nous ferions mieux de partir d'ici, à présent. La présence de la petite Tolnedraine fait beaucoup de peine à Mara.

Tante Pol aurait bien voulu ajouter quelque chose, mais elle jeta un coup d'œil à la silhouette ténébreuse du Dieu en larmes non loin de là et hocha la tête. Elle remonta à cheval et mena la marche hors des ruines.

Lorsqu'ils furent tous en selle, sire Loup s'approcha de Garion.

– Nous pourrions peut-être parler un peu tout en avançant, suggéra-t-il. J'ai beaucoup de questions à vous poser.

– Il est parti, Grand-père, l'informa Garion.

– Oh, fit Belgarath, visiblement déçu.

Le soleil était maintenant très bas sur l'horizon. Ils s'arrêtèrent pour bivouaquer dans un bosquet, à une demi-lieue de Mar Amon. Ils n'avaient pas revu un seul fantôme depuis qu'ils avaient quitté les ruines. Lorsque les autres eurent mangé et gagné leur couchette, tante Pol, sire Loup et Garion s'assirent autour du feu de camp. Dès l'instant où sa voix intérieure s'en était allée, après la confrontation avec Mara, Garion avait eu l'impression de sombrer dans une sorte de torpeur. Toute émotion lui était maintenant étrangère et il n'arrivait plus à aligner deux idées.

– Pouvons-nous parler à... à l'autre? s'enquit sire Loup, d'une voix pleine d'espoir.

– Il n'est pas là pour l'instant, révéla Garion.

– Alors il n'est pas toujours avec toi?

– Pas toujours. Il lui arrive de disparaître plusieurs mois, parfois même davantage. Il était resté longtemps, cette fois; depuis qu'Asharak a brûlé.

— Où est-il exactement quand il est en toi ? questionna le vieil homme avec curiosité.

— Là, fit Garion en se tapotant le front.

— Tu es réveillé depuis que nous sommes entrés à Maragor ? s'étonna tante Pol.

— Pas tout à fait réveillé, corrigea Garion. Une partie de moi est complètement engourdie.

— Tu as vu les fantômes ?

— Oui.

— Et tu n'as pas eu peur ?

— Non. Mais il m'est arrivé de sursauter, et il y en a un qui m'a donné envie de vomir.

— Il ne te rendrait plus malade maintenant, n'est-ce pas ? nota sire Loup en levant vivement les yeux.

— Non, je ne crois pas. Au début, je voyais encore un peu ce genre de chose, mais plus maintenant.

Sire Loup s'absorba dans la contemplation du feu comme s'il cherchait la façon de formuler sa phrase suivante.

— Que t'a dit ta voix intérieure quand vous parliez toutes les deux ?

— Elle m'a dit qu'il s'était passé, il y a très longtemps, quelque chose qui n'aurait pas dû se produire et que j'étais censé y remédier.

— C'est une façon de présenter les événements, bien sûr, observa sire Loup avec un petit rire. T'a-t-elle dit comment cela allait tourner ?

— Elle ne le sait pas elle-même.

— J'espérais en tirer au moins un petit profit, commenta sire Loup avec un soupir, mais c'est peine perdue. On dirait que les deux prophéties sont toujours d'une validité équivalente.

Tante Pol ne détachait pas son regard de Garion.

— Tu crois que tu te souviendras de tout ça quand tu te réveilleras ?

— Je pense que oui.

— Parfait. Alors écoute-moi bien : il y a deux prophéties, qui conduisent toutes les deux au même événement. Les Grolims et les autres Angaraks en suivent une et nous l'autre. Les choses évoluent de façon différente à la fin de chacune des deux prophéties.

– Je vois.

– Aucune des deux prophéties n'exclut quoi que ce soit de l'autre jusqu'à la confrontation finale. Le déroulement de tout ce qui s'ensuivra dépendra de l'issue de la confrontation. Une prophétie s'accomplira; l'autre cessera d'être. Tout ce qui est déjà arrivé, tout ce qui va encore arriver converge vers ce point et s'y confond. L'erreur sera effacée et l'univers suivra une direction ou l'autre, comme s'il n'avait jamais obéi à une autre trajectoire depuis le commencement des temps. La seule véritable différence c'est qu'une chose très importante n'arrivera jamais si nous échouons.

Garion hocha la tête. Il se sentait vidé, tout à coup.

– Beldin appelle ça la théorie des destinées convergentes, ajouta sire Loup. Deux possibilités d'égale validité. Beldin est parfois très pompeux.

– C'est un travers assez répandu, tu sais, fit tante Pol.

– J'irais bien dormir, maintenant, annonça Garion.

Sire Loup et tante Pol échangèrent un bref coup d'œil.

– Bien sûr, déclara tante Pol.

Elle se leva, le prit par le bras et l'emmena se coucher. Lorsqu'il se fut fourré sous ses couvertures, elle l'emmitoufla bien et posa sa main fraîche sur son front.

– Dors, mon Belgarion, murmura-t-elle.

Il s'endormit.

Deuxième partie

LE VAL D'ALDUR

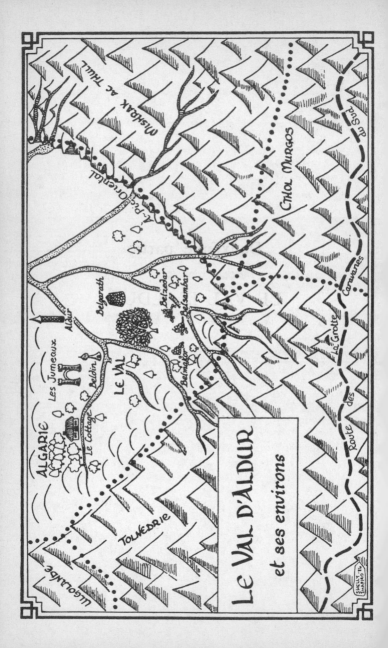

LE VAL D'ALDUR
et ses environs

CHAPITRE VII

Lorsqu'ils se réveillèrent, ils étaient debout, en cercle, et se tenaient par la main. Garion émergea de sa torpeur, Ce'Nedra à sa gauche, Durnik à sa droite, et tout lui revint en bloc. C'était le matin. Le soleil brillait de tous ses feux et il soufflait un petit vent frais. La plaine hantée de Maragor était maintenant dans leur dos; droit devant eux se dressaient des collines basses, roussâtres.

Silk reprit conscience et balaya aussitôt les environs d'un œil circonspect.

– Où sommes-nous?

– A la limite nord de Maragor. A quatre-vingts lieues environ de Tol Rane, précisa sire Loup.

– Nous avons dormi longtemps?

– Une petite semaine.

Silk poursuivit son examen des alentours en s'efforçant d'intégrer le changement de lieu et le passage du temps.

– Enfin, j'imagine qu'il n'y avait pas moyen de faire autrement, conclut-il.

Hettar alla immédiatement voir les chevaux tandis que Barak se massait la nuque avec ses deux mains.

– J'ai l'impression d'avoir dormi sur un tas de cailloux, se lamenta-t-il.

– Allez donc faire un petit tour, lui proposa tante Pol. Ça vous dégourdira.

Ce'Nedra tenait toujours Garion par la main et il se demanda s'il devait le lui signaler. Elle avait une bonne

89

petite patte toute chaude et, l'un dans l'autre, ce n'était pas si désagréable. Il décida de se taire.

Hettar revint le front soucieux.

— Belgarath, l'une des juments de bât est pleine, annonça-t-il.

— Pour quand est la mise bas? s'informa sire Loup en le foudroyant du regard.

— Difficile à dire avec précision. Pas plus d'un mois. C'est son premier poulain.

— Nous pourrions alléger son fardeau et répartir la charge sur les autres chevaux, suggéra Durnik. Il n'y a pas de raison que ça se passe mal si nous ne lui faisons rien porter.

— Espérons-le, répondit Hettar d'un air dubitatif.

Mandorallen observait les collines jaunâtres où des panaches de fumée montaient vers l'azur.

— Belgarath, on nous observe, annonça-t-il d'un ton sinistre en tendant le doigt.

Sire Loup jeta un coup d'œil dans la direction indiquée.

— Probablement des chasseurs d'or, supposa-t-il en faisant la grimace. Ils grouillent aux frontières de Margor comme les vautours sur le cadavre d'une vache. Va donc voir, Pol.

Mais les yeux de tante Pol avaient déjà leur vacuité caractéristique.

— Des Arendais, déclara-t-elle en scrutant le pied des collines. Des Sendariens, des Tolnedrains, quelques Drasniens... Ils ne sont pas très fringants.

— Pas de Murgos?

— Non.

— Des croquants et des maroufles, laissa tomber Mandorallen. Ces gueux ne devraient guère entraver notre avance.

— Je préférerais éviter le combat dans toute la mesure du possible, rétorqua sire Loup. Ces escarmouches sont dangereuses et ne mènent à rien. Mais je ne vois pas comment nous pourrions y couper; nous n'arriverons jamais à les convaincre que nous ne ramenons pas d'or de Maragor, conclut-il en secouant la tête d'un air dégoûté.

— Si c'est de l'or qu'ils veulent, pourquoi ne pas leur en donner? suggéra Silk.

– Je n'en ai pas pris beaucoup sur moi, railla le vieil homme.

– Ça n'a pas besoin d'en être du vrai, précisa Silk, les yeux brillants, en allant vers les chevaux de bât.

Il revint avec des coupons de grosse toile qu'il tailla rapidement en carrés d'un pied de côté. Il en prit un, y déposa deux poignées de gravier, puis réunit les coins et les entoura avec un bout de corde, formant une bourse à l'air pesant qu'il soupesa plusieurs fois d'un air satisfait.

– Alors, on ne dirait pas un sac plein d'or?

– Encore un de tes trucs à la noix, gronda Barak.

Silk le gratifia d'un beau sourire, la bouche en cœur, puis il fabriqua rapidement quelques autres sacs et les accrocha à leurs selles.

– Je prends la tête de la colonne. Suivez-moi et laissez-moi faire. Polgara, combien sont-ils?

– Une vingtaine.

– Ça devrait coller, assura le petit homme à la tête de fouine. Allez, on y va.

Ils remontèrent à cheval et se dirigèrent vers la vaste embouchure d'une rivière à sec qui se déversait jadis dans la plaine. Silk menait la marche, les yeux aux aguets. Au moment où ils franchissaient les alluvions déposées par le cours d'eau, Garion entendit un coup de sifflet strident et perçut des mouvements furtifs vers l'avant. Il s'avisa soudain qu'ils étaient prisonniers entre les rives abruptes du cours d'eau.

– J'aurais préféré un espace un peu plus dégagé pour négocier le problème, commenta Silk. Ah, voilà!

Il leur indiqua du menton un endroit un peu moins escarpé.

– Maintenant! s'écria-t-il au moment où ils passaient devant. Vite!

Il éperonna son cheval et lui fit gravir le talus. Ils le suivirent, les pierres roulant sous les sabots de leurs montures. Ils s'extirpèrent tant bien que mal du lit de la rivière dans un énorme nuage de poussière jaune, âcre.

Des cris de déception s'élevèrent des buissons d'épineux qui coiffaient le cône de déjection. Un groupe d'hommes à la mine patibulaire en surgirent et se précipitèrent en courant dans l'herbe qui leur arrivait aux genoux afin de leur couper la route. Un homme à la barbe noire, plus proche et plus désespéré que les autres, bondit devant eux en brandissant une épée piquetée de rouille. Mandorallen le renversa sans hésiter et lui passa sur le corps. Le barbu poussa un hurlement en s'effondrant sous les sabots de l'immense destrier.

Le petit groupe se rassembla en haut du talus.

— Parfait, décréta Silk avec un coup d'œil circulaire. Ces vauriens auront tout le recul nécessaire pour imaginer les catastrophes éventuelles. Je tiens absolument à ce qu'ils aient l'occasion d'y réfléchir.

Une flèche siffla à leurs oreilles. Mandorallen l'écarta d'un mouvement négligent de son bouclier.

— Arrêtez! hurla l'un des brigands.

C'était un Sendarien efflanqué, au visage grêlé, vêtu d'une tunique verte crasseuse, un bandage de fortune autour d'une jambe.

— Qui a parlé? répliqua Silk, d'un ton isolent.

— Je m'appelle Kroldor, annonça l'homme à la jambe bandée en prenant de grands airs. Kroldor le brigand. Vous avez sûrement entendu parler de moi.

— Pas à ma connaissance, répondit Silk, d'un ton plaisant.

— Donnez-nous votre or et vos femmes, ordonna Kroldor. Et nous vous laisserons peut-être la vie sauve.

— Si vous dégagez le chemin, c'est *nous* qui vous laisserons peut-être la vie sauve.

— Nous sommes cinquante, menaça Kroldor. Nous n'avons rien à perdre, et nous ne craignons pas la mort.

— Vingt, rectifia Silk. Des serfs aux jambes molles, des paysans pétochards et des larrons poltrons. Mes hommes sont de rudes jouteurs. Sans compter que nous sommes à cheval, et vous à pied.

— Donnez-nous votre or, insista le brigand.

— Eh bien, venez donc le chercher!

— A moi, mes braves! aboya Kroldor.

Il plongea en avant. Deux de ses hommes le suivirent, un peu indécis quant à la conduite à tenir. Les autres restèrent prudemment en retrait à lorgner Mandorallen,

Barak et Hettar avec appréhension. Au bout de quelques pas, Kroldor se rendit compte que ses hommes ne l'avaient pas suivi. Il fit volte-face.

– Bande de lâches! ragea-t-il. Magnez-vous ou les autres vont arriver et tout rafler!

– Allez, Kroldor, je vais vous dire ce que nous allons faire. Nous sommes comme qui dirait assez pressés et nous ramenons plus d'or que nos chevaux ne peuvent en porter, déclara Silk en détachant l'un des sacs accrochés à sa selle et en l'agitant d'une façon suggestive. Tenez!

Il lança négligemment le sac de gravier dans l'herbe, en prit un second et lui fit suivre le même chemin. Puis, d'un geste, il donna l'ordre aux autres d'en faire autant. Le tas montait à vue d'œil.

– Et voilà, Kroldor, reprit Silk. Dix sacs de bon or jaune. Vous pouvez les avoir sans livrer combat. Si vous en voulez davantage, il faudra les payer de votre sang.

Les acolytes de Kroldor s'entre-regardèrent et firent quelques pas en avant, les yeux avidement fixés sur les sacs enfouis dans l'herbe.

– Tiens! tiens, Kroldor, on dirait que vos hommes commencent à agiter des considérations philosophiques sur la vie et la mort, ajouta ironiquement Silk. Il y a là assez d'or pour faire leur fortune, et les hommes riches ne prennent pas de risques inutiles.

– Vous, je vous garde un chien de ma chienne, grommela Kroldor avec un regard mauvais.

– J'espère bien, approuva Silk. Bon, nous avons perdu assez de temps comme ça. Je vous conseille de nous laisser passer.

Barak et Hettar rejoignirent Mandorallen. Les trois hommes mirent leurs montures au pas et avancèrent délibérément sur lui.

Kroldor le brigand tint le coup jusqu'au dernier moment, puis il fit un bond en arrière et prit la poudre d'escampette en vociférant.

– Allons-y! s'écria Silk.

Ils talonnèrent vigoureusement leurs chevaux et chargèrent. Derrière eux, les brigands tournèrent un peu autour des sacs puis ce fut la curée. Il y eut pas mal de crêpage de chignons, de crocs-en-jambes et de coups bas, et trois hommes se retrouvèrent sur le carreau avant que d'aucuns eussent l'idée d'ouvrir un seul sac. Leurs hurlements de colère retentirent alors dans le lointain.

Belgarath et ses compagnons firent plusieurs lieues au grand galop avant de retenir leurs montures. Barak riait à perdre haleine.

– Pauvre Kroldor, parvint-il à hoqueter. Tu as vraiment un mauvais fond, Silk.

– J'ai beaucoup approfondi la nature humaine dans ce qu'elle a de plus vil, indiqua innocemment Silk. Il est bien rare que je ne trouve pas moyen d'en tirer parti.

– Les hommes de Kroldor ne sont pas près de lui pardonner la façon dont les choses ont tourné, remarqua Hettar.

– Qu'est-ce que vous voulez? Ce sont les vicissitudes du commandement.

– Il se pourrait qu'ils lui fassent un mauvais sort.

– J'espère bien. Le contraire me décevrait beaucoup.

Ils passèrent le restant de la journée dans les contreforts jaunâtres des montagnes et campèrent dans un petit ravin encaissé où la lumière du feu de camp ne risquait pas de révéler leur présence aux brigands dont la région était infestée.

Ils repartirent de bon matin, et à midi ils étaient dans les montagnes. Ils franchirent des escarpements rocheux couverts d'une forêt d'épineux, sombre et épaisse. L'air était frais et vif. C'était encore l'été dans la plaine, mais des signes avant-coureurs de l'automne apparaissaient déjà dans les hauteurs. Le sous-bois virait au jaune sous une brume imperceptible, et lorsqu'ils se réveillaient, à l'aube, le sol était couvert de givre. Pourtant, le temps se maintenait et ils avançaient bien.

Et puis un jour, vers la fin de l'après-midi – ils étaient dans les montagnes depuis une bonne semaine – de gros nuages arrivèrent de l'ouest, apportant avec eux un froid humide et glacial. Garion prit sa houppelande à l'arrière de sa selle et s'emmitoufla dedans sans cesser d'avancer, mais vers le soir, il frissonnait jusqu'aux moelles.

Durnik leva le nez et huma l'air.

– Il va neiger avant la fin de la nuit, annonça-t-il.

Garion avait lui aussi senti l'odeur froide, poussiéreuse de la neige. Il hocha la tête d'un air sinistre.

– C'était trop beau pour durer, maugréa sire Loup. Enfin, ça ne sera pas notre premier hiver.

Lorsque Garion émergea de sa tente, le lendemain matin, le ciel était d'un gris uniforme et le sol disparaissait sous un pouce de neige entre les troncs noirs des sapins. Les chevaux, dont le souffle se condensait dans l'air froid et humide, tapaient du pied et remuaient les oreilles sous le toucher aérien des flocons qui voltigeaient en tous sens, se posaient sans bruit sur leur croupe sombre et voilaient le décor d'un brouillard impalpable.

Ce'Nedra pointa le nez hors de la tente qu'elle partageait avec Polgara, poussa un petit cri d'extase et se mit à gambader sous les flocons avec une spontanéité enfantine. Garion réalisa qu'il ne devait pas souvent neiger à Tol Honeth et la suivit des yeux avec un petit sourire indulgent jusqu'au moment où une boule de neige bien envoyée l'atteignit en pleine tête. Alors il se lança à sa poursuite en la bombardant de boules de neige qu'elle esquiva en se faufilant entre les arbres tout en poussant de grands éclats de rire et des cris joyeux. Il finit par la rattraper et s'apprêtait à lui frotter le museau avec une poignée de neige lorsqu'elle jeta ses bras autour de son cou avec exubérance et l'embrassa, frôlant sa joue avec son petit nez froid et ses cils chargés de neige. Pure traîtrise, ainsi qu'il ne devait pas tarder à s'en rendre compte : elle lui fourra une poignée de neige dans le col de sa tunique, s'échappa et courut vers les tentes en hurlant de rire tandis qu'il tentait d'enlever la neige de son cou avant qu'elle ne soit toute fondue.

Mais vers la mi-journée, la neige qui couvrait le sol se changea en une sorte de bouillasse grise et les jolis flocons blancs laissèrent place à une petite pluie fine, pénétrante, des plus pénibles. Ils gravirent un étroit ravin sous les sapins ruisselants. Un torrent écumant rugissait sur les blocs de pierre au-dessus de leurs têtes.

Sire Loup finit par ordonner une halte.

– Nous approchons de la frontière occidentale de Cthol

Murgos, annonça-t-il. Je pense que le moment est venu de prendre des précautions.

— Je vais mener la marche, s'empressa de proposer Hettar.

— Je ne suis pas sûr que ce soit une bonne idée, rétorqua sire Loup. Vous avez tendance à perdre le nord dès que vous apercevez des Murgos.

— Je m'en charge, décréta Silk. (Il avait remonté son capuchon, mais l'eau dégoulinait au bout de son long nez pointu.) Je vais prendre un quart de lieue d'avance et ouvrir l'œil.

Sire Loup acquiesça d'un hochement de tête.

— Sifflez si vous voyez quoi que ce soit.

— C'est parti !

Silk s'engagea au trot dans le défilé.

Vers la fin de l'après-midi, la pluie se mit à prendre en grêle en touchant le sol, couvrant les rochers et les arbres d'un glacis gris. Les versants de la ravine s'ouvraient sur le flanc escarpé d'une montagne. Le ruisseau n'était plus qu'un filet d'eau. Ils contournèrent une grosse roche en surplomb et retrouvèrent Silk derrière.

— Nous n'avons plus qu'une heure de jour devant nous, déclara le petit homme. Que préférez-vous ? Continuer ou redescendre un peu dans le défilé et dresser le campement pour la nuit ?

Sire Loup lorgna le ciel et observa le flanc de la montagne vers l'avant. Des arbustes chétifs s'accrochaient à la paroi abrupte ; un peu plus haut, plus rien ne poussait.

— Continuons. Nous n'avons que quelques lieues à faire. C'est juste derrière, dans la descente. Allons-y.

Silk opina du bonnet et reprit la tête de la colonne.

Ils contournèrent le versant de la montagne. Une gorge profonde, vertigineuse, les séparait du pic qu'ils avaient franchi deux jours auparavant. La pluie s'était un peu calmée à l'approche du soir, et Garion voyait distinctement l'autre versant de l'abîme. Ils n'en étaient pas à plus d'un quart de lieue. Ses yeux discernèrent un mouvement près du bord.

— Qu'est-ce que c'est que ça ? s'exclama-t-il en tendant le doigt.

– C'est bien ce que je craignais, commenta sire Loup en balayant d'un revers de main la glace qui se formait dans sa barbe.

– Quoi donc?

– C'est un Algroth.

Avec un frisson de dégoût, Garion se remémora les horribles singes écailleux au faciès caprin qui les avaient attaqués en Arendie.

– On ferait peut-être bien de se manier, non? suggéra-t-il.

– Il ne peut pas nous atteindre, assura sire Loup. La gorge fait au moins une demi-lieue de profondeur. Mais ça veut dire que les Grolims ont dû lâcher leurs bêtes. Nous avons intérêt à faire attention.

Il leur fit signe de continuer.

L'Algroth appela le reste de la horde à la rescousse. Garion entendit ses abois faibles, déformés par le vent qui soufflait sans discontinuer dans le gouffre béant. Les créatures furent bientôt une douzaine à folâtrer sur la corniche rocheuse. Elles les accompagnèrent de loin en poussant des glapissements, puis le petit groupe contourna le versant escarpé de la montagne et quitta le bord du ravin pour emprunter un couloir moins profond. Au bout d'une demi-lieue, sire Loup ordonna la halte. Ils s'arrêtèrent pour passer la nuit à l'abri d'un bosquet d'épicéas rabougris.

Le lendemain matin, la pluie avait cessé mais le ciel était toujours couvert et il faisait un froid de loup. Ils rebroussèrent chemin jusqu'à l'entrée du ravin et repartirent le long de la gorge. La paroi du versant opposé descendait en pente abrupte vers le minuscule ruban argenté d'une rivière, des milliers de pieds plus bas. Les Algroths n'avaient pas lâché prise. Ils se remirent à les suivre en clabaudant sans trêve, leurs yeux affamés, terrifiants, braqués sur eux. Les voyageurs apercevaient d'autres créatures à l'ombre des arbres. L'une d'elles, énorme et hirsute, semblait avoir une tête d'animal sur un corps humain. Une meute d'animaux galopaient à vive allure, crinières et queues au vent.

– Regardez! s'écria Ce'Nedra en tendant le doigt vers le troupeau. Des chevaux sauvages!

– Ce ne sont pas des chevaux, protesta Hettar d'un ton tranchant.

– On dirait bien, pourtant.

– Peut-être, mais ce ne sont pas des chevaux.

– Des Hrulgae, fit laconiquement sire Loup.

– Et qu'est-ce que c'est?

– Les Hrulgae sont des animaux à quatre pattes qui ressemblent un peu aux chevaux, mais avec des crocs en guise de dents et des pieds fourchus au lieu de sabots.

– Mais cela voudrait dire...

La princesse ouvrit de grands yeux et s'interrompit.

– Oui. Ils sont carnivores.

– Quelle horreur! s'exclama-t-elle en frissonnant.

– La gorge se rétrécit, Belgarath, gronda Barak. J'aimerais autant ne pas me retrouver nez à nez avec ces bestioles.

– Tout va bien. Pour autant que je me souvienne, les deux versants se rapprochent jusqu'à n'être plus éloignés que d'une centaine de mètres, mais ils s'écartent à nouveau. Ils ne pourront pas traverser.

– J'espère que votre mémoire ne vous trahit pas.

Dans le ciel déchiqueté par un vent furieux, des vautours décrivaient de grands cercles et des corbeaux voletaient d'un arbre à l'autre en échangeant des cris rauques. Tante Pol les observa d'un œil noir, désapprobateur, mais ne dit rien.

Ils poursuivirent leur chemin. La gorge s'étrécit, et bientôt ils distinguèrent nettement le faciès bestial des Algroths, de l'autre côté. La crinière au vent, les Hrulgae hennissaient, exhibant leurs formidables dents tranchantes.

Puis, au point le plus étroit de la gorge, un groupe de Murgos en cottes de mailles apparurent de l'autre côté du précipice. Ils avaient dû brûler les étapes car leurs chevaux écumaient, et eux-mêmes avaient le visage hâve et couvert de poussière. Ils s'arrêtèrent et attendirent que Garion et ses amis arrivent à leur niveau. Un homme était planté tout au bord. Il regarda d'abord l'autre versant du gouffre puis la rivière qui coulait au fond. C'était Brill.

– Tu as été retardé? appela Silk d'un ton persifleur, et

il n'aurait pas fallu chercher beaucoup pour trouver la dureté de l'acier sous l'apparente raillerie. Nous commencions à nous dire que tu avais dû t'égarer.

— Il y avait peu de chances, Kheldar, riposta Brill. Comment avez-vous réussi à passer de l'autre côté?

— Tu repars par là, hurla Silk en indiquant le chemin qu'ils avaient suivi, et à quatre jours de cheval, en faisant très attention, tu verras peut-être la gorge que nous avons empruntée pour venir ici. Tu ne devrais pas mettre plus d'un jour ou deux à la retrouver.

L'un des Murgos tira de sous sa jambe gauche un petit arc et une flèche. Il visa Silk, banda son arc et décocha son trait. Silk regarda avec intérêt la flèche tomber dans le vide en décrivant une longue et lente spirale.

— Très joli, commenta-t-il d'un ton appréciatif.

— Arrête, imbécile! lança Brill à l'archer murgo. J'ai beaucoup entendu parler de toi, Kheldar, dit-il en regardant à nouveau le petit Drasnien.

— On n'échappe pas à sa réputation, répondit modestement Silk.

— Un de ces jours, il faudra que je vérifie si tu es vraiment aussi fort qu'on le dit.

— Cette curiosité malsaine pourrait être accompagnée des premiers symptômes d'une maladie mortelle.

— Pour l'un de nous deux au moins.

— Eh bien, j'attends avec impatience l'occasion de notre prochaine rencontre, répondit Silk. D'ici là, j'espère que vous ne m'en voudrez pas, tes copains et toi, mais j'ai des affaires pressantes.

— Tu ferais bien de regarder derrière toi, Kheldar, menaça Brill. Un jour, je serai là.

— J'ai des yeux dans le dos, Kordoch, appela Silk. Alors ne t'étonne pas trop si je t'attends de pied ferme. Allons, c'était très agréable; il faudra que nous bavardions à nouveau tous les deux — un de ces jours.

Le virtuose de l'archer murgo lança une autre flèche qui suivit la première dans le ravin.

Silk éclata de rire et reprit la tête de la colonne, leur faisant quitter les abord du précipice.

— Quel garçon formidable! s'exclama-t-il comme ils

s'éloignaient. Et quelle merveilleuse journée, ajouta-t-il en contemplant le ciel brouillé au-dessus des montagnes.

Sire Loup les emmena toujours plus au nord et à l'est par un sentier qui s'écartait de la gorge, et donc de Brill et de ses Murgos. Le vent se leva et se mit à hurler entre les arbres. Les nuages s'accumulaient. A la fin de la journée, le ciel était d'un noir d'encre.

Ils établirent le campement pour la nuit dans une cuvette naturelle au sol rocailleux, juste à la lisière des arbres. Tante Pol leur prépara un bon ragoût bien épais. La dernière bouchée avalée, ils laissèrent mourir le feu.

— Pas la peine d'allumer un phare pour signaler notre présence, observa sire Loup.

— Ils ne peuvent pas traverser la gorge, n'est-ce pas? s'informa Durnik.

— Inutile de prendre des risques, ajouta le vieil homme.

Il s'éloigna des dernières braises pour aller plonger le regard dans le noir. Mû par une impulsion, Garion le suivit.

— Grand-père, on est encore loin du Val?

— Soixante-dix lieues environ, répondit le vieil homme. Nous n'irons pas très vite dans les montagnes.

— Et le temps n'a pas l'air de s'améliorer.

— C'est ce que j'avais cru remarquer.

— Et si nous sommes pris dans une tempête de neige?

— Nous nous abriterons jusqu'à ce qu'elle cesse.

— Et si...

— Ecoute, Garion, je sais que ça n'a rien d'étonnant, mais il y a des moments où tu me fais vraiment penser à ta tante. Elle n'arrête pas de me demander « Et si... » depuis qu'elle a dix-sept ans. Je commence à en avoir marre depuis un sacré paquet d'années maintenant.

— Je suis désolé.

— Ne sois pas désolé. Arrête de dire ça, c'est tout.

Au-dessus de leur tête, dans le noir de poix du ciel en fureur, un terrible battement d'ailes se fit tout à coup entendre.

— Qu'est-ce que c'est que ça? questionna Garion, surpris.

— Chut! ordonna sire Loup en tendant l'oreille au

vacarme des ailes immenses qui s'agitaient en haut des arbres. Oh, quel malheur!

– Quoi donc?

– La pauvre vieille... Je pensais qu'elle était morte, depuis le temps. Ils ne pourraient pas lui ficher un peu la paix, non?

– Qu'est-ce que c'est?

– Elle n'a pas de nom. C'est une grosse chose laide et stupide. Les Dieux n'en ont créé que trois, et les deux mâles se sont entretués dès la première saison des amours. Elle vit seule depuis des temps immémoriaux.

– Elle doit être énorme, commenta Garion en scrutant les ténèbres. A quoi est-ce qu'elle ressemble?

– Elle est à peu près aussi grosse qu'une maison. En fait, je ne crois pas que tu aimerais vraiment la voir.

– Elle est dangereuse?

– Très. Mais elle n'y voit pas grand-chose dans le noir, précisa sire Loup en soupirant. Les Grolims ont dû la chasser de sa caverne et la lancer à notre recherche. Il y a des moments où je trouve qu'ils exagèrent.

– Nous devrions peut-être en parler aux autres.

– Ça ne ferait que les inquiéter. Il faut parfois savoir tenir sa langue.

Les gigantesques ailes battirent l'air à nouveau et un cri de désespoir fendit les ténèbres, un cri interminable, empli d'une terrible solitude. Garion se sentit envahi de pitié pour la bête.

– On n'y peut rien, conclut sire Loup avec un soupir. Allons, retournons aux tentes.

101

CHAPITRE VIII

Pendant deux jours, le temps resta gris, froid et incertain. Le ciel semblait fuir devant le vent furieux qui soufflait sans discontinuer. La ligne de crête se découpait maintenant sur le flanc d'une immense montagne. Ils montaient toujours, le long des versants abrupts, verglacés, semés de roches éboulées, gravissant les pentes interminables qui menaient aux sommets couverts de neige. Plus ils montaient et plus la végétation se raréfiait. Bientôt, les arbres rabougris disparurent complètement.

Sire Loup s'arrêta pour se repérer et regarder autour de lui dans la pâle lumière de l'après-midi.

— Par ici, dit-il enfin en tendant le doigt vers un dos d'âne qui réunissait deux pics.

Ils repartaient en resserrant leur houppelande autour d'eux lorsque Hettar s'approcha de sire Loup, le visage préoccupé.

— La jument pleine ne va pas bien, annonça l'homme au visage de faucon. Elle ne devrait pas tarder à mettre bas.

Tante Pol ne dit pas un mot, mais elle laissa passer les autres pour aller voir la jument.

— Elle va mettre bas d'ici quelques heures à peine, Père, déclara-t-elle d'une voix grave, en revenant.

Sire Loup jeta un coup d'œil alentour.

— Il n'y a pas le moindre abri par ici.

— Nous trouverons peut-être quelque chose de l'autre côté du col, suggéra Barak, sa barbe flottant au vent.

— Je ne vois pas pourquoi l'autre versant serait différent de celui-ci, commenta sire Loup en secouant la tête. Il va falloir faire vite. Nous ne pouvons pas passer la nuit ici.

Ils continuèrent à monter. Le vent redoubla de violence, hurlant parmi les rochers, les criblant maintenant de grêlons. Au moment où ils s'engageaient dans le col et s'apprêtaient à franchir le dos d'âne, la bourrasque les heurta de plein fouet, les fouaillant d'une averse de grêle.

— C'est encore pire de ce côté-ci, Belgarath, rugit Barak pour dominer la tourmente. Les arbres sont encore loin?

— A plusieurs lieues, répondit sire Loup en s'efforçant de maintenir les pans de sa houppelande autour de lui.

— La jument n'ira jamais jusque-là, objecta Hettar. Il faut trouver un abri.

— Il n'y a rien, décréta sire Loup. Rien avant les arbres. Il n'y a que des cailloux et de la glace, ici.

Sans savoir pourquoi, sans même s'en rendre compte avant d'ouvrir la bouche, Garion fit une suggestion.

— Et la grotte? s'écria-t-il.

— La grotte? Quelle grotte? répéta sire Loup en se retournant pour braquer sur lui un regard pénétrant.

— Celle qui est de l'autre côté de la montagne, pas très loin.

Il aurait été bien en peine de dire comment, mais il *savait* qu'il y avait une grotte là-bas.

— Tu en es sûr?

— Absolument. Par ici.

Garion tourna bride. Ils remontèrent le dos d'âne vers le pic immense, déchiqueté, qui se dressait sur leur gauche. La bourrasque de grêle s'acharna sur eux, les aveuglant à moitié, mais Garion avançait avec confiance. Pour une raison mystérieuse, chaque roche lui semblait parfaitement familière. Il allait juste assez vite pour rester devant les autres. Ils lui auraient forcément posé des questions et il n'avait pas de réponse à leur fournir. Ils contournèrent le pic et s'engagèrent sur une large corniche qui s'incurvait à flanc de montagne et disparaissait devant eux dans les tourbillons de grêle.

— Où nous mènes-Tu, mon jeune ami? s'enquit Mando-rallen en hurlant pour se faire entendre malgré le vent.

— Ce n'est plus très loin, répondit Garion sur le même ton, par-dessus son épaule.

La corniche allait en se rétrécissant. Après une avancée de la formidable paroi de granit elle se réduisit à la largeur d'un sentier de marche. Garion mit pied à terre et mena son cheval par la bride. A l'instant où il se retrouva de l'autre côté de la saillie rocheuse, il fut assailli par la tourmente et obligé d'avancer en mettant un bras devant son visage pour se protéger les yeux de la grêle. C'est pourquoi il ne vit la porte qu'en arrivant dessus.

Car une porte était pratiquée à flanc de montagne; une porte de fer noire, piquetée de rouille par les ans. Elle était plus large que le portail de la ferme de Faldor, et le haut se perdait dans les tourbillons de grêle.

Barak, qui suivait Garion de près, tendit la main et effleura la porte de fer. Puis il assena dessus de grands coups de son immense poing, lui arrachant des échos qui se répercutèrent dans le vide.

— Il y a bien une grotte, annonça-t-il aux autres, dans son dos. Je pensais que le vent avait balayé la cervelle du gamin mais pas du tout.

— Comment allons-nous entrer? hurla Hettar, faisant concurrence au vent.

— La porte est aussi inébranlable que la montagne, commenta Barak en frappant dessus de nouveau.

— Nous ne pouvons pas rester dans ce vent, déclara tante Pol.

Elle avait passé un bras autour des épaules de Ce'Nedra dans un geste protecteur.

— Eh bien, Garion? intervint sire Loup.

— Ce n'est pas difficile. Il faut que je trouve l'endroit...

Il effleura le métal glacé du bout des doigts, sans savoir au juste ce qu'il cherchait. Un petit coin de la surface avait l'air un peu différent.

— Ah, voilà!

Il posa sa main droite sur l'emplacement et appuya doucement. La porte commença à se déplacer avec un formidable grincement. Une ligne jusqu'alors invisible, plus fine qu'un cheveu, apparut subitement au centre du panneau de fer rongé par la rouille et une pluie d'écailles rousses s'abattit sur eux, bientôt emportée par le vent.

Garion éprouva une chaleur curieuse dans le fond de la main droite avec laquelle il poussait la porte. Par curiosité, il cessa de pousser, mais la porte continua à s'écarter, s'ouvrant, à ce qu'il semblait, en réponse à la marque argentée qui lui couvrait la paume de la main. Elle continua à se mouvoir même lorsqu'il cessa de l'effleurer.

Il ferma la main et la porte s'immobilisa.

Il rouvrit la main, et la porte se remit à bouger en raclant le sol de pierre.

— Ne joue pas avec, chéri, observa tante Pol. Ouvre vite, va.

Il faisait noir dans la grotte, de l'autre côté de l'immense portail, mais cela ne sentait pas le renfermé comme on aurait pu s'y attendre. Ils entrèrent avec circonspection, en sondant prudemment le sol du pied.

— Un instant, murmura Durnik, d'une voix étrangement basse.

Ils l'entendirent défaire les courroies d'une de ses sacoches et reconnurent le frottement d'une pierre à feu contre l'acier. Il y eut quelques étincelles, puis une faible lueur comme le forgeron soufflait sur l'amadou. La mèche s'enflamma ; il l'approcha d'une torche tirée de sa sacoche. Le flambeau grésilla, mais finit par s'embraser. Ils parcoururent la caverne du regard.

Il leur apparut aussitôt que ce n'était pas une grotte naturelle. Les parois et le sol en étaient incroyablement lisses, presque polis ; la torche que brandissait Durnik se reflétait dans les surfaces luisantes. C'était une salle absolument circulaire, d'une centaine de pieds de diamètre, dont le haut des murs s'incurvait vers l'intérieur, et le plafond, loin au-dessus de leur tête, semblait parfaitement hémisphérique. Au centre de la salle se dressait une table de pierre, ronde, de vingt pieds de diamètre et si haute que Barak aurait pu passer dessous. Un banc de pierre en forme d'anneau en faisait le tour. L'arche d'une cheminée, ronde elle aussi, s'ouvrait dans le mur, juste à l'opposé de la porte. La grotte était fraîche, mais il leur semblait qu'il aurait dû y faire plus froid.

– Les chevaux peuvent entrer? chuchota Hettar.

Sire Loup acquiesça d'un hochement de tête, le regard perdu dans le vague. Il semblait tout rêveur à la lumière vacillante de la torche.

Les chevaux firent claquer leurs sabots sur le sol de pierre et regardèrent autour d'eux avec étonnement, les yeux écarquillés, les oreilles frémissantes de nervosité.

– Le feu est déjà prêt, constata Durnik, debout à côté de la cheminée. Je l'allume?

– Hein? fit sire Loup en levant les yeux. Oh! Oui, allez-y.

Durnik tendit sa torche vers le petit bois qui prit immédiatement. Les flammes montèrent très vite, brûlant avec un éclat inhabituel.

Ce'Nedra étouffa un cri.

– Les murs! s'exclama-t-elle. Regardez les murs!

La structure cristalline de la roche réfractait la lumière du feu de telle sorte que le dôme se mit à étinceler d'une myriade de couleurs douces, changeantes, emplissant la salle d'une splendeur multicolore.

Hettar, qui en faisait le tour, repéra une autre ouverture en arceau dans la paroi.

– Une source! annonça-t-il. On n'aurait pu rêver meilleur endroit pour s'abriter d'un orage!

Durnik posa sa torche et retira sa houppelande. La salle s'était réchauffée avec une rapidité surnaturelle depuis qu'il avait allumé le feu.

– Vous connaissiez cet endroit, n'est-ce pas? demanda-t-il à sire Loup.

– Nul n'avait jamais réussi à le trouver, reconnut le vieil homme, le regard ailleurs. Nous ne savions même pas s'il existait encore.

– Qu'est-ce, Belgarath, que cette étrange grotte? questionna Mandorallen.

Sire Loup inspira profondément.

– Lorsque les Dieux créèrent le monde, il leur fallait bien se rencontrer de temps à autre pour échanger des informations sur ce qu'ils avaient fait et comptaient faire, afin d'assurer la cohérence de l'ensemble et d'en harmoniser le fonctionnement : les montagnes, le temps, les saisons, et ainsi de suite. C'est ici, conclut-il en balayant la salle du regard, qu'ils se rencontraient.

Silk avait réussi à grimper sur le banc qui entourait l'immense table. Son nez frémissait de curiosité.

– Il y a des bols, là-haut. Sept bols. Et sept chopes. Tiens, on dirait qu'il y a des fruits dans les bols...

Il s'apprêtait à tendre la main lorsque sire Loup poussa un cri.

– Non, Silk! Ne touchez à rien!

Le petit homme se figea, la main en l'air, et lui jeta un coup d'œil intrigué par-dessus son épaule.

– Vous feriez mieux de descendre, suggéra sire Loup d'un ton grave.

– La porte! s'exclama Ce'Nedra.

Ils se tournèrent comme un seul homme, juste le temps de voir l'immense porte de fer se refermer doucement. Barak bondit dessus en jurant, mais trop tard. Elle avait déjà claqué avec un bruit retentissant. Le grand bonhomme se retourna, le regard désespéré.

– Ne t'en fais pas, Barak. Je la rouvrirai, promit Garion.

Sire Loup se retourna vers lui et l'interrogea du regard.

– Comment étais-tu au courant pour la grotte? s'informa-t-il.

– Je ne sais pas, bafouilla Garion. Je savais qu'elle était là, c'est tout. Je savais depuis un ou deux jours déjà que nous en approchions. Enfin, il me semble.

– Est-ce que ça a un rapport avec la voix qui s'est adressée à Mara?

– Je ne pense pas. Elle n'a pas l'air d'être là en ce moment, et cette fois, j'étais au courant de façon différente; je pense que ça venait de moi, pas d'elle. C'est comme si je connaissais cet endroit depuis toujours, sauf que j'y ai pensé seulement quand nous avons commencé à nous en rapprocher. C'est très difficile à expliquer au juste.

Tante Pol et sire Loup échangèrent un long regard. Sire Loup était sur le point de lui poser une autre question lorsqu'un grognement se fit entendre à l'autre bout de la pièce.

– Quelqu'un pourrait-il m'aider? demanda Hettar d'un ton pressant.

L'une des juments, les flancs distendus, le souffle court, hoquetait en chancelant sur ses pattes comme si elles allaient flancher sous son poids. Debout auprès d'elle, Hettar tentait de la supporter.

– Elle va mettre bas, déclara-t-il.

Ils se tournèrent tous vers lui et se rapprochèrent précipitamment de la jument en travail. Tante Pol prit aussitôt la situation en main et donna des ordres concis. Ils aidèrent la jument à s'étendre sur le sol puis Hettar et Durnik commencèrent à faciliter son travail pendant que tante Pol allait remplir un petit chaudron d'eau et le posait précautionneusement sur le feu.

– Je vais avoir besoin de place, annonça-t-elle aux autres d'un ton caustique tout en ouvrant le sac qui contenait ses herbes.

– Je pense que nous ferions mieux de débarrasser le plancher, suggéra Barak, mal à l'aise, en lorgnant le cheval haletant.

– Magnifique, acquiesça-t-elle. Ce'Nedra, restez là, mon petit. J'aurai besoin de vous.

Garion, Barak et Mandorallen s'écartèrent de quelques pas et s'assirent par terre, le dos appuyé au mur iridescent, tandis que Silk et sire Loup partaient explorer le reste de la salle. Garion regardait Durnik et Hettar s'activer près de la jument, tante Pol et Ce'Nedra à côté du feu, mais il se sentait bizarrement absent. La grotte l'avait attiré, c'était une certitude, et elle exerçait encore une fascination particulière sur lui. Le problème posé par la jument comportait une certaine urgence, mais il n'arrivait pas à s'y intéresser pour de bon. En trouvant la grotte, il avait seulement mené à bien la première étape de ce qui était en train de s'accomplir, quoi que ce fût. Car il avait encore quelque chose à faire, il en était étrangement convaincu, et cette espèce de léthargie constituait une sorte de préparation à la suite.

La voix de Mandorallen attira machinalement son regard.

– L'aveu ne m'en est point aisé, disait le chevalier d'un

ton lugubre, mais dans la perspective de notre quête, force m'est de reconnaître ouvertement ma grande faiblesse. Il se pourrait qu'à l'heure du péril, cette défaillance m'amène à tourner casaque et à fuir tel le couard que je suis, abandonnant vos existences au danger et à la mort.

— Vous vous faites une montagne d'une taupinière, protesta Barak.

— Que non point, Messire. Je T'engage, ainsi que Tes compagnons, à porter à cette affaire l'attention qui convient afin de déterminer si je suis digne de poursuivre notre entreprise.

Il fit mine de se lever, à grand renfort de grincements.

— Où allez-vous? s'étonna Barak.

— Je pensais m'éloigner quelque peu afin de vous permettre de discuter librement de cette affaire.

— Oh! ça va, Mandorallen, rasseyez-vous, fit Barak, agacé. Je ne dirais rien dans votre dos que je n'oserais vous dire en face.

Allongée près du feu, la tête dans le giron de Hettar, la jument poussa un nouveau grognement.

— Le remède est bientôt prêt, Polgara? s'inquiéta l'Algarois.

— Pas encore.

Elle se retourna vers Ce'Nedra qui pilait soigneusement des feuilles séchées dans une petite tasse avec le dos d'une cuillère.

— Un peu plus fin, mon chou, lui conseilla-t-elle.

Durnik était debout, les jambes écartées, au-dessus de la jument, les mains sur son ventre distendu.

— Nous allons peut-être être obligés de retourner le poulain, annonça-t-il gravement. Je pense qu'il essaie de sortir dans le mauvais sens.

— Ne vous y risquez pas pour le moment; voyons d'abord si *ça* va marcher, commenta tante Pol.

Elle tapota doucement un pot de terre pour en faire tomber une poudre grisâtre dans son chaudron bouillonnant, puis, prenant la tasse de feuilles pilées des mains de Ce'Nedra, les ajouta dans le récipient en touillant énergiquement.

– Je pense, Messire Barak, reprit Mandorallen d'un ton pressant, que point n'as pleinement considéré l'importance de ce que je viens de Te dire.

– Mais si, mais si. Bon, une fois, vous avez eu une peur bleue. Il n'y a vraiment pas de quoi se mettre la rate au court-bouillon. Ça nous arrive à tous de temps à autre.

– Je ne puis vivre avec cette notion. Je vis dans la crainte perpétuelle que cela revienne m'ôter tout courage, sans jamais savoir où et quand cela se produira.

– Vous avez peur d'avoir peur? fit Durnik, surpris, en levant les yeux de la jument.

– Tu ne puis, mon bon ami, savoir quel effet cela fait, répondit Mandorallen.

– Vous aviez l'estomac noué, la bouche sèche et l'impression qu'on vous tordait le cœur comme une serpillière?

Mandorallen accusa le coup.

– J'en ai été victime assez souvent pour savoir avec précision l'effet que ça fait, confia Durnik.

– Toi? Mais Tu es au nombre des hommes les plus braves qu'il m'ait été donné de rencontrer!

– Je suis comme les autres, Mandorallen, répondit Durnik avec un sourire tordu. Et les hommes comme les autres vivent dans une crainte perpétuelle. Vous l'ignoriez? Ils ont peur du temps et des grands de ce monde, peur de la nuit et des monstres tapis dans les ténèbres, peur de vieillir et de la mort. Il y en a même qui ont peur de vivre. Les hommes ordinaires ont peur à chaque minute de leur vie, ou presque.

– Mais comment pouvez-vous supporter cela?

– Comme si on avait le choix! La peur fait partie de la vie, Mandorallen. On ne peut rien y changer. Vous vous y ferez. Après l'avoir revêtue tous les matins comme une vieille tunique, vous ne pourrez plus vous en passer. Ça aide parfois d'en rire – parfois.

– D'en *rire*?

– Ça montre à la peur qu'on est bien conscient de sa présence mais qu'il en faudrait un peu plus pour nous empêcher d'aller de l'avant et de faire notre devoir, poursuivit Durnik en palpant doucement le ventre de la jument. Il y en a qui crient, qui jurent et qui vocifèrent. Ça doit faire à peu près le même effet. Chacun met au point une technique personnelle pour vivre avec. Moi, je préfère en rire. Ça me paraît plus approprié, je ne sais pas pourquoi.

Mandorallen parut s'abîmer dans une profonde réflexion; les paroles de Durnik faisaient leur chemin dans sa conscience.

— J'y songerai, déclara enfin le chevalier d'un ton solennel. Fort se pourrait, ô ami, que je Te doive plus que la vie pour Tes aimables conseils.

La jument émit un nouveau grognement, une plainte profonde, déchirante.

— Il faut que nous le retournions, Dame Pol, décida Durnik en se redressant et commençant à retrousser ses manches. Et vite, ou nous allons les perdre tous les deux, le poulain et la mère.

— Je vais d'abord lui donner ça, répondit-elle en versant un peu d'eau fraîche dans son chaudron bouillonnant. Tenez-lui la tête, demanda-t-elle à Hettar.

L'Algarois acquiesça d'un hochement de tête et passa fermement ses bras autour de la tête de la jument en gésine.

— Garion, fit tante Pol en faisant couler des cuillerées de liquide entre les dents de l'animal, tu devrais aller avec Ce'Nedra voir ce que font Silk et ton grand-père.

— Vous avez déjà retourné un poulain, Durnik? interrogea Hettar d'une voix angoissée.

— Un poulain, jamais, mais des veaux, plus d'une fois. Il ne doit pas y avoir tellement de différence entre une jument et une vache.

Barak se leva précipitamment, un peu verdâtre sur les bords.

— Moi, je vais voir ce que fabriquent Garion et la princesse, gronda-t-il. Je ne vois pas en quoi je pourrais vous être utile par ici.

— Je T'accompagne, proclama Mandorallen, pas tellement plus à l'aise. Mieux vaut, ce me semble, laisser à nos amis toute la place de jouer leur rôle de sage-femme.

Tante Pol contempla avec un petit sourire les farouches guerriers qui s'éloignaient sans demander leur reste.

De l'autre côté de l'immense table de pierre, Silk et sire Loup observaient une nouvelle ouverture circulaire dans le mur iridescent.

— Je n'avais encore jamais vu de fruits de ce genre, avouait le petit homme.

— Le contraire m'eût étonné, commenta sire Loup.

— Ils ont l'air tellement frais... On dirait qu'on vient de les cueillir.

Silk ne put s'empêcher de tendre la main vers les fruits.

— A votre place, je n'y toucherais pas, l'avertit sire Loup.

— Je me demande quel goût ils peuvent avoir.

— Ça ne peut pas vous faire de mal de vous le demander, alors que d'y goûter, *si*.

— Je *déteste* les questions sans réponse.

— Vous vous en remettrez. Comment ça va, là-bas ? s'enquit sire Loup en se tournant vers Garion et les autres.

— D'après Durnik, il va falloir retourner le poulain, l'informa Barak. Nous nous sommes dit que nous n'avions pas besoin de rester dans leurs jambes.

Sire Loup eut un hochement de tête compréhensif.

— Silk ! s'écria-t-il sans se retourner.

— Pardon, fit Silk en retirant précipitamment sa main.

— Vous feriez mieux de ficher le camp d'ici ; vous allez finir par avoir des ennuis.

— C'est ma spécialité, reconnut Silk en haussant les épaules.

— Faites ce que je vous dis. Je ne vais pas passer mon temps à vous surveiller, reprit sire Loup d'un ton rigoureux tout en glissant ses doigts sous les bandages salis et passablement effilochés pour se gratter férocement le bras. Bon, maintenant ça suffit. Garion, tu vas me débarrasser de ce truc-là, ordonna-t-il en lui tendant son bras.

— Ah, ne compte pas sur moi pour ça, protesta le jeune garçon en reculant d'un pas. Je ne tiens pas à me faire patafioler par tante Pol.

— Ne dis pas de bêtises. Silk, vous allez bien faire ça pour moi.

— Vous me dites de ne pas chercher les ennuis et vous voudriez que je contrarie Polgara ? Vous manquez de suite dans les idées, Belgarath.

112

– Oh! allez, donnez-moi ça, s'exclama Ce'Nedra.

Elle s'empara du bras du vieil homme et tenta de défaire les nœuds avec ses petits doigts.

– Mais vous vous rappellerez que c'est vous qui me l'avez demandé. Garion, passe-moi ton couteau.

Garion lui tendit sa lame non sans répugnance. La princesse coupa les bandages et commença à les défaire. Les attelles tombèrent sur le sol de pierre avec un petit claquement.

– Vous êtes une adorable petite fille, roucoula sire Loup en lui dédiant un grand sourire et en se grattant le bras avec volupté.

– A charge de revanche, précisa-t-elle.

– C'est bien une Tolnedraine, observa Silk.

Une heure plus tard, tante Pol fit le tour de la table et vint vers eux, l'air sombre.

– Comment va la jument? demanda très vite Ce'Nedra.

– Elle est très faible, mais je pense qu'elle s'en tirera.

– Et son petit?

– Nous sommes arrivés trop tard. Nous avons tout essayé mais nous n'avons pas réussi à lui faire pousser le premier soupir, annonça-t-elle, navrée.

Ce'Nedra étouffa un petit cri et devint blanche comme un linge.

– Vous n'allez tout de même pas renoncer comme ça? accusa-t-elle.

– Il n'y a plus rien à faire, mon petit chou, expliqua tristement tante Pol. Il a trop attendu. Il n'avait plus en lui les forces nécessaires.

Ce'Nedra leva sur elle un regard incrédule.

– Mais enfin, vous devez faire quelque chose! implora-t-elle. Vous êtes sorcière, oui ou non? Alors ne restez pas là comme ça, les bras ballants!

– Je regrette, Ce'Nedra, mais c'est une barrière que nous ne pouvons franchir. Nous n'en avons pas le pouvoir.

Alors la petite princesse poussa un gémissement et éclata en sanglots. Tante Pol l'entoura de ses deux bras, la serra contre elle pour la consoler tandis qu'elle pleurait à chaudes larmes.

Mais Garion s'était déjà levé. Il savait maintenant avec une lucidité absolue ce que la grotte attendait de lui et il réagissait sans réfléchir, sans courir, sans la moindre hâte. Il fit calmement le tour de la table de pierre et se dirigea vers le feu, de l'autre côté.

Hettar était l'incarnation même du chagrin. Il était assis par terre, le poulain mort dans les bras, la tête penchée sur lui si bien que sa mèche crânienne pareille à une crinière retombait sur le museau inerte du petit animal aux longues jambes grêles.

— Donnez-le-moi, Hettar, ordonna Garion.

— Garion, non! protesta la voix angoissée de tante Pol, dans son dos.

Hettar leva les yeux sur lui. Son visage d'oiseau de proie était empli d'une profonde tristesse.

— Je veux le tenir, Hettar, insista doucement Garion.

Sans un mot, Hettar tendit à Garion le petit corps flasque, encore humide et luisant. Garion s'agenouilla et déposa le poulain par terre, devant le feu crépitant, puis il plaça les mains sur la minuscule cage thoracique et appuya doucement dessus.

— Respire! chuchota-t-il.

— Nous avons déjà essayé, Garion, assura tristement Hettar. Nous avons fait tout ce qui était en notre pouvoir.

Garion commença à bander sa volonté.

— Ne fais pas ça, Garion, reprit tante Pol. C'est impossible, et tu vas te faire très mal si tu essaies.

Mais Garion ne l'entendait plus. La grotte lui parlait trop fort pour qu'il écoute quoi que ce fût d'autre. Il concentra toutes ses pensées sur le petit corps humide, sans vie, du poulain. Puis il tendit la main droite et posa la paume sur l'épaule couleur de châtaigne de la petite bête. Il avait l'impression de se trouver devant un mur nu, plus haut que tout au monde, une muraille impénétrable et d'un silence au-delà de toute expression. Il tenta de la repousser, mais elle ne céda pas. Il inspira profondément et s'engagea totalement dans le combat.

— Vis! ordonna-t-il.

— Garion, arrête!

— Vis! répéta-t-il en s'investissant plus profondément encore dans la lutte contre les ténèbres.

114

– *Trop tard, Pol,* faisait la voix de sire Loup, quelque part. *Il est allé trop loin.*

– Vis! intima à nouveau Garion.

La vague qui montait en lui surgit, si énorme qu'elle le vida complètement. Le scintillement des murs vacilla, puis tout à coup les parois de la caverne retentirent comme si une cloche était entrée en vibration dans les profondeurs de la montagne. La pulsation s'amplifia, emplissant la salle voûtée, puis les murs se mirent à briller d'un éclat éblouissant. Il fit aussi clair qu'en plein midi.

Le petit corps s'anima sous les mains de Garion et le poulain poussa un long soupir frémissant. Les autres réprimèrent un hoquet de surprise en voyant s'agiter ses petites jambes pareilles à des allumettes. Le poulain inspira à nouveau et ouvrit les yeux.

– C'est un miracle, s'exclama Mandorallen d'une voix étouffée.

– Peut-être encore plus que cela, corrigea sire Loup en scrutant le visage de Garion.

Le poulain fit des efforts désespérés pour se redresser, sa tête ballottant mollement au bout de son cou. Il rassembla ses jambes sous son corps et parvint enfin à se relever, puis il se tourna instinctivement vers sa mère et trottina jusqu'à elle pour se faire dorloter. Sa robe qui était d'un brun luisant, uniforme, avant que Garion l'effleure, portait maintenant à l'épaule une marque blanche, incandescente, exactement pareille à celle que Garion avait dans la paume.

Garion se releva tant bien que mal, écarta les autres et s'éloigna en titubant. Il alla d'une démarche mal assurée vers la source glacée qui murmurait dans le creux du mur et s'aspergea la tête et le cou. Il resta longtemps, très longtemps agenouillé devant la fontaine, haletant et tremblant de tous ses membres. Puis il sentit quelque chose lui effleurer le coude, presque timidement. Il releva la tête avec lassitude. Le poulain, maintenant plus assuré sur ses jambes, était debout à côté de lui et le regardait, ses yeux liquides emplis d'adoration.

CHAPITRE IX

Le lendemain matin, les éléments déchaînés s'étaient apaisés. Ils passèrent néanmoins la journée dans la grotte pour laisser le temps à la jument de se remettre et à son petit de prendre des forces. Garion commençait à le trouver un peu collant. Il ne pouvait pas faire un pas sans que le poulain le suive de ses yeux humides de tendresse et l'animal n'arrêtait pas de lui fourrer son museau dans les côtes. Les autres chevaux le regardaient aussi d'une drôle de façon, comme s'ils étaient muets de respect. Tout ça était plutôt embarrassant.

Le lendemain matin, ils débarrassèrent soigneusement la caverne de toute trace de leur passage. Ce fut une opération spontanée; personne ne la leur avait soufflée, ils ne s'étaient pas concertés, mais tous s'y livrèrent sans discuter.

Au moment de partir, Durnik s'arrêta sur le pas de la porte et jeta un coup d'œil en arrière, dans la salle voûtée.

— Le feu brûle toujours, observa-t-il, ennuyé.

— Il s'éteindra tout seul après notre départ, avança sire Loup. D'ailleurs, vous pourriez tout essayer, je ne pense pas que vous arriveriez à l'éteindre.

— Vous devez avoir raison, convint Durnik en hochant sobrement la tête.

— Ferme la porte, Garion, ordonna tante Pol lorsqu'ils eurent fait sortir tous les chevaux de la grotte.

Un peu embarrassé, Garion prit le bord de la gigantesque porte de fer et la tira vers lui. L'énorme Barak s'était arc-bouté dessus sans parvenir à la faire bouger d'un millimètre ; mais elle se déplaça aisément sitôt que la main de Garion l'eût effleurée. Une seule traction suffit à la refermer en douceur. Les deux bords massifs se rapprochèrent avec un vacarme retentissant, ne laissant qu'une ligne fine, presque imperceptible, à l'endroit où elles se rejoignaient.

Le regard perdu dans le vide, sire Loup posa doucement la main sur le métal rouillé, puis il se détourna avec un soupir et les ramena le long de la corniche, vers le sentier qu'ils avaient suivi deux jours plus tôt.

Ils remontèrent en selle de l'autre côté de l'épaulement rocheux et redescendirent à flanc de montagne entre les blocs de pierre éboulés et les plaques verglacées. Quelques lieues après le col, ils retrouvèrent les premiers buissons et les arbres rabougris. Le vent soufflait toujours avec force, mais le ciel était bleu et seuls quelques nuages cotonneux filaient au-dessus de leur tête, étrangement proches.

Une fois de plus, Garion chercha la compagnie de sire Loup. Il était encore troublé par ce qui s'était passé dans la grotte et avait désespérément besoin de mettre les choses à plat.

— Grand-père, commença-t-il.

— Oui, Garion ? fit le vieil homme en émergeant de sa torpeur.

— Pourquoi tante Pol a-t-elle essayé de m'empêcher ? Pour le poulain, je veux dire ?

— Parce que c'était dangereux, répondit le vieil homme. Très dangereux.

— Mais *pourquoi* ?

— Lorsqu'on tente de faire quelque chose d'impossible, on risque d'y mettre trop d'énergie ; et si on n'arrête pas à temps, ça peut être fatal.

— Comment ça, *fatal* ?

— On se vide complètement de ses forces, expliqua sire Loup en hochant la tête. Et on n'en a plus assez pour faire battre son cœur.

— Ah, je ne savais pas.

C'était un choc pour Garion.

Sire Loup baissa la tête pour éviter une branche basse.

– Evidemment.

– Mais tu dis toujours que *rien* n'est impossible... ?

– Dans les limites de la raison, Garion. Dans les limites de la raison.

Ils poursuivirent pendant quelques instants en silence, l'épais tapis de mousse qui couvrait le sol sous les arbres assourdissant le bruit des sabots de leurs chevaux.

– Je ferais peut-être mieux de me renseigner un peu sur tout ça, déclara enfin Garion.

– Ce ne serait pas une mauvaise idée. Qu'est-ce que tu voudrais savoir ?

– Tout, je crois.

Sire Loup éclata de rire.

– Ça risque de prendre un moment.

– C'est si compliqué que ça ?

Garion sentait son cœur se changer en pierre.

– Non. En fait, c'est très simple, mais les choses les plus simples sont toujours les plus dures à expliquer.

– Ça n'a pas de sens, répliqua Garion, un peu agacé.

– Ah bon ? commenta sire Loup en le regardant d'un air amusé. Je peux te poser une question simple, alors ? Combien font deux et deux ?

– Quatre, répondit promptement Garion.

– Pourquoi ?

– C'est comme ça... pataugea lamentablement Garion, avant de s'interrompre.

– Mais pourquoi ?

– Il n'y a pas de raison. C'est comme ça, c'est tout.

– Il y a une raison à tout, Garion.

– D'accord. Alors pourquoi deux et deux font-ils quatre ?

– Je n'en sais rien, admit sire Loup. Je pensais que tu le savais peut-être.

Ils passèrent devant un chicot d'arbre tout tordu et d'un blanc d'ossements sur le bleu intense du ciel.

– Nous n'arriverons à rien de cette façon-là, conclut Garion, encore plus troublé.

– A vrai dire, je pense que nous avons déjà fait pas mal de chemin, rétorqua sire Loup. Que voudrais-tu savoir au juste ?

118

– Qu'est-ce que c'est que la sorcellerie? lança abruptement Garion, comme il savait si bien le faire.

– Je te l'ai déjà dit une fois. Le Vouloir et le Verbe.

– Oui, mais ça ne veut vraiment rien dire, tu sais.

– D'accord, alors on va essayer autrement : la sorcellerie consiste à faire des choses avec son esprit au lieu de ses mains. La plupart des gens ne l'utilisent pas car il est plus facile de faire les choses grâce à l'autre moyen, au début du moins.

– Ça n'a pourtant pas l'air très difficile, constata Garion en fronçant les sourcils.

– Tu as toujours agi à la faveur d'une impulsion. Tu n'as jamais pris le temps de réfléchir à la façon de procéder, tu t'es borné à le faire.

– C'est plus facile comme ça, non? Je veux dire, pourquoi ne pas se contenter d'agir sans se poser de questions?

– Parce que la sorcellerie spontanée est une magie de troisième catégorie – rigoureusement incontrôlée. Tout peut arriver si on laisse libre cours à sa force mentale. Elle n'a aucune moralité propre. Le bon ou le mal est issu de toi, pas de la sorcellerie.

– Alors, quand j'ai fait brûler Asharak c'était bien moi et pas la sorcellerie, c'est ça, hein? observa Garion, un peu malade à cette idée.

Sire Loup hocha gravement la tête.

– Ça te réconfortera peut-être de penser que tu as aussi donné vie au poulain. L'un dans l'autre, ça s'équilibre.

Garion jeta un coup d'œil par-dessus son épaule à la petite bête qui gambadait derrière lui comme un chiot.

– Tu veux dire qu'il y a du bon et du mauvais dans la sorcellerie.

– Non, rectifia sire Loup. Le bien et le mal n'ont rien à voir là-dedans. Et tu ne gagnerais rien à méditer pendant des heures sur la façon de l'employer. On peut tout faire avec, enfin, presque tout. Tu pourrais raboter le haut des montagnes, replanter tous les arbres la tête en bas ou colorer les nuages en vert si tel était ton bon plaisir. Ce que tu dois te demander ce n'est pas si tu *peux* le faire mais si tu *dois* le faire.

– Tu as dit *presque* tout, remarqua rapidement Garion.

– J'y venais, fit sire Loup.

Il regardait pensivement un nuage bas – vieil homme à l'allure ordinaire avec sa tunique couleur de rouille et son capuchon gris en train de contempler le ciel.

– Il y a une chose qui est rigoureusement interdite, reprit-il. Tu ne peux rien détruire – jamais.

Stupeur de Garion.

– J'ai bien détruit Asharak, non?

– Eh non. Tu l'as tué, ce n'est pas pareil. Tu y as mis le feu et il est mort brûlé. Détruire une chose, c'est tenter d'annihiler sa création. Et ça, c'est interdit.

– Qu'arriverait-il si j'essayais?

– Ton pouvoir se retournerait contre toi et tu serais aussitôt anéanti.

Garion cilla et se sentit glacé d'épouvante : il avait bien failli franchir cette ligne interdite lors de la confrontation avec Asharak.

– Comment fait-on la différence? demanda-t-il d'une voix altérée. Je veux dire, pour expliquer qu'on a juste l'intention de tuer une personne et pas de la détruire?

– Ce n'est pas un sujet d'expérience. Si tu as vraiment envie de tuer quelqu'un, passe-lui ton épée au travers du corps. Cela dit, j'espère que tu n'auras pas trop souvent l'occasion de te livrer à ce genre d'exercice.

Ils s'arrêtèrent pour faire boire les chevaux auprès d'un petit ruisseau qui babillait sur les pierres couvertes de mousse.

– Tu vois, Garion, poursuivit sire Loup. Le but ultime de l'univers est de créer des choses. Tu ne penses tout de même pas qu'il va te laisser passer derrière lui pour détruire ce qu'il s'est donné le mal de construire. En tuant quelqu'un, tu lui infliges une modification mineure. Tu le fais passer de l'état de vie à celui de mort, mais il est toujours là. Le *détruire*, ce serait vouloir qu'il cesse entièrement d'exister. Lorsque tu te sens sur le point d'ordonner à quelque chose de « disparaître », de « fiche le camp » ou de « débarrasser le plancher », tu te rapproches dangereusement du point d'autodestruction. C'est la principale raison pour laquelle il faut tout le temps dominer nos émotions.

– Je ne savais pas, admit Garion.

– Maintenant tu le sais. N'essaie même pas de faire disparaître un simple caillou.

– Un caillou?

– L'univers ne fait pas la différence entre un homme et une pierre, déclara le vieil homme en braquant sur lui un regard implacable. Il y a plusieurs mois maintenant que ta tante essaie de t'expliquer la nécessité de te dominer, et tu t'es opposé à elle tout du long.

Garion baissa la tête.

– Je ne savais pas ce qu'elle voulait dire, s'excusa-t-il.

– C'est parce que tu n'écoutais pas. C'est un de tes gros défauts, Garion.

Garion s'empourpra.

– Comment t'es-tu rendu compte pour la première fois que tu pouvais... euh, faire des choses? demanda-t-il très vite, avide de changer de sujet.

– C'était vraiment idiot. C'est toujours comme ça, la première fois.

– Que s'est-il passé?

– Je voulais déplacer un gros rocher, répondit sire Loup en haussant les épaules. Mes bras et mon dos n'avaient pas la force nécessaire, mais mon esprit, lui, y est arrivé. Après cela, je n'ai pas eu le choix ; j'ai été bien obligé d'apprendre à vivre avec, car une fois qu'on a déclenché le processus, on ne peut plus revenir en arrière. C'est un tournant de la vie ; à partir de là, il faut apprendre à se dominer.

– On en revient toujours à ça, hein?

– Eh oui. En fait, ce n'est pas si difficile. Regarde Mandorallen. (Il tendit le doigt vers le chevalier qui chevauchait à côté de Durnik. Les deux hommes étaient plongés dans une grande discussion.) Mandorallen est un brave garçon, honnête, sincère, d'une noblesse renversante – mais soyons francs : jusqu'à aujourd'hui, son esprit n'avait jamais été effleuré par une idée originale. Il tente de vaincre sa peur, et apprendre à la surmonter l'oblige à réfléchir – pour la première fois de sa vie, peut-être. C'est pénible, mais il le fait. Si Mandorallen peut apprendre à maîtriser sa peur, limité comme il est, tu peux sûrement apprendre à exercer le même genre de contrôle sur d'autres émotions. Tu es tout de même un peu plus malin que lui.

Silk, qui était parti en éclaireur, revint vers eux.

– Belgarath, il y a quelque chose à une demi-lieue devant nous. Je crois que vous feriez bien d'y jeter un coup d'œil.

– Très bien, répondit sire Loup. Réfléchis à ce que je viens de te dire, Garion. Nous en reparlerons un peu plus tard.

Puis il suivit Silk au galop entre les arbres.

Garion médita les paroles du vieil homme. Ce don qu'il avait si peu appelé de ses vœux l'investissait d'une responsabilité écrasante, c'était bien là le plus embêtant.

Le poulain gambadait à côté de lui, fonçant entre les arbres et revenant au galop, ses petits sabots crépitant sur le sol détrempé. Il s'arrêtait régulièrement pour regarder Garion, les yeux pleins d'amour et de confiance.

– Oh, ça suffit, s'exclama Garion.

Le poulain repartit ventre à terre.

La princesse Ce'Nedra se rapprocha de Garion.

– De quoi parliez-vous, Belgarath et toi? s'informat-elle.

– Oh, d'un tas de choses, esquiva Garion en haussant les épaules.

Il remarqua aussitôt une petite crispation autour de ses yeux. Il la connaissait depuis plusieurs mois maintenant, et avait appris à déceler ces imperceptibles signaux de danger : la princesse cherchait la bagarre. Avec une lucidité stupéfiante, il analysa la raison de son agressivité larvée. Elle avait été profondément choquée par ce qui s'était passé dans la grotte, et la princesse Ce'Nedra n'aimait pas être choquée. Pour tout arranger, elle avait fait des avances au poulain dans l'espoir évident d'en faire sa chose, et l'animal l'avait superbement ignorée; il réservait l'exclusivité de ses attentions à Garion, allant jusqu'à se désintéresser de sa mère sauf quand il avait faim. Or s'il y avait une chose que Ce'Nedra détestait plus encore que d'être choquée, c'était bien d'être ignorée. Garion se rendit compte avec ennui qu'il n'y couperait pas : il allait y avoir du grabuge.

– Je ne voudrais pas m'immiscer dans une conversation personnelle, répliqua-t-elle d'un ton acerbe.

– Ça n'avait rien de personnel. Nous parlions de la sorcellerie et de la façon d'éviter les accidents. Je n'ai pas envie de faire de bêtises.

Elle rumina sa réponse en cherchant ce qu'elle pouvait avoir d'agressif. Son innocuité sembla ajouter à sa rogne.

– Je ne crois pas à la sorcellerie, annonça-t-elle platement.

A la lumière des récents événements, cette déclaration avait quelque chose de parfaitement absurde et elle parut s'en rendre compte aussitôt. Ses yeux se durcirent encore un peu.

– D'accord, conclut Garion avec un soupir résigné. Vous avez une querelle particulière à vider, ou simplement l'intention de vous mettre à brailler puis de faire la paix tout en continuant à avancer?

– Brailler? Sa voix grimpa de plusieurs octaves. *Brailler?*

– Glapir, si vous préférez, suggéra-t-il d'un ton aussi injurieux que possible.

Puisque l'empoignade était inévitable, autant lui balancer quelques vannes tout de suite; après, elle allait hausser le ton et il n'arriverait plus à se faire entendre.

– *GLAPIR?* glapit-elle.

Ils se chamaillèrent pendant un bon quart d'heure avant que Barak et tante Pol viennent les séparer. Tout bien considéré, ce n'était pas une très bonne prise de bec. Garion était un peu trop préoccupé pour mettre vraiment du cœur dans les insultes qu'il lançait à la petite jeune fille et la nervosité de Ce'Nedra privait ses répliques de leur impact coutumier. Vers la fin, le débat avait dégénéré en une répétition fastidieuse de « sale gosse trop gâtée » et de « paysan borné », auxquels les montagnes apportaient un écho sans fin.

Sire Loup et Silk ne tardèrent pas à les rejoindre.

– Pourquoi tous ces cris et ces hurlements? interrogea sire Loup.

– Les enfants s'amusent, répliqua tante Pol en foudroyant Garion du regard.

– Où est passé Hettar? demanda Silk.

– Il ferme la marche, répondit Barak.

Il se retourna; le grand Algarois n'était pas derrière les chevaux de bât. Barak fronça les sourcils.

– Il était juste derrière nous. Il s'est peut-être arrêté un moment pour laisser reposer son cheval ou je ne sais quoi.

– Sans rien dire? objecta Silk. Ce n'est pas son genre. Et ça ne lui ressemble pas non plus de laisser les chevaux de bât tout seuls.

– Il devait avoir une bonne raison, intervint Durnik.

– Je vais voir, proposa Barak.

– Non, restez là, l'enjoignit sire Loup. Ne nous dispersons pas dans ces montagnes. Si l'un de nous doit rebrousser chemin, nous irons tous ensemble.

Ils attendirent. Le vent jouait dans les branches des pins, leur arrachant une plainte lugubre. Au bout d'un moment, tante Pol laissa échapper un soupir presque explosif.

– Le voilà! s'exclama-t-elle d'un ton âpre. Il a pris du bon temps.

Hettar apparut loin au bout de la piste, avançant avec aisance à un trot allongé, sa mèche crânienne flottant au vent sur ses épaules gainées de cuir noir. Il menait par la bride deux chevaux sellés mais sans cavalier. Comme il se rapprochait, ils l'entendirent siffloter.

– Où étiez-vous passé? lui demanda Barak.

– Il y avait des Murgos derrière nous, déclara Hettar comme si c'était une explication suffisante.

– Vous auriez pu me demander de vous accompagner, reprit Barak, froissé.

Hettar haussa les épaules.

– Ils n'étaient que deux. Ils montaient des chevaux algarois; j'ai pris ça comme une injure personnelle.

– Vous trouvez toujours de bonnes raisons de prendre les choses pour une injure personnelle dès qu'il est question de Murgos, lança fraîchement tante Pol.

– Eh oui.

– Il ne vous est pas venu à l'idée de nous dire où vous alliez? ajouta-t-elle.

– Ils n'étaient que deux, répéta Hettar. Je ne pensais pas rester très longtemps absent.

Elle inspira profondément, ses yeux lançant des éclairs.

– Laisse tomber, Pol, conseilla sire Loup.

– Mais...

– Tu ne le changeras pas, alors ne te mets pas dans tous tes états. D'ailleurs, je n'ai rien contre le fait de décourager nos poursuivants. Ces Murgos, enchaîna le vieil homme en se tournant vers Hettar, ignorant les regards noirs de tante Pol, faisaient-ils partie de l'escorte de Brill?

– Non, répondit Hettar en secouant la tête. Ceux de Brill étaient du Sud et montaient des chevaux murgos. Ces deux-là venaient du Nord.

– Il y a une différence visible? demanda Mandorallen, curieux.

– Leur armure n'est pas tout à fait pareille, et puis ceux du Sud ont le visage plus plat et sont un peu moins grands.

– Où ont-ils eu leurs chevaux algarois? s'étonna Garion.

– C'étaient des pilleurs de troupeaux, commenta Hettar d'un ton morne. Les chevaux algarois ont beaucoup de valeur à Cthol Murgos et certains Murgos ont la sale habitude de s'introduire en Algarie pour y voler les chevaux. Nous faisons tout ce que nous pouvons pour les en décourager.

– Ces chevaux ne me paraissent pas en grande forme, observa Durnik en regardant les deux bêtes efflanquées. On les a trop poussés et les coups de cravache leur ont entaillé la peau.

– Autre raison de détester les Murgos, conclut Hettar d'un ton sinistre.

– Vous les avez enterrés? s'informa Barak.

– Non. Je les ai laissés bien en vue, à l'intention de leurs acolytes. Je me suis dit que ça pourrait avoir un effet dissuasif sur nos éventuels poursuivants.

– Tout indique que nous ne sommes pas les premiers à passer par ici, nota Silk. J'ai trouvé les traces d'une douzaine de cavaliers un peu plus loin.

– Allons, il fallait s'y attendre, coupa sire Loup en se grattant la barbe. Ctuchik a envoyé ses Grolims en force, et Taur Urgas fait probablement patrouiller dans la région. Je suis sûr qu'ils aimeraient bien nous mettre le grappin dessus. Nous avons intérêt à aller au Val le plus vite possible. Une fois là-bas, on ne nous ennuiera plus.

— Ils ne risquent pas de nous suivre jusque-là? s'enquit Durnik en regardant autour de lui d'un air inquiet.

— Pas de danger. Sous aucun prétexte les Murgos ne mettraient les pieds au Val. L'Esprit d'Aldur y est encore, et les Murgos ont une peur bleue de lui.

— A combien de jours sommes-nous du Val? questionna Silk.

— Quatre ou cinq, en allant vite, répondit sire Loup.

— Eh bien, ne nous éternisons pas ici.

CHAPITRE X

Dans les hauteurs on se serait presque cru en hiver, mais le temps retrouva une clémence automnale lorsqu'ils redescendirent des montagnes. Les collines qui entouraient Maragor étaient couvertes de forêts de sapins et d'épicéas, et le sol entre les grands arbres était tapissé d'un épais sous-bois. Mais si de ce côté l'espèce dominante était encore le pin, il ne poussait pas grand-chose en dessous. L'air semblait aussi plus sec, et les coteaux étaient tapissés de grandes herbes jaunes.

Ils traversèrent tout une zone où les feuilles des buissons clairsemés étaient d'un rouge vif; mais au fur et à mesure qu'ils descendaient, le feuillage tourna d'abord au jaune puis de nouveau au vert. Garion trouva étrange ce revirement de saison; il lui semblait violer toutes ses notions de l'ordre établi. Quand ils arrivèrent dans les contreforts des monts qui enserraient le Val d'Aldur, c'était à nouveau la fin de l'été, un été doré et un peu poussiéreux. La région grouillait de patrouilles murgos, ils en avaient sans cesse la preuve, mais ils n'en rencontrèrent aucune. Puis ils franchirent une frontière indéfinissable, et à partir de là ils ne virent plus une seule trace de leur passage.

Ils longèrent un torrent impétueux qui rugissait en cascadant sur des roches rondes, luisantes. C'était l'un des nombreux affluents du cours supérieur de l'Aldur. Ce large fleuve courait à travers la vaste plaine d'Algarie et allait se jeter dans le golfe de Cherek, huit cents lieues plus loin, au nord-ouest.

Le Val d'Aldur était une vallée luxuriante enclose entre les deux chaînes de montagnes qui formaient l'épine dorsale du continent. Des cerfs et des chevaux sauvages paissaient, doux comme du bétail, dans l'émeraude de la prairie, semée, çà et là, d'immenses arbres isolés. Des alouettes tournaient et viraient dans le ciel, l'emplissant de leur chant. Comme la petite troupe s'engageait dans la vallée, Garion remarqua que les oiseaux semblaient se rassembler sur le passage de tante Pol, les plus hardis allant jusqu'à se poser sur ses épaules en pépiant et en gazouillant en signe de bienvenue et d'adoration.

– C'est vrai, j'avais oublié, grommela sire Loup à Garion. Nous allons avoir du mal à capter son attention pendant quelques jours.

– Ah bon?

– Oui, tous les oiseaux du Val vont lui rendre une petite visite. C'est comme ça chaque fois que nous venons par ici. Les oiseaux sont fous d'elle.

Dans le concert de piaillements, Garion crut reconnaître un murmure assourdi, comme un chuchotement, qui répétait : « Polgara, Polgara, Polgara. »

– C'est mon imagination, ou ils parlent pour de bon?

– Je suis surpris que tu ne les aies pas entendus plus tôt, railla sire Loup. Depuis dix lieues, tous les oiseaux piaillent son nom.

« Regarde-moi, Polgara, regarde-moi! » semblait dire une alouette en décrivant autour d'elle une série de loopings et de piqués.

Polgara la gratifia d'un gentil sourire et le petit volatile redoubla d'efforts.

– C'est la première fois que j'entends ça, s'émerveilla Garion.

– Ils lui parlent sans arrêt, commenta sire Loup. Ça peut durer des heures. Voilà pourquoi elle a parfois l'air un peu absente. Elle écoute les oiseaux. Ta tante évolue dans un monde peuplé de conversations.

– J'ignorais cela.

– Rares sont ceux qui le savent.

Pendant toute la descente, le poulain s'était contenté de suivre Garion en trottinant assez calmement, mais en arrivant dans la belle herbe verte du Val, il devint littéralement fou de joie. Il s'élança dans la prairie à une vitesse stupéfiante, se roula dans l'herbe en agitant ses petites pattes grêles dans tous les sens, et se mit à décrire d'interminables arabesques dans les contreforts des collines. Puis, ayant repéré un troupeau de cerfs qui paissaient tranquillement, il fonça dans le tas, les dispersant, et courut après eux.

— Reviens! hurla Garion.

— Il ne t'entend pas, remarqua Hettar qui suivait les ébats du petit cheval avec le sourire. Ou plutôt il fait semblant de ne pas t'entendre. Il s'amuse trop.

— *Reviens ici tout de suite!* fit mentalement Garion.

Il y était peut-être allé un peu fort. Les pattes avant du poulain se raidirent et l'animal s'immobilisa presque sur place, puis il fit volte-face et revint vers Garion au petit trot, l'air soumis, le regard humble.

— Sale bête! gronda Garion.

Le poulain baissa le nez d'un air penaud.

— Ne l'engueule pas comme ça, protesta sire Loup. Tu as été jeune, toi aussi.

Garion regretta aussitôt ses paroles et se pencha pour lui tapoter le garrot.

— Allez, ça va, dit-il d'un ton d'excuse.

Le petit animal braqua sur lui un regard éperdu de reconnaissance et se remit à folâtrer dans l'herbe haute, mais sans plus s'éloigner maintenant.

La princesse Ce'Nedra n'en avait pas perdu une miette. D'ailleurs, il avait l'impression qu'elle ne le quittait pas des yeux, allez savoir pourquoi. Elle le regardait d'un air méditatif en s'enroulant un bout de mèche autour d'un doigt et en le suçotant. Garion ne pouvait pas se retourner sans la voir un doigt dans la bouche, en train de se mâchouiller les cheveux, les yeux braqués sur lui. Et il aurait été bien en peine de dire pourquoi, mais ça l'énervait considérablement.

— S'il était à moi, je ne serais pas si méchante avec lui, déclara-t-elle d'un ton accusateur en retirant ses cheveux de sa bouche.

Garion s'abstint de répondre.

En avançant dans la vallée, ils passèrent devant trois tours en ruine, plantées à une certaine distance les unes des autres et apparemment très anciennes. Chacune semblait faire à l'origine une soixantaine de pieds de haut, mais le passage des siècles et son cortège d'intempéries les avaient considérablement érodées. La dernière des trois était complètement noircie et donnait l'impression d'avoir été la proie d'un formidable incendie.

— Il y a eu la guerre par ici, ou quoi, Grand-père? se renseigna Garion.

— Ce n'est pas ça, rectifia sire Loup d'un ton mélancolique. Ces tours appartenaient à mes frères. Celle-ci était celle de Belsambar. L'autre, là-bas, appartenait à Belmakor. Ils sont morts il y a bien longtemps.

— Je croyais que les sorciers ne mouraient jamais.

— Ils ont perdu le goût de vivre — ou l'espoir. Et ils ont mis fin à leurs jours.

— Ils se sont tués?

— D'une certaine manière. Enfin, c'est un peu plus compliqué que ça.

Garion n'insista pas; apparemment, le vieil homme n'avait pas envie d'entrer dans les détails.

— Et l'autre — celle qui a brûlé? A qui était-elle?

— A Belzedar.

— C'est vous, les autres sorciers et toi, qui avez fait ça quand il est parti avec Torak?

— Non, il y a mis le feu lui-même. Sans doute pour nous montrer qu'il ne faisait plus partie de notre fraternité. Belzedar a toujours eu le goût du mélodrame.

— Et ta tour à toi, où est-elle?

— Plus loin, dans le Val.

— Tu me la montreras?

— Si tu veux.

— Et tante Pol, elle avait une tour, elle aussi?

— Non. Quand elle était petite, elle habitait avec moi, et après nous avons parcouru le monde. Nous n'avons jamais trouvé le temps de lui en construire une.

Ils passèrent la fin de la journée à cheval et s'arrêtèrent, en fin d'après-midi seulement, sous un arbre immense, seul au centre d'une vaste pâture et qui ombrageait de sa ramure une zone considérable. Ce'Nedra s'empressa de mettre pied à terre et courut vers le gigantesque tronc, ses cheveux de feu voltigeant derrière elle.

— Il est magnifique! s'exclama-t-elle en posant ses mains sur l'écorce rugueuse avec un respect affectueux.

— Ah, ces Dryades! plaisanta sire Loup en hochant la tête. La vue d'un arbre leur fait perdre la tête!

— Je ne vois pas ce que c'est, observa Durnik en fronçant les sourcils. Ce n'est pas un chêne...

— C'est peut-être une espèce méridionale, suggéra Barak. Je n'en ai jamais vu de pareil moi non plus.

— Il est très vieux, intervint Ce'Nedra, en posant tendrement sa joue sur le tronc de l'arbre. Et il a une drôle de façon de parler — mais il m'aime bien.

— De quelle espèce peut-il s'agir? s'étonna Durnik, le front soucieux.

L'arbre extraordinaire tenait en échec son éternel besoin de classement et de classification.

— Il est unique en son genre à la surface de la planète, répondit sire Loup. Nous ne lui avons jamais donné de nom, je pense. C'était *l'arbre*, et voilà tout. Il nous arrivait parfois de nous rencontrer ici.

— On dirait qu'il ne porte ni baies, ni fruits, ni graines d'aucune sorte, remarqua Durnik en examinant le sol sous les branches étendues.

— Il n'en a pas besoin. Je vous ai dit qu'il était seul de son espèce. Il a toujours été là — et il y sera jusqu'à la fin des temps. Il n'a pas besoin de se reproduire.

— Je n'ai jamais vu un arbre ne pas porter de graines, commenta Durnik, troublé.

— C'est un arbre assez spécial, Durnik, lui expliqua tante Pol. Il a surgi le jour où le monde est né et restera probablement debout aussi longtemps que le monde existera. Il a un autre but que la reproduction.

— Et quel peut donc être son but?

— Nous l'ignorons, avoua sire Loup. Nous savons seulement que c'est le plus vieil arbre vivant au monde. Peut-être est-ce là sa raison d'être. Peut-être n'a-t-il d'autre utilité que de démontrer la continuité de la vie.

Ce'Nedra avait retiré ses chaussures et grimpait dans les grosses branches en poussant toutes sortes de petits bruits affectueux et de cris de délectation.

— La tradition établirait-elle, par hasard, une filiation entre les Dryades et les écureuils? suggéra Silk.

Sire Loup se contenta de sourire.

— Si vous n'avez pas besoin de nous, nous avons quelque chose à faire, Garion et moi, annonça-t-il.

Tante Pol lui dédia un regard interrogateur.

— Le moment est venu de compléter un peu notre éducation, expliqua-t-il.

— Nous devrions arriver à nous en sortir sans vous, assura-t-elle. Vous serez revenus pour dîner?

— Tu nous le garderas au chaud. Tu viens, Garion?

Ils chevauchèrent en silence dans l'herbe verte de la prairie resplendissante sous le chaud soleil de l'après-midi. Garion était sidéré par le prodigieux changement d'attitude du vieil homme. Jusqu'alors, il lui avait toujours semblé vivre au jour le jour, prenant la vie comme elle venait, comptant sur la chance, son intelligence et, si nécessaire, ses pouvoirs pour s'en sortir. Mais depuis qu'il était entré au Val, il paraissait étrangement serein, comme si les événements chaotiques qui se déroulaient dans le monde extérieur étaient sans prise sur lui.

Une autre tour se dressait à une lieue de l'arbre environ. Une construction de pierre brute, ronde, plutôt trapue. Elle ne paraissait pas avoir de porte, juste quatre fenêtres en ogive placées près du sommet et qui regardaient vers les quatre points cardinaux.

— Tu disais que tu aimerais visiter ma tour, rappela sire Loup en mettant pied à terre. La voilà.

— Elle n'est pas en ruine, comme les autres.

— Je m'en occupe de temps en temps. Tu veux monter?

— Où est la porte? demanda Garion en mettant pied à terre.

— Ici, répondit sire Loup en indiquant du doigt l'une des énormes pierres de la paroi arrondie.

Garion eut un regard sceptique.

— C'est moi, déclara sire Loup en se plantant devant la pierre. Ouvre-toi.

La force intérieure dont Garion se sentit envahi à ces mots lui parut presque banale, ordinaire ; une impulsion quotidienne évoquant un mouvement si souvent répété qu'il n'avait plus rien de miraculeux. La roche pivota docilement sur elle-même, révélant une ouverture étroite, aux bords irréguliers. Sire Loup entra dans une salle obscure et fit signe à Garion de le suivre.

Garion se rendit compte que la tour n'était pas creuse, comme il le croyait. C'était plutôt une sorte de piédestal, juste évidé par un escalier en colimaçon.

— Allez, viens, ordonna sire Loup en commençant à gravir les marches de pierre usées. Attention à celle-ci, ajouta-t-il à mi-chemin, en indiquant l'une des larges pierres. Elle ne tient pas.

— Pourquoi ne la répares-tu pas ? s'enquit Garion en évitant de poser le pied sur la pierre descellée.

— J'en ai eu longtemps l'intention, mais je n'ai jamais trouvé le temps. Et je ne pense même plus à le faire quand je viens par ici, tellement j'y suis habitué maintenant.

La salle du haut de la tour était circulaire et très encombrée. Tout disparaissait sous une épaisse couche de poussière. Les tables étaient couvertes de rouleaux et de morceaux de parchemin, d'instruments et de maquettes très bizarres, de bouts de pierre et de verre, et même de quelques nids d'oiseaux. L'un des nids contenait une étrange baguette tellement tordue, contournée et biscornue que Garion n'arrivait pas à en suivre les circonvolutions des yeux. Il ramassa l'objet et le retourna entre ses mains en essayant d'y comprendre quelque chose.

— Qu'est-ce que c'est que ça, Grand-père ? demanda-t-il enfin.

— Un des jouets de Polgara, répondit le vieil homme d'un air absent en balayant la pièce poussiéreuse du regard.

— A quoi ça sert ?

— Il n'y avait que ça pour la faire tenir tranquille quand elle était petite. La tige n'a qu'un bout. Elle a passé cinq ans à essayer d'y comprendre quelque chose.

Garion détourna les yeux du fascinant petit bout de bois.

– C'est plutôt cruel de faire ça à un enfant.

– J'étais occupé, expliqua sire Loup. Elle avait une voix pénétrante quand elle était petite. Beldaran était une petite fille sage, heureuse de vivre, mais ta tante... Elle n'était jamais contente.

– Beldaran?

– La sœur jumelle de ta tante, ajouta le vieil homme d'une voix traînante.

Il regarda tristement par l'une des fenêtres pendant quelques instants puis se détourna avec un soupir.

– Je devrais vraiment faire le ménage, commenta-t-il en considérant la poussière et les saletés accumulées dans la salle circulaire.

– Je vais t'aider, proposa Garion.

– Fais bien attention de ne rien casser, l'avertit le vieil homme. Il m'a fallu des siècles pour fabriquer certaines de ces choses.

Il se mit à faire le tour de la pièce en ramassant les objets et en les reposant au même endroit, soufflant de temps en temps sur les papiers pour les débarrasser d'une partie de la poussière acculumée dessus. Mais ses efforts resteraient vains, c'était évident.

Il s'arrêta devant un fauteuil bas, assez rustique, dont le dossier était tout usé, abîmé comme s'il avait été longtemps et souvent étreint par des griffes puissantes. Il soupira à nouveau.

– Qu'est-ce qui ne va pas? s'inquiéta Garion.

– Le fauteuil de Poledra, souffla sire Loup. Ma femme. Elle restait perchée là sans bouger, à me regarder... pendant des années, parfois.

– *Perchée?*

– Oui. Elle adorait prendre la forme d'une chouette.

– Oh!

Garion n'y avait jamais réfléchi, mais si le vieil homme avait eu deux filles, tante Pol et sa sœur jumelle, il avait forcément été marié. Enfin, la prédilection de tante Pol pour les chouettes s'expliquait par l'affinité de la femme ténébreuse pour cet animal. Poledra et Beldaran, étaient étroitement impliquées dans son propre passé, il s'en rendait bien compte, mais il leur en voulait un peu, de façon

134

tout à fait irrationnelle. Elles avaient partagé une époque de la vie – *des vies* – de sa tante et de son grand-père, qu'il ne connaîtrait jamais – qu'il ne pourrait jamais connaître.

Le vieil homme déplaça un parchemin et ramassa un dispositif étrange muni d'une loupe à un bout.

– Je croyais t'avoir perdu, toi! dit-il à l'objet en le palpant affectueusement. Et tu étais là, sous ce parchemin, depuis tout ce temps!

– Qu'est-ce que c'est? interrogea Garion.

– Une chose que j'ai faite quand je m'efforçais de comprendre la raison d'être des montagnes.

– La raison d'être?

– Tout a une raison d'être, souligna sire Loup en brandissant l'instrument. Tu vois, il faut... (Il s'interrompit et reposa l'appareil sur la table.) Ce serait beaucoup trop compliqué à t'expliquer. Je ne suis même pas sûr de me souvenir exactement de la façon de l'utiliser. Je ne m'en suis pas servi depuis que Belzedar est arrivé au Val. A son arrivée, j'ai dû laisser mes études de côté pour lui apprendre. C'est inutile, déclara-t-il en considérant la crasse accumulée. Il n'y a pas moyen d'empêcher la poussière de revenir, de toute façon...

– Tu étais tout seul avant la venue de Belzedar?

– Avec mon Maître. Sa tour était là-bas.

Sire Loup indiqua par la fenêtre du nord une structure de pierre, haute et élancée, à une demi-lieue de là.

– Il était vraiment là? Pas seulement en esprit, je veux dire?

– Non, il était bien là. C'était avant le départ des Dieux.

– Tu as toujours vécu ici?

– Non. J'étais voleur; je cherchais quelque chose à voler – enfin, ce n'est peut-être pas tout à fait ça. J'avais à peu près ton âge et j'étais mourant.

– Mourant? répéta Garion, stupéfait.

– J'allais mourir de froid. J'avais quitté mon village natal l'année d'avant – après la mort de ma mère – et j'avais passé mon premier hiver au campement des Sans Dieux. Ils étaient très vieux, à ce moment-là.

– Les Sans Dieux?

– Les Ulgos. Ou plutôt, ceux qui avaient décidé de ne pas suivre Gorim à Prolgu. Ils ne pouvaient plus avoir d'enfants et ils m'avaient accueilli à bras ouverts. Je ne parlais pas leur langue, à l'époque. Enfin, ils étaient aux petits soins pour moi, et ça me tapait sur les nerfs. Je m'étais enfui au printemps et je comptais revenir à l'automne, mais j'avais été pris dans une tempête de neige un peu précoce pas loin d'ici. J'étais tombé au pied de la tour de mon Maître pour y mourir – je ne savais pas que c'était une tour, alors. Dans la tourmente, on aurait dit un tas de pierres. Pour autant que je me souvienne, je m'apitoyais beaucoup sur mon sort à cet instant précis.

– Ça se comprend.

Garion eut un frisson. Il s'imaginait tout seul, en train de mourir.

– Je devais renifler, et ce bruit agaçait mon Maître. Il m'a laissé entrer, sans doute plus pour me faire taire qu'autre chose. Et à la minute où je suis entré, j'ai commencé à chercher quelque chose à voler.

– Et au lieu de ça, tu es devenu sorcier.

– Non. Je suis devenu son serviteur – son esclave. J'ai travaillé pour lui pendant cinq ans avant de savoir qui il était. Il m'est arrivé de le détester, mais j'étais bien obligé de faire ses quatre volontés – je ne savais pas pourquoi, en fait. Et puis tout a basculé quand il m'a ordonné d'éloigner un gros rocher de son chemin. J'ai essayé de toutes mes forces, mais je n'ai pas réussi à l'ébranler. Finalement, je me suis tellement énervé que je l'ai déplacé avec mon esprit et pas avec mes muscles. C'est ce qu'il attendait depuis le début, bien sûr. Après ça, nous nous sommes mieux entendus. Il a changé mon nom de Garath en Belgarath et a fait de moi son élève.

– Et son disciple?

– Ça, ça a pris un peu plus longtemps. J'avais beaucoup à apprendre. La première fois où il m'a donné le nom de disciple, j'étudiais la raison pour laquelle certaines étoiles tombaient. Il travaillait à ce moment-là sur une pierre ronde, grise, ramassée le long de la rivière.

– Tu as compris pourquoi? Pourquoi les étoiles tombent, je veux dire?

– Oui. Ce n'est pas très compliqué. C'est une question d'équilibre. Le monde a besoin d'une certaine masse pour tourner. Quand il se met à ralentir, quelques étoiles parmi les plus proches se mettent à tomber. Leur masse compense la différence.

– Je n'y avais jamais réfléchi.

– Moi non plus. Pas pendant un bon bout de temps.

– La pierre dont tu parlais, ce n'était pas...

– L'Orbe? Si, confirma sire Loup. C'était une pierre comme les autres jusqu'à ce que mon Maître la prenne dans ses mains. Enfin, j'ai appris le secret du Vouloir et du Verbe – qui n'est pas vraiment un secret, en fait. Nous l'avons tous en nous... Mais je t'ai peut-être déjà raconté tout ça?

– Il me semble, oui.

– Probablement, en effet. J'ai un peu tendance à radoter.

Le vieil homme ramassa un rouleau de parchemin et y jeta un coup d'œil avant de le reposer.

– Encore une chose que j'ai commencée et jamais finie, commenta-t-il avec un grand soupir.

– Grand-père?

– Oui, Garion?

– Cette chose que... que nous avons, quelles sont ses limites, au juste?

– Ça dépend de soi, Garion, de ce que l'on a en tête. Son potentiel est fonction de l'esprit qui l'emploie. Elle ne fera jamais rien que l'on ne puisse imaginer soi-même, ça va de soi. Tel était le but de nos études : nous élargir l'esprit afin de nous permettre de tirer le meilleur parti de notre pouvoir.

– Mais chacun a un esprit différent.

Garion avait du mal à concevoir cette idée.

– Oui.

– Cela voudrait donc dire que ce... cette chose, dit-il, car il reculait devant le mot « pouvoir », cette chose ne serait pas la même pour chacun de nous? Il y a des moments où tu interviens toi-même, et d'autres où tu laisses faire tante Pol.

– Il est différent selon les individus, acquiesça sire

137

Loup en hochant longuement la tête. Il y a des choses dont nous sommes tous capables ; déplacer des objets, par exemple.

— Tante Pol appelle ça la délo...

Garion s'interrompit, incapable de se rappeler le mot.

— *Délocalisation*, termina sire Loup à sa place. Ça consiste à changer les objets de place. Il n'y a rien de plus simple. C'est par là qu'on commence, en général, mais c'est aussi ce qui fait le plus de bruit.

— C'est ce qu'elle m'a dit.

Garion se rappela l'esclave qu'il avait arraché aux eaux de la rivière, à Sthiss Tor, et qui était mort ensuite.

— Polgara sait faire des choses dont je suis incapable, reprit sire Loup. Ce n'est pas qu'elle soit plus forte que moi, mais elle a un autre mode de pensée. Nous ne savons pas à ce jour de quoi tu es capable car nous ne connaissons pas encore très bien le mode de fonctionnement de ton esprit. Tu donnes l'impression de faire certaines choses avec une aisance déconcertante. Peut-être parce que tu ne réalises pas leur complexité.

— Je ne vois pas ce que tu veux dire.

Le vieil homme le regarda attentivement.

— Ça, je veux bien te croire. Tu te rapelles le moine fou qui s'était jeté sur toi dans ce village de Tolnedrie du Nord, juste après l'Arendie ?

Garion acquiesça d'un hochement de tête.

— Tu l'as guéri de sa folie. Ça ne veut pas dire grand-chose, sauf que pour le guérir, il fallait pleinement comprendre la nature de son mal. C'est très difficile, et tu l'as fait sans même y songer. Et puis il y a eu le poulain, bien sûr.

Garion jeta un coup d'œil par la fenêtre au petit animal qui folâtrait dans l'herbe autour de la tour.

— Le poulain était mort et tu lui as donné la vie. Pour faire cela, il t'a fallu comprendre la mort.

— Ce n'était qu'un mur, expliqua Garion. Je me suis contenté de passer au travers.

— Je pense que c'est plus compliqué que ça. On dirait que tu es capable de visualiser des idées très complexes en termes très simples. C'est un don rare, mais il n'est pas dépourvu de danger, il faut que tu en sois bien conscient.

138

– Des dangers? Lesquels, par exemple?

– Une simplification excessive. Un exemple : si un homme est mort, il y a sûrement une très bonne raison à cela – comme une épée à travers le cœur. Si tu le ramènes à la vie, il mourra immédiatement, de toute façon. Comme je te le disais, le fait d'être capable de faire une chose ne veut pas dire qu'il faut nécessairement la faire.

– J'ai peur d'en avoir pour des années avant d'assimiler tout ça, Grand-père, soupira Garion. Il va falloir que j'apprenne à me contrôler ; et puis si je ne veux pas me tuer en tentant quelque chose d'impossible, je devrai acquérir la connaissance de ce que l'on ne peut pas faire ; ensuite, je serai obligé d'approfondir la différence entre ce dont je suis capable et ce qu'il faut que je fasse... Je voudrais que ça ne me soit jamais arrivé.

– Ça nous arrive à tous, de temps à autre, dit le vieil homme. Mais ce n'est pas nous qui décidons. Je n'ai pas toujours aimé tout ce que j'ai été amené à faire, et ta tante non plus. Pourtant, ce que nous avons entrepris est plus important que notre propre vie, alors nous le faisons, que ça nous plaise ou non.

– Et si je disais « Non, je ne le ferai pas » ?

– Tu pourrais le faire, mais tu ne le feras pas, n'est-ce pas ?

– Non, souffla Garion. Je ne pense pas.

Le vieux sorcier passa un bras autour de ses épaules.

– J'espérais bien que tu en arriverais à cette conclusion, Belgarion. Tu es impliqué dans tout ceci comme chacun de nous.

L'étrange pulsion qui s'emparait du jeune garçon lorsqu'il entendait son autre nom, son nom secret, le fit vibrer à nouveau.

– Pourquoi tenez-vous tous à m'appeler ainsi ?

– Belgarion ? répéta le vieil homme avec un doux sourire. Réfléchis un peu. Réfléchis à ce qu'il signifie. Je ne t'ai pas raconté toutes ces histoires pendant tant d'années pour le seul plaisir de m'écouter parler.

Garion retourna soigneusement cette notion dans son esprit.

– Tu t'appelais Garath, rappela-t-il d'un ton rêveur.

Mais le Dieu Aldur a changé ton nom en Belgarath. Zedar s'est ensuite appelé Belzedar et il est redevenu Zedar.

— Et dans ma tribu, Polgara se serait appelée Gara. Pol est la même chose que Bel, pour les femmes. Son nom est dérivé du mien – parce qu'elle est ma fille. Ton nom vient aussi du mien.

— Garion – Garath, dit le jeune garçon. Belgarath – Belgarion. Ça colle, hein?

— Et comment. Je suis heureux que tu l'aies remarqué.

Garion eut un grand sourire, puis une pensée lui traversa l'esprit.

— Mais je ne suis pas encore vraiment Belgarion, n'est-ce pas?

— Pas encore. Tu as encore un bon bout de chemin à faire.

— J'imagine que je ferais mieux de m'y mettre, alors, fit Garion, avec une certaine tristesse. Je n'ai pas vraiment le choix, après tout.

— Je savais bien que tu finirais par voir les choses sous cet angle, conclut sire Loup.

— Tu n'as jamais envie que je redevienne Garion, comme avant? Tu serais à nouveau le conteur qui vient rendre visite à la ferme de Faldor. Tante Pol préparerait le dîner dans la cuisine, comme au bon vieux temps, et nous nous cacherions sous une meule de foin avec une bouteille que j'aurais volée pour toi?

Garion sentait la nostalgie le reprendre.

— A certains moments, oui, Garion, admit sire Loup, les yeux perdus dans le vide.

— Nous ne retournerons jamais là-bas, n'est-ce pas?

— Pas comme avant, non.

— Je serai Belgarion, et toi Belgarath. Nous ne serons plus jamais les mêmes.

— Tout change, Garion, commenta Belgarath.

— Montre-moi la pierre, demanda tout à coup Garion.

— Quelle pierre?

— Celle qu'Aldur t'a dit de déplacer – le jour où tu as découvert ton pouvoir.

— Oh! fit Belgarath. *La* pierre! Elle est par ici – la blanche, là-bas. Celle où le poulain se fait les sabots.

– Mais c'est un énorme rocher.

– Je suis bien content que tu t'en rendes compte, déclara modestement Belgarath. C'est aussi ce que j'ai pensé à l'époque.

– Tu crois que je pourrais la déplacer, moi aussi?

– Il n'y a qu'une façon de le savoir, Garion, répondit Belgarath; c'est d'essayer.

CHAPITRE XI

Le lendemain matin, Garion comprit en se réveillant, qu'il n'était plus seul.

– *Où étiez-vous?* demanda-t-il silencieusement.

– *Je te regardais,* fit l'autre conscience qui habitait son esprit. *Je vois que tu as fini par te faire une raison.*

– *J'avais le choix?*

– *Non. Allez, tu ferais mieux de te lever. Aldur va venir.*

Garion s'extirpa précipitamment de ses couvertures.

– *Ici? Vous êtes sûr?*

Sa voix intérieure ne répondit pas.

Garion enfila une tunique et un pantalon propres, consacra un certain soin à l'astiquage de ses bottes et sortit de la tente qu'il partageait avec Silk et Durnik.

Le soleil émergeait des monts majestueux qui surplombaient le Val, à l'est, et la ligne de démarcation entre l'ombre et la lumière avançait solennellement dans l'herbe humide de rosée. Tante Pol et Belgarath parlaient tout bas, près du petit feu où l'eau d'un chaudron commençait à frémir. Garion s'approcha d'eux.

– Tu t'es levé tôt, commença tante Pol en tendant la main pour remettre un peu d'ordre dans ses cheveux.

– J'étais réveillé, alors...

Il regarda autour de lui en se demandant par où Aldur allait bien pouvoir arriver.

– Ton grand-père me disait que vous aviez eu une grande conversation, hier.

– Je crois que je comprends un peu mieux certaines choses, maintenant, confirma Garion en hochant la tête. Je suis désolé d'avoir été si pénible.

Elle l'attira contre elle et l'entoura de ses bras.

– Tout va bien, mon petit chou. Tu avais de lourdes décisions à prendre.

– Tu ne m'en veux pas, alors?

– Mais non, voyons.

Les autres s'étaient réveillés à leur tour et sortaient de leur tente en bâillant et en s'étirant, l'air un peu chiffonné. Silk s'approcha du feu en se frottant les yeux comme pour en chasser les dernières miettes de sommeil.

– Quel est le programme des réjouissances? s'informa-t-il.

– Nous attendons, annonça Belgarath. Mon Maître m'a dit qu'il nous rejoindrait ici.

– J'ai hâte de le voir. Je n'ai encore jamais rencontré de Dieu.

– M'est avis, Prince Kheldar, que Ta curiosité ne saurait tarder à être satisfaite, déclara Mandorallen. Regarde un peu par ici.

Un être vêtu d'une robe bleue, nimbé d'un halo de lumière azurée, venait vers eux dans la prairie, non loin de l'arbre immense où ils avaient planté leurs tentes. Ils auraient tout de suite compris que ce n'était pas un homme tant sa présence s'imposait à eux. Garion n'était pas préparé à l'impact de cette rencontre. Son contact avec l'Esprit d'Issa dans la salle du trône de la reine Salmissra avait été amorti par l'effet des narcotiques que la Reine des Serpents lui avait fait absorber de force. Il était aussi à moitié endormi lors de la confrontation avec Mara dans les ruines de Mar Amon. Mais là, face au Dieu, il était bien réveillé, dans la pleine lumière du petit matin.

Le visage d'Aldur rayonnait de bienveillance et d'une sagesse prodigieuse. Ses longs cheveux, sa barbe étaient blancs – par choix délibéré, se dit Garion, et non du fait de l'âge. Ses traits lui étaient étrangement familiers. Il ressemblait de façon surprenante à Belgarath, mais Garion réalisa aussitôt, même si cela bouleversait un peu sa notion des choses, que c'était le contraire : Belgarath ressemblait à Aldur, comme si une relation séculaire avait gravé l'effigie du Dieu sur la face du vieil homme. A certains détails près, bien sûr : ainsi le faciès calme d'Aldur était-il exempt de malice. Cette qualité appartenait en propre à Belgarath. Peut-être était-ce tout ce qui restait de la frimousse du petit voleur qu'Aldur avait fait entrer dans sa tour un jour de neige, il y avait sept mille ans de cela.

— Maître, fit Belgarath en s'inclinant respectueusement devant Aldur.

— Belgarath, répondit le Dieu d'une voix très douce. Il y a un moment que je ne t'ai vu. Les ans ont été cléments avec toi.

Belgarath haussa les épaules avec une petite moue.

— Il y a des jours, Maître, où ils se font sentir plus qu'à d'autres. C'est que j'en suis lourdement chargé.

Aldur eut un sourire et se tourna vers tante Pol.

— Ma chère fille, dit-il tendrement en tendant la main pour effleurer la mèche blanche qui lui ornait le front. Tu es plus belle que jamais.

— Et Vous, Maître, toujours aussi bon.

Elle inclina la tête avec un sourire.

Alors ce fut comme si une force intense, profondément intime, les unissait, leurs trois esprits fusionnant, ne faisant qu'un. Garion en appréhenda mentalement les limites et se sentit empli de nostalgie à l'idée de se trouver hors de cette union – tout en se rendant bien compte qu'il n'était nullement dans leur intention de l'en exclure. Ils se contentaient de renouer des liens tissés depuis des siècles et des siècles, faits d'expériences partagées depuis le commencement des âges.

Puis Aldur se tourna vers les autres.

— Ainsi vous voilà enfin réunis, comme il était annoncé depuis le commencement des âges. Vous êtes les instruments de la destinée, et mes vœux vous accompagnent tandis que chacun de vous avance vers le jour terrible où l'univers ne fera plus qu'un à nouveau.

Le visage des compagnons de Garion trahit leur crainte et leur étonnement devant l'étrange bénédiction d'Aldur. Mais chacun s'inclina profondément en témoignage de respect et d'humilité.

Ce'Nedra émergea de la tente qu'elle partageait avec Polgara. Elle portait une tunique de Dryade et s'étirait avec volupté en passant ses doigts dans la cascade flamboyante de ses cheveux.

– Ce'Nedra, appela tante Pol. Venez un peu par ici.

– Oui, Dame Polgara, répondit docilement la petite princesse.

Elle s'approcha du feu, ses pieds chaussés de sandales semblant à peine effleurer le sol. Puis elle vit Aldur debout au milieu des autres et s'immobilisa en ouvrant de grands yeux.

– C'est notre Maître, Ce'Nedra, annonça tante Pol. Il voudrait faire votre connaissance.

La princesse contempla la présence lumineuse avec embarras. Rien dans sa vie ne l'avait préparée à une telle rencontre. Elle baissa puis releva timidement ses yeux ombragés de longs cils, son petit visage adoptant aussitôt avec rouerie son expression la plus avenante.

– Elle est pareille à la fleur qui charme sans le savoir, fit Aldur avec un doux sourire, en plongeant le regard au fond des yeux de la princesse. Mais celle-ci est d'airain. Elle est à la mesure de sa tâche. Ma bénédiction est sur toi, mon enfant.

Ce'Nedra répondit instinctivement par une révérence d'une grâce exquise. C'était la première fois que Garion la voyait s'incliner devant qui que ce fût.

Alors Aldur fit face à Garion et le regarda. Le Dieu et l'esprit qui habitait Garion eurent un échange foudroyant, indicible. Au cours de ce bref contact s'exprimèrent un respect mutuel, la conscience de la responsabilité partagée, puis Garion sentit l'esprit d'Aldur effleurer le sien, et dans ce prodigieux frôlement il sut que le Dieu avait en un instant perçu et compris le moindre de ses sentiments et de ses pensées.

– Salut à toi, Belgarion, dit gravement Aldur.

– Maître, répondit Garion en se laissant tomber sur un genou, sans trop savoir pourquoi.

– Nous attendions ta venue depuis le commencement des âges. Tu es porteur de tous nos espoirs. Je te bénis, Belgarion, fit Aldur en levant une main. Je suis content de toi.

Comme la chaleur de la bénédiction d'Aldur l'envahissait, Garion sentit tout son être s'emplir d'amour et de gratitude.

– Chère Polgara, reprit alors Aldur, tu nous as fait là un don sans prix. Belgarion est enfin venu, et le monde tremble devant son avènement.

Tante Pol s'inclina à nouveau.

– Nous allons maintenant nous retirer, révéla Aldur à Belgarath et tante Pol. Votre mission a bien commmencé. Je dois à présent vous fournir les instructions que je vous avais promises en dirigeant d'abord vos pas sur ce chemin. Ce que naguère les nuages embrumaient commence à s'éclaircir, et ce qui devant nous se dresse dorénavant nous apparaît. Contemplons le jour que nous attendons tous et apprêtons-nous.

Ils s'écartèrent tous les trois du feu, et comme ils s'éloignaient, le halo lumineux qui entourait Aldur parut à Garion inclure maintenant tante Pol et son grand-père. Quelque chose – un mouvement ou un bruit – attira un instant son attention, et lorsqu'il regarda de nouveau vers eux, ils avaient disparu.

Barak laissa échapper un formidable soupir.

– Par Belar! C'était quelque chose!

– Nous avons été, ce me semble, favorisés entre tous les mortels, déclara Mandorallen.

Ils restèrent plantés là à se regarder, encore paralysés par le miracle dont ils avaient tous été témoins. Puis Ce'Nedra rompit le charme.

– Très bien, décréta-t-elle d'un ton péremptoire. Ne restez pas là à bayer aux corneillez. Ecartez-vous du feu.

– Que voulez-vous faire? s'étonna Garion.

– Dame Polgara est occupée, observa la petite jeune fille d'un air dégagé, alors c'est moi qui vais préparer le petit déjeuner.

Elle s'approcha du feu d'un air affairé.

Le bacon n'était pas irrémédiablement carbonisé, mais sa tentative de faire rôtir des tranches de pain devant les flammes tourna au désastre, et les grumeaux de la bouillie d'avoine offraient toute la fermeté des mottes d'un champ desséché par le soleil. Mais Garion et les autres ingurgitèrent leur pitance sans commentaire, en évitant prudemment le regard direct qu'elle braquait sur eux comme si elle les défiait d'émettre la moindre protestation.

— Je me demande pour combien de temps ils en ont, fit Silk, après ces agapes.

— Je ne pense pas que les Dieux aient une notion très précise du temps, répondit philosophiquement Barak en se caressant la barbe. Je serais fort étonné qu'ils reviennent avant l'après-midi, au plus tôt.

— C'est le moment où jamais de s'occuper des chevaux, déclara Hettar. Certains ont ramassé des teignes en route, et je voudrais jeter un coup d'œil à leurs sabots, par pure précaution.

— Je vais vous aider, proposa Durnik, en se levant.

Hettar accepta d'un hochement de tête et les deux hommes se dirigèrent vers les chevaux.

— Moi, j'ai une ou deux entailles à mon épée, se rappela Barak.

Il extirpa une pierre à polir de la sacoche qu'il portait à la ceinture et posa sa large lame en travers de ses cuisses. Mandorallen retourna dans sa tente chercher son armure, l'étala par terre et entreprit son inspection minutieuse, à la recherche du moindre point de rouille et des éventuelles entailles.

Silk fit rouler une paire de dés dans sa main en jetant un coup d'œil évocateur à Barak.

— Si ça ne te fait rien, je crois que je préférerais profiter encore un peu de mon bel argent, protesta le grand gaillard.

— De vraies petites fées du logis! On se croirait dans un ouvroir, se récria Silk.

Il rangea ses dés avec un soupir déchirant, alla chercher du fil et une aiguille et entreprit de repriser une tunique à laquelle il avait fait un accroc.

Ce'Nedra était à nouveau entrée en communion avec l'arbre extraordinaire et folâtrait dans ses branches en prenant ce que Garion estimait être des risques inconsidérés, bondissant de branche en branche avec une insouciance féline. Après l'avoir observée un moment, il plongea dans une sorte de rêverie en repensant à la rencontre terrifiante de ce matin. Il avait déjà rencontré les Dieux Issa et Mara, mais Aldur avait quelque chose d'exceptionnel. L'évidente prédilection de Belgarath et tante Pol pour ce Dieu qui avait toujours vécu à l'écart des hommes en disait long à Garion. En Sendarie, où il avait été élevé, les activités religieuses étaient plutôt œcuméniques. Un bon Sendarien priait et honorait tous les Dieux – même Torak – sans parti pris. Mais Garion éprouvait maintenant un sentiment particulier, une vénération spéciale pour Aldur, et le réajustement de ses convictions religieuses exigeait une certaine réflexion.

Une brindille lui tomba sur la tête et il leva un regard contrarié sur les branches qui le surplombaient.

Ce'Nedra était juste au-dessus de lui et le regardait en souriant d'un air espiègle.

– Allez, petit, s'exclama-t-elle d'un ton supérieur, parfaitement insultant. Les assiettes du petit déjeuner vont sécher. La graisse ne va pas partir si tu les laisses refroidir.

– Je ne suis pas votre homme à tout faire, protesta-t-il.

– Va faire la vaisselle, Garion, ordonna-t-elle en se mâchouillant une mèche de cheveux.

– Faites-la vous-même.

Elle lui jeta un regard noir en mordant avec sauvagerie la mèche qui ne lui avait rien fait.

– Pourquoi vous sucez-vous toujours les cheveux comme ça? ajouta-t-il, agacé.

– Que veux-tu dire? releva-t-elle en enlevant ses cheveux d'entre ses dents.

– Chaque fois que je vous vois, vous avez les cheveux dans la bouche.

– Mais non! rétorqua-t-elle, indignée. Alors, vous y allez, oui ou non?

– Non. (Il leva les yeux vers elle. Sa courte tunique de Dryade semblait exhiber une longueur invraisemblable de jambes.) Vous feriez mieux d'aller vous rhabiller, suggéra-t-il. Certains d'entre nous n'apprécient pas du tout votre manie de vous balader tout le temps à moitié nue.

La bagarre démarra presque aussitôt après cette réplique. Pour finir, Garion renonça à avoir le dernier mot et s'éloigna, écœuré, en frappant le sol de ses talons.

– Garion! hurla-t-elle dans son dos. J'espère que tu ne vas pas me laisser toute cette vaisselle sale sur les bras!

Il l'ignora résolument et s'éloigna sans se retourner.

Il avait à peine fait quelques pas qu'il sentit un museau bien connu lui frôler le coude. Il grattouilla distraitement les oreilles du poulain. Eperdu de bonheur, celui-ci se mit à trembler et se frotta tendrement contre lui. Puis, incapable de se retenir plus longtemps, il s'éloigna au galop pour aller embêter une famille de lapins qui broutait tranquillement dans la prairie. Garion se rendit compte que le petit animal avait réussi à lui rendre le sourire. La matinée était trop belle pour se la laisser gâcher par une prise de bec avec la princesse.

Il y avait vraiment quelque chose de pas ordinaire dans le Val. Partout ailleurs, le monde était en butte aux assauts des orages et des périls, se refroidissait à l'approche de l'hiver. Ici, c'était comme si Aldur les protégeait de sa main étendue, emplissant cet endroit entre tous de chaleur, de paix, et d'une sérénité comme éternelle, magique. En ce moment particulièrement éprouvant de sa vie, Garion avait besoin de toute la chaleur, de toute la paix dont il pouvait disposer. Il avait certaines choses à faire, et besoin d'une trêve, aussi brève soit-elle, dans la tourmente pour s'en occuper.

L'herbe était humide de rosée et il eut bientôt les pieds trempés, mais il en aurait fallu un peu plus pour lui gâcher son plaisir. Il se rendit compte à mi-chemin de la tour de Belgarath que c'était là qu'il avait l'intention de venir depuis le début.

Il fit plusieurs fois le tour de la construction, les yeux levés vers le sommet. Il trouva facilement la pierre qui tenait lieu de porte, mais décida de ne pas l'ouvrir. Il n'aurait pas été correct d'entrer chez le vieil homme sans y avoir été convié; et puis, la porte répondrait-elle à une autre voix que celle de Belgarath? Il n'en était pas certain.

Il s'arrêta tout à coup à cette idée et commença à réfléchir au moment précis où il avait cessé de considérer son grand-père comme « sire Loup » pour accepter enfin le fait qu'il était Belgarath. Le changement semblait significatif; il marquait un tournant de son existence.

Perdu dans ses pensées, il fit volte-face et repartit dans la prairie vers la grosse pierre blanche que le vieil homme lui avait indiquée de la fenêtre de la tour. Il posa distraitement une main dessus et poussa. La pierre ne bougea pas.

Garion y mit les deux mains et appuya à nouveau dessus, en vain. Il recula et regarda le bloc de pierre. Ce n'était pas un très gros rocher. Il était rond, blanc, et ne lui arrivait pas tout à fait à la taille. Il devait peser son poids, mais il n'aurait pas dû être aussi difficile à ébranler. Il se baissa pour regarder dessous, et là, il comprit. La partie inférieure de la pierre était plate. Il n'arriverait jamais à la faire rouler. Le seul moyen de la déplacer consistait à soulever l'un des côtés pour la faire basculer. Il tourna autour en la regardant sous tous ses angles. Il décida que ça devait être possible. Il y arriverait sûrement s'il essayait de toutes ses forces. Il s'assit et la regarda en réfléchissant intensément. Et comme cela lui arrivait parfois, il se mit à parler tout seul en essayant de démêler le problème.

– Eh bien, on va d'abord *voir* si elle veut bien remuer, conclut-il. Ça n'a pas l'air irrémédiablement impossible. Et si ça ne marche pas comme ça, on procédera autrement.

Il se leva, avança d'un pas délibéré vers la pierre, glissa ses doigts sous le bord et souleva. Il ne se passa rien.

– Il va falloir y mettre la gomme, dit-il à haute voix.

Il écarta les pieds, banda ses muscles et essaya à nouveau de toutes ses forces, faisant saillir les tendons de son cou. L'espace de dix battements de cœur, il se démena pour soulever le roc immuable – pas le faire rouler ; il y avait renoncé du premier coup, mais simplement l'ébranler, pour manifester sa présence. La terre n'était pas particulièrement meuble à cet endroit, mais ses pieds finirent par s'enfoncer d'une fraction de pouce dans le sol tandis qu'il s'efforçait de vaincre le poids de la pierre.

Il avait la tête qui tournait et de petites taches commencèrent à tournoyer devant ses yeux. Il relâcha ses efforts et s'écroula sur la pierre en haletant. Il resta appuyé plusieurs minutes sur la surface froide, granuleuse, pour récupérer.

– Bon, déclara-t-il enfin. Au moins, on sait que ça ne marchera jamais comme ça.

Il fit un pas en arrière et s'assit par terre.

Jusque-là, tout ce qu'il avait accompli mentalement, il l'avait fait sur une impulsion, en état de crise. Il n'avait jamais pris le temps de s'asseoir pour y réfléchir. Il se rendit compte aussitôt que ça faisait une drôle de différence. Le monde entier semblait s'être ligué pour le distraire. Les oiseaux chantaient. La brise lui caressait le visage. Une fourmi lui marchait sur la main. Il y avait toujours quelque chose pour détourner son attention, l'empêcher de se concentrer, de bander sa volonté.

Son pouvoir était associé à une sensation précise, il s'en souvenait maintenant : une lourdeur derrière la tête, une sorte de pression sur le front. Il ferma les yeux et il lui sembla que ça allait un peu mieux. Ça venait. Pas fort, mais ça venait ; c'était comme si une vague montait en lui. Il se rappela quelque chose et glissa une main sous sa tunique pour poser la marque de sa paume sur son amulette. Amplifiée par ce contact, son énergie mentale devint un puissant rugissement qui allait crescendo. Il se releva sans ouvrir les yeux, puis les ouvrit et braqua un regard implacable sur la roche récalcitrante.

– Tu vas bouger ! marmonna-t-il.

Sans lâcher son amulette, il tendit la main gauche, la paume vers le haut.

– Maintenant ! déclara-t-il d'un ton farouche, en levant lentement la main.

La force qui était en lui se mit à monter en puissance, et le rugissement qui lui emplissait la tête devint assourdissant.

Tout doucement, le bord de la roche sortit de l'herbe. Des vers, des larves qui vivaient tranquillement terrés dans le noir prirent la fuite, paniqués par la lumière du soleil. La roche s'éleva de toute sa masse, obéissant à la main inexorablement levée de Garion. Elle hésita une seconde à l'angle de sa partie aplatie et bascula lentement sur le côté.

Il s'était senti vidé après avoir tenté de soulever la roche avec ses muscles, mais ce n'était rien par rapport à

151

la lassitude mortelle qui l'emplit jusqu'au tréfonds des moelles au moment où il relâcha sa volonté. Il replia ses bras sur l'herbe et posa sa tête dessus.

Au bout d'un instant, ce fait commença à lui paraître étrange. Il était toujours debout, et pourtant, ses bras étaient confortablement croisés devant lui, sur l'herbe. Il releva précipitamment la tête et regarda autour de lui avec confusion. Il avait bel et bien déplacé la roche. Cela au moins était évident : la pierre était maintenant posée sur son sommet arrondi, le dessous humide tourné vers le haut. Seulement il s'était passé autre chose. Il ne l'avait pas touchée, mais elle reposait malgré tout sur lui de tout son poids lorsqu'elle s'était élevée au-dessus du sol, et la force qu'il avait dirigée vers elle ne s'y était pas engagée en entier.

Garion se rendit compte avec désespoir qu'il était enfoui jusqu'aux aisselles dans la terre de la prairie.

– Comment je vais me tirer de là, moi? s'interrogea-t-il, atterré.

Il repoussa en frémissant l'idée de faire de nouveau appel à son pouvoir pour s'extraire du sol. Il était trop épuisé pour seulement y songer. Il tenta de se tortiller dans l'espoir que cela ramollirait peut-être le sol autour de lui et qu'il parviendrait à s'en extirper, pouce après pouce, mais il ne pouvait même pas bouger.

– Regarde un peu ce que tu as fait, dit-il à la pierre d'un ton accusateur.

La pierre l'ignora superbement.

Une pensée lui traversa l'esprit.

– Vous êtes là? demanda-t-il à la conscience qui semblait l'habiter en permanence.

Un grand silence lui répondit.

– A l'aide! Au secours! hurla-t-il.

Un oiseau attiré par les vers de terre et les insectes mis à nu sous le rocher darda vers lui son petit œil noir et retourna à son casse-croûte.

Garion entendit des pas derrière lui et se tordit le cou pour jeter un coup d'œil par-dessus son épaule. C'était le poulain qui le regardait d'un air stupéfait. L'animal tendit la tête en hésitant et fourra son museau dans le nez de Garion.

– Brave petite bête, fit Garion, soulagé de n'être plus seul ; puis la lumière fut : Il va falloir que tu ailles chercher Hettar, dit-il au poulain.

L'animal fit quelques cabrioles autour de lui et revint lui flanquer son nez dans la figure .

– Bon, ça suffit, ordonna Garion. Ce n'est pas un jeu.

Il essaya plusieurs façons de pénétrer les pensées du poulain. Il fit une douzaine de tentatives avant de trouver la bonne, par pur hasard. L'esprit du petit cheval vagabondait çà et là, sans but ni raison. C'était une cervelle de bébé, vide de toute idée, uniquement traversée par des sensations. Garion perçut des images fugitives d'herbe verte, de galop dans le vent, de nuages dans le ciel et de lait chaud. Il eut aussi conscience d'un émerveillement total et de l'amour éperdu que la petite bête avait pour lui.

Lentement, péniblement, Garion entreprit de faire passer une image de Hettar dans les pensées vagabondes du poulain. Il eut l'impression qu'il n'y arriverait jamais.

– Hettar, répétait constamment Garion. Va chercher Hettar. Va lui dire que j'ai un problème.

Le poulain alla batifoler un peu plus loin et revint fourrager délicatement dans l'oreille de Garion avec le bout de son museau.

– Ecoute un peu ce que je te dis, je t'en prie, s'écria Garion. Je t'en supplie !

Enfin, au bout de ce qui lui sembla des heures, la petite bête sembla comprendre et s'éloigna de quelques pas. Elle revint l'instant d'après coller son nez sous celui de Garion.

– VA CHERCHER HETTAR ! ordonna Garion en insistant sur chaque mot.

Le poulain frappa le sol du pied puis fit volte-face et partit au galop. Dans la mauvaise direction. Garion se mit à jurer. Depuis près d'un an maintenant, il était exposé au vocabulaire pittoresque de Barak. Il répéta six ou huit fois tous les chapelets d'injures qu'il connaissait puis il se mit à improviser.

Il capta une pensée fugitive du poulain qui avait maintenant disparu de son champ de vision. Ce bougre d'animal chassait les papillons. Garion frappa le sol du poing en résistant à grand-peine à l'envie de hurler de frustration.

Le soleil monta dans le ciel. Il commençait à faire chaud.

L'après-midi était déjà entamée quand Hettar et Silk le trouvèrent en suivant le petit poulain qui gambadait gaiement.

– Je me demande bien comment tu as réussi ce coup-là, fit Silk avec intérêt.

– Je préfère ne pas en parler, marmonna Garion, partagé entre le soulagement et la confusion absolue.

– Il semble capable d'un tas de choses que nous ne savons pas faire, remarqua Hettar en mettant pied à terre et en prenant la pelle de Durnik accrochée à ses fontes. Ce que je ne comprends pas, c'est pourquoi il les fait.

– Je suis formel : il avait sûrement une bonne raison, assura Silk.

– Vous croyez que nous devrions lui poser la question ?

– Ça doit être très compliqué. Je suis sûr que des gens simples comme vous et moi ne pourraient pas comprendre.

– Vous pensez qu'il a fini ce qu'il était en train de faire ?

– Nous pourrions le lui demander.

– Je ne voudrais pas le déranger, reprit Hettar. C'est peut-être très important.

– Sûrement, renchérit Silk.

– Vous voulez bien me tirer de là, s'il vous plaît ? implora Garion.

– Tu es sûr que tu as fini ? s'enquit poliment Silk. Nous pouvons attendre, si tu veux.

– Je vous en conjure ! s'écria Garion, au bord des larmes.

CHAPITRE XII

— Mais enfin, Garion, pourquoi as-tu essayé de la *soulever*? demanda Belgarath, le lendemain matin.

Tante Pol et lui étaient enfin revenus. Silk et Hettar les avaient informés, avec toute la solennité requise, de la fâcheuse posture où ils avaient, la veille, retrouvé le jeune garçon.

— Je croyais que c'était le meilleur moyen de la faire basculer, répondit Garion. Comme si je l'avais prise par en dessous pour la faire rouler, en somme. Tu comprends?

— Mais pourquoi ne l'avoir plutôt fait rouler en la poussant par en haut?

— Je n'y ai pas pensé.

— Et tu ne t'es pas rendu compte que la terre meuble ne résisterait jamais à une telle pression? en rajouta tante Pol.

— Je m'en suis rendu compte après. Mais si je l'avais poussée, j'aurais reculé, non?

— Tu te serais arc-bouté, expliqua Belgarath. C'est toute l'astuce : il faut consacrer autant d'énergie mentale à rester immobile qu'à appuyer sur l'objet à déplacer. Autrement, on ne réussit qu'à se repousser soi-même en arrière.

— Je ne savais pas, admit Garion. C'est la première fois que j'essaie de prendre mon temps pour faire quelque chose. Ce n'est pas bientôt fini, non? lança-t-il avec aigreur à Ce'Nedra qui rigolait comme une baleine depuis que Silk leur avait raconté les exploits de Garion.

Elle manqua s'étouffer de rire.

– Ecoute, Père, je crois vraiment que tu devrais lui expliquer deux ou trois choses, déclara tante Pol. Il n'a pas la moindre notion de la façon dont les forces réagissent les unes envers les autres. Encore heureux que tu n'aies pas eu l'idée de la lancer, reprit-elle en regardant Garion d'un œil critique. Tu te serais retrouvé à mi-chemin de Maragor avant d'avoir eu le temps de dire « ouf ».

– Je ne trouve pas ça drôle du tout, déclara Garion à ses amis qui le regardaient en se tenant les côtes. Ce n'est pas si facile que ça en a l'air, vous savez.

Il se rendait bien compte qu'il s'était ridiculisé en beauté et ne savait même plus s'il devait s'estimer confus ou blessé par leur hilarité.

– Viens avec moi, mon garçon, dit Belgarath d'un ton ferme. Il va falloir tout reprendre depuis le début, apparemment.

– Ce n'est quand même pas ma faute si je ne savais pas. Tu aurais pu me le dire.

– Comme si je pouvais imaginer que tu allais te mettre à faire des expériences aussi tôt! rétorqua le vieil homme. N'importe qui aurait eu assez de bon sens pour attendre un minimum d'instructions avant d'entreprendre de réorganiser la géographie locale.

– Enfin, j'ai tout de même réussi à la déplacer, ajouta Garion, sur la défensive, en suivant le vieil homme dans la prairie, vers la tour.

– Magnifique. Tu l'as remise comme tu l'avais trouvée?

– Pourquoi? Qu'est-ce que ça peut faire?

– On ne touche à rien, ici, au Val. Chaque chose a sa raison d'être, et tout est censé rester exactement à sa place.

– Je ne savais pas, fit Garion d'un ton d'excuse.

– Maintenant tu le sais. Bon, on va la remettre en place.

Ils traversèrent la prairie en silence.

– Grand-père? fit enfin Garion.

– Oui?

156

– Quand j'ai déplacé le rocher, j'ai eu l'impression d'aspirer la force nécessaire de tout ce qui m'entourait. Il semblait en venir de partout. Ça veut dire quelque chose ?

– C'est exactement ça, confirma Belgarath. Quoi que l'on fasse, il faut bien trouver la force nécessaire dans son environnement. Quand tu as fait brûler Chamdar, par exemple, tu as tiré l'énergie thermique de ce qui t'entourait : de l'air, du sol et de tous ceux qui se trouvaient à proximité. Tu en as extrait un peu de chaleur afin de provoquer le feu. La puissance nécessaire pour faire basculer le rocher, tu l'as prélevée dans les environs.

– Je pensais que tout cela venait de l'intérieur.

– Seulement quand on crée quelque chose, répondit le vieil homme. Là, la force doit venir de nous. Pour tout le reste, on la trouve au-dehors. On tire quelques forces d'ici, un peu de là, on les réunit et on les déchaîne en un seul et unique endroit. D'ailleurs, personne ne disposerait de la vigueur nécessaire au transport de l'énergie suffisante pour faire quoi que ce soit.

– Voilà donc ce qui se passe quand on tente de défaire quelque chose, avança Garion, intuitivement. On attire toute la force et puis on ne peut plus la laisser échapper, et on se...

Il écarta les doigts et étendit les mains d'un seul coup.

Belgarath lui jeta un regard acéré.

– Tu as vraiment une drôle de cervelle, gamin. Tu piges tout de suite les choses les plus difficiles, mais tu donnes l'impression d'être incapable de comprendre ce qu'il y a de plus simple. Ah, voilà le rocher, dit-il en secouant la tête. Bon, ça ne va pas du tout, ça. Remets-le à sa place, et essaie de ne pas faire tant de bruit, cette fois. Tu as fait tellement de raffut, hier, qu'on t'a entendu dans tout le Val.

– Comment dois-je m'y prendre ? questionna Garion.

– Rassemble la force nécessaire, conseilla Belgarath. Prélève-la dans tout ce qui est autour.

Garion s'exécuta.

– Hé ! *pas chez moi !* s'exclama le vieil homme d'une voix cassante.

Excluant son grand-père de son champ d'attraction,

Garion concentra l'énergie voulue. Au bout d'un instant, il eut l'impression que cela lui picotait tout le corps et que ses cheveux se dressaient sur sa tête.

– Et maintenant? interrogea-t-il en serrant les dents sous l'effort.

– Exerce en même temps une poussée derrière toi et sur le rocher.

– Sur quoi je prends appui, derrière moi?

– Sur tout. N'oublie pas de pousser le rocher en même temps. Il faut que l'effort soit simultané.

– Mais je ne vais pas être écrabouillé entre les deux?

– Tiens bon.

– On ferait mieux de se grouiller, Grand-père. J'ai l'impression que je vais éclater.

– Retiens-toi. Maintenant vas-y, dirige ton pouvoir vers le rocher et énonce le Verbe.

Garion tendit les mains devant lui et raidit les bras.

– Pousse! ordonna-t-il.

Il se sentit envahi par la vague d'énergie et le rugissement habituels.

Avec un choc retentissant, la pierre s'ébranla et roula en douceur à l'endroit où elle se trouvait la veille au matin. Garion eut soudain l'impression d'avoir mal partout et tomba à genoux d'épuisement.

– Pousse? répéta Belgarath, incrédule.

– Tu m'as dit de dire « pousse ».

– Je t'ai dit de pousser, je ne t'ai jamais dit de dire « pousse ».

– Bon, le rocher est allé là où il devait aller, alors qu'est-ce que ça peut faire?

– C'est une question de style, répondit le vieil homme d'un air chagriné. « Pousse » ça fait tellement... bébé.

Garion partit d'un petit rire.

– Enfin, Garion, nous avons une certaine dignité à préserver, déclara le vieil homme d'un ton hautain. Comment veux-tu qu'on nous prenne au sérieux si nous passons notre temps à dire « pousse », « fais flop » ou des trucs dans ce genre-là?

Garion aurait bien voulu arrêter de se gondoler, seulement il ne pouvait pas.

Belgarath lui tourna le dos, indigné, et s'éloigna en ronchonnant.

Ils constatèrent en rejoignant les autres que les tentes étaient déjà démontées et les chevaux chargés.

– Nous n'avons aucune raison de rester ici, annonça tante Pol. Et les autres nous attendent. Alors, Père, tu as réussi à lui faire comprendre quelque chose?

Belgarath se mit à bougonner, le visage figé dans une expression d'absolue réprobation.

– J'en déduis que les choses ne se sont pas très bien passées.

– Je t'expliquerai plus tard, commenta-t-il sèchement.

Profitant de l'absence de Garion, Ce'Nedra avait réussi à séduire le poulain et à le réduire à une abjecte servilité à l'aide de pas mal de cajoleries et d'une brassée de pommes prélevées sur les provisions. Il la suivait sans vergogne et le regard distant dont il gratifia Garion ne trahissait pas l'ombre d'un remords.

– Vous allez le rendre malade, accusa Garion.

– Les pommes sont bonnes pour les chevaux, assurat-elle d'un ton dégagé.

– Dites-lui, Hettar, fit Garion.

– Ça ne peut pas lui faire de mal, confirma l'homme au nez de faucon. Et c'est un moyen bien connu de gagner les faveurs d'un jeune cheval.

Garion tenta de trouver une autre objection convenable, sans succès. Le spectacle du petit animal collant son museau sur Ce'Nedra lui causait un profond déplaisir, il n'aurait su dire pourquoi.

– Dites, Belgarath, à qui Polgara faisait-elle allusion? demanda Silk tandis qu'ils reprenaient la route. Elle a parlé des « autres ».

– Mes frères, répondit le vieux sorcier. Notre Maître leur a fait savoir que nous arrivions.

– Toute ma vie, j'ai entendu parler de la Fraternité des Sorciers. Sont-ils aussi remarquables qu'on le dit?

– Je pense que vous allez être déçu, déclara tante Pol d'un ton pincé. La plupart des sorciers sont des vieillards aux mains crochues, pleins de mauvaises habitudes. J'ai vieilli parmi eux, je peux en parler. Oui, je sais, dit-elle à la grive perchée sur son épaule et qui chantait à en perdre la tête.

Garion se rapprocha de sa tante et commença à écouter attentivement le chant de l'oiseau. Au début, ce n'était qu'un bruit, agréable mais dépourvu de signification. Puis, peu à peu, il commença à saisir des bribes de sens – quelques idées par-ci, par-là. Le piaillement de l'oiseau évoquait des nids, de petits œufs tachetés, des levers de soleil et la joie incommensurable de prendre son essor. Puis, comme si tout à coup ses oreilles se débouchaient, Garion se mit à comprendre. Les alouettes parlaient de planer et de chanter ; les moineaux pépiaient des histoires de graines cachées dans de petits sacs. Un faucon, planant haut au-dessus de leur tête, lança un chant solitaire où il était question de la solitude du vol dans le vent et de la joie féroce de tuer. Garion fut terrifié par les paroles qui emplissaient tout à coup l'air autour de lui.

— Ce n'est qu'un début, annonça tante Pol en le regardant gravement, sans prendre la peine de s'expliquer.

Fasciné par le monde qui venait de s'ouvrir à lui, Garion ne vit pas tout de suite les deux hommes aux cheveux d'argent. Ils attendaient, debout côte à côte sous un grand arbre, que le groupe se rapproche. Ils avaient le visage glabre, des cheveux blancs très longs, et portaient des robes bleues identiques. Lorsque le regard de Garion tomba sur eux pour la première fois, il pensa un instant que ses yeux lui jouaient des tours. Les deux hommes étaient si parfaitement semblables qu'il était impossible de les distinguer.

— Belgarath, notre frère, commença l'un d'eux. Ça fait...

— ... tellement longtemps, finit l'autre.

— Beltira, s'exclama Belgarath. Et Belkira.

Il mit pied à terre et embrassa les jumeaux.

— Chère petite Polgara, dit l'un des deux.

— Le Val était... reprit l'autre.

— ... bien vide sans toi, acheva le premier avant de se tourner vers son frère. Ça, c'était très poétique, commenta-t-il d'un ton admiratif.

— Merci, répondit le premier avec modestie.

– Mes frères, Beltira et Belkira, annonça Belgarath aux membres du groupe qui mettaient pied à terre à leur tour. N'essayez pas de les distinguer, vous perdriez votre temps. Personne ne peut les reconnaître.

– Nous si, assurèrent les jumeaux à l'unisson.

– Je n'en suis même pas certain, observa Belgarath avec un doux sourire. Vos esprits sont tellement proches que vos pensées commencent chez l'un et finissent chez l'autre.

– Il faut toujours que tu compliques les choses, Père, objecta tante Pol. Ça, c'est Beltira, déclara-t-elle en embrassant l'un des vieillards au doux visage. Et ça, reprit-elle en embrassant l'autre, Belkira. Je sais les reconnaître depuis que je suis toute petite.

– Polgara connaît...

– ... tous nos secrets. (Les jumeaux sourirent.) Et qui sont...

– ... vos compagnons?

– Je pense que vous les reconnaîtrez, avança Belgarath. Mandorallen, Baron de Vo Mandor.

– Le Chevalier Protecteur, firent les jumeaux à l'unisson, en s'inclinant.

– Le Prince Kheldar de Drasnie.

– Le Guide, poursuivirent-ils.

– Barak, comte de Trellheim.

– L'Ours Terrifiant.

Ils braquèrent un regard plein d'appréhension sur le grand Cheresque. Le visage de Barak s'assombrit, mais il ne répondit pas.

– Hettar, fils de Cho-Hag d'Algarie.

– Le Seigneur des Chevaux.

– Et Durnik de Sendarie.

– Celui aux Deux Vies, murmurèrent-ils avec un profond respect.

Durnik eut l'air stupéfait.

– Ce'Nedra, Princesse Impériale de Tolnedrie.

– La Reine du Monde, entonnèrent-ils en s'inclinant à nouveau.

Ce'Nedra éclata d'un petit rire nerveux.

– Et ça...

– ... ne peut être que Belgarion, proclamèrent-ils, le visage illuminé de joie. L'Elu. (Les deux jumeaux tendirent la main dans le même geste, posèrent la main droite sur la tête de Garion et leurs voix retentirent dans son esprit.) *Salut à toi, Belgarion, Seigneur des Seigneurs, notre Champion, Espoir du monde.*

Sidéré par cette étrange bénédiction, Garion se borna à hocher la tête.

– Ecœurant! Si ça continue, je vais dégueuler, moi, décréta une autre voix, âpre et rauque.

Celui qui venait de parler sortit de derrière un arbre. C'était un vieillard rabougri, difforme, d'une laideur et d'une crasse stupéfiantes. Il avait les jambes arquées, noueuses comme de vieux troncs d'arbres, une grosse bosse dans le dos, entre des épaules énormes, et ses mains lui arrivaient en dessous des genoux. Sa barbe et sa tignasse clairsemée, gris fer, étaient tout emmêlées et pleines de brindilles et de bouts de feuilles. Son visage hideux, tordu en une caricature grotesque de faciès humain, exprimait en permanence la colère et le mépris.

– Beldin! fit Belgarath avec un sourire angélique. Nous n'étions pas sûrs que tu puisses venir.

– Je m'en serais bien dispensé, espèce de saboteur, lança le vieillard contrefait. Tu as tout foutu en l'air, comme d'habitude. Filez-moi quelque chose à bouffer, vous autres, ordonna-t-il d'un ton péremptoire en se tournant vers les jumeaux.

– Oui, Beldin, répondirent-ils précipitamment en prenant leurs jambes à leur cou.

– Et n'y passez pas la journée! cria-t-il après eux.

– Tu m'as l'air de bonne humeur, ajourd'hui, Beldin, commenta Belgarath, sans une once d'ironie. Qu'est-ce qui te rend si joyeux?

Le nain hideux le regarda en fronçant les sourcils et éclata d'un rire bref, presque un aboiement.

– J'ai vu Belzedar. On aurait dit un lit défait. Quelque chose a dû tourner mal pour lui, et ce n'est pas pour me déplaire.

– Cher oncle Beldin, s'exclama chaleureusement tante Pol en passant ses bras autour du cou du répugnant vieillard. Vous m'avez beaucoup manqué.

162

– N'essaye pas de me faire du gringue, Polgara, ronchonna-t-il, mais ses yeux parurent s'adoucir un peu. C'est autant ta faute que celle de ton père. Je croyais que vous l'aviez à l'œil. Comment Belzedar a-t-il réussi à faire main basse sur l'Orbe de notre Maître?

– Nous pensons qu'il a fait appel à un enfant, expliqua gravement Belgarath. L'Orbe ne ferait pas de mal à un innocent.

Le nain émit un reniflement.

– Il n'y a pas d'enfants innocents; ça n'existe pas. Tout les hommes naissent corrompus. Tu engraisses, on dirait, déclara-t-il abruptement en braquant ses yeux noirs sur tante Pol et en la jaugeant d'un regard appréciateur. Tu as les hanches aussi larges qu'une charrette à bœufs.

Durnik serra les poings et fonça sur le petit homme contrefait. Le nain éclata de rire et empoigna le devant de la tunique du forgeron avec l'une de ses grosses pattes. Sans effort apparent, il souleva Durnik, sidéré, et le projeta à quelques coudées de là.

– Tu peux commencer ta deuxième vie tout de suite, si tu veux, grommela-t-il d'un ton menaçant.

– Laissez-moi régler ça moi-même, Durnik, coupa tante Pol. Beldin, dit-elle fraîchement, il y a combien de temps que vous ne vous êtes pas lavé?

– J'ai pris une averse il y a quelques mois, répondit le nain en haussant les épaules.

– Eh bien, il n'a pas dû pleuvoir beaucoup. Vous puez comme toute une porcherie.

– Tu es bien ma nièce préférée, s'esclaffa Beldin. J'avais peur que tu aies perdu ton mordant, avec les années.

Ils se mirent alors à échanger les injures les plus stupéfiantes que Garion ait jamais entendues de toute sa vie; des termes incroyablement imagés, d'une monstruosité renversante, fusaient de l'un à l'autre. On aurait dit que l'air crépitait. Barak ouvrit des yeux comme des soucoupes, Mandorallen devint d'une pâleur de craie et Ce'Nedra fila sans attendre la suite, le visage en feu.

Pourtant, plus les insultes étaient horribles et plus le hideux sourire de Beldin s'élargissait. Enfin, tante Pol se fendit d'une épithète si vile que Garion eut l'impression d'avoir reçu un coup dans l'estomac, et l'affreux petit vieillard se roula par terre en poussant des hurlements de joie.

– Par les Dieux, ma petite Pol, je ne sais pas ce que je ferais sans toi ! hoqueta-t-il. Viens çà nous donner un baiser.

Elle l'embrassa affectueusement avec un bon sourire.

– Sale chien galeux !

– Grosse vachasse, conclut-il, hilare, en l'écrasant tendrement contre lui.

– Si c'était possible, mon oncle, je préférerais garder les côtes plus ou moins entières, plaida-t-elle.

– Enfin, mon petit, il y a des années que je ne t'en ai pas fendu une.

– J'aimerais assez que ça continue.

Les jumeaux se ruèrent sur Beldin avec une grande platée de ragoût fumant et une immense chope. Le repoussant vieillard regarda l'assiette d'un air étonné, laissa tomber le contenu par terre comme si de rien n'était et rejeta négligemment le plat.

– Ça n'a pas l'air trop mauvais, reconnut-il de mauvaise grâce.

Il s'accroupit et commença à se fourrer la nourriture dans la bouche avec les deux mains, en s'interrompant de temps à autre pour recracher les graviers collés sur la viande.

Lorsqu'il eut fini, il engloutit le contenu de la chope, émit un rot tonitruant et s'assit tranquillement par terre en fourrageant dans ses crins hirsutes avec ses doigts pleins de sauce.

– Allons, au boulot, décida-t-il.

– Où étais-tu passé ? s'intéressa Belgarath.

– En plein cœur de Cthol Murgos. Je suis resté assis sur une colline depuis la bataille de Vo Mimbre à surveiller la grotte où Belzedar avait emmené Torak.

– Pendant cinq cents ans ? hoqueta Silk.

– Plus ou moins, répondit Beldin avec un haussement d'épaules indifférent. Fallait bien tenir l'autre grand brûlé à l'œil et ce que je faisais avant pouvait attendre, alors...

— Vous disiez que vous aviez vu Belzedar, rappela tante Pol.

— Il y a un mois à peu près. Il est rentré dans la grotte comme s'il avait le diable aux trousses, il en est ressorti aussi sec avec Torak, puis il s'est changé en vautour et s'est enfui à tire-d'aile avec le corps.

— Ça devait être juste après que Ctuchik l'a intercepté à la frontière de Nyissie et lui a repris l'Orbe, marmonna Belgarath d'un ton rêveur.

— Ça, j'en sais rien. C'était ta responsabilité, pas la mienne. Moi, j'étais censé surveiller Torak. Tu n'as pas reçu les cendres sur la tête?

— Quelles cendres? releva l'un des jumeaux.

— Quand Belzedar a tiré Torak de la grotte, la montagne a explosé — elle s'est mise à dégueuler tripes et boyaux. Ça venait sûrement de la force qui entourait le corps du grand Borgne. Ça crachait encore quand je suis parti.

— Nous nous demandions ce qui avait bien pu provoquer cette éruption, révéla tante Pol. Toute la Nyissie a été couverte d'un pouce de cendres.

— C'est toujours ça. Dommage qu'il n'y en ait pas eu plus.

— Torak n'a pas donné...

— ... signe de vie? s'informèrent les jumeaux.

— Vous ne pouvez pas parler comme tout le monde? ragea Beldin.

— Nous sommes désolés...

— ... c'est notre nature.

Le petit vieillard hideux secoua la tête d'un air écœuré.

— C'est bien dommage. Non, Torak n'a pas bougé le petit doigt pendant cinq cents ans. Il était tout moisi quand Belzedar l'a traîné hors de la grotte.

— Et tu l'as suivi? questionna Belgarath.

— Evidemment.

— Où a-t-il emmené Torak?

— Où veux-tu qu'il l'ait emmené, andouille? Aux ruines de Cthol Mishrak, en Mallorée, bien sûr. Il n'y a pas tellement de coins sur terre susceptibles de supporter le poids de Torak. Belzedar n'a pas intérêt à laisser Ctuchik et l'Orbe s'approcher de l'Eborgné, et il n'avait pas d'autre endroit où aller. Les Grolims de Mallorée refusent de se soumettre à l'autorité de Ctuchik ; Belzedar y sera en sécurité. Leur aide lui coûtera cher, mais ils maintiendront Ctuchik à bonne distance – à moins que celui-ci ne lève une armée de Murgos pour envahir la Mallorée.

– On peut toujours rêver, intervint Barak.

– Vous êtes censé faire l'ours, pas l'âne, rétorqua Beldin. Ne rêvez pas de choses impossibles. Ni Ctuchik ni Belzedar n'entreprendraient ce genre de guerre en ce moment précis – pas tant que notre Belgarion ici présent arpente le monde comme un tremblement de terre. Tu ne peux pas lui apprendre à faire un peu moins de boucan ? grincha-t-il avec un froncement de sourcils à l'adresse de tante Pol. Ou bien c'est ton cerveau qui se ramollit comme ton postérieur ?

– Un peu de classe, mon oncle, répliqua-t-elle. Le gamin vient juste d'entrer en possession de son pouvoir. On est toujours un peu maladroit, au départ.

– Il n'a pas le temps de faire le bébé, Pol. Les étoiles s'abattent sur le sud de Cthol Murgos comme des cafards venimeux, et les Grolims crevés remuent dans leurs tombes, de Rak Ctohl à Rak Hagga. Le moment approche ; il faut qu'il soit prêt.

– Il sera prêt, mon oncle.

– Espérons-le, observa aigrement le répugnant vieillard.

– Tu repars pour Cthol Mishrak ? questionna Belgarath.

– Non. Notre Maître m'a demandé de rester ici. Nous avons du travail, les jumeaux et moi, et guère de temps devant nous.

– Il nous a parlé...

– ... à nous aussi.

– Oh, ça suffit, vous deux ! lança Beldin. Vous partez pour Rak Cthol, maintenant ? demanda-t-il à Belgarath.

– Pas directement. Nous allons d'abord à Prolgu. Je dois parler au Gorim et nous avons encore quelqu'un à ramasser.

– J'avais bien remarqué que le groupe n'était pas au complet. Où est la dernière ?

166

– C'est celle qui m'ennuie le plus, convint Belgarath en écartant les mains dans un geste d'impuissance. Je n'ai pas réussi à la retrouver. Et il y a trois mille ans que je la cherche.

– Tu as passé trop de temps à courir après dans les tavernes.

– C'est aussi ce qu'il me semblait, nota tante Pol avec un petit sourire angélique.

– Et après Prolgu? reprit Barak.

– Rak Cthol, révéla Belgarath d'un ton sinistre. Nous devons reprendre l'Orbe à Ctuchik, et depuis très, très longtemps maintenant j'ai envie d'avoir une petite discussion avec le magicien des Murgos.

Troisième partie

ULGOLANDE

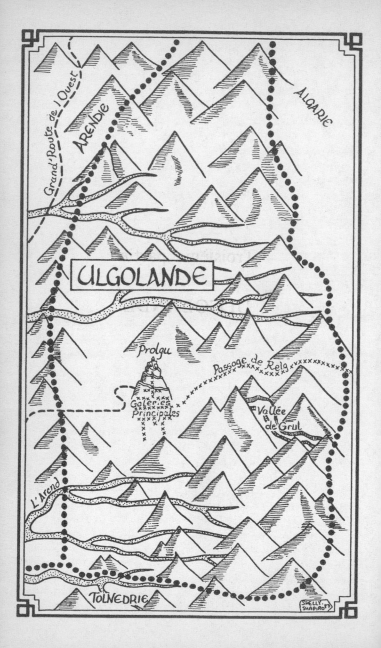

CHAPITRE XIII

Le lendemain matin, ils repartirent vers les monts d'Ulgolande, au nord-ouest. Les pics escarpés, encapuchonnés de blanc, scintillaient dans le soleil matinal au-dessus des prairies luxuriantes du Val.

— Il y a de la neige là-haut, observa Barak. Le voyage ne sera peut-être pas de tout repos.

— Ça ne l'est jamais, déclara Hettar.

— Vous êtes déjà allés à Prolgu? releva Durnik.

— Quelquefois. Nous avons à cœur d'entretenir le lien avec les Ulgos. Nos visites sont essentiellement protocolaires.

La princesse Ce'Nedra, qui chevauchait de conserve avec tante Pol, finit par laisser échapper la vapeur.

— Comment pouvez-vous supporter ce vieux pouacre, Dame Polgara? éclata-t-elle enfin. Il est d'une telle laideur!

— Qui cela, mon petit?

— Cet horrible nain.

— Oncle Beldin? fit doucement tante Pol, un peu surprise. Il a toujours été ainsi. Il faut le connaître, c'est tout.

— Mais il vous a dit des choses horribles.

— C'est sa façon de dissimuler ses sentiments, expliqua tante Pol en haussant légèrement les épaules. En fait, il recèle des trésors de gentillesse, mais les gens ne s'attendent pas à recevoir de la douceur et de l'affection de la part d'un être aussi vilain. Quand il était enfant, ses parents l'ont chassé tellement ils le trouvaient monstrueux. Lorsqu'il est arrivé au Val, notre Maître a su, par-delà la laideur, voir sa beauté spirituelle.

– Mais pourquoi faut-il qu'il soit si sale?

– Il déteste son corps difforme, alors il le mortifie. Il ne faut pas se fier aux apparences, Ce'Nedra, poursuivit tante Pol en dévisageant calmement la princesse. On a vite fait de se tromper. Nous avons beaucoup d'affection l'un pour l'autre, oncle Beldin et moi. C'est pourquoi nous nous donnons la peine d'inventer des insultes aussi élaborées. Tout compliment serait hypocrite. Il faut bien le reconnaître, il est vraiment très laid.

– Je n'arrive pas à comprendre ça, conclut Ce'Nedra, déconcertée.

– L'amour peut s'exprimer de bien étrange façon, déclara tante Pol.

Elle parlait d'un ton désinvolte, mais le regard qu'elle braquait sur la petite princesse était pénétrant.

Ce'Nedra darda un coup d'œil vers Garion et détourna les yeux en rosissant délicatement.

L'échange entre la princesse et sa tante Pol n'avait pas échappé à Garion. Tante Pol venait de dire quelque chose d'important à la petite jeune fille, c'était évident, mais il ne voyait vraiment pas de quoi il pouvait s'agir.

Il leur fallut plusieurs jours pour traverser le Val, puis ils s'engagèrent dans les collines blotties au pied des montagnes déchiquetées du pays des Ulgos. Les saisons se remirent à changer au fur et à mesure qu'ils avançaient. C'était le début de l'automne lorsqu'ils abordèrent les premiers coteaux, et au-delà les vallées flamboyaient de toute l'ardeur de leurs buissons. Mais ils atteignirent une seconde rangée de sommets un peu plus élevés, où les arbres étaient dénudés et le vent s'abattait des cimes avec une âpreté toute hivernale. Le ciel était couvert et les nuages tendaient vers eux leurs doigts crochus, leur crachant au visage des rafales de neige et de pluie tandis qu'ils escaladaient les pentes rocheuses.

– Je pense que nous ferions mieux de surveiller nos arrières, annonça Silk d'un ton plein d'espoir, par un après-midi neigeux. Je ne serais pas étonné que Brill fasse sa réapparition.

172

– C'est peu vraisemblable, objecta Belgarath. Les Murgos évitent encore plus l'Ulgolande que le Val. Les Ulgos exècrent les Angaraks.

– Tout comme les Aloriens.

– Oui, mais les Ulgos y voient dans le noir, lui rappela le vieil homme. Les Murgos qui ont la mauvaise idée de s'aventurer dans ces montagnes et d'y passer la nuit ont une fâcheuse tendance à ne jamais se réveiller. Je ne pense pas que nous ayons à nous inquiéter de Brill.

– Dommage, commenta Silk, un peu déçu.

– Cela dit, ça ne peut pas nous faire de mal d'ouvrir l'œil. Il y a des choses plus dangereuses que les Murgos dans les montagnes d'Ulgolande.

– Ces histoires ne sont-elles pas exagérées? ricana Silk.

– Non, pas vraiment.

– La région grouille de monstres, Prince Kheldar, assura Mandorallen. Il y a quelques années, une douzaine de jeunes chevaliers écervelés, de ma connaissance, se sont aventurés dans ces montagnes pour éprouver leur bravoure et leur vaillance face aux créatures invraisemblables qui les peuplent. Aucun n'en est revenu.

Lorsqu'ils franchirent la crête suivante, une bourrasque hivernale les frappa de plein fouet. Le vent redoubla de fureur, leur projetant en plein visage une neige de plus en plus drue.

– Belgarath, il faut nous abriter en attendant la fin de la tempête, hurla Barak par-dessus la tourmente.

Le grand Cheresque s'efforçait de refermer autour de lui sa cape de peau d'ours claquant dans le vent.

– Descendons dans la vallée, répondit Belgarath en se débattant lui aussi avec sa houppelande. Au moins les arbres nous abriteront du vent.

Ils traversèrent la crête et descendirent vers les pins blottis au fond de la vallée, juste en dessous d'eux. Garion se pelotonna dans son manteau et baissa la tête dans le vent furieux.

L'épais rideau de jeunes pins coupait un peu le vent mais soulevait des tourbillons de neige. Ils mirent leurs chevaux au pas.

– Nous n'irons pas beaucoup plus loin aujourd'hui,

déclara Barak en tentant de débarrasser sa barbe de la neige qui l'envahissait. Nous ferions aussi bien de rester ici jusqu'à demain.

– Qu'est-ce que c'est que ça? s'exclama tout à coup Durnik en inclinant la tête.

– Le vent, décréta Barak en haussant les épaules.

– Non. Ecoutez!

Derrière le hurlement du vent, ils distinguaient une sorte de hennissement.

– Regardez! fit Hettar en tendant le doigt.

Une douzaine d'animaux pareils à des chevaux franchissaient la crête derrière eux. La neige tombait en épais rideaux, brouillant leurs silhouettes, et conférait à la horde une allure fantomatique. Sur une hauteur, juste au-dessus d'eux, se dressait un immense étalon, queue et crinière au vent. Il fit retentir un cri strident.

– Des Hrulgae! s'écria Belgarath.

– Nous pourrions peut-être les gagner de vitesse? suggéra Silk, plein d'espoir.

– J'en doute, riposta Belgarath. Ils nous ont repérés. Ils nous suivront jusqu'à Prolgu si nous essayons de fuir.

– Or donc, il faudra leur apprendre à redouter notre odeur et à nous éviter, décida Mandorallen les yeux étincelants, en resserrant les courroies de son bouclier.

– Alors, Mandorallen, on reprend ses bonnes habitudes? marmonna Barak.

Hettar paressait étrangement absent, comme s'il communiquait avec ces chevaux. Puis il eut un frisson de tout le corps et son visage se crispa dans une expression de dégoût.

– Alors? l'interrogea tante Pol.

– Ce ne sont pas des chevaux, commença-t-il.

– Ça, Hettar, nous le savons. Mais pouvez-vous agir sur eux? Les effrayer, peut-être?

– Ils sont affamés, objecta-t-il en hochant négativement la tête. Et ils nous ont flairés. Le chef de troupeau semble avoir sur eux plus d'emprise que si c'étaient des chevaux. Sans lui, il se pourrait que j'arrive à faire peur à un ou deux des plus faibles – mais il est là.

– Eh bien, nous allons leur rentrer dans le chou, conclut Barak d'un ton sinistre, en prenant son bouclier.

– Pas la peine, protesta Hettar, les yeux étrécis. La clé du problème semble être l'étalon. C'est lui qui domine le troupeau. Je pense que si nous arrivons à le faire dégager, les autres s'enfuiront sans demander leur reste.

– Très bien, convint Barak. Débarrassons-nous donc de l'étalon.

– Il ne serait pas mauvais de faire un peu de bruit, suggéra l'Algarois. Quelque chose qui évoque un défi. Cela l'incitera peut-être à se mettre en avant pour y répondre. Sinon, il nous faudra traverser le troupeau pour aller le chercher.

– Voilà qui lui fera peut-être l'effet d'une provocation, proposa Mandorallen en portant sa trompe à ses lèvres.

Il en tira une note cuivrée, étincelant défi bientôt emporté par la tourmente.

Le cri aigu de l'étalon lui répondit aussitôt.

– On dirait que ça fait son petit effet, commenta Barak. Allez, Mandorallen, soufflez encore une fois là-dedans.

Mandorallen porta de nouveau sa trompe à ses lèvres. L'étalon réitéra sa réponse, puis il descendit du monticule et fonça sur eux à travers ses congénères. En arrivant à la limite du troupeau, la monstrueuse bête poussa un nouveau hurlement et se dressa sur ses pattes de derrière, ses membres antérieurs garnis de serres battant l'air ouaté de neige.

– Parfait! rugit Barak. Allons-y!

Il éperonna sa monture et le gigantesque cheval gris fit un bond en avant, projetant d'énormes paquets de neige derrière lui. Hettar et Mandorallen s'empressèrent de le rejoindre et tous trois plongèrent de front à travers la neige toujours plus drue vers l'étalon hrulga qui poussait des cris stridents. Mandorallen brandit sa lance droit devant lui et chargea. Un bruit étrange leur parvint sur les ailes du vent tandis que le chevalier fonçait tel l'orage vers le Hrulga qui venait maintenant vers eux. Mandorallen riait aux éclats.

Garion tira son épée et amena son cheval devant ceux de tante Pol et Ce'Nedra. C'était probablement futile, il s'en rendait bien compte, mais tout de même.

Deux des Hrulgae, peut-être à l'ordre muet du chef de troupeau, firent un bond en avant pour couper la route à Barak et Mandorallen. Le mâle s'avança à la rencontre de Hettar comme s'il avait reconnu dans l'Algarois le plus grand danger potentiel pour le troupeau. Le premier Hrulga se cabra, dénudant ses crocs en un rictus presque félin, et écarta ses pattes de devant munies de griffes redoutables. Mandorallen abaissa sa lance et la passa au travers de la poitrine du monstre grimaçant. Une mousse rosâtre jaillit de la gueule de la créature qui se renversa en arrière, faisant voler en éclats la hampe de sa lance.

Barak para un coup de griffes avec son bouclier et fendit la tête du second Hrulga d'un ample revers de sa large épée. L'animal s'effondra, hachant la neige dans ses convulsions.

Hettar et le chef du troupeau se mesuraient du regard au travers des tourbillons de neige. Ils avançaient avec circonspection, tournant sur place, les yeux rivés l'un sur l'autre avec une intensité mortelle. Tout d'un coup, l'étalon se cabra et plongea dans un seul mouvement, ses immenses pattes de devant largement écartées, les griffes en avant. Mais l'esprit du cheval de Hettar était lié à celui de son cavalier ; il esquiva la charge meurtrière. Le Hrulga fit volte-face et chargea à nouveau ; la monture de Hettar fit un nouvel écart. L'étalon en furie poussa un hurlement de frustration et plongea une troisième fois en brandissant ses griffes meurtrières. Le cheval de Hettar fit un pas de côté, se dérobant devant l'animal en rage et fonça en avant. Hettar bondit de sa selle et se laissa tomber sur le dos de l'étalon. Ses longues jambes puissantes étreignirent les flancs de l'animal, sa main droite se crispa sur une grosse touffe de crinière.

L'étalon devint hystérique : pour la première fois dans l'histoire de son espèce, l'un d'eux sentait le poids d'un cavalier sur son dos. Il poussa un formidable hurlement et se mit à bondir, à ruer et à faire des cabrioles pour se débarrasser de ce corps étranger. Le restant du troupeau qui s'apprêtait à attaquer resta planté là à contempler avec une épouvante aggravée par l'incompréhension les tentatives désespérées de l'étalon pour déloger son cavalier. Mandorallen et Barak s'approchèrent, confondus, de l'Algarois à califourchon sur l'étalon en furie qui tournoyait sur lui-même dans le blizzard. Puis, implacable, Hettar tendit la main gauche le long de sa jambe et tira de sa botte une longue et mince lame. Il connaissait les chevaux; il savait où frapper.

Son premier coup fut mortel. La neige mâchurée devint rouge. L'étalon se cabra encore une fois en hurlant, mais son cri se noya dans un flot de sang. Alors il retomba une dernière fois sur ses jambes frémissantes, ses genoux se dérobèrent sous lui, lentement, et il se renversa sur le côté. Hettar n'eut que le temps de se dégager.

Le troupeau de Hrulgae fit volte-face et s'enfuit dans la tourmente en poussant des hurlements stridents.

Hettar nettoya sa lame dans la neige d'un air sinistre et la remit dans sa botte. Il posa brièvement une main sur le cou de l'étalon mort et retourna chercher dans la neige piétinée le sabre qu'il avait lâché en bondissant sur le dos de la bête.

Les trois guerriers regagnèrent le couvert des arbres. Mandorallen et Barak contemplaient Hettar avec un profond respect.

– Dommage qu'ils soient fous, commenta l'Algarois d'un air rêveur. Il y a eu un moment – juste un instant – où j'ai failli parvenir à pénétrer son esprit, et nous avons avancé ensemble. Puis il est retombé dans la démence et il a fallu que je le tue. Si seulement on pouvait les dresser... Il s'interrompit et secoua la tête. Enfin, soupira-t-il avec regret en haussant les épaules.

– Vous ne voudriez pas chevaucher une créature pareille? s'exclama Durnik, choqué.

– Je n'avais jamais monté un tel animal, répondit doucement Hettar. C'est une sensation que je n'oublierai pas de sitôt.

Le grand Algarois se détourna, fit quelques pas et resta planté à l'écart à regarder tourbillonner la neige.

Ils passèrent la nuit à l'abri des pins. Le lendemain matin, le vent avait déclaré forfait mais il neigeait toujours à gros flocons. Quand ils levèrent le camp, les chevaux enfonçaient déjà à mi-jambe et avaient du mal à gravir les pentes.

Ils franchirent pourtant une nouvelle crête et s'engagèrent dans la vallée suivante. Silk jetait des regards circonspects sur la neige qui tombait sans relâche dans l'air silencieux.

– Nous allons finir par nous enliser, Belgarath, déclarat-il d'un ton sinistre. Surtout si ça continue à grimper comme ça.

– Tout ira bien, assura le vieil homme. A partir de maintenant, les vallées se succèdent en enfilade. Nous devrions arriver à Prolgu en évitant les pics.

– Regardez, Belgarath! Des traces fraîches, signala Barak en se retournant sur sa selle.

L'énorme Cheresque qui menait la marche indiqua du doigt une rangée d'empreintes droit devant eux, en travers de la piste. Le vieil homme s'approcha pour les examiner.

– Des Algroths, commenta-t-il sèchement. Ouvrons l'œil.

Ils s'engagèrent prudemment dans la vallée où Mandorallen s'arrêta juste le temps de se tailler une nouvelle lance.

– Moi, si mon arme se cassait tout le temps comme ça, je me poserais des questions, fit Barak en regardant le chevalier se remettre en selle.

Mandorallen haussa les épaules, faisant grincer son armure.

– On trouve toujours des arbres à proximité, Messire, conclut-il.

Garion entendit un aboiement familier dans les pins qui couvraient le fond de la vallée.

– Grand-père!

– J'ai entendu, confirma Belgarath.

– Combien sont-ils, à votre avis? questionna Silk.

– Une douzaine, peut-être, estima Belgarath.

– Huit, rectifia tante Pol avec assurance.

– S'ils ne sont que huit, peut-être n'oseront-ils point attaquer? conjectura Mandorallen. Ceux que nous avons affrontés en Arendie semblaient puiser leur courage dans le nombre.

– Ils doivent avoir leur repaire dans la vallée, indiqua

le vieil homme. Tout animal cherche à protéger sa tanière. Ils vont très probablement donner l'assaut.

– Alors il faut les débusquer, déclara le chevalier d'un ton assuré. Mieux vaut les anéantir maintenant, sur le terrain de notre choix, que d'attendre de tomber dans une embuscade.

– Il a une rechute, Hettar, c'est sûr, observa aigrement Barak.

– Sauf que cette fois, il a probablement raison, rétorqua Hettar.

– Vous avez bu, Hettar ? rétorqua Barak d'un ton suspicieux.

– Venez, Messires, les engagea gaiement Mandorallen. Mettons ces brutes en déroute et poursuivons notre voyage sans autre forme de procès.

Il partit à vive allure dans la neige à la recherche des Algroths qui aboyaient au loin.

– Vous en êtes, Barak ? invita Hettar en tirant son sabre.

– Ça vaudrait peut-être mieux, répondit le grand Cheresque avec un soupir à fendre l'âme. Ça ne devrait pas être long, Belgarath. Je vais tâcher d'éviter à ces sauvages assoiffés de sang d'y laisser leurs os.

Hettar éclata de rire.

– Vous commencez à devenir aussi insupportable que lui, accusa Barak tandis qu'ils s'éloignaient au galop dans le sillage de Mandorallen.

Garion et les autres attendirent, tous les sens en éveil, sous la neige qui tombait sans discontinuer. Soudain, les aboiements se changèrent en jappements de surprise. Des chocs sourds puis des hurlements de douleur et enfin de grands cris retentirent entre les arbres : les trois guerriers s'appelaient entre eux. Après peut-être un quart d'heure, ils revinrent au galop, faisant jaillir d'énormes gerbes de neige sous les sabots de leurs chevaux.

– Il y en a deux qui ont réussi à s'enfuir, rapporta Hettar, déçu.

– Quel dommage, persifla Silk.

– Ecoutez, Mandorallen, commença Barak d'un ton chagrin, je ne sais pas où vous avez pris cette vilaine habitude, mais on ne plaisante pas avec la bagarre. Tous ces éclats de rire et ces ricanements font vraiment mauvais genre.

– Cela T'offenserait-il, Messire?

– Ce n'est pas la question, Mandorallen; je dirais plutôt que ça me distrait. Ça nuit à ma concentration.

– Je m'efforcerai donc à l'avenir de modérer mes ris.

– J'apprécierais, en effet.

– Comment ça s'est passé? s'enquit Silk.

– Ce n'était pas un vrai combat, lui confia Barak. Ils ne s'y attendaient pas et nous les avons mis en déroute. Je répugne à l'admettre, mais notre ami le ricaneur avait raison, pour une fois.

Garion pensa au changement d'attitude de Mandorallen tandis qu'ils descendaient dans la vallée. Dans la grotte où le poulain était né, Durnik avait dit à Mandorallen que l'on pouvait vaincre la peur en en riant. Il parlait peut-être au figuré, mais le chevalier avait pris ses paroles au pied de la lettre. Le rire qui irritait tant Barak ne s'adressait pas tant à ceux qu'il affrontait qu'à son ennemi intérieur. C'est de sa propre peur que Mandorallen riait en chargeant.

– Ce n'est pas normal, bougonnait Barak à l'attention de Silk. Voilà ce qui m'ennuie. En plus, c'est contraire à toutes les règles de l'éthique. Tu nous vois nous engager dans un combat sérieux avec ce zigoto en train de glousser et de faire le zouave? Ce serait terriblement embarrassant. Qu'est-ce qu'on dirait de nous?

– Tu exagères, Barak, objecta Silk. En fait, je trouve ça plutôt rafraîchissant.

– Hein? Tu trouves ça *comment*?

– Assez original, en fin de compte. Un Arendais doté du sens de l'humour! Autant dire un chien doué de la parole.

Barak secoua la tête d'un air dégoûté.

– Ecoute, Silk, je ne sais pas où tu as pris cette sale manie de tout prendre à la blague, mais il n'y a pas moyen de parler sérieusement avec toi. Il faut toujours que tu fasses de l'esprit.

– Nous avons tous nos petits défauts, convint Silk d'un ton suave.

CHAPITRE XIV

La neige cessa peu à peu de tomber pendant le reste de la journée, et le soir, au moment où ils s'arrêtèrent pour dresser le campement, seuls de rares flocons planaient encore entre les sapins, dans l'air qui allait en s'assombrissant. Mais pendant la nuit, la température tomba brutalement et en se levant, le lendemain matin, ils furent saisis par un froid terrible.

— Nous sommes encore loin de Prolgu? implora Silk en tendant avidement ses mains tremblantes vers le feu.

— A deux jours, l'informa Belgarath.

— Vous n'envisagez pas d'intervenir sur le climat, j'imagine? demanda le petit homme, plein d'espoir.

— J'aimerais autant m'en abstenir, à moins d'y être absolument obligé. Ça perturbe le cours des événements sur une zone très étendue. D'ailleurs, je me demande si le Gorim apprécierait vraiment que nous fassions joujou avec le décor de ses montagnes. Les Ulgos sont pleins de préjugés dans ce domaine.

— C'est bien ce que je craignais.

Ils empruntèrent ce matin-là une route tellement sinueuse qu'à midi Garion était complètement désorienté. Dans l'interminable ennui de la neige, les troncs d'un noir d'ébène montaient vers le ciel de plomb, sans lueur aucune. Le froid intense semblait avoir vidé le monde de toute couleur. Même l'eau des torrents coulait noire comme de l'encre entre les suaires des rives. Belgarath avançait avec assurance, leur indiquant sans hésiter la direction à chaque changement de vallée.

– Vous êtes sûr ? intervint Silk en regardant l'eau noire, écumante, du torrent. Nous avons remonté le courant toute la journée, et maintenant vous nous remmenez dans la direction opposée.

– Nous allons prendre une autre vallée dans quelques lieues. Faites-moi confiance. Ce n'est pas la première fois que je viens par ici.

– Je ne me sens pas à l'aise dans les endroits que je ne connais pas, expliqua Silk en claquant des dents.

Il referma plus étroitement sa cape autour de lui.

Loin en amont, un étrange bruit se fit entendre : une sorte de hurlement sans âme, presque un ricanement. Tante Pol et Belgarath échangèrent un bref coup d'œil.

– Qu'est-ce que c'est ? s'inquiéta Garion.

– Un loup-pierre, répondit sèchement Belgarath.

– Je n'aurais jamais cru que ça pouvait être un loup.

– Ce n'en est pas un, confirma le vieil homme en scrutant les environs avec circonspection. Les loups-pierres sont avant tout des charognards, et s'il s'agit juste d'une harde égarée, ils ne se risqueront probablement pas à nous attaquer. L'hiver vient à peine de commencer : ils ne peuvent pas encore être affamés à ce point. Maintenant, si c'est une meute dressée par les Eldrakyn, nous ne sommes pas sortis de l'auberge. Mandorallen ! s'écria-t-il en se dressant sur ses étriers. Pressez un peu l'allure. Et prenez garde.

Mandorallen lui jeta un coup d'œil par-dessus son épaulière luisante de givre, hocha la tête et mit son cheval au trot.

Derrière eux, le glapissement sardonique s'amplifia.

– Ils nous suivent, Père, commenta tante Pol.

– J'entends bien, approuva le vieil homme en observant les flancs de la vallée, le visage tendu. Tu ferais mieux d'aller voir, Pol. Je n'aimerais pas être pris par surprise.

Le regard de tante Pol devint vague ; elle explorait mentalement l'épaisse forêt qui tapissait les flancs de la vallée. Au bout d'un moment, elle eut un hoquet de surprise et réprima un frisson.

– Un Eldrak, Père. Un peu plus loin. Il nous regarde. Son esprit est un véritable égout.

– Comme toujours. Tu as pu saisir son nom?

– Grul.

– C'est bien ce que je craignais. Je savais que nous approchions de son territoire.

Il porta ses doigts à ses lèvres et émit un sifflement strident. Barak et Mandorallen s'arrêtèrent net et attendirent les autres.

– Nous avons un problème, leur expliqua Belgarath d'un ton grave. Il y a un Eldrak, là-bas, avec une meute de loups-pierres. Pour l'instant, il nous observe, mais il ne va pas tarder à passer à l'action. Ce n'est qu'une question de minutes.

– Qu'est-ce que c'est qu'un Eldrak? s'enquit Silk.

– Les Eldrakyn ressemblent aux Algroths et aux Trolls, en plus malin. Et beaucoup plus gros.

– Il est tout seul? releva Mandorallen.

– C'est bien suffisant. J'ai déjà eu affaire à celui-là. Il s'appelle Grul. Il est énorme, rapide, et aussi aimable qu'un croc de boucher. Il dévore tout ce qui bouge, et il n'attend pas forcément que ça soit mort pour commencer.

Le rire carnassier des loups-pierres se rapprocha.

– Essayons de trouver un endroit dégagé et faisons du feu, décida le vieil homme. Les loups-pierres ont peur du feu, et ce n'est pas la peine de se bagarrer à la fois contre eux et contre Grul si nous pouvons faire autrement.

– Que dites-vous de ça? s'exclama Durnik.

Il tendit le doigt vers une sorte d'îlot rocheux au milieu des eaux noires de la rivière et rattaché à la rive proche par un isthme étroit de gravier et de sable.

– C'est défendable, approuva Barak en jetant un coup d'œil oblique vers la langue de terre. La rivière protégera nos arrières et, pour arriver jusqu'à nous, ils seront obligés d'emprunter ce petit passage.

– Pas mal, confirma brièvement Belgarath. Allons-y.

Ils s'engagèrent sur l'isthme couvert de neige et déblayèrent rapidement un emplacement avec leurs pieds. Durnik alluma un feu sous un gros chicot de bois flotté qui obstruait à moitié l'étroit goulet. Quelques instants plus tard, des flammes orange léchaient la base de la souche grisâtre, décolorée par les eaux. Durnik alimenta le feu avec des brindilles jusqu'à ce qu'elle soit entièrement embrasée.

– Donnez-moi un coup de main, suggéra le forgeron en commençant à apporter de plus gros bouts de bois sur le feu.

Barak et Mandorallen allèrent chercher de grosses branches et des troncs d'arbres dans un tas de bois flotté accumulé sur le gravier, en amont du cours d'eau. Au bout d'un quart d'heure, un véritable feu de joie rugissait d'un bout à l'autre de la langue de sable, les isolant complètement de la sombre futaie du rivage.

– C'est la première fois que je n'aurai pas eu froid de la journée, constata Silk avec un grand sourire, en se chauffant les fesses au feu.

– Les voilà! s'exclama Garion.

Il avait perçu des mouvements furtifs entre les arbres. Barak tenta de percer du regard le rideau de flammes.

– Ce sont vraiment de grosses brutes, observa-t-il d'un ton funèbre.

– De la taille d'un âne, environ, confirma Belgarath.

– Vous êtes sûr qu'ils ont peur du feu, au moins? s'enquit Silk, pas à l'aise.

– La plupart du temps.

– *La plupart du temps,* hein?

– Il leur arrive parfois d'attaquer l'homme, quand ils sont désespérés ou quand Grul le leur ordonne. Ils le redoutent encore plus que le feu.

– Belgarath, objecta le petit homme à la tête de fouine, il y a des moments où je vous déteste, vous et votre manie du secret!

L'un des loups-pierres surgit sur la rive, juste en amont de la langue de terre, et resta planté là à humer l'air en regardant le feu d'un air anxieux. Ses pattes avant étaient sensiblement plus longues que celles de derrière, ce qui lui donnait une allure étrange, comme s'il marchait à moitié debout. Il avait une curieuse bosse adipeuse entre les épaules et le museau retroussé, aplati comme celui d'un chat. Son pelage blanc, orné de motifs noirs, hésitait entre les taches et les rayures. L'animal arpentait fébrilement la rive en les dévorant du regard tout en poussant des jappements aigus qui évoquaient irrésistiblement des hurlements de rire. Il fut bientôt rejoint par un second, puis un troisième. Ils faisaient les cent pas le long de la rivière sans cesser de glapir, mais se gardèrent bien d'approcher du feu.

– Ce sont tout de même de drôles de chiens, remarqua Durnik.

– Ce ne sont pas des chiens, rectifia Belgarath. Les loups et les chiens sont de la même famille, mais pas les loups-pierres.

Les hideuses créatures furent bientôt une dizaine à hurler à tue-tête, alignées en rang d'oignons sur le rivage.

Tout d'un coup, Ce'Nedra poussa un cri, le visage d'une pâleur mortelle, les yeux écarquillés d'horreur.

L'Eldrak émergea des arbres d'un pas traînant et se planta au milieu de la meute hurlante. Il faisait près de huit pieds de haut et son corps était couvert d'une fourrure noire, hirsute. Il portait une espèce de cuirasse constituée de grands lambeaux de mailles réunies par des lanières de cuir. Ce haubert de fortune était recouvert d'un pectoral rouillé, attaché par des courroies, et qui semblait avoir été martelé avec des pierres afin d'atteindre la taille voulue pour protéger le poitrail massif de la créature. Il arborait un casque de métal conique, fendu à l'arrière pour héberger son énorme crâne de brute, et tenait à la main une immense massue garnie de plaques d'acier, hérissée de pointes. Mais c'était le faciès de l'Eldrak qui avait arraché un cri d'horreur à Ce'Nedra : il n'avait pour ainsi dire pas de nez; sa mâchoire inférieure proéminente découvrait deux énormes défenses saillantes et ses yeux, profondément enfoncés sous la masse osseuse qui lui tenait lieu de front, brûlaient d'une faim hideuse.

– Tu es assez près, Grul, déclara Belgarath d'une voix glaciale, implacable.

– Grat venir montagnes Grul? gronda le monstre d'une voix profonde, sépulcrale, comme s'il hurlait dans un tonneau.

– Parce que ça parle, *ça?* lâcha Silk, bouche bée.

– Pourquoi nous suis-tu, Grul? reprit Belgarath.

– Grat, manger, tonitrua la créature en braquant sur eux ses yeux de braise d'une fixité inquiétante.

– Va casser la croûte ailleurs, ordonna le vieil homme.

– Pourquoi? Ici chevaux, hommes. Beaucoup manger.

– Mais pas du manger facile, Grul, rétorqua Belgarath.

Un horrible sourire déforma le faciès monstrueux.

– D'abord bagarre, décréta Grul. Après manger. Grat, venir. Encore bagarre.

– *Grat?* répéta Silk.

– C'est moi. Il n'arrive pas à prononcer mon nom. Il doit avoir des problèmes avec son dentier.

– Vous vous êtes *battu* avec cette chose? releva Barak, stupéfait.

– J'avais un couteau dans ma manche, précisa Belgarath en haussant les épaules. Quand il m'a empoigné, je lui ai ouvert le ventre. Ce n'était pas un vrai combat.

– Bagarre! Fer, dur! proclama Grul en se martelant le poitrail avec son énorme poing. Grat, venir. Encore essayer couper ventre Grul. Maintenant Grul porter fer, pareil hommes. Venir bagarre! tonna-t-il en commençant à assener de grands coups de son casse-tête d'acier sur le sol gelé. Grat, venir! Venir bagarre!

– Et si on lui tombait dessus tous en même temps? Peut-être avec un peu de chance l'un de nous parviendrait-il à l'étendre pour le compte, suggéra Barak en contemplant le monstre d'un regard spéculatif.

– Ton plan est condamné à l'échec, Messire, confia Mandorallen. Nous perdrions moult compagnons avant que d'être arrivés à portée de cette masse.

– Comment, Mandorallen? fit Barak, soufflé. Vous, faire preuve de prudence?

– Mieux vaudrait, ce me semble, seul entreprendre cette tâche, déclara gravement le chevalier. Ma lance est notre unique arme susceptible d'attenter en toute sécurité à la vie du monstre.

– Il y a du vrai là-dedans, approuva Hettar.

– Venir bagarre! rugissait Grul en frappant toujours le sol de sa masse.

– D'accord, acquiesça Barak, dubitatif. Alors, nous allons faire diversion en arrivant vers lui de deux directions différentes pour attirer son attention pendant que Mandorallen tentera de l'embrocher.

– Et les loups-pierres? souligna Garion.

– Laissez-moi d'abord m'assurer d'une chose, suggéra Durnik.

Il prit un brandon dans le feu et le lança au milieu de la meute surexcitée qui entourait le monstre. Les loups-pierres s'écartèrent précipitamment avec force glapissements.

– Ça va, ils ont effectivement peur du feu, confirma le forgeron. Je pense que si nous les bombarbons tous en même temps, à jet continu, avec des bouts de bois enflammés, ils vont finir par craquer et s'enfuir.

Le petit groupe se rapprocha du feu.

– Maintenant! hurla férocement Durnik.

Ils mirent leur plan à exécution. Les loups-pierres poussèrent des jappements plus stridents que jamais – certains pour une bonne raison, car les tisons ardents leur avaient roussi le poil – et battirent en retraite sous le déluge de feu.

Grul poussa des rugissements de fureur en constatant la panique des bêtes qui lui filaient entre les jambes. Dans la panique, et peut-être aussi affolée par la douleur, l'une des créatures au poil roussi tenta de bondir sur lui. L'Eldrak l'esquiva avec une agilité stupéfiante et l'écrabouilla avec son énorme masse.

– Il est plus dégourdi que je ne pensais, commenta Barak. Il va falloir faire attention.

– C'est la déroute! beugla Durnik en lançant un nouveau brandon.

La horde se dispersa sous la pluie de flammes et s'enfuit en hurlant dans les bois, abandonnant Grul seul sur la berge et fulminant.

– Grat, bagarre! tempêta-t-il à nouveau. Venir bagarre!

Il fit une énorme enjambée et se remit à piler le sol couvert de neige avec son casse-tête hérissé de pointes.

– Nous ferions mieux d'y aller tout de suite, nota Silk

d'une voix tendue. Je crois qu'il s'énerve, là. Encore une minute et il nous tiendra compagnie dans l'îlot.

Mandorallen hocha gravement la tête et se détourna pour aller enfourcher son destrier.

— On va d'abord le distraire un peu, nous autres, proposa Barak.

Il tira sa gigantesque épée.

— Allons-y! s'écria-t-il en bondissant par-dessus le feu.

Les autres le suivirent et se placèrent en demi-cercle devant l'immense masse de Grul.

Garion tendit la main vers son épée.

— Oh! non, lança tante Pol. Toi, tu restes ici.

— Mais...

— Fais ce que je te dis!

Grul avançait déjà sur Barak et Durnik, mais l'une des dagues de Silk, lancée d'une main sûre, se planta dans son épaule. La créature poussa un hurlement, fit volte-face et fonça sur Silk et Hettar en brandissant son énorme massue. Hettar l'évita; Silk esquiva d'un entrechat. Durnik entreprit d'asticoter le monstre en lui balançant des pierres grosses comme le poing ramassées sur le rivage. Grul se retourna tout d'un bloc, la bave dégoulinant de ses défenses acérées. Il donnait l'impression d'être sur le point d'exploser.

— Allez-y, Mandorallen! mugit Barak.

Mandorallen abaissa sa lance et fit subir les éperons à son destrier. L'énorme animal caparaçonné fit un bond en avant, ses sabots soulevant des masses de gravier, vola par-dessus le feu et plongea sur Grul, sidéré. L'espace d'un instant, ils eurent l'impression que leur plan allait réussir. La pointe d'acier, mortelle, de l'arme était dardée sur le poitrail de Grul et il semblait que rien ne pouvait l'empêcher de transpercer l'immense carcasse. Mais le monstre les surprit tous à nouveau par la rapidité de sa réaction. Il fit un bond de côté et abattit son casse-tête sur la lance de Mandorallen, la pulvérisant.

Pourtant, rien n'aurait pu arrêter la charge de Mandorallen, telle était sa puissance. Dans un fracas retentissant, le cheval et son cavalier s'écrasèrent sur la formidable créature. Grul recula en chancelant, laissa tomber sa masse d'armes, trébucha et s'écroula, Mandorallen et son cheval de guerre sur le ventre.

– Sus à lui! rugit Barak.

Ils se ruèrent sur Grul en brandissant leurs épées et leurs haches. Mais le monstre releva les jambes sous le cheval qui se débattait et projeta l'énorme animal au loin. Un poing formidable décrivit une immense parabole et vint heurter Mandorallen au côté, l'envoyant valdinguer à plusieurs coudées de là. Durnik tituba et s'effondra, assommé par un coup à la tête, tandis que Barak, Hettar et Silk se jetaient sur Grul toujours à terre.

– Père! s'écria tante Pol d'une voix sonore.

Tout à coup, un autre bruit se fit entendre juste derrière Garion. D'abord un grognement, un grondement profond, aussitôt suivi par un hurlement à faire dresser les cheveux sur la tête. Garion fit volte-face, juste à temps pour voir l'énorme loup qu'il avait déjà aperçu une fois dans les forêts du nord de l'Arendie bondir par-dessus le feu et entrer dans la bagarre, ses grandes dents lançant des éclairs et prêtes à déchiqueter tout ce qui se trouverait sur son passage.

– Garion! J'ai besoin de toi! appela tante Pol en s'arrachant à l'étreinte de la princesse, frappée de terreur. Prends ton médaillon – vite! dit-elle en tirant son amulette de son corselet.

Il obtempéra sans chercher à comprendre. Tante Pol lui prit la main droite, plaça la chouette qui ornait son propre talisman contre la marque de sa paume et empoigna le médaillon de Garion.

– Concentre ta volonté, ordonna-t-elle.

– Sur quoi?

– Sur les amulettes. Vite!

Garion banda toute son énergie, sentant le pouvoir croître formidablement en lui, sans doute amplifié par le contact avec tante Pol et les deux amulettes. Polgara ferma les yeux et leva son visage vers le ciel de plomb.

– *Mère!* cria-t-elle d'une voix si forte que l'écho se répercuta longtemps dans la vallée étroite.

Le pouvoir surgit de Garion en une vague si puissante qu'il tomba à genoux, incapable de se tenir debout. Tante Pol se laissa choir à côté de lui.

Ce'Nedra étouffa un cri.

Garion releva faiblement la tête. *Deux* loups atta-quaient maintenant Grul : le vieux loup gris qu'il savait être son grand-père et un autre, un peu plus petit, comme entouré d'une étrange lueur bleue, tremblotante.

Grul s'était relevé, l'écume à la bouche, et frappait sans relâche, de ses poings énormes, les hommes qui harce-laient de coups futiles son corps cuirassé. Barak fut mis hors de combat d'un revers de main et resta à quatre pattes par terre, sonné. Grul écarta Hettar pour plonger sur lui, les yeux pleins de hargne, ses deux énormes bras levés. Mais le loup bleu se jeta sur son monstrueux faciès, les dents en avant. Le colosse lui balança son énorme poing et constata avec stupeur qu'il passait au travers du corps scintillant. Puis il poussa un cri de douleur et bas-cula en arrière. Belgarath l'avait pris à revers, lui coupant proprement les jarrets d'un coup de ses grandes dents acé-rées, selon la bonne vieille tactique des loups. L'immense Grul s'abattit sur le sol, tel un arbre gigantesque qui aurait poussé un cri effroyable.

– Ne le laissez pas se relever ! rugit Barak.

Il se redressa tant bien que mal et fonça sur lui en titu-bant.

Les loups déchiquetaient maintenant le visage de Grul qui agitait les bras en tous sens dans un effort désespéré pour les chasser. Mais ses mains traversaient sans l'atteindre le corps de l'étrange loup bleu, vacillant. Les pieds largement écartés, brandissant son épée à deux mains, Mandorallen cognait comme un sourd sur le corps du mastodonte, ouvrant d'énormes entailles dans sa cui-rasse. Pendant ce temps, Barak lui assenait des coups féroces sur le crâne, son épée arrachant des étincelles au casque d'acier rouillé. Hettar était accroupi à côté, les yeux ardents, le sabre levé. Enfin, Grul leva le bras pour parer les coups de Barak. Hettar, qui n'attendait que ce moment, plongea en avant et planta sa lame dans l'aisselle offerte, l'enfonçant dans l'immense cage thoracique. L'acier laboura les poumons du géant et une mousse san-guinolente jaillit de sa bouche. Il tenta de se rasseoir.

Alors Silk, qui était tapi tout près de là, ne fit qu'un

bond. Appliquant la pointe de sa dague sur la nuque de l'énorme créature, il flanqua de grands coups de pierre sur le pommeau de son arme. La lame transperça l'os avec un craquement écœurant, pénétrant dans le cerveau du monstre. L'Eldrak fut agité de convulsions puis s'effondra.

Dans le silence qui s'ensuivit, les deux loups échangèrent un long regard par-dessus la tête du colosse abattu. Puis le loup bleu sembla faire un clin d'œil et dit d'une voix féminine – Garion l'entendit distinctement :

– Comme c'est remarquable.

Puis, sur un semblant de sourire et une dernière étincelle, la louve disparut.

Le vieux loup gris leva le museau et poussa un terrible hurlement, une plainte trahissant une angoisse, un deuil si poignants que Garion se sentit le cœur crevé. Mais le loup gris sembla vaciller à son tour et Belgarath se retrouva agnouillé à sa place. Il se releva lentement et s'approcha du feu, des larmes roulant sur la neige de ses joues. Des larmes qu'il ne cherchait pas à retenir.

CHAPITRE XV

— Il va s'en tirer? demanda Barak avec inquiétude en se penchant sur Durnik, toujours inconscient.

— Ce n'est pas grave, répondit tante Pol d'une voix étrangement lasse en examinant la grosse ecchymose violette qui ornait le visage du forgeron.

Garion était assis non loin de là, la tête dans les mains, vidé.

Le feu de joie n'était plus que braises, à présent. De l'autre côté, Silk et Hettar s'acharnaient sur la cuirasse tailladée de Mandorallen. La profondeur des entailles en disait long sur la violence des coups portés par Grul. L'une d'elles courait de l'épaule à la hanche, exerçant une telle traction sur les courroies placées sous les plaques d'épaule qu'ils n'arrivaient plus à les défaire.

— J'ai bien peur que nous soyons obligés de les couper, déclara Silk en tirant dessus un bon coup.

— Je Te supplie, Prince Kheldar, d'éviter cela dans toute la mesure du possible, protesta Mandorallen en réprimant une grimace de douleur. Ces sangles sont d'une importance vitale pour l'ajustement de l'armure et point n'est aisé de les remplacer comme il convient.

— Ah! J'en tiens une! grommela Hettar en tirant sur une lanière avec une petite barre de fer.

La boucle céda tout d'un coup et le pectoral tendu à bloc vibra comme une cloche.

— Moi aussi, je vais finir par y arriver, je crois, fit Silk en défaisant rapidement l'autre boucle d'épaule.

Ils débarrassèrent Mandorallen de son pectoral. Le chevalier poussa un soupir de soulagement puis réprima une nouvelle grimace en blêmissant.

– Ça ne serait pas un peu sensible par ici ? insinua Silk en posant légèrement le bout de ses doigts sur son flanc gauche, lui arrachant un grognement de douleur. Eh bien, mon prodigieux ami, m'est avis que vous avez les côtes fêlées. Vous feriez mieux de montrer ça à Polgara.

– Dans un instant, acquiesça Mandorallen. Mon cheval ?

– Il va s'en tirer, assura Hettar. Un tendon froissé à la jambe avant droite, c'est tout.

– Grande était mon inquiétude pour lui.

– Grande était mon inquiétude pour nous tous, renchérit Silk. Je commençais à me demander si notre petit camarade de jeu monté en graine n'était pas un peu trop costaud pour nous.

– Bonne petite bagarre, tout de même, remarqua Hettar.

Silk lui jeta un regard écœuré et leva les yeux au ciel. Des nuages gris filaient au-dessus de leurs têtes. Il fit un bond par-dessus les braises ardentes et rejoignit Belgarath, assis près de la rivière glacée, le regard perdu dans le vide.

– Belgarath, il vaudrait mieux partir d'ici au plus vite, le pressa-t-il. Le temps ne va pas s'arranger et nous allons geler à mort si nous passons la nuit au milieu de la rivière.

– Fichez-moi la paix, bougonna Belgarath sans détacher les yeux du torrent.

– Polgara ? fit Silk en se tournant vers cette dernière.

– Laissez-le un peu tranquille, lui conseilla-t-elle. Allez plutôt chercher un endroit où nous pourrons rester quelques jours au calme.

– Je t'accompagne, proposa Barak en clopinant vers son cheval.

– Vous, vous restez ici, déclara fermement tante Pol. Je veux vous examiner un peu. Vous grincez comme une charrette qui aurait un essieu fendu. Vous allez bien trouver le moyen de rester estropié pour le restant de vos jours.

– Je connais un endroit comme cela, annonça Ce'Nedra en se levant et en remontant sa cape sur ses épaules. Je l'ai vu quand nous avons descendu la rivière. Je vais vous montrer.

Silk jeta un coup d'œil inquisiteur à tante Pol.

– Allez voir, approuva-t-elle. Je crois que nous sommes tranquilles pour un moment. Rien ne survivrait dans la même vallée qu'un Eldrak.

– Qui est-ce qui en aurait envie! s'esclaffa Silk. Allez, Princesse, on y va.

Ils montèrent tous deux en selle et s'éloignèrent dans la neige.

– Durnik devrait retrouver ses esprits, maintenant, non? s'inquiétait Garion.

– Laissons-le dormir, conseilla tante Pol avec lassitude. Il aura un mal de tête carabiné en se réveillant.

– Tante Pol?

– Oui?

– Qui était l'autre loup?

– Ma mère, Poledra.

– Mais elle est...

– Oui. C'était son esprit.

– Tu es capable de faire *ça*?

Garion était sidéré par le prodige de la chose.

– Pas toute seule, rectifia-t-elle. Il a fallu que tu m'aides, tu as bien vu.

– C'est pour ça que je me sens tellement...

Le seul fait de parler constituait un effort.

– Il fallait bien être deux pour réunir toute l'énergie disponible. Ecoute, Garion, ne pose pas trop de questions pour l'instant. Je suis très fatiguée et j'ai encore beaucoup à faire.

– Et grand-père, ça va aller?

– Il s'en remettra. Allez, Mandorallen, venez un peu par ici.

Le chevalier enjamba les braises qui obstruaient l'isthme et avança vers elle, tout doux, la main légèrement pressée sur la poitrine.

– Enlevez votre chemise, lui ordonna-t-elle. Et asseyez-vous.

Silk et la princesse revinrent une demi-heure plus tard.

– C'est un bon endroit, rapporta Silk. Un bosquet dans un petit ravin. De l'eau, un lieu sûr – que demande le peuple? Et nos grands blessés, comment vont-ils?

– Rien d'irréparable, répondit tante Pol en appliquant un onguent sur la grosse jambe velue de Barak.

– Vous ne pourriez pas vous presser un peu, Polgara? ronchonna Barak. Je trouve qu'il ne fait pas assez chaud pour se balader à moitié à poil.

– Arrêtez de faire l'enfant, rétorqua-t-elle d'un ton glacial.

Silk et Ce'Nedra les menèrent dans un ravin un peu en amont de la rivière. Un petit torrent de montagne jaillissait de l'ouverture et les épineux en couvraient apparemment le fond d'un versant à l'autre. Ils suivirent le torrent sur quelques centaines de mètres et arrivèrent à une clairière. Pressés par les autres, les pins qui entouraient la trouée s'inclinaient vers l'intérieur, se rejoignant presque au-dessus.

– C'est l'endroit rêvé, déclara Hettar avec un regard appréciateur. Comment l'avez-vous trouvé?

– C'est elle, précisa Silk avec un mouvement du menton en direction de Ce'Nedra.

– Ce sont les arbres qui me l'ont dit. Les jeunes sapinots sont très bavards, ajouta-t-elle avec un coup d'œil pensif à la clairière. Nous allons dresser les tentes le long des arbres, juste un peu en retrait. Et nous allons faire le feu ici, décida-t-elle en leur indiquant un endroit près du ruisseau, vers le bout de la trouée de lumière. Il faudra empiler des pierres autour et débarrasser le sol de toutes les brindilles qui le recouvrent. Les arbres ont très peur du feu. Ils ont promis de nous protéger du vent, mais seulement si nous faisons très attention au feu, et je leur en ai donné ma parole.

Un sourire fugitif effleura le visage de faucon de Hettar.

– C'est très sérieux, dit-elle en frappant le sol de son petit pied.

– Mais bien sûr, Votre Altesse, répondit-il en s'inclinant.

Les autres étant hors de combat, l'installation du campement et le feu retombèrent presque entièrement sur les épaules de Silk et Hettar. Ce'Nedra leur donnait des instructions, tel un petit général, lançant ses ordres d'une voix claire, ferme. Elle donnait l'impression d'adorer prodigieusement ce rôle.

Ce n'était qu'une illusion provoquée par la lumière déclinante, Garion en était certain, mais il eut l'impression de voir reculer les arbres lorsque la première étincelle jaillit. Pourtant, au bout d'un moment, ils semblèrent s'incliner à nouveau sur la petite clairière, retrouvant leur attitude protectrice. Les jambes flageolantes, Garion alla ramasser des brindilles et des branches mortes pour alimenter le feu.

– Et maintenant, reprit Ce'Nedra en s'activant autour du feu, l'air très affairé. Qu'est-ce qui vous ferait plaisir pour le dîner ?

Ils passèrent trois jours à l'abri de leur petite clairière, le temps pour les guerriers éprouvés et le cheval de Mandorallen de se remettre de l'échauffourée avec l'Eldrak. La lassitude qui s'était emparée de Garion au moment où tante Pol avait fait appel à ses forces pour susciter l'esprit de Poledra n'avait pas résisté à une bonne nuit de sommeil, mais il se fatiguait encore très vite le lendemain. Comme il trouvait presque insupportable le zèle que Ce'Nedra apportait à ses activités domestiques, il donna d'abord un coup de main à Durnik pour faire disparaître l'entaille du pectoral de Mandorallen, puis il passa le plus clair de son temps avec les chevaux. Il entreprit d'apprendre quelques trucs très simples au poulain. C'était la première fois qu'il dressait un animal. La petite bête avait l'air de trouver cela follement amusant, seulement elle n'avait pas beaucoup de suite dans les idées.

Il était facile de comprendre pourquoi Durnik, Barak et Mandorallen étaient hors d'état de nuire, mais le profond mutisme et l'apathie de Belgarath préoccupaient beaucoup Garion. Le vieil homme était perdu dans une sorte de rêverie mélancolique en ne pouvait – ou ne voulait – s'en extraire.

– Fais quelque chose, tante Pol, l'implora enfin

Garion, l'après-midi du troisième jour. Nous serons bientôt prêts à partir et il faut que grand-père soit en mesure de nous indiquer le chemin. En ce moment, je me demande s'il sait seulement où il est.

Tante Pol jeta un coup d'œil au vieux sorcier assis sur une pierre, les yeux perdus dans les flammes.

— Tu as peut-être raison. Allez, viens.

Elle l'entraîna de l'autre côté du feu et se planta devant le vieil homme.

— Ça suffit, Père, commença-t-elle fraîchement. Je pense que tu en as assez fait.

— Fous-moi la paix, Polgara.

— Non, Père. Il est temps que tu en prennes ton parti et que tu réintègres le monde des vivants.

— C'était vraiment cruel, Pol, reprit-il d'un ton de reproche.

— Pour ma mère? Elle s'en fiche pas mal.

— Comment le sais-tu? Tu ne l'as jamais connue. Elle est morte en te donnant le jour.

— Et alors? Père, déclara-t-elle en le regardant bien en face, tu devrais savoir mieux que personne à quel point ma mère avait la tête solide. Elle ne m'a jamais quittée, et nous nous connaissons très bien.

Il prit l'air dubitatif.

— Elle a son rôle à jouer, comme chacun de nous, poursuivit-elle en détachant bien ses mots. Si tu avais fait un peu attention pendant toutes ces années, tu te serais bien rendu compte qu'elle n'était jamais tout à fait partie.

Le vieil homme regarda autour de lui d'un air penaud.

— Précisément, ajouta tante Pol avec juste une pointe de férocité dans la voix. Tu aurais tout de même pu faire un peu attention à ta conduite, non? Mère est plutôt tolérante, mais il y a des moments où elle t'en a voulu.

Belgarath eut une petite toux gênée.

— Allez, il est temps de te secouer un peu et d'arrêter de t'apitoyer sur ton sort, continua-t-elle fraîchement.

— Tu es injuste, Polgara, objecta-t-il en plissant les yeux.

— Je n'ai pas le temps d'être juste, Père.

— Pourquoi as-tu choisi cette forme entre toutes? accusa-t-il avec un peu d'amertume.

– Ce n'est pas moi qui ai choisi, Père; c'est elle. C'est sa forme naturelle, après tout.

– J'avais failli oublier, rêvassa-t-il.

– Pas elle.

Le vieil homme se redressa et bomba le torse.

– Il n'y aurait pas un petit quelque chose à manger dans le coin? s'informa-t-il tout à coup.

– C'est la princesse qui a fait la tambouille, l'avertit Garion. Tu ferais peut-être mieux de réfléchir avant d'y goûter.

Le lendemain matin, ils démontèrent les tentes, remballèrent leurs affaires et revinrent sur leurs pas, regagnant le lit de la rivière. Le ciel était toujours aussi menaçant.

– Vous avez remercié les arbres, mon petit chou? demanda tante Pol à la princesse.

– Oui, Dame Polgara, répondit Ce'Nedra. Juste avant de partir.

– C'est très bien.

Le temps resta menaçant les deux journées suivantes, puis l'ouragan finit par éclater dans toute sa fureur. Ils approchaient alors d'un étrange pic pyramidal. Les parois escarpées de l'aiguille rocheuse s'élevaient presque à la verticale dans les tourbillons de neige. Elles semblaient lisses, dépourvues des irrégularités naturelles des montagnes environnantes. Garion rejeta immédiatement, sans pouvoir tout à fait la chasser de son esprit, l'idée que cette pointe curieusement acérée n'était pas naturelle et que sa forme résultait d'une volonté consciente.

– Prolgu, fit Belgarath en leur indiquant le pic d'une main tout en retenant de l'autre sa cape que le vent tentait de lui arracher.

– Comment allons-nous grimper là-haut? s'effraya Silk en contemplant les murailles à pic qui disparaissaient dans les bourrasques de neige.

– Il y a une route, le rassura le vieil homme. Elle part de là-bas.

Il leur indiqua un amoncellement de roches d'un côté du pic.

– Dépêchons-nous, Belgarath, intervint Barak. Le temps ne va pas s'améliorer.

Le vieil homme hocha la tête et prit la tête de la colonne.

— Il y a une ville, là-haut, annonça-t-il aux autres en hurlant pour couvrir les hurlements du vent. Elle est abandonnée, mais vous y verrez peut-être des objets épars : des vestiges de poteries, des choses comme cela. N'y touchez pas. Les Ulgos entretiennent des croyances très particulières autour de Prolgu. C'est un endroit sacré pour eux, et tout ce qui s'y trouve est censé rester à sa place.

— Comment allons-nous descendre dans les grottes ? l'interrogea Barak.

— Les Ulgos nous feront entrer. Ils sont déjà au courant de notre arrivée.

La route menant au sommet était une piste étroite qui montait en pente raide en s'incurvant autour du pic. Belgarath et ses compagnons mirent pied à terre avant d'entamer l'escalade et menèrent leurs chevaux à la main. Le vent les harcelait, leur projetant en plein visage des flocons mordants comme de la grêle.

Garion semblait particulièrement en butte aux assauts du vent furieux qui semblait tenir absolument à le faire basculer dans le précipice, et il s'appliquait à rester le plus près possible du flanc de la montagne. Il leur fallut deux heures pour parvenir à la cime, mais à ce moment-là, il était depuis longtemps engourdi par le froid.

Les éléments n'avaient pas été particulièrement cléments pendant l'ascension ils se déchaînèrent sur eux avec une violence inouïe dès qu'ils atteignirent le sommet. Ils franchirent un vaste portail voûté et ils entrèrent dans la cité déserte de Prolgu où ils furent aussitôt assaillis par les tourbillons de neige et le hurlement insensé du vent qui leur emplissait les oreilles.

Les rues désertes étaient bordées de colonnes énormes, de piliers gigantesques qui se perdaient dans la tourmente. Le passage du temps, la succession impitoyable des saisons avaient abattu les toits des bâtiments, mais ceux-ci conservaient néanmoins quelque chose d'étrange, de bizarre. Habitué à la stricte normalité des villes qu'il avait traversées jusque-là, Garion n'était pas préparé à la vision des angles incurvés de l'architecture ulgo. Rien n'était perpendiculaire. La complexité des angles le tracassait, car elle suggérait une sophistication et des subtilités qui lui échappaient. Les édifices massifs semblaient construits pour défier le temps. Les pierres battues par les intempéries étaient solidement encastrées les unes sur les autres, exactement comme elles avaient été posées des milliers d'années auparavant.

La singularité des structures n'avait pas échappé à Durnik, et il arborait une expression nettement réprobatrice. Comme le petit groupe se réfugiait derrière un bâtiment pour s'abriter des assauts du vent furieux et se reposer un moment des fatigues de l'escalade, il passa la main sur l'arête oblique du bâtiment.

– Ils n'avaient jamais entendu parler du fil à plomb? marmonna-t-il d'un ton critique.

– Où devons-nous retrouver les Ulgos? s'informa Barak en s'efforçant de refermer sa cape de peau d'ours sur sa grande carcasse.

– Pas loin, promit Belgarath.

Ils ramenèrent leurs chevaux dans les rues en proie à la tourmente et repartirent le long des étranges bâtiments pyramidaux.

– Curieux endroit, commenta Mandorallen en regardant autour de lui. Depuis combien de temps est-il ainsi abandonné?

– Depuis que Torak a fendu le monde, répondit Belgarath. Ça fait cinq mille ans environ.

Ils se frayèrent péniblement un chemin dans une large avenue envahie par la neige et se dirigèrent vers un bâtiment un peu plus important que les autres. Ils franchirent le vaste porche surmonté par un immense linteau de pierre. A l'intérieur, quelques flocons de neige s'engouffraient par une étroite ouverture de ce qui était jadis le toit, planaient en silence dans l'air calme et paisible et se posaient légèrement sur le sol de pierre.

Belgarath se dirigea avec détermination vers le centre de la salle. Une grande dalle noire retrouvant la forme de pyramide tronquée des bâtiments alentour était suspendue de biais, à quatre pieds environ de la surface du sol.

– N'y touchez pas, surtout, ordonna-t-il aux autres en faisant prudemment le tour de la pierre.

– C'est dangereux? questionna Barak.

– Non, mais c'est une pierre sacrée. Les Ulgos ne veulent pas qu'on la profane. Ils croient que c'est UL en personne qui l'a placée là.

Il examina attentivement le sol en plusieurs endroits, ôtant avec son pied la fine couche de neige qui le recouvrait.

– Voyons voyons, fit-il en fronçant les sourcils.

Il dénuda une dalle de silex d'une couleur peut-être un peu différente des autres.

– Ah! voilà, grommela-t-il. Je la cherche chaque fois. Donnez-moi votre épée, Barak.

Sans un mot, le grand bonhomme dégaina son épée et la tendit au vieux sorcier.

Belgarath s'agenouilla à côté de la dalle de silex qu'il avait découverte et assena dessus trois bons coups avec le pommeau de la lourde épée de Barak. Le bruit sembla éveiller des échos caverneux dans le sous-sol, comme si la pierre était creuse.

Le vieil homme attendit un moment et répéta son signal.

Rien ne se produisit.

Belgarath frappa une troisième fois la dalle de silex. Un grincement se fit entendre dans l'un des angles de la vaste salle.

– Qu'est-ce que c'est que ça? s'exclama Silk, pas très rassuré.

– Les Ulgos, expliqua Belgarath en se relevant et en s'époussetant les genoux. Ils nous ouvrent l'entrée des grottes.

Le grincement se poursuivit et un filet de lumière apparut soudain à une vingtaine de pas du mur oriental de la salle. La ligne devint une fente qui s'ouvrit plus largement : l'une des immenses dalles du sol se soulevait, s'élevant avec une lenteur majestueuse. Il émanait de l'abîme une très faible lumière.

– Belgarath! fit une voix grave, sépulcrale, venue des profondeurs du bâtiment. *Yad ho, groja UL.*

– *Yad ho, groja UL. Vad mar ishum*, répliqua Belgarath d'un ton protocolaire.

– *Veed mo, Belgarath. Mar ishum Ulgo*, reprit son interlocuteur invisible.

– Qu'est-ce que ça veut dire? questionna Garion, perplexe.

– Il nous invite a descendre dans les grottes, indiqua le vieil homme. Alors, qu'est-ce qu'on attend?

CHAPITRE XVI

Hettar dut déployer des trésors de persuasion pour faire descendre les bêtes dans le passage abrupt qui s'enfonçait dans les ténèbres des grottes d'Ulgolande. Les chevaux roulaient des yeux terrifiés en mettant tant bien que mal un pied devant l'autre le long des galeries en pente, et ils bronchèrent avec un ensemble touchant lorsque la pierre se referma derrière eux dans un vacarme retentissant. Le poulain tremblait de tous ses membres; il marchait si près de Garion qu'ils se rentraient dedans à chaque pas.

Deux silhouettes les attendaient au bout du couloir, le visage voilé d'une sorte de gaze. C'étaient des hommes courts sur pattes, encore plus petits que Silk, mais aux épaules larges sous leurs robes sombres. Une salle de forme irrégulière s'ouvrait juste derrière eux, à peine éclairée par une vague lueur rouge.

Belgarath s'approcha des deux hommes qui s'inclinèrent devant lui. Il prononça quelques paroles et ils se courbèrent à nouveau en lui indiquant un autre boyau, au bout de la salle. Garion jeta un coup d'œil intrigué autour de lui à la recherche de la source de la vague lueur rouge; elle semblait provenir des étranges roches acérées qui descendaient du plafond.

— Par ici, leur annonça tranquillement Belgarath en traversant la salle.

— Pourquoi ont-ils le visage voilé? chuchota Durnik.

— Pour se protéger les yeux quand ils ont ouvert le portail.

– Mais il faisait presque noir dans le bâtiment, là-haut, objecta Durnik.

– Pas pour un Ulgo, précisa le vieil homme.

– Ils ne parlent pas notre langue?

– Quelques-uns seulement. Ils n'ont guère de contacts avec l'extérieur. Nous ferions mieux de nous dépêcher. Le Gorim nous attend.

Bientôt, le corridor s'ouvrit abruptement sur une caverne si vaste que Garion n'en voyait pas le bout à la faible lumière émanant des parois.

– Dis-moi, ô ami Belgarath, sur quelle distance s'étendent ces cavernes? s'informa Mandorallen, impressionné par l'immensité de l'endroit.

– Personne ne le sait vraiment. Les Ulgos ne cessent d'explorer les grottes depuis qu'ils y sont descendus, et ils en trouvent toujours de nouvelles.

Le passage qu'ils avaient emprunté à partir de la salle du portail débouchait très haut dans la paroi de la grotte, presque sous la voûte. Une large corniche en descendait en pente douce, longeant la muraille à pic. Garion jeta un coup d'œil par-dessus le bord. Le sol de la caverne se perdait dans les ténèbres, loin en dessous de lui. Il frissonna et prit bien garde ensuite de rester très près de la paroi.

L'immense caverne n'était pas plongée dans le silence, ils s'en avisèrent au cours de la descente. D'un endroit qui semblait infiniment lointain leur parvint un chœur de voix mâles, très graves. Les paroles se confondaient et se mêlaient en se réverbérant sur les murs de pierre, puis elles s'estompèrent et moururent après s'être interminablement répétées. Alors, comme les derniers échos du chant s'évanouissaient, le chœur entonna un chant étrangement dissonant, dans un ton mineur, lugubre. Curieusement, les mesures suivantes venaient faire écho aux dissonances des premières, se fondant en elles, tendant inexorablement vers une résolution harmonique finale si profonde que Garion se sentit remué jusqu'au fond de l'âme. Mais alors le chœur se tut, les échos se fondirent, et les grottes continuèrent à retentir seules, répétant interminablement la phrase finale.

– Je n'ai jamais rien entendu de pareil, murmura doucement Ce'Nedra à l'attention de tante Pol.

– Rares sont ceux qui ont eu ce privilège. Pourtant, le son s'attarde pendant des jours et des jours dans les galeries.

– Qu'est-ce que c'était?

– Un hymne à UL. Ils le répètent toutes les heures, et les échos le perpétuent. Ces grottes résonnent du même hymne depuis cinq mille ans, maintenant.

D'autres sons se faisaient entendre : des raclements de métal, des bribes de conversation dans la langue gutturale des Ulgos et un petit bruit incessant de pierre taillée au burin émanant apparemment d'une douzaine d'endroits à la fois.

– Ils doivent être un paquet, là-dessous, observa Barak en jetant un coup d'œil par-dessus la corniche.

– Pas forcément, rectifia Belgarath. Le bruit s'attarde dans ces grottes, et l'écho le prolonge longtemps.

– D'où vient la lumière? s'étonna Durnik. Je ne vois pas de torches.

– Les Ulgos réduisent deux roches différentes en poussière, expliqua Belgarath. Leur mélange donne de la lumière.

– Il ne fait tout de même pas très clair, remarqua Durnik en plongeant le regard dans les profondeurs.

– Les Ulgos n'ont pas besoin de beaucoup de lumière.

Il leur fallut près d'une heure pour atteindre le sol de la caverne. Les parois du fond étaient percées à intervalles réguliers de boyaux et de galeries qui rayonnaient dans le cœur de la montagne. Garion jeta un coup d'œil en passant devant l'une des ouvertures et vit un immense corridor faiblement éclairé par des ouvertures pratiquées dans les parois. Des Ulgos allaient et venaient tout du long.

Ils contournèrent le vaste lac silencieux qui occupait le centre de la caverne. Belgarath avançait comme en pays de connaissance et semblait savoir précisément où il allait. Quelque part, de l'autre côté du lac de ténèbres, Garion entendit un petit clapotis. Peut-être un poisson, ou un petit caillou délogé de la voûte et tombant dans l'eau. L'écho du chant qu'ils avaient entendu en entrant dans la caverne s'attardait encore, étrangement intense en certains endroits, très faible à d'autres.

Deux Ulgos les attendaient près de l'entrée de l'une des galeries. Ils s'inclinèrent devant Belgarath et ils échangèrent quelques mots. Comme les hommes qui les avaient accueillis dans la salle du portail, ils étaient trapus et larges d'épaules. Ils avaient les cheveux très clairs et de grands yeux presque noirs.

— Il y a quelques marches à descendre, annonça Belgarath. Nous allons laisser les chevaux ici. Ces hommes vont s'en occuper.

Le poulain tremblait de plus belle et il fallut lui répéter plusieurs fois de rester avec sa mère, mais il finit par donner l'impression d'avoir compris. Garion s'empressa de rejoindre ses compagnons qui s'étaient déjà engagés dans l'un des couloirs.

Des portes s'ouvraient dans les parois de la galerie et donnaient sur de petites cellules. Certaines étaient à l'évidence des sortes d'ateliers, d'autres tout aussi évidemment réservées à un usage domestique. Les Ulgos poursuivaient leur tâche sans prêter attention au groupe qui passait. Certains travaillaient le métal, d'autres la pierre, quelques-uns la laine ou divers textiles. Une femme berçait un petit enfant.

Le chant reprit derrière eux, dans la caverne qu'ils avaient traversée. Ils passèrent devant une cellule où sept Ulgos assis en rond récitaient quelque chose en chœur.

— Ils consacrent beaucoup de temps à la prière, commenta Belgarath. La religion est au cœur de la vie des Ulgos.

— Ça n'a pas l'air très folichon, grommela Barak.

Au bout du passage, une volée de marches raides, usées, descendait rapidement. Ils les empruntèrent en se tenant au mur.

— On se perdrait facilement par ici, observa Silk. Je ne sais plus dans quelle direction nous allons.

— On descend, l'informa Hettar.

— Merci, répondit sèchement Silk.

Au bas de l'escalier, ils débouchèrent dans une autre grotte, toujours près de la voûte, mais cette fois une passerelle enjambait le vide crépusculaire.

— Nous allons prendre le pont pour aller de l'autre côté, déclara Belgarath.

Garion jeta un coup d'œil vers le bas. Une myriade de petites ouvertures luisaient dans les parois de la caverne, tout en bas. Ces trous ne semblaient pas disposés de façon systématique, mais plutôt au hasard.

— Il doit y avoir un tas de gens qui vivent ici.

— C'est la caverne de l'une des principales tribus d'Ulgolande, commenta le vieil homme en opinant du chef.

Comme ils approchaient du bout de la passerelle, les premières mesures dissonantes de l'antique hymne à UL planèrent jusqu'à eux.

— Ils ne pourraient pas trouver une autre mélodie? marmonna aigrement Barak. Celle-ci commence à me porter sur les nerfs.

— Je ne manquerai pas de le signaler au premier Ulgo que nous rencontrerons, promit Silk d'un ton léger. Je suis sûr qu'ils se feront une joie d'en changer rien que pour te faire plaisir.

— Très drôle, commenta Barak.

— Il ne leur est probablement jamais venu à l'esprit que leur chant pouvait ne pas faire l'objet de l'admiration universelle.

— J'ai compris, répliqua Barak d'un ton aigre.

— Il n'y a que cinq mille ans qu'ils chantent ce truc-là.

— Ça suffit, Silk, coupa tante Pol.

— Si vous le dites, Gente Dame, gouailla Silk.

Ils pénétrèrent dans une autre galerie, de l'autre côté de la caverne, et la suivirent jusqu'à une bifurcation. Belgarath s'engagea sans hésiter vers la gauche.

— Vous êtes sûr? protesta Silk. Je peux me tromper, mais j'ai l'impression que nous tournons en rond.

— En effet.

— Ah bon. Vous n'êtes pas obligé de nous fournir autant d'explications, vous savez.

— Il vaut mieux éviter une certaine grotte, alors nous sommes bien obligés de la contourner.

— Et pourquoi vaut-il mieux l'éviter?

— Elle est instable. Le moindre bruit et nous pourrions recevoir la voûte sur la tête.

— Ah.

– C'est l'un des risques de cet endroit.

– Inutile d'entrer dans les détails, mon vieil ami. Je vous crois sur parole, conclut Silk en jetant un coup d'œil inquiet au-dessus de sa tête.

Le petit homme semblait plus loquace que d'ordinaire. Garion songea à sa propre oppression à l'idée de toute la roche qui les entourait et eut une vision pénétrante des états d'âme de Silk. Certaines personnes ne supportaient pas d'être enfermées, et Silk était apparemment du nombre. Garion leva les yeux à son tour et eut l'impression de sentir le poids des montagnes s'appesantir sur lui. Silk n'était peut-être pas seul à être troublé par la pensée de la masse terrifiante qui les emprisonnait.

Le passage donnait sur une petite caverne dotée en son centre d'un lac peu profond, d'une pureté de cristal, et au fond de gravier blanc. En son centre s'élevait une île, et sur celle-ci un bâtiment d'une curieuse forme pyramidale, à l'instar des bâtiments de la cité en ruine de Prolgu, loin au-dessus d'eux. Le bâtiment était ceint de colonnes et de quelques bancs de pierre blanche, sculptée. Des globes de cristal lumineux étaient suspendus au bout de longues chaînes à la voûte de la caverne, une trentaine de pieds au-dessus de leurs têtes. Aussi faible soit-elle, la lumière leur en parut sensiblement plus vive que celle des galeries qu'ils avaient suivies jusque-là. Une chaussée de marbre blanc menait jusqu'à l'île. Planté au bout, un très vieil homme les regardait entrer dans la grotte, par-delà l'eau immobile.

– *Yad ho, Belgarath*, le salua le vieil homme. *Groja UL*.

– *Gorim*, répondit Belgarath en s'inclinant respectueusement. *Yad ho, groja UL*.

Belgarath mena ses compagnons le long de la chaussée de marbre jusqu'à l'île du centre du lac et serra chaleureusement la main du vieil homme en s'adressant à lui dans la langue gutturale des Ulgos.

Le Gorim d'Ulgolande semblait très vieux. Il avait une barbe et de longs cheveux d'argent, et une robe d'un blanc immaculé. Garion sentit immédiatement la sérénité qui rayonnait de lui et sut – sans savoir comment il le savait – qu'il approchait d'une sorte de saint homme – peut-être le plus saint du monde.

Le Gorim tendit affectueusement les bras à tante Pol et l'étreignit avec chaleur. Ils échangèrent le salut rituel.

– *Yad ho, groja UL.*

– Nos compagnons ne parlent pas votre langue, mon vieil ami, expliqua Belgarath au Gorim. Cela vous ennuierait-il de poursuivre notre conversation dans la langue du dehors ?

– Nullement, Belgarath, lui assura le Gorim. UL nous apprend qu'il est important pour les hommes de se comprendre entre eux. Entrez, je vous en prie. J'ai fait préparer à boire et à manger en votre honneur.

Le vieil homme les regarda à tour de rôle. Garion remarqua que, contrairement à ceux des autres Ulgos qu'il lui avait été donné de voir, ses yeux étaient d'un bleu profond, presque violet. Puis le Gorim se retourna et les mena le long d'un sentier, jusqu'à la porte d'entrée du bâtiment pyramidal.

– L'enfant est-il enfin arrivé ? s'enquit Belgarath comme ils en franchissaient l'impressionnant portail de pierre.

– Pas encore, Belgarath, pas encore, répondit le Gorim avec un soupir. Et je suis bien las. Chaque naissance s'accompagne d'un immense espoir, mais au bout de quelques jours les yeux de l'enfant s'assombrissent. Il semblerait qu'UL ait encore besoin de moi.

– N'abandonnez pas tout espoir, Gorim. L'enfant viendra – au moment voulu par UL.

– C'est ce qu'on nous dit, répliqua le Gorim avec un nouveau soupir. Mais les tribus commencent à s'agiter et l'on se chamaille – pour ne pas dire plus – dans les galeries les plus reculées. Les exhortations des fanatiques sont tous les jours plus véhémentes et d'étranges cultes et aberrations ont commencé à apparaître. Ulgo a besoin d'un nouveau Gorim. J'ai vécu trois cents ans de plus que mon temps.

– UL a encore de l'ouvrage pour vous. Ses voies ne sont pas les nôtres, Gorim, et il appréhende le temps d'une autre façon.

Ils pénétrèrent dans une pièce carrée dont les murs avaient l'inclinaison caractéristique de l'architecture ulgo. Une table de pierre était placée au centre, flanquée de bancs et garnie de bols de fruits, de grandes flasques et de coupes de cristal rondes.

– Voilà qui devrait vous aider à vous réchauffer, dit le Gorim. Je me suis laissé dire que l'hiver était en avance cette année dans nos montagnes.

– Il ne fait vraiment pas chaud, admit Belgarath.

Ils prirent place sur les bancs et commencèrent à manger. Les fruits avaient un goût âpre, piquant, mais le contenu cristallin des flasques, un genre d'eau-de-vie, leur apporta immédiatement à l'estomac une chaleur qui irradia dans tout leur corps.

– Nos coutumes peuvent vous sembler étranges, mais ne nous faites pas grief, commenta le Gorim en remarquant que Barak et Hettar notamment rechignaient à manger les fruits. Nous sommes un peuple très attaché au cérémonial. Nous commençons toujours notre repas par des fruits, en souvenir de nos années d'errance en quête d'UL. La viande arrivera en temps utile.

– Où trouvez-vous à manger dans ces cavernes, Très Saint Homme ? questionna poliment Silk.

– Nos cueilleurs sortent à la nuit tombée. A les ntendre, les fruits et les graines pousseraient dans les ¹ontagnes, mais je les soupçonne d'avoir depuis long-emps entrepris de cultiver certaines vallées fertiles. Je ¹oute aussi que la viande soit du gibier sauvage attrapé à ¹a chasse, comme ils le prétendent. Mais je leur pardonne ²es petites tromperies, conclut-il avec un doux sourire.

Peut-être enhardi par la simplicité du Gorim, Durnik posa une question qui le harcelait manifestement depuis le moment où il était entré dans la cité de la surface, en haut de la montagne.

– Pardonnez-moi, Votre Honneur, commença-t-il, mais pourquoi vos bâtisseurs construisent-ils tout de travers ? Rien n'a l'air droit. Tout est penché.

– C'est une question de masse et d'équilibre, si j'ai bien compris, expliqua le Gorim. En fait, les murs ne tiennent pas debout ; mais comme ils tombent les uns contre les autres, ils ne pourraient bouger de la largeur d'un doigt. En outre, bien sûr, leur forme rappelle les tentes sous lesquelles nous avons vécu pendant notre quête.

Durnik fronça les sourcils d'un air pensif en ruminant cette étrange réponse.

— Eh bien, Belgarath, avez-vous réussi à retrouver l'Orbe d'Aldur ? s'enquit alors le Gorim, son visage retrouvant sa gravité.

— Pas encore, avoua Belgarath. Nous avons poursuivi Zedar jusqu'en Nyissie, mais Ctuchik l'attendait à l'entrée à Cthol Murgos et la lui a reprise. Elle est maintenant entre les mains de Ctuchik, à Rak Cthol.

— Et Zedar ?

— Il a réussi à échapper à l'embuscade de Ctuchik. Il a enlevé Torak de Cthol Mishrak pour l'emmener en Mallorée afin d'empêcher Ctuchik de le réveiller avec l'Orbe.

— Vous allez donc vous rendre à Rak Cthol.

Belgarath acquiesça d'un hochement de tête. Un serviteur apporta un immense rôti fumant, le posa sur la table et partit en s'inclinant respectueusement.

— Quelqu'un a-t-il compris comment Zedar avait réussi à prendre l'Orbe sans être foudroyé ? reprit le Gorim.

— Il a fait appel à un enfant, lui révéla tante Pol. Un innocent.

— Ah, fit le Gorim en se frottant la barbe d'un air pensif. La prophétie n'annonce-t-elle pas : « Et l'enfant remettra son héritage entre les mains de l'Elu ? »

— Oui, acquiesça Belgarath.

— Où est cet enfant, maintenant ?

— Pour autant que nous le sachions, Ctuchik l'a emmené à Rak Cthol.

— Vous allez donc donner l'assaut à Rak Cthol ?

— Il faudrait une armée pour prendre cette forteresse, et des années à cette armée. Je pense qu'il y a un autre moyen. Un passage du Codex Darine mentionne la présence de cavernes sous Rak Cthol.

— Je connais ce passage, Belgarath. Il est plus qu'obscur. On peut, en effet, l'interpréter ainsi, mais si tel n'était pas le cas ?

– Le Codex Mrin semble le confirmer, ajouta Belgarath un peu sur la défensive.

– Le Codex Mrin est encore pire, mon vieil ami. Il est obscur au point de n'être que du jargon.

– J'ai un peu l'impression qu'en le relisant, après la fin de tout ceci, sa version nous apparaîtra comme la plus précise de toutes. Mais d'autres éléments me renforcent dans ma conviction. A l'époque de la construction de Rak Cthol, un esclave sendarien a réussi à échapper aux Murgos et à regagner le Ponant. Il délirait quand on l'a retrouvé, mais avant de mourir il a parlé à plusieurs reprises de grottes sous la montagne. Et ce n'est pas tout : Anheg de Cherek a mis la main sur un exemplaire du Livre de Torak qui recèle un passage d'une très ancienne prophétie grolim : « Garde bien le temple, au-dessus et en dessous, car Cthrag Yaska suscitera des ennemis de l'air ou du haut de la terre pour l'emporter à nouveau. »

– Ce n'est pas plus clair, objecta le Gorim.

– Les prophéties Grolims ne sont jamais très claires, mais c'est ma seule hypothèse de départ. Si j'écarte l'espoir de trouver des grottes sous Rak Cthol, je n'ai plus qu'à mettre le siège devant la forteresse. Il faudrait toutes les armées du Ponant pour y parvenir, et Ctuchik s'empresserait alors de soulever les armées angaraks pour défendre la cité. Tout semble mener à un combat final, mais je préférerais choisir l'heure et l'endroit – et la Terre Gâte des Murgos n'est certainement pas mon terrain de prédilection.

– Vous aviez une idée derrière la tête en venant jusqu'ici, n'est-ce pas ?

Belgarath hocha la tête en signe d'assentiment.

– J'ai besoin d'un devin pour m'aider à trouver les grottes des sous-sols de Rak Cthol, et pour me mener à travers elles dans la ville.

– Vous demandez l'impossible, Belgarath, protesta le Gorim en secouant la tête. Les devins sont tous des fanatiques, des mystiques. Vous n'arriverz jamais à persuader l'un d'eux de quitter les cavernes sacrées du sous-sol de Prolgu, et surtout pas en ce moment. L'Ulgolande tout entière attend la venue de l'enfant et chacun de ces illuminés est fermement convaincu d'avoir été désigné pour découvrir l'enfant et le révéler aux tribus. Je ne pourrais même pas donner l'ordre à l'un d'eux de vous accompagner. Les devins passent pour de saints hommes, et je n'ai aucune autorité sur eux.

— Allons, Gorim, ce n'est peut-être pas aussi grave que vous le pensez, poursuivit Belgarath en repoussant son assiette et en tendant la main vers sa coupe. Le devin dont j'ai besoin est un dénommé Relg.

— Relg? C'est le pire de tous. Il a des adeptes et leur prêche la bonne parole à longueur de journée dans l'une des galeries les plus éloignées. En ce moment, il se prend pour l'homme le plus important du peuple ulgo. Vous n'arriverez jamais à le convaincre de quitter les cavernes.

— Je ne pense pas y être obligé, Gorim. Ce n'est pas moi qui ai choisi Relg. La décision a été prise pour moi longtemps avant ma naissance. Envoyez-le moi, c'est tout.

— Je vais lui demander de venir si vous voulez, convint le Gorim d'un ton dubitatif, mais je ne sais pas s'il acceptera.

— Il viendra, assura tante Pol. Sans savoir pourquoi, peut-être, mais il viendra. Et il nous suivra, Gorim. La force qui nous a réunis l'y contraindra. Il n'a pas plus le choix en la matière qu'aucun de nous.

CHAPITRE XVII

Tout cela commençait à être bien ennuyeux. La neige et le froid qu'ils avaient endurés pendant le voyage jusqu'à Prolgu avaient complètement anesthésié Ce'Nedra, et avec la chaleur des cavernes, elle se sentait toute chose. Les discours interminables, incompréhensibles, de Belgarath et de cet étrange vieux Gorim qui semblait fragile comme du verre lui donnaient envie de dormir. Le chant bizarre reprit quelque part, éveillant des échos interminables dans les grottes, et cela achevait de la bercer. Seule une vie entière d'entraînement au respect des convenances l'empêchait de s'endormir pour de bon.

Le voyage avait été épuisant pour Ce'Nedra. Tol Honeth était une ville chaude ; elle n'avait pas l'habitude du froid. Il lui semblait qu'elle n'arriverait jamais à se réchauffer les pieds. Et puis elle découvrait un monde plein de choses choquantes, épouvantables, et de surprises désagréables. Au palais impérial de Tol Honeth, le pouvoir prodigieux de son père, l'empereur, la protégeait de toute menace, mais elle se sentait bien vulnérable maintenant. Dans un rare moment de parfaite sincérité envers elle même, elle admit qu'une bonne partie de son comportement méprisant à l'égard de Garion était due à ce sentiment d'insécurité, nouveau pour elle, et absolument terrifiant. Elle avait été arrachée à l'abri de son petit monde douillet et elle se sentait vulnérable, à la merci du moindre danger. Elle n'était pas rassurée.

Pauvre Garion, se disait-elle. Il était quand même bien

gentil. Elle avait un peu honte qu'il ait eu à souffrir de son mauvais caractère. Elle se promit de tout lui expliquer, bientôt – très bientôt. Il était intelligent, il comprendrait forcément. Et cela comblerait vite, elle en était certaine, le fossé qui s'était creusé entre eux.

Sentant son regard peser sur lui, Garion leva aussitôt les yeux sur elle et les détourna avec une indifférence apparente. Les yeux de Ce'Nedra se durcirent comme des agathes. Comment *osait-il*? Elle prit mentalement note de la chose et l'ajouta à la liste de ses nombreux points faibles.

Le vieux Gorim si frêle d'apparence avait envoyé l'un de ces étranges Ulgos silencieux chercher l'homme dont Belgarath, dame Polgara et lui-même parlaient un instant plus tôt et ils étaient revenus à des sujets d'intérêt plus général.

– Vous avez réussi à traverser les montagnes sans encombre? s'informa le Gorim.

– Nous avons fait quelques rencontres, répondit le comte de Trellheim, le géant à la barbe rousse, en ce que Ce'Nedra considéra comme une version très édulcorée de la vérité.

– Mais grâce à UL, vous voilà tous sains et saufs, déclara pieusement le Gorim. Quelles créatures peuvent encore rôder dehors en cette saison? Il y a des années que je ne suis sorti des grottes, mais il me semble que la plupart rentrent dans leur tanière dès les premières chutes de neige.

– Nous avons, Très Saint Homme, rencontré des Hrulgae, quelques Algroths et un Eldrak, expliqua le baron Mandorallen.

– L'Eldrak nous a un peu embêté, ajouta sobrement Silk.

– C'est compréhensible. Par bonheur, il n'y a plus beaucoup d'Eldrakyn. Ce sont des montres terrifiants.

– C'est ce que nous avons constaté, reprit Silk.

– Lequel était-ce?

– Grul, précisa Belgarath. J'avais déjà eu affaire à lui, et il semblait m'en vouloir. Je suis désolé, Gorim, mais nous avons été obligés de le tuer. Il n'y a pas eu moyen de faire autrement.

– Ah. Pauvre Grul, commenta le Gorim, d'une voix un peu triste.

– Personnellement, il ne me manquera pas beaucoup, constata Barak. Je ne voudrais pas avoir l'air trop radical, Très Saint, mais ne pensez-vous pas qu'il serait préférable d'éliminer certaines des créatures qui sèment le désordre et la perturbation dans ces montagnes?

– Ce sont les enfants d'UL, comme nous-mêmes, protesta le Gorim.

– Mais sans eux, vous pourriez regagner le monde du dehors, remarqua Barak.

– Non, déclara doucement le Gorim en souriant à cette idée. Nous habitons ici depuis cinq mille ans, et nous avons changé avec les siècles. Nos yeux ne supporteraient plus la lumière du soleil. Les monstres de la surface ne peuvent nous atteindre ici, et leur présence dans les montagnes éloigne les intrus. Or nous ne sommes pas à l'aise avec les étrangers. Tout est bien ainsi.

La question des monstres peinait visiblement le Gorim. Il était assis juste en face de Ce'Nedra, de l'autre côté de la petite table de pierre. Il la regarda un moment, puis il tendit doucement sa vieille main frêle, prit le petit menton de la jeune fille et lui releva le visage dans la faible lumière du globe suspendu au-dessus de la table.

– Les créatures ne sont pas forcément des monstres, décréta-t-il, ses grands yeux violets reflétant tout le calme et toute la sagesse du monde. Voyez la beauté de cette Dryade.

Ce'Nedra fut un peu surprise, et pas par son geste. Depuis qu'elle était en âge de se souvenir, bien des vieillards avaient en effet réagi de la même manière face à son visage de fleur. Seulement cet ancêtre avait tout de suite vu qu'elle n'était pas tout à fait humaine.

– Dites-moi, mon enfant, s'enquit le Gorim, les Dryades honorent-elles toujours UL?

Elle ne s'attendait vraiment pas à cette question.

– Je... je vous demande pardon, Très Saint Homme, balbutia-t-elle. Je n'ai entendu parler pour la première fois du Dieu UL que tout récemment. Mes précepteurs ne semblaient pas bien informés sur votre peuple et son Dieu.

– La Princesse a reçu une éducation tolnedraine, expliqua dame Polgara. C'est une Borune – je suis sûr que vous avez entendu parler du lien qui unit cette maison aux Dryades. En tant que Tolnedraine, elle rend hommage au Dieu Nedra.

– Un Dieu bien obligeant, commenta le Gorim. Un peu collet monté, peut-être, mais assurément très correct. Et les Dryades? connaissent-elles encore leur Dieu?

Belgarath eut une petite toux gênée.

– Je crains bien que non, Gorim. Elles s'en sont éloignées, et le passage des siècles a effacé ce qu'elles savaient d'UL. Ce sont de toute façon des créatures frivoles, peu portées sur la religion.

– Quel Dieu vénèrent-elles maintenant? insista le Gorim, attristé.

– Aucun, à vrai dire, admit Belgarath. Elles vénèrent quelques lieux sacrés, une ou deux idoles rudimentaires façonnées à partir des racines d'un arbre particulièrement respecté, mais c'est tout. Elles n'ont pas de théologie clairement formulée.

Ce'Nedra trouvait cette conversation un peu insultante. Puis, sautant sur l'occasion, elle se redressa légèrement et adressa un sourire irrésistible au vieux Gorim. Elle savait exactement comment séduire un vieux monsieur; ça faisait des années qu'elle s'exerçait sur son père.

– Je suis bien consciente des lacunes de mon éducation, Très Saint, mentit-elle. Le mystérieux UL étant le Dieu tutélaire des Dryades, je devrais le connaître. J'espère un jour, bientôt peut-être, m'instruire à son sujet. Et qui sait si – bien qu'indigne de cet honneur – je ne serai pas l'instrument d'une nouvelle allégeance de mes sœurs à leur juste Dieu?

C'était un joli petit discours et, l'un dans l'autre, Ce'Nedra en était assez fière. A sa grande surprise, le Gorim laissa tomber le sujet avec une expression de vague intérêt.

– Dites à vos sœurs que le cœur de la foi se trouve dans *Le Livre d'Ulgo*, déclara-t-il gravement.

– *Le Livre d'Ulgo*, répéta-t-elle. Il faudra que je m'en souvienne. Sitôt rentrée à Tol Honeth, je m'en procurerai un exemplaire et le ferai parvenir personnellement à la Sylve des Dryades.

Voilà, se dit-elle, qui devrait lui faire plaisir.

— Les versions que vous en trouverez à Tol Honeth risquent d'être fort dénaturées, je le crains. La langue de mon peuple est difficile à comprendre pour des étrangers, et la traduction n'en est pas aisée.

Ce'Nedra se dit tout à coup que cette chère vieille chose commençait à la courir avec ses histoires.

— ... Notre Saint Livre est étroitement lié à notre histoire, poursuivait le Gorim, comme souvent avec les Ecritures. Telle est la sagesse des Dieux que leur enseignement est dissimulé dans des contes. Notre esprit s'amuse de la légende et le message des Dieux s'infiltre en nous. Nous apprenons en nous distrayant, sans nous en rendre compte.

Ce'Nedra connaissait cette théorie. Maître Jeebers, son précepteur, lui en avait assez rebattu les oreilles. Elle jeta des regards désespérés autour d'elle dans l'espoir de trouver un moyen élégant de changer de sujet.

— Bien ancienne est notre histoire, continuait impitoyablement le Gorim. Aimeriez-vous l'entendre ?

Prise à son propre piège, désemparée, Ce'Nedra ne put que hocher la tête.

— Au commencement des Ages, entonna le Gorim, quand le monde fut tiré des ténèbres par les Dieux fantasques, vivait dans le silence des cieux un esprit connu sous le seul nom d'UL.

Ce'Nedra se rendit compte avec consternation qu'il ne lui ferait pas grâce d'un chapitre du fameux livre. Mais après quelques instants de panique, la qualité étrangement séduisante du récit commença à lui apparaître. Elle se sentit plus émue qu'elle n'aurait voulu l'admettre par la première prière du Gorim à l'esprit indifférent qui lui était apparu à Prolgu. Quel genre d'homme osait ainsi accuser un Dieu ?

Elle était tout ouïe quand une faible étincelle à la limite de son champ de vision attira son attention. Elle jeta un coup d'œil et vit une lueur apparaître dans l'un des murs de la salle. Une lueur étrangement différente de celle, assourdie, des globes de cristal suspendus, surgie des profondeurs de la roche.

– Le cœur empli d'allégresse, poursuivait le vieil homme, Gorim donna à la montagne où tout cela s'était passé le nom de Prolgu, qui signifiait « Séjour des Bienheureux ». Alors il quitta Prolgu et regagna...

– *Ya! Garach tek,* Gorim! articula, avec les inflexions hargneuses de la langue ulgo, une voix rauque, pleine de colère.

Ce'Nedra tourna brusquement la tête pour regarder l'intrus. Comme tous les Ulgos, il était court sur pattes, mais il avait les bras et les épaules si développés qu'il semblait presque difforme. Ses cheveux délavés étaient sales et hirsutes. Il portait une robe de cuir à capuchon, pleine de taches et de traînées de boue, et ses grands yeux noirs brûlaient de fanatisme. Une bonne douzaine d'Ulgos étaient attroupés derrière lui, le visage crispé dans une expression de vertueuse indignation. Le fanatique à la robe de cuir continua à vitupérer et à vociférer.

Le visage du Gorim se figea, mais il supporta avec patience les insultes de l'homme aux yeux fous plantés devant la porte. Le fanatique finit par s'interrompre pour reprendre son souffle et le frêle vieillard en profita pour se tourner vers Belgarath.

– C'est Relg, annonça-t-il d'un ton d'excuse. Vous voyez ce que je voulais dire? Il est impossible d'essayer de le convaincre.

– A quoi pourrait-il nous être utile de toute façon? s'exclama Barak, irrité par l'attitude du nouvel arrivant. Il ne parle même pas une langue civilisée.

Relg braqua sur lui un regard mauvais.

– Je parle votre langue, étrangers, riposta-t-il avec un mépris écrasant. Mais je répugne à profaner ces saintes cavernes avec ses vocables sacrilèges. Et vous, enchaîna-t-il en s'adressant à nouveau au Gorim, qui vous a donné la permission de citer les paroles du Saint Livre à ces étrangers impies?

Les yeux de l'aimable vieillard se durcirent légèrement.

– Maintenant ça suffit, Relg, décréta-t-il fermement. Les idioties que tu profères dans les galeries reculées à ceux qui sont assez crédules pour t'écouter te regardent; mais ce que *je* dis dans *ma* maison est *mon* affaire. Je suis toujours le Gorim d'Ulgo, quoi que tu puisses en penser, et je n'ai pas de comptes à te rendre. Ce n'est pas une conférence plénière, déclara-t-il en regardant les visages outrés des adeptes de Relg qui se pressaient derrière lui. C'est toi qui as été convoqué ici; pas eux. Renvoie-les.

— Ils sont venus s'assurer que vous ne me vouliez aucun mal, protesta Relg avec raideur. Je n'ai dit que la vérité à votre sujet, mais les puissants redoutent la vérité.

— Tu n'imagines pas, Relg, commença le Gorim d'une voix glaciale. à quel point les propos que tu peux tenir à mon sujet m'indiffèrent. Maintenant, renvoie-les d'où ils viennent. Ou bien veux-tu que je le fasse?

— Ils ne vous obéiraient pas, railla Relg. C'est moi leur chef.

Le Gorim plissa les yeux et se leva d'un bond. Puis il s'adressa directement aux séides de Relg dans leur propre langue. Ce'Nedra ne comprit pas un mot de ce qu'il leur dit, mais c'était inutile. Elle reconnut aussitôt les accents de l'autorité et fut un peu surprise de la perfection avec laquelle le vieux Gorim pétri de sainteté en usait. Même son père n'aurait osé employer ce ton.

Les hommes assemblés derrière Relg échangèrent des regards indécis et commencèrent à reculer, l'air pas rassuré. Le Gorim aboya un dernier ordre. Les partisans de Relg tournèrent les talons et prirent la poudre d'escampette.

Relg les regarda de travers et donna un moment l'impression d'être sur le point de les rappeler, mais il se ravisa.

— Vous allez trop loin, Gorim, accusa-t-il. Cette autorité n'est pas faite pour les questions terrestres.

— Cette autorité est mienne, Relg, rétorqua le Gorim et il m'appartient de décider quand en user. Tu as décidé de t'opposer à moi sur des raisons théologiques et j'ai éprouvé le besoin de vous rappeler qui je suis, à tes sectateurs et à toi-même.

— Pourquoi m'avoir fait venir ici? La présence de ces êtres non sanctifiés est une offense à ma pureté.

– J'ai besoin de tes services, Relg, lui annonça le Gorim. Ces étrangers vont combattre notre vieil Ennemi, le Maudit entre tous les Maudits. Le destin du monde est entre leurs mains et ils requièrent ton aide.

– Que m'importe le monde? lança Relg, d'une voix méprisante. Et que m'importe Torak, l'estropié? UL me protège. Ses mains sont sur moi. C'est ici qu'il a besoin de moi, et je ne sortirai pas des cavernes bénies pour risquer la profanation dans la vile compagnie de monstres et de mécréants.

– Le monde entier sera profané si Torak établit son empire sur lui, souligna Belgarath. Et si nous échouons, Torak sera roi du monde.

– Il ne règnera pas sur l'Ulgolande, objecta Relg.

– Vous le connaissez mal, murmura Polgara.

– Je ne quitterai pas les grottes, proclama Relg. La venue de l'enfant est proche et j'ai été choisi entre tous pour le révéler aux Ulgos, le guider et l'initier jusqu'à ce qu'il soit prêt à devenir Gorim.

– Comme c'est intéressant, observa sèchement le Gorim. Et qui t'a informé de ce choix?

– UL m'a parlé, déclara Relg.

– Etrange. Les cavernes répondent universellement à la voix d'UL. Tout les Ulgos auraient entendu ses paroles.

– Il m'a parlé dans le secret de mon cœur, riposta très vite Relg.

– Il a eu une drôle d'idée, commenta doucement le Gorim.

– Tout cela est en dehors du sujet, intervint brusquement Belgarath. Je préférerais, Relg, que vous nous suiviez de votre plein gré, mais que vous le vouliez ou non, vous nous accompagnerez. Un pouvoir plus puissant qu'aucun de nous l'exige. Vous pouvez discuter et résister autant que vous voudrez, lorsque nous repartirons d'ici, vous serez des nôtres.

– Jamais! cracha Relg. Je demeurerai ici au service d'UL et de l'enfant qui deviendra le Gorim d'Ulgo. Et si vous essayez de m'emmener de force, mes fidèles s'y opposeront.

– Enfin, Belgarath, pourquoi nous encombrer de cette

taupe aveugle? tonna Barak. Il va nous taper sur les nerfs du matin au soir et c'est tout. J'ai remarqué que ceux qui passaient leur temps à se targuer de leur vertu faisaient de piètres compagnons. Qu'attendez-vous de lui dont je ne serais pas capable?

Relg contempla le géant à la barbe rousse d'un air méprisant.

— Les grandes brutes avec une grande gueule ont rarement une grande intelligence, décréta-t-il. Regarde-bien, barbe-à-poux. Peux-tu faire ceci?

Il s'approcha de l'un des murs inclinés de la salle et enfonça doucement sa main droite dans la roche comme s'il la plongeait dans l'eau.

Silk poussa un sifflement de surprise et s'approcha vivement de lui. Relg retira sa main de la paroi; Silk se mit à palper le mur.

— Comment faites-vous ce tour-là? questionna-t-il en appuyant sur les pierres.

Relg éclata d'un rire rauque et tourna les talons.

— C'est le don qui nous le rend indispensable, expliqua Belgarath. Relg est devin. Il a le don de découvrir les grottes et nous avons besoin de lui pour localiser celles des profondeurs de Rak Cthol. Il traversera le roc pour les trouver, si nécessaire.

— Comment est-ce possible? s'exclama Silk qui ne pouvait détacher ses yeux du mur où Relg avait plongé la main.

— C'est une question de structure de la matière, commenta le sorcier. Ce que nous percevons comme solide n'est pas si impénétrable que ça.

— Un corps est solide ou pas, insista Silk, sidéré.

— La notion de solidité est illusoire, déclara Belgarath. Relg peut insinuer les parties constitutives de sa substance dans les interstices des éléments constitutifs de la pierre.

— Vous pourriez faire ça? s'enquit Silk, sceptique.

— Je n'en sais rien, avoua Belgarath en haussant les épaules. Je n'ai jamais eu l'occasion d'essayer. Enfin, Relg a le don de flairer les grottes et il y va tout droit. Il ne sait probablement pas lui-même comme il fait.

– Je suis mené par ma vertu, affirma Relg avec arrogance.

– C'est peut-être ça, acquiesça le sorcier avec un sourire tolérant.

– La pureté des grottes m'attire, comme tout ce qui est pur, poursuivit Relg d'une voix âpre. Quitter les cavernes d'Ulgolande serait pour moi tourner le dos à la sainteté et me jeter à corps perdu dans le blasphème.

– C'est ce qu'on verra, déclara Belgarath.

La lueur que Ce'Nedra avait déjà remarquée dans la paroi rocheuse se remit à palpiter et à frémir, et la princesse eut l'impression de voir apparaître une forme vague. Puis, comme si les pierres étaient sans consistance, la forme se précisa et prit pied dans la pièce. L'espace d'un instant, on aurait dit un vieillard barbu, vêtu d'une robe pareille à celle du Grolim, mais beaucoup plus robuste. Puis Ce'Nedra fut emplie de la conviction renversante que l'être n'était pas humain mais *plus que cela*. Avec un frisson de crainte, elle comprit qu'elle était en présence d'une divinité.

Relg étouffa un hoquet à la vision de la silhouette barbue et se mit à trembler de tous ses membres. Puis il se prosterna sur le sol avec un cri étranglé.

Le nouveau venu regarda calmement le fanatique qui se traînait à terre devant lui.

– Lève-toi, Relg, dit-il d'une voix douce qui semblait rassembler tous les échos de l'éternité, et les cavernes audehors retentirent à l'unisson de cette voix. Lève-toi, Relg, et sers ton Dieu.

CHAPITRE XVIII

Ce'Nedra avait reçu la plus raffinée des éducations.
Elle avait été si bien éduquée qu'elle pouvait se trouver en
face d'un empereur ou d'un roi, elle se conformait d'ins-
tinct aux subtilités de l'étiquette et des règles de préséances, mais la présence physique d'un Dieu la médusait
encore, si elle ne la terrorisait pas. Elle se sentait gauche
et maladroite comme la dernière des petites paysannes et
ne pouvait s'empêcher de trembler. Ce fut l'une des rares
occasions de son existence où elle n'eut pas la moindre
idée de ce qu'il convenait de faire.

UL plongea le regard droit dans le visage convulsé de
crainte de Relg.

— Ton esprit a déformé mes paroles, mon fils, déclara
gravement le Dieu. Tu as détourné mon propos, le confor-
mant à tes désirs plutôt qu'à ma volonté.

Relg manqua défaillir et ses yeux se révulsèrent de
crainte.

— Je te l'ai dit, l'enfant qui sera Gorim viendra par toi
aux Ulgos, reprit UL, et tu dois te préparer à le nourrir et
à veiller à son éducation. Mais t'ai-je dit de t'exalter pour
autant ?

Relg se mit à trembler de tous ses membres.

— T'ai-je dit de prêcher la sédition ? Ou de dresser les
Ulgos contre le Gorim que j'ai choisi pour les guider ?

Relg s'effondra.

— Pardonne-moi, ô mon Dieu ! implora-t-il en se traînant à ses pieds.

– Lève-toi, Relg, lui ordonna UL d'un ton rigoureux. Je ne suis pas content de toi et ton obéissance m'offense, car ton cœur est empli d'orgueil. Je te plierai à ma volonté, Relg, ou je te briserai. Je te viderai de l'estime démesurée que tu te portes comme on vide un poisson. Alors seulement tu seras digne de la tâche pour laquelle je t'ai désigné.

Relg se releva péniblement, le visage plein de remords.

– O mon Dieu...

Il manqua s'étouffer.

– Ecoute mes paroles, Relg, et obéis à mon commandement. Tu suivras Belgarath, disciple d'Aldur, car telle est ma volonté. Tu lui apporteras toute l'aide qui est en ton pouvoir. Tu lui obéiras comme si je te parlais par sa voix. Comprends-tu cela?

– Oui, mon Dieu, promit humblement Relg.

– Et tu lui obéiras?

– Je ferai comme tu me l'ordonnes, ô mon Dieu – au prix de ma vie s'il le faut.

– Cela ne te coûtera pas la vie, Relg, car j'ai besoin de toi. Ta récompense sera au-delà de tout ce que tu peux imaginer.

Relg s'inclina sans un mot, soumis.

Le Dieu se tourna alors vers le Gorim.

– Demeure encore un moment, mon fils. Les années pèsent lourdement sur toi, je le sais, mais ton fardeau trouvera bientôt son allègement. Sache que je suis content de toi.

Le Gorim s'inclina avec obéissance.

– Belgarath, dit UL. Je t'ai observé tandis que tu t'acquittais de ta tâche, et je partage la fierté de ton Maître. Par toi et par Polgara, ta fille, la prophétie évolue vers le moment que nous attendons tous.

Belgarath s'inclina à son tour.

– Longue aura été la route, Très Saint, reconnut-il. Et plus tortueuse que nous ne l'envisagions au départ.

– C'est un fait, acquiesça le Dieu. Nous aurons connu bien des surprises, en maintes occasions. Le don d'Aldur à ce monde est-il entré en possession de l'héritage qui lui est destiné de toute éternité?

– Pas tout à fait, Très Saint, répondit gravement Polgara. Mais il l'a effleuré et ce qu'il nous a montré nous permet de fonder les plus grands espoirs sur son succès.

– Salut à toi, Belgarion, dit UL au jeune garçon, surpris. Ma bénédiction t'accompagne. Sache que je m'unirai à Aldur et que nous serons à tes côtés lorsque ta tâche commencera.

Garion s'inclina – assez maladroitement, se dit Ce'Nedra. Elle décida que bientôt, *très* bientôt, il lui faudrait faire son éducation. Il lui opposerait une certaine résistance, naturellement, car il était incroyablement têtu, mais elle savait qu'en le harcelant et en l'asticotant un peu elle arriverait à ses fins. C'était pour son bien, après tout.

UL semblait encore regarder Garion, mais avec une expression subtilement différente. Ce'Nedra eut l'impression qu'il communiquait en silence avec une autre présence – quelque chose qui faisait partie de Garion et n'était en même temps pas tout à fait lui. Puis il hocha gravement la tête et tourna les yeux vers la princesse.

– Ce n'est qu'une enfant, observa-t-il.

– Elle est d'âge, Très Saint, remarqua Polgara. C'est une Dryade; elles sont toujours petites.

UL sourit doucement à la princesse, et elle se sentit tout à coup irradiée par la chaleur de ce sourire.

– Elle a la grâce de la fleur.

– Et les épines, Saint entre les Saints, insinua finement Belgarath. Elle est de la nature des ronces.

– Nous ne l'en chérirons que davantage, Belgarath. Le moment viendra où ses épines et ses baies serviront bien mieux notre cause que sa beauté.

UL jeta encore un coup d'œil à Garion, et un étrange sourire effleura son visage, comme s'il savait des choses que les autres ignoraient. Ce'Nedra se sentit un peu rougir et releva le menton comme pour défier la roseur de s'étendre.

– C'est pour m'entretenir avec toi que je suis venu, ma fille, annonça alors UL, et son visage et sa voix retrouvèrent toute leur gravité. Il te faudra rester ici quand tes compagnons s'en repartiront. Ne t'aventure pas dans le

226

royaume des Murgos. Si tu devais faire le voyage jusqu'à Rak Cthol, tu en mourrais sûrement, et sans toi le combat contre les forces des ténèbres serait voué à l'échec. Demeure ici en sûreté parmi le peuple des Ulgos jusqu'au retour de tes compagnons.

Ce'Nedra était tout à fait apte à comprendre ce genre de chose. En tant que princesse, elle en connaissait un rayon sur la soumission aveugle à l'autorité. Elle avait passé sa vie à enjôler son père, à l'entortiller et à le faire tourner en bourrique pour parvenir à ses fins, mais elle n'avait que rarement manifesté une rébellion ouverte.

– Je ferai ainsi que Tu me l'ordonnes, Saint entre tous les Saints, déclara-t-elle en inclinant la tête, sans seulement réfléchir aux implications des paroles du Dieu.

UL hocha la tête avec satisfaction.

– Ainsi sera préservée la Prophétie, conclut-il. Vous avez chacun une mission à accomplir dans la quête qui est la vôtre. J'ai la mienne, moi aussi. Je ne vous retarderai pas davantage, mes enfants. Je vous souhaite bonne route. Nous nous reverrons à nouveau.

Puis il disparut.

Ses dernières paroles éveillèrent d'interminables échos dans les cavernes d'Ulgolande. Un silence abasourdi leur succéda, puis le chœur qui entonnait l'hymne d'adoration éclata, plus puissant que jamais, chacun des Ulgos faisant entendre sa voix dans l'extase de la visite divine.

– Par Belar! souffla Barak. Vous l'avez *senti*?

– UL a une présence imposante, approuva Belgarath en se tournant pour observer Relg, un sourcil malicieusement levé. J'imagine que vous avez changé d'idée, observa-t-il.

Le visage couleur de cendre, Relg tremblait de tous ses membres.

– J'obéirai à mon Dieu, affirma-t-il. J'irai où il m'a ordonné d'aller.

– Eh bien, je suis content que ce soit arrangé. Pour le moment, il veut que vous alliez à Rak Cthol. Il se peut qu'il ait d'autres projets pour vous par la suite, mais en cet instant, Rak Cthol constitue un objectif suffisant.

– Je vous obéirai sans discuter, proclama le fanatique, ainsi que mon Dieu me l'a ordonné.

– Parfait, coupa Belgarath avant de plonger dans le vif du sujet. Y a-t-il moyen d'éviter les intempéries et les dangers de la surface?

– J'en connais un, confirma Relg. C'est un chemin long et difficile, mais il nous mènera au pied des collines qui dominent le pays du peuple des chevaux.

– Tu vois, remarqua Silk à l'attention de Barak, il se rend déjà utile.

Barak répondit d'un grognement. Il en faudrait un peu plus pour le convaincre.

– Puis-je savoir pourquoi nous devons nous rendre à Rak Cthol? s'enquit Relg.

Ses manières avaient radicalement changé depuis l'entrevue avec son Dieu.

– Il nous faut récupérer l'Orbe d'Aldur, lui expliqua Belgarath, de bonne grâce.

– J'en ai entendu parler, admit Relg.

– Dites-moi, Relg, commença Silk en fronçant les sourcils. Vous êtes sûr que vous arriverez à trouver les grottes de Rak Cthol? Ça n'a vraiment rien à voir avec les cavernes d'UL, vous savez. Il est peu probable que celles de Cthol Murgos soient très sacrées. Au contraire.

– Je peux trouver n'importe quelle grotte, n'importe où, affirma Relg d'un ton confiant.

– Eh bien tant mieux, reprit Belgarath. Si tout se passe comme je l'espère, nous entrerons dans la ville sans nous faire repérer en passant par les grottes. Nous dénicherons Ctuchik et nous lui reprendrons l'Orbe.

– Sans qu'il nous oppose de résistance? objecta Durnik.

– J'espère bien que si, rétorqua Belgarath avec ferveur.

Barak éclata d'un petit rire sinistre.

– Voilà que notre Belgarath se met à raisonner comme un Alorien!

– Ce n'est pas à proprement parler un compliment, souligna Polgara.

– Je m'occuperai du magicien de Rak Cthol le moment venu, répliqua le sorcier d'un ton sinistre. En tout cas, une fois l'Orbe récupérée, nous repartirons par les grottes et nous n'aurons plus qu'à prendre nos jambes à notre cou.

— Avec tous les habitants du coin aux trousses, ajouta Silk. J'ai déjà eu affaire aux Murgos. Quand ils ont quelque chose dans la tête...

— Ça pourrait poser un problème, convint Belgarath. Je ne tiens pas à ce que la poursuite prenne des proportions démesurées. Si une armée de Murgos avait le malheur de nous suivre jusque dans l'un des royaumes du Ponant, cela passerait aussitôt pour une invasion et mettrait le feu aux poudres. Or je ne tiens pas du tout à déclencher une guerre dans l'immédiat. D'autres idées? demanda-t-il en les passant en revue.

— Et si vous les changiez tous en grenouilles? suggéra Barak en haussant ses énormes épaules.

Belgarath le foudroya du regard.

— C'était juste une suggestion, reprit Barak, un peu penaud.

— Pourquoi ne pas nous cacher dans les grottes jusqu'à ce qu'ils se fatiguent? proposa Durnik.

— Non, objecta Polgara en secouant fermement la tête. Nous devons nous trouver en un certain endroit à un moment précis, et nous aurons déjà à peine le temps d'y arriver. Nous ne pouvons pas nous permettre de perdre un mois sinon plus à tourner en rond dans les grottes de Cthol Murgos.

— Où devons-nous aller, tante Pol? releva Garion.

— Je t'expliquerai plus tard, éluda-t-elle en jetant un rapide coup d'œil à Ce'Nedra.

La princesse comprit aussitôt que le rendez-vous en question concernait sa petite personne, et la curiosité se mit à la tenailler.

Mandorallen s'éclaircit la gorge en effleurant du bout des doigts ses côtes meurtries dans la bagarre contre Grul.

— Se trouverait-il d'aventure en ces lieux, Très Saint Gorim, une carte de la région où nous devons incessamment nous rendre? s'enquit-il avec civilité, le visage pensif.

Le Gorim réfléchit un moment.

— Je crois en avoir une quelque part.

Il tapota légèrement le dessus de la table avec sa coupe et un serviteur ulgo entra immédiatement dans la salle. Le Gorim lui donna un ordre bref et l'homme s'éloigna.

– La carte à laquelle je pense est très ancienne et je crains fort qu'elle ne soit pas très précise, reprit le Gorim. Nos cartographes ont du mal à appréhender les distances du monde de la surface.

– Ce ne sont point tant les distances qui importent, lui assura Mandorallen. J'aimerais seulement me rafraîchir la mémoire quant à la contiguïté de certains royaumes avec le territoire de Cthol Murgos. Je n'étais – pour employer un doux euphémisme – guère attentif aux leçons de géographie, étant escholier.

Le serviteur ne tarda pas à revenir avec un gros rouleau de parchemin. Il le tendit au Gorim, qui le passa à son tour à Mandorallen.

Le chevalier déroula soigneusement la carte et l'étudia pendant un moment.

– C'est bien ce qu'il me semblait, annonça-t-il en se tournant vers Belgarath. Ne disais-tu point, ami du temps jadis, que nul Murgo onc n'entrerait au Val d'Aldur?

– En effet, confirma Belgarath.

– La frontière la plus proche de Rak Cthol est limitrophe de la Tolnedrie, reprit Mandorallen en leur indiquant un point sur la carte. La logique semblerait nous dicter de fuir dans cette direction, vers la frontière la plus proche.

– C'est vrai, convint Belgarath.

– Eh bien, faisons semblant de nous diriger vers la Tolnedrie en abandonnant derrière nous une profusion de preuves de notre passage. Puis, à un moment où le sol rocheux dissimulera tout indice, changeons de direction et reprenons vers le Val, au nord-ouest. Cela devrait les abuser. Nous pouvons, ce me semble, raisonnablement penser qu'ils continueront à suivre notre trajectoire imaginaire. Ils finiront bien par se rendre compte de leur erreur au bout d'un certain temps, mais à ce moment-là nous aurons des lieues d'avance sur eux. Le fait de se savoir distancés allié à l'idée que le Val leur est pour le moins hostile devrait les décourager de nous poursuivre.

Tous regardèrent la carte avec un intérêt renouvelé.

– Ça me plaît, ça, déclara Barak en flanquant une grande claque enthousiaste sur l'épaule du chevalier.

Mandorallen cilla et porta la main à ses côtes endolories.

— Oh! pardon, Mandorallen, s'excusa aussitôt Barak. J'oubliais.

Silk étudiait la carte avec une intensité particulière.

— Ça présente pas mal d'avantages, Belgarath, insistat-il. Et si nous prenions par-là, fit-il en indiquant un point précis, nous devrions ressortir en haut de l'à-pic oriental. Nous devrions avoir amplement le temps de descendre, mais les Murgos y réfléchiraient deux fois avant de s'y risquer.

Belgarath se grattouilla la barbe.

— Très bien, conclut-il au bout d'un moment. Nous allons essayer ça. Hettar, dès que Relg aura réussi à nous faire sortir d'Ulgolande, allez voir votre père. Informez-le de nos projets et invitez-le à venir au-devant de nous, dans le Val, avec quelques milliers de guerriers.

Le grand Algarois au visage émacié hocha la tête, faisant tressauter sa queue de cheval. Mais son visage trahissait une certaine déception.

— N'y songez pas, Hettar, ordonna platement le vieil homme. Je n'ai jamais eu l'intention de vous emmener jusqu'à Cthol Murgos. Vous y trouveriez beaucoup trop d'occasions de vous mettre dans toutes sortes de coups fourrés.

Hettar poussa un soupir déchirant.

— Ne prenez pas ça au tragique, commenta Silk avec sa gouaille habituelle. Les Murgos sont une race de fanatiques. Vous pouvez être certain qu'il s'en trouvera toujours quelques-uns pour tenter la descente, quoi qu'ils puissent trouver à l'arrivée. Vous serez pratiquement contraint de faire un exemple pour montrer aux autres ce qui les attend, non?

Le visage de Hettar s'illumina à cette pensée.

— Silk! s'exclama dame Polgara d'un ton réprobateur.

— Ecoutez, Polgara, il faudra bien décourager toute tentative de poursuite, protesta le petit homme en braquant sur elle un sourire innocent.

— Mais bien sûr, reprit-elle, sarcastique.

— Nous ne voudrions pas qu'ils infestent le Val.

– Ça vous ennuierait vraiment, hein?

– Je ne suis pas si assoiffé de sang que vous le pensez. Elle lui tourna ostensiblement le dos.

– Elle me croit automatiquement capable du pire, se lamenta Silk, plus sainte-nitouche que jamais.

Mais à présent, Ce'Nedra avait eu amplement le temps de réfléchir aux conséquences de la promesse qu'elle avait faite à UL, un peu à la légère. Les autres n'allaient pas tarder à partir, et elle allait rester en arrière. Elle commençait déjà à se sentir solitaire et désolée, en les écoutant faire des projets dont elle était exclue. Plus elle y réfléchissait, plus cela lui semblait épouvantable. Elle sentit sa lèvre inférieure se mettre à trembler.

Le Gorim des Ulgos l'observait, son vieux visage plein de compassion.

– Il est difficile de rester en arrière, dit-il doucement, comme si ses grands yeux avaient le pouvoir de pénétrer ses pensées. Et nos grottes vous semblent bien étranges – sombres et livrées aux ténèbres.

Elle acquiesça en silence.

– Mais d'ici un jour ou deux, poursuivit le Gorim, vos yeux s'habitueront à la lumière tamisée. Il y a chez nous des merveilles que ceux du dehors n'ont jamais contemplées. Nous n'avons pas de fleurs, c'est vrai, mais des cavernes secrètes où les pierres précieuses éclosent sur les parois comme des champignons sauvages. Aucun arbre, aucun végétal ne pousse dans notre monde sans soleil, mais je connais une grotte où des treilles d'or pur descendent de la voûte en lourdes tresses qui couvrent le sol.

– Attention, Très Saint Gorim, l'avertit Silk. C'est une princesse tolnedraine. Si vous lui montrez ce genre de splendeurs, elle risque de piquer une crise.

– Je ne trouve pas cela très amusant, Prince Kheldar, fit Ce'Nedra, d'un ton cassant.

– Je suis bourrelé de remords, Votre Majesté Impériale, s'excusa-t-il avec une prodigieuse hypocrisie et une courbette ironique.

La princesse ne put s'empêcher d'éclater de rire. Le petit Drasnien à la face de rat était d'une telle insolence! Comment aurait-elle pu lui en vouloir?

– Vous serez ma bien-aimée petite fille tout le temps de votre séjour en Ulgolande, Princesse, déclara le Gorim. Nous nous promènerons le long de nos lacs silencieux et nous explorerons des grottes depuis longtemps oubliées. Et nous parlerons. Le monde du dehors connaît peu le peuple ulgo. Vous serez la toute première étrangère à nous comprendre, et c'est une bonne chose.

Ce'Nedra prit impulsivement la frêle main du petit vieillard. C'était un vieux monsieur si gentil.

– Ce sera un honneur, Très Saint Gorim, répondit-elle avec une parfaite sincérité.

Ils passèrent la nuit – comme si les termes de « jour » et de « nuit » avaient encore un sens au cœur de cet étrange pays souterrain – dans les confortables appartements de la maison pyramidale du Gorim. Le lendemain matin, plusieurs Ulgos menèrent les chevaux dans la caverne du Gorim, empruntant, se dit la princesse, un chemin plus long que celui par où ils étaient arrivés, et ses amis s'apprêtèrent à partir. Ce'Nedra resta un peu en retrait. Elle se sentait déjà terriblement seule. Son regard errait d'un visage à l'autre, comme si elle cherchait à les graver dans sa mémoire. Enfin ses yeux se posèrent sur Garion et s'emplirent de larmes.

C'était complètement idiot, mais elle commençait dès maintenant à s'en faire pour lui. Il était si impulsif. Il allait se fourrer dans toutes sortes de traquenards sitôt qu'elle aurait le dos tourné, elle en était sûre. Evidemment, Polgara serait là pour veiller sur lui, mais ce n'était pas pareil. Tout d'un coup, elle lui en voulut de toutes les idioties qu'il allait faire et des soucis que son comportement irréfléchi allait lui valoir. Elle lui lança un regard furibond en espérant qu'il lui fournirait l'occasion de le tancer vertement.

Elle avait décidé de ne pas les suivre au-delà du seuil de la maison du Gorim. Elle ne tenait pas à rester debout, solitaire et désespérée, au bord du lac, à les regarder s'éloigner. Mais ils sortirent en file indienne du gigantesque portail, et ses bonnes résolutions s'évanouirent aussitôt. Sans réfléchir, elle courut après Garion et le prit par le bras.

Il se retourna, surpris. Alors elle se dressa sur la pointe des pieds, lui prit la tête entre ses deux petites mains et l'embrassa.

– Fais bien attention, lui ordonna-t-elle.

Puis elle lui appliqua un nouveau baiser sur le visage, fit volte-face et se courut se réfugier dans la maison en sanglotant, le laissant planté là, sidéré.

Quatrième partie

CTHOL MURGOS

CHAPITRE XIX

Depuis des jours ils avançaient dans le noir. Le lumignon de Relg leur fournissait tout au plus un point de repère, un indice sur la direction à suivre. Garion trébuchait sans arrêt sur le sol inégal, une main tendue devant lui pour ne pas se cogner la tête dans les rochers invisibles. Il avait l'impression que l'obscurité lui collait au visage ; et pas seulement les ténèbres à l'odeur de moisi mais aussi le poids oppressant des montagnes, au-dessus de lui et de tous les côtés. C'était comme si le roc voulait l'écraser ; il était emprisonné, enterré vif sous des lieues de roche compacte. Il luttait en permanence contre une sorte de vague panique qui palpitait et refluait, et plus d'une fois il fut obligé de serrer les dents pour ne pas crier.

La route que leur faisait suivre Relg semblait tourner et virer sans raison apparente. Aux embranchements, il donnait l'impression de choisir au hasard, mais il avançait avec une assurance inébranlable dans les ténèbres frémissantes. Le souvenir des sons s'attardait dans l'air humide, des voix du passé se faisaient interminablement écho, susurrant, murmurant. Seule la confiance apparente de leur guide empêchait Garion de céder à une terreur irraisonnée.

A un moment donné, le fanatique s'arrêta.

— Qu'est-ce qui ne va pas ? demanda sèchement Silk.

Garion reconnut dans sa voix les accents de l'angoisse qui tenaillait sa propre conscience.

— Il faut que je me couvre les yeux, expliqua Relg.

Il portait une sorte d'étrange cotte de mailles constituée de plaques de métal imbriquées comme des écailles, ceinturée à la taille, et dont le capuchon étroitement ajusté ne lui dégageait que le visage. A la ceinture, il portait un énorme couteau à la lame acérée, terminée par un crochet, comme un hameçon. Garion en avait froid dans le dos rien que de le regarder. L'Ulgo tira un morceau de chiffon de son espèce de haubert et se l'attacha soigneusement sur le visage.

— Pourquoi faites-vous ça? s'étonna Durnik.

— Il y a une veine de quartz dans la caverne que nous allons traverser, répondit Relg. Les cristaux réfléchissent la lumière du dehors et l'éclat en est éblouissant.

— Comment pourrez-vous nous indiquer le chemin si vous n'y voyez pas? protesta Silk.

— Le linge n'est pas complètement opaque. Je peux voir à travers. Allons-y.

La galerie s'incurvait et de la lumière apparut après le coude, mais Garion résista à l'envie de courir. Les sabots des chevaux menés par Hettar claquèrent sur le sol de pierre et le petit groupe découvrit une immense caverne emplie d'une lumière cristalline, scintillante. Une bande de quartz étincelante s'élevait vers la voûte et la traversait, illuminant la caverne de son éclat resplendissant. D'immenses flèches de pierre descendaient du plafond, pareilles à des chandelles de glace, d'autres aiguilles s'élevant du sol à leur rencontre. Au centre de la grotte miroitait un lac souterrain dont la surface était ridée par une petite cascade ruisselant sur l'une des parois du fond. Son tintement argentin s'unissait harmonieusement au murmure assourdi du chant des Ulgos dont l'écho perpétuait le souvenir à des lieues et des lieues de distance. Les prismes des cristaux de quartz déviaient la lumière, la décomposant en fragments colorés, emplissant la caverne de toutes les couleurs de l'arc-en-ciel. Garion cligna des yeux, ébloui par la clarté qui semblait irradier de partout. Il se prit tout d'un coup à regretter de ne pouvoir faire partager cette splendeur à Ce'Nedra, et cette pensée l'intrigua.

– Dépêchez-vous, les pressa Relg en tenant une main devant son front comme pour abriter encore ses yeux déjà voilés.

– Pourquoi ne pas nous arrêter ici? suggéra Barak. Nous avons besoin de nous reposer et ça me paraît un bon endroit.

– C'est le pire endroit de toutes les grottes, répliqua Relg. Allons, vite.

– Vous aimez peut-être le noir, reprit Barak, mais nous, nous préférons la lumière.

Il jeta un coup d'œil sur la grotte.

– Vous feriez mieux de vous protéger les yeux, espèce d'imbécile, lança Relg.

– Je n'aime pas qu'on me parle sur ce ton, l'ami.

– Si vous ne faites pas cela, vous serez aveugle en sortant d'ici. Il vous a fallu deux jours pour habituer votre vue à l'obscurité. Ce sera autant de perdu si vous restez trop longtemps ici.

Barak braqua un regard noir sur l'Ulgo puis il poussa un grognement et eut un bref hochement de tête.

– Désolé, je n'avais pas compris, s'excusa-t-il en tendant la main pour la poser sur l'épaule de Relg dans un geste d'excuse.

– Ne me touchez pas! s'écria Relg en se rétractant devant la grosse patte du Cheresque.

– Qu'est-ce qui vous prend?

– Ne me touchez pas! Jamais!

L'Ulgo s'enfuit au pas de course.

– Mais qu'est-ce qu'il lui arrive? s'étonna Barak.

– Il ne tient pas à ce que vous le profaniez, expliqua Belgarath.

– Le profaner? *Moi, le profaner?*

– Il est très jaloux de sa pureté personnelle. D'après lui, tout contact risque de le souiller.

– Le souiller? Mais il est sale comme trente-six cochons!

– Il ne s'agit pas de ce genre de saleté. Bon, allons-y.

Ulcéré, Barak les suivit à bonne distance en maronnant. Ils s'engagèrent dans une nouvelle galerie plongée dans les ténèbres, et Garion regarda par-dessus son épaule avec nostalgie en direction de la lumière qui s'atténuait derrière eux. Puis le corridor décrivit un coude et la lumière disparut pour de bon.

Il n'y avait pas moyen d'estimer le passage du temps dans les ténèbres bruissantes. Ils avançaient à tâtons, en s'arrêtant de temps à autre pour manger ou se reposer, mais le sommeil de Garion était peuplé de cauchemars pleins de montagnes qui se refermaient sur lui. Cela faisait bien cinq jours, à vue de nez, qu'ils avaient quitté la lumière faiblarde des dernières galeries éclairées d'Ulgolande pour s'enfouir dans ces ténèbres éternelles et Garion avait presque abandonné l'espoir de jamais revoir le ciel lorsqu'il sentit pour la première fois une bouffée de vent lui effleurer la joue, plus légère qu'une toile d'araignée. Au départ, il mit ce soupçon d'air chaud sur le compte de son imagination, puis il reconnut l'odeur des arbres et de l'herbe derrière les remugles de moisi des grottes, et il sut qu'il y avait une issue, quelque part devant lui – une sortie.

La caresse de l'air plus chaud du dehors s'affirma et l'odeur d'herbe commença à emplir la galerie. Puis le sol se mit à monter et les ténèbres reculèrent imperceptiblement. Ils avaient l'impression d'émerger de la nuit sans fin vers la lumière du premier matin de l'histoire du monde. Les chevaux, qui fermaient péniblement la marche, pressèrent le pas. Eux aussi avaient flairé l'odeur de l'air pur. Pourtant Relg ralentissait l'allure, et il finit par s'arrêter pour de bon. Le petit bruit métallique des écailles d'acier de sa cotte parlait pour lui, et il en disait long : Relg tremblait de tous ses membres à l'idée de ce qui l'attendait. Il noua à nouveau le bout de tissu sur son visage en marmonnant sans reprendre son souffle dans la langue gutturale des Ulgos, comme s'il implorait quelqu'un avec ferveur. Puis, après s'être protégé les yeux, il reprit sa marche à son corps défendant. On aurait dit que ses pieds refusaient de lui obéir.

Alors la lumière dorée fut devant eux. Le passage s'ouvrait selon une déchirure irrégulière, masquée par un enchevêtrement de branches. Dans un soudain claquement de ses petits sabots, le poulain fonça vers l'ouverture et plongea vers la lumière, ignorant l'ordre impérieux de Hettar.

Belgarath suivit le petit animal des yeux en se grattant la barbe.

— Hettar, lorsque nous nous séparerons, il vaudrait peut-être mieux que vous les emmeniez avec vous, sa mère et lui, déclara-t-il. On dirait qu'il a un peu de mal à prendre les choses au sérieux, et Cthol Murgos est un endroit *très* sérieux.

Hettar hocha gravement la tête.

Tout d'un coup, Relg tourna le dos à la lumière en s'appuyant à la muraille.

— Je ne peux pas, balbutia-t-il. Je ne peux pas.

— Mais si, vous allez y arriver, fit tante Pol d'un ton apaisant. Nous allons sortir doucement et vous vous y habituerez peu à peu.

— Ne me touchez pas, rétorqua Relg, presque machinalement.

— Ça commence à devenir lancinant, rouspéta Barak.

Garion et ses compagnons s'empressèrent de sortir, comme attirés au-dehors par une soif ardente de lumière. Ils se frayèrent laborieusement un chemin dans les taillis qui obstruaient la grotte, et ils se retrouvèrent en plein soleil, à cligner les paupières tant qu'ils pouvaient en se protégeant le visage des deux bras. La clarté poignarda d'abord douloureusement les yeux de Garion, mais au bout d'un moment il se rendit compte qu'il y voyait à nouveau. Ils étaient à flanc de coteau, à mi-hauteur d'un mamelon rocheux. Dans leur dos, les cimes enneigées des monts d'Ulgolande luisaient de tous les feux du matin sous un ciel d'un bleu profond. La plaine s'étendait devant eux, vaste comme un océan. Une longue houle, venue de l'horizon, caressait l'herbe haute, dorée par l'automne. Garion avait l'impression d'émerger d'un cauchemar.

Derrière eux, Relg s'agenouilla à l'entrée de la grotte, le dos tourné à la lumière, et se mit à prier en se frappant les épaules et la poitrine des deux poings.

— Eh bien, qu'est-ce qui lui prend, maintenant? ronchonna Barak.

– C'est une sorte de rituel de purification, expliqua Belgarath. Il essaie de se laver de toute impiété et d'attirer l'essence des grottes dans son âme. Il pense que ça l'aidera à tenir le coup au-dehors.

– Et ça va lui prendre longtemps?

– Oh, une petite heure, j'imagine. C'est un rituel assez compliqué.

Relg s'interrompit dans ses prières le temps de nouer un second voile sur celui qui lui couvrait déjà la tête.

– S'il s'enroule encore un torchon autour du museau, il va étouffer, observa Silk.

– Je ferais mieux d'y aller, déclara Hettar en resserrant les courroies de sa selle. Vous avez un autre message pour Cho-Hag?

– Dites-lui de mettre les autres au courant du déroulement des opérations, répondit Belgarath. Au point où en sont les choses, j'aimerais autant que tout le monde soit plus ou moins sur le qui-vive.

Hettar hocha la tête.

– Vous voyez où nous sommes? lui demanda Barak.

– Evidemment.

Le grand bonhomme jeta un coup d'œil dans la monotonie de la plaine effleurée par la brise matinale.

– Il nous faudra un bon mois pour aller à Rak Cthol et en revenir, reprit Belgarath. Si nous en avons le loisir, nous allumerons des signaux en haut de l'à-pic avant de commencer à descendre. Dites à Cho-Hag combien il est important qu'il soit au rendez-vous. Les Murgos ne doivent pas mettre les pieds en Algarie. Ce n'est pas le moment de déclencher une guerre.

– Nous serons là, assura sobrement Hettar en montant en selle d'un bond. Puissent les Dieux aplanir la route devant vous à Cthol Murgos.

Puis il tourna bride et descendit vers la plaine, la jument et le poulain à la remorque. Le poulain s'arrêta une fois pour regarder Garion, resté en arrière, poussa un petit hennissement lamentable, puis suivit sa mère.

Barak secoua la tête d'un air sombre.

– Hettar va me manquer, gronda-t-il.

– Cthol Murgos n'est pas un endroit pour lui, remarqua Silk. Nous aurions été obligés de lui mettre une muselière et de le tenir en laisse.

— Je sais bien, fit Barak avec un gros soupir. Mais il va me manquer tout de même.

— Vers quel horizon porterons-nous nos pas ? questionna Mandorallen en contemplant la prairie.

— Par ici, indiqua Belgarath, en tendant le doigt vers le sud-est. Nous allons traverser le haut du Val jusqu'à l'à-pic, puis nous prendrons à travers la pointe sud de Mishrak ac Thull. Les Thulls ne patrouillent pas aussi régulièrement que les Murgos.

— Les Thulls ne font pas grand-chose à moins d'y être vraiment obligés, remarqua Silk. Ils sont trop occupés à essayer d'éviter les Grolims.

— Quand repartons-nous ? s'enquit Durnik.

— Dès que Relg aura fini ses dévotions, assura Belgarath.

— Eh bien, nous avons tout le temps de prendre le petit déjeuner, lança Barak.

Ils passèrent la journée à cheval dans les prairies du sud de l'Algarie, sous un ciel d'un bleu intense. Relg avait enfilé un vieux capuchon de Durnik sur sa cotte de mailles. C'était un piètre cavalier. Il tendait les jambes avec raideur et semblait plus préoccupé de ne pas lever le visage que de regarder où il allait.

Barak le surveillait d'un œil noir, une profonde réprobation inscrite sur toute sa personne.

— Ecoutez, Belgarath, ce n'est pas moi qui vais vous apprendre votre boulot, déclara-t-il au bout de plusieurs heures, mais je pense qu'il va nous poser des problèmes avant la fin de l'aventure.

— N'ayez pas la dent si dure, Barak, le réprimanda tante Pol. La lumière lui fait mal aux yeux et il n'a pas l'habitude de monter à cheval.

Barak ferma sa grande bouche, mais son expression était peu flatteuse.

— Au moins, nous pouvons être sûrs qu'il ne s'enivrera pas, reprit tante Pol d'un ton pincé. Je ne pourrais pas en dire autant de tous les membres de l'honorable assemblée.

Barak eut une petite toux gênée.

Ils s'installèrent pour la nuit sur la rive dépourvue d'arbres d'un fleuve sinueux. Relg sembla se détendre un peu après le coucher du soleil, mais il prit bien soin de ne pas regarder directement le feu allumé à partir du bois déposé par le cours d'eau. Puis il leva la tête et vit les premières étoiles du ciel nocturne. Il étouffa un cri d'horreur et une sueur glacée se mit à ruisseler sur son visage dévoilé. Il se couvrit la tête de ses deux bras et s'abattit la tête la première sur le sol avec un cri étranglé.

– Relg! s'exclama Garion.

D'un bond, il fut à côté de l'homme frappé de terreur et posa ses mains sur lui sans réfléchir.

– Ne me touchez pas! hoqueta machinalement Relg.

– Ne soyez pas stupide. Qu'est-ce qui ne va pas? Vous êtes malade?

– Le ciel! coassa Relg, désespéré. J'ai peur du ciel!

– Le ciel? répéta Garin, sidéré. Mais qu'est-ce qui ne va pas dans le ciel?

Il leva les yeux vers les étoiles familières.

– Il est sans fin, gémit Relg. Il monte interminablement.

Tout à coup, Garion comprit. Il avait bien eu peur, une panique incontrôlée, dans les grottes. Dehors, sous le ciel sans limites, Relg souffrait du même genre de terreur aveugle. Un peu ébranlé, Garion se rendit compte que, de sa vie, Relg n'avait jamais dû mettre le nez hors des grottes d'Ulgo.

– Ce n'est rien, lui assura-t-il d'un ton réconfortant. Le ciel ne peut pas vous faire de mal. Il est là-haut, c'est tout. N'y faites pas attention.

– Je ne peux pas supporter ça.

– Ne le regardez pas.

– Mais je sais qu'il est là. Tout ce vide...!

Garion regarda tante Pol, impuissant. D'un geste rapide, elle lui ordonna de continuer à parler.

– Il n'est pas vide, balbutia-t-il. Il est plein de choses, toutes sortes de choses, les nuages, les oiseaux, le soleil, les étoiles...

– Quoi? fit Relg en relevant le visage et en écartant les mains. Qu'est-ce que tout cela?

– Les nuages? Mais tout le monde sait ce que...

Garion s'interrompit. Relg ne savait manifestement pas ce qu'était un nuage. Où en aurait-il vu? Garion tenta d'organiser ses pensées pour prendre cette nouvelle donnée en compte. Il allait avoir du mal à lui expliquer tout ça.

– Très bien, commença-t-il en inspirant profondément. Alors, les nuages...

Il eut du mal, en effet, et il y passa un moment. Garion ne savait pas très bien si Relg comprenait ou s'il se contentait de s'accrocher aux mots pour éviter de penser au ciel. Après les nuages, les oiseaux posèrent un peu moins de problèmes, mais les plumes lui donnèrent du fil à retordre.

Garion en était aux ailes lorsque Relg l'interrompit en plein milieu d'une belle envolée.

– UL vous a parlé. Il vous a appelé Belgarion. Serait-ce là votre nom?

– Eh bien... commença Garion, un peu mal à l'aise. Pas vraiment. En fait, je m'appelle Garion, mais je pense que cet autre nom est censé être le mien ensuite, quand je serai plus grand.

– UL sait tout, affirma Relg. S'il vous a appelé Belgarion, c'est que tel est votre véritable nom. Je vous appellerai donc ainsi.

– J'aimerais autant pas...

– Mon Dieu m'a rejeté, se lamenta Relg, et sa voix trahissait un profond dégoût de lui-même. J'ai manqué à mes devoirs envers lui.

Là, Garion ne le suivait pas très bien. Apparemment, en sus d'une panique intense, Relg était en proie aux affres d'une crise mystique. Il était assis par terre, le dos au feu, les épaules affaissées dans l'attitude du désespoir absolu.

– Je suis un être abject, poursuivit l'Ulgo, au bord des larmes. En entendant UL me parler dans le silence de mon cœur, je me suis cru exalté au-dessus de tous les hommes, mais maintenant, il m'a mis plus bas que terre.

Dans son désespoir, il commença à se frapper la tête avec ses deux poings.

– Ça suffit! s'écria Garion. Vous allez finir par vous faire mal. Qu'est-ce que c'est que toutes ces histoires?

– UL m'a dit que je devais révéler l'enfant aux Ulgos. J'avais interprété ses paroles comme la preuve que j'avais trouvé une grâce spéciale à ses yeux.

– Mais de quel enfant parlez-vous?

– *L'enfant*. Le nouveau Gorim. Le don d'UL à son peuple, pour le guider et le protéger. Lorsqu'un Gorim arrive à la fin de son âge et de sa tâche, UL imprime sa marque sur les yeux de l'enfant qui doit succéder au Gorim. Quand UL m'a dit que j'avais été choisi pour révéler l'enfant au peuple des Ulgos, j'ai fait connaître ses paroles à mes frères qui m'ont révéré et m'ont demandé de leur parler comme si la voix d'UL parlait par ma bouche. Je n'ai vu autour de moi que péché et corruption. Je l'ai dit au peuple, et le peuple m'a écouté – mais il entendait mes paroles et pas celles d'UL. Dans mon orgueil, j'ai prétendu porter la parole d'UL. J'ai tu mes propres fautes pour dénoncer celles des autres.

Relg parlait d'une voix dure, rauque, pleine d'une mortification fanatique.

– Je suis souillé, déclara-t-il. Le sacrilège est sur moi. UL aurait dû lever sa main sur moi et m'anéantir.

– C'est interdit, rétorqua Garion sans réfléchir.

– Qui a le pouvoir d'interdire quoi que ce soit à UL?

– Je ne sais pas. Je sais juste que personne n'a le droit de détruire ce qui a été construit. Même pas les Dieux. C'est la première loi de la théo-dynamique.

Relg leva sur lui un regard avide. Garion sut à l'instant même qu'il venait de faire une grosse bêtise.

– Vous êtes dans les secrets des Dieux? releva le fanatique, incrédule.

– Le fait que ce soient des Dieux ou pas n'y change rien, bafouilla Garion. La loi est la même pour tout le monde.

Les yeux de Relg se mirent à briller d'un soudain espoir. Il se redressa, se mit à genoux et inclina son visage dans la poussière.

– Pardonnez-moi mes péchés, entonna-t-il.

– Hein?

– Je me suis exalté quand j'en étais indigne.

– Bon, vous avez fait une bêtise. Eh bien, ne recommencez plus, c'est tout. Levez-vous, Relg, je vous en prie.

– Je suis un pécheur et un impie.

– Vous ?

– Les femmes m'ont inspiré des pensées impures.

Garion se sentit rougir jusqu'à la racine des cheveux.

– Nous avons tous ce genre de pensées de temps en temps, fit-il en toussotant nerveusement.

– Je suis un blasphémateur, geignit Relg, tourmenté par la culpabilité. Ces pensées m'embrasent tout entier.

– Je suis sûr que UL comprend. Je vous en prie, Relg, levez-vous. Vous n'avez pas besoin de faire ça.

– Ma bouche priait pendant que mon cœur et mon âme n'étaient pas à la prière.

– Allons, Relg...

– J'ai cherché des cavernes secrètes pour le plaisir de les découvrir et non pour les consacrer à UL. J'ai souillé le don qui m'avait été donné par mon Dieu.

– Relg, je vous en prie...

Relg frappa le sol de son front.

– Une fois, j'ai découvert une grotte où s'attardaient les échos de la voix d'UL. Je ne l'ai pas révélée aux autres pour garder par-devers moi le son de la voix d'UL.

Garion commençait à s'affoler. Ce sacré Relg allait réussir à entrer en transe pour de bon.

– Punissez-moi, Belgarion, implora Relg. Infligez-moi la plus lourde des pénitences pour mes péchés.

Garion lui répondit avec une parfaite clarté. Il savait exactement ce qu'il avait à dire.

– Relg, je ne peux pas faire une chose pareille. Je ne peux pas vous punir – pas plus que je ne pourrais vous pardonner. Si vous avez fait des choses que vous n'auriez pas dû, ça vous regarde, UL et vous. Si vous pensez mériter une punition, il faudra vous l'infliger vous-même. Moi, je ne peux pas. Et je ne le ferai pas.

Relg releva son visage convulsé et contempla Garion. Puis avec un cri étranglé il se releva d'un bond et fonça dans les ténèbres en agitant les bras.

– Garion!

Ça, c'était la voix de tante Pol, et il ne connaissait que trop bien cette intonation.

– Je n'ai rien fait! protesta-t-il presque machinalement.

– Qu'est-ce que tu lui as raconté? accusa Belgarath.

– C'est lui qui m'a dit avoir commis toutes sortes de péchés, relata Garion. Il voulait que je le punisse et que je lui pardonne.

– Et alors?

– Alors je n'ai rien pu faire, Grand-père.

– Et qu'est-ce que ça avait de si terrible, au fond? Garion le dévisagea sans comprendre.

– Tu n'avais qu'à lui mentir un peu. C'était si difficile que ça?

– Lui mentir? Sur un sujet pareil? fit Garion, horrifié.

– J'ai besoin de lui, Garion, et il ne sera bon à rien tant qu'il sera en proie à cette espèce de délire mystique. Sers-toi un peu de ta tête, gamin.

– Mais je ne peux pas, Grand-père, répéta obstinément Garion. C'est trop important pour lui, je ne peux pas lui raconter d'histoires.

– Tu ferais mieux d'aller le voir, Père, suggéra tante Pol.

– Ne crois pas que tu vas t'en tirer comme ça, mon bonhomme, tonna Belgarath en braquant sur Garion un index courroucé.

Puis il partit à la recherche de Relg en rouspétant tout ce qu'il savait.

Garion sut tout à coup avec une lucidité terrifiante que leur incursion à Cthol Murgos ne serait pas de tout repos, et qu'elle risquait de lui paraître bien longue.

CHAPITRE XX

Cette année-là, l'été s'était attardé dans la plaine et sur les prairies d'Algarie, mais l'automne devait être bref. Belgarath et ses compagnons avaient bien compris aux tempêtes de neige et aux bourrasques qu'ils avaient essuyées dans les montagnes au-dessus de Maragor puis à nouveau dans les pics d'Ulgolande que l'hiver serait précoce et rigoureux, et les nuits étaient déjà froides tandis qu'ils chevauchaient, jour après jour, dans les prairies interminables vers l'à-pic de l'est.

Belgarath avait oublié l'accès de colère que lui avait inspiré l'incapacité de Garion à lutter contre le sentiment de culpabilité de Relg, mais avec une logique implacable il avait placé un énorme fardeau sur les épaules du jeune garçon.

– Il te fait confiance – va savoir pourquoi, avait déclaré le vieil homme. Alors je le remets entièrement entre tes mains. Je me fous pas mal de la façon dont tu t'y prendras, mais ne le laisse pas déjanter comme l'autre fois.

Relg commença par refuser de répondre aux tentatives de Garion pour le faire sortir de sa coquille, mais au bout d'un moment, l'une des vagues de panique causées par la pensée du ciel ouvert au-dessus de sa tête eut raison de ses réserves et il se mit à parler. Il se confia par bribes, au départ, mais il fut bientôt intarissable. C'était exactement ce que craignait Garion : le sujet de conversation favori de l'Ulgo était le péché. Garion était stupéfait des choses insignifiantes que Relg considérait come impies. Oublier de prier avant un repas, par exemple, constituait une transgression majeure. Au fur et à mesure que l'Ulgo allongeait le sombre catalogue de ses fautes, Garion commença à percevoir que la plupart étaient des péchés d'intention plutôt que d'action. Un thème revenait constamment sur le tapis, celui des pensées lubriques que lui inspiraient les femmes. A la grande confusion de Garion, Relg insista pour les lui décrire avec un luxe de détails.

— Les femmes ne sont pas faites comme nous, lui confia l'illuminé un après-midi qu'ils chevauchaient de conserve. Leur esprit, leur cœur ne sont pas, comme les nôtres, portés à la sainteté, et elles tentent délibérément de nous séduire avec leur corps pour nous faire succomber au péché.

— Mais pourquoi, à votre avis? s'informa prudemment Garion.

— Leur cœur est plein de concupiscence, déclara Relg avec intransigeance. Elles prennent un plaisir particulier à tenter l'homme de bien. Je vous le dis, en vérité, Belgarion, vous n'imagineriez jamais de quelle perfidie ces créatures sont capables. J'ai trouvé la preuve de cette perversité chez des matrones au-dessus de tout soupçon — les femmes des plus zélés de mes fidèles. Elles passent leur temps à vous caresser, à vous frôler comme si c'était involontaire, elles se donnent un mal fou pour laisser glisser les manches de leurs robes afin d'exposer sans pudeur leurs bras ronds, et l'ourlet de leur vêtement semble remonter constamment pour dévoiler leurs chevilles.

— Si ça vous gêne, ne les regardez pas, suggéra Garion.

Relg ignora son intervention.

— J'ai songé un moment à les bannir de ma présence, mais je me suis dit qu'il valait peut-être mieux les tenir à l'œil afin d'être en mesure de protéger mes ouailles de leur perversité. J'ai même envisagé d'interdire le mariage parmi mes adeptes, mais d'après certains anciens, ce serait risquer de perdre les jeunes. Il me semble malgré tout que ce ne serait peut-être pas une mauvaise idée.

— Vous risqueriez surtout de voir disparaître vos fidèles

pour de bon, risqua Garion. Enfin, si ça durait assez long-temps – pas de mariages, pas d'enfants, vous voyez ce que je veux dire?

– Je n'ai pas encore trouvé de solution à ce problème, admit Relg.

– Et l'enfant – le nouveau Gorim? Si vous empêchez le mariage de deux personnes censées procréer – mettre au monde cet enfant entre tous les autres – ne craignez-vous pas d'interférer avec un événement voulu par UL?

Relg eut une sorte de hoquet comme s'il n'y avait jamais pensé, puis il reprit aussitôt le torrent de ses lamentations.

– Vous voyez? J'ai beau essayer de toutes mes forces, je suis voué à me vautrer constamment dans le péché. Je suis maudit, Belgarion. Maudit. Pourquoi UL m'a-t-il choisi pour révéler l'enfant alors que je suis si corrompu?

Garion se hâta de changer de sujet.

Ils passèrent neuf jours dans la terrible monotonie de cet océan d'herbe avant d'arriver à l'à-pic oriental, et pendant ces neuf jours, ses compagnons abandonnèrent Garion à la seule compagnie du fanatique en plein délire. Cette félonie blessa Garion au vif. Il eut beau leur lancer de fréquents regards de reproche, ils l'ignorèrent superbement. Ça ne lui améliora pas le caractère.

Franchissant une immense colline aux confins orientaux de la plaine, ils contemplèrent pour la première fois l'à-pic oriental, une immense muraille de basalte d'une demi-lieue de haut qui s'élevait verticalement au-dessus de la pierraille accumulée au pied et se perdait dans le lointain.

– Impossible, décréta platement Barak. Nous ne pourrons jamais escalader ça.

– Ce ne sera pas utile, lui confia Silk. Je connais une piste.

– Une piste secrète, bien sûr?

– Pas à proprement parler, mais rares sont ceux qui la connaissent, j'imagine. Cela dit, elle est bien visible quand on sait où regarder. J'ai eu l'occasion de quitter précipitamment Mishrak ac Thull, une fois, et je suis tombé dessus par hasard.

— C'est curieux, on a comme l'impression que tu as été obligé de partir précipitamment d'un peu partout à un moment ou un autre.

— L'une des choses les plus importantes à savoir dans mon métier, c'est quand il est temps de prendre la tangente, rétorqua Silk avec un haussement d'épaules.

Mandorallen contemplait l'Aldur qui étincelait au soleil entre la falaise noire, impitoyable, et leur petit groupe.

— Mais la rivière qui nous coupe la route ne nous fera-t-elle point obstacle? questionna-t-il en se palpant délicatement le flanc à la recherche d'endroits sensibles.

— Arrêtez, Mandorallen! lança tante Pol. Comment voulez-vous que vos côtes se ressoudent si vous les tripotez sans arrêt?

— M'est avis, Gente Dame, qu'elles ont retrouvé leur intégrité. Seule l'une d'elles me cause désormais quelque inconfort.

— Eh bien, n'y touchez pas.

— Il y a un gué à quelques lieues en amont, répondit Belgarath en réponse à la question. La rivière est basse à cette époque de l'année; nous devrions traverser sans problème.

Il talonna sa monture et les mena à flanc de coteau. Ils passèrent le gué vers la fin de l'après-midi et plantèrent leurs tentes sur la rive opposée. Le lendemain matin, ils repartirent vers le pied de la falaise.

— La piste est juste à quelques lieues au sud, annonça Silk en leur faisant longer la vertigineuse muraille noire.

— Nous allons gravir la paroi? s'informa Garion avec appréhension en regardant vers le sommet, au risque de se tordre le cou.

— Mais non, le rassura Silk en secouant la tête. La piste est en fait le lit d'un torrent qui coupe droit à travers la roche. Ça monte un peu vite et ce n'est pas large, mais nous ne devrions pas avoir de mal à grimper.

Garion se sentit un peu rassuré.

La piste était à peine une faille dans le prodigieux escarpement. Un filet d'eau s'échappait de l'ouverture pour disparaître dans le fouillis de débris rocheux accumulés au pied de la falaise.

– Tu es bien sûr que ça va jusqu'en haut? insista Barak en scrutant le goulet d'un air suspicieux.

– Fais-moi confiance.

– Pas à moins d'y être absolument obligé.

En fait de piste, c'était un couloir escarpé, jonché de pierres et d'une terrifiante étroitesse en certains endroits. A plusieurs reprises, ils furent obligés de décharger les chevaux de bât pour leur permettre de passer et il leur arriva même de les porter à bout de bras par-dessus les blocs de basalte fracassés en d'immenses marches. Le filet d'eau qui courait au fond de l'entaille rendait tout glissant et boueux. Et pour arranger encore les choses, de pâles nuages hauts et effilés survinrent de l'ouest et un vent glacial, âpre, se mit à dévaler la faille étroite depuis les plaines arides de Mishrak ac Thull, loin au-dessus d'eux.

Il leur fallut deux jours pour parvenir au sommet, à une demi-lieue peut-être à l'intérieur du plateau.

– J'ai l'impression d'avoir reçu une volée de coups de massue, se lamenta Barak en se laissant tomber dans les fourrés qui envahissaient le haut de la faille. Une énorme massue très sale.

Ils s'assirent entre les touffes d'épineux pour se remettre des fatigues de cette horrible escalade. Ils étaient rigoureusement épuisés.

– Je vais jeter un coup d'œil aux environs, annonça Silk après quelques instants.

Le petit homme avait un corps d'acrobate, souple, noueux, et il récupérait avec une vitesse stupéfiante. Il se glissa jusqu'au bout de la ravine en se coulant sous les buissons, parcourut les derniers mètres en rampant et jeta un coup d'œil circonspect par-dessus le rebord. Quelques minutes plus tard, il poussa un sifflement assourdi et se mit à faire de grands signes invitant ses compagnons à le rejoindre.

Barak se leva avec un gémissement plaintif. Durnik, Mandorallen et Garion suivirent le mouvement avec raideur.

– Allez voir ce qu'il veut, leur ordonna Belgarath. Je ne suis pas prêt à me mettre en branle pour l'instant.

Les quatre compagnons entreprirent de gravir la pente en faisant rouler les pierres sous leurs pieds. Ils parcoururent les derniers mètres en rampant, comme Silk, et le rejoignirent sous un buisson, en train de regarder par-dessus le bord.

– Il y a un problème? murmura Barak.

– On vient, répondit brièvement Silk en tendant le doigt.

Dans la plaine qui offrait au vent âpre et au ciel plombé ses étendues arides, rocailleuses, d'un brun terne, un nuage de poussière jaune trahissait l'approche d'un groupe de cavaliers.

– Une patrouille? chuchota Durnik.

– Je ne pense pas. Les Thulls ne sont pas très à l'aise à cheval. Ils se déplacent plutôt à pied, d'habitude.

Garion jeta un coup d'œil sur l'étendue désolée.

– On dirait qu'il y a quelqu'un devant eux, nota-t-il en indiquant un petit point, un quart de lieue à peu près devant les cavaliers.

– Ah, ça, acquiesça Silk avec une sorte de tristesse.

– Qu'est-ce que c'est? gronda Barak. Et ne joue pas aux devinettes, Silk. Je ne suis pas d'humeur à ça.

– Ce sont des Grolims, expliqua Silk. Ils pourchassent un Thull qui tente d'échapper au sacrifice. C'est assez fréquent.

– Nous devrions peut-être prévenir Belgarath, suggéra Mandorallen.

– Pas la peine. Les Grolims de la région volent plutôt bas, d'ordinaire. Je doute fort que l'un d'eux ait le moindre don de sorcellerie.

– Je vais tout de même le mettre au courant, décréta Durnik.

Il se laissa glisser à reculons du bord de la ravine, se redressa et regagna l'endroit où le vieil homme se reposait avec tante Pol et Relg.

– Tant que nous restons hors de vue, nous devrions être en sécurité, reprit Silk. Ils ne sont apparemment que trois, et ils s'intéressent trop au Thull.

Le fuyard s'était rapproché d'eux. Il courait tête baissée, en pompant l'air des deux bras.

– Et s'il lui prend l'envie de se cacher ici, dans le ravin? s'enquit Barak.

– Les Grolims le suivront, répliqua Silk avec un haussement d'épaules.

– Il faudra bien faire quelque chose à ce moment-là, non?

Silk hocha la tête avec un petit sourire évocateur.

– Et si nous l'appelions? proposa Barak en dégainant son épée.

– J'étais juste en train de me dire la même chose.

Durnik remontait la pente, les pieds dérapant sur le gravier.

– Sire Loup nous conseille de les tenir à l'œil, rapporta-t-il, mais il nous défend d'intervenir, sauf s'ils s'engagent dans le goulet.

– Quelle poisse! commenta Silk avec un grand soupir nostalgique.

Le Thull était maintenant bien visible. Il portait une pauvre tunique ceinturée sur son gros ventre. Il avait les cheveux hirsutes, couleur de boue, et le visage contracté dans une expression de panique animale. Il passa en courant lourdement à trente pas peut-être de leur cachette, et Garion entendit distinctement sa respiration sifflante. Il poussait un long gémissement continu, une plainte animale, désespérée.

– Il est bien rare qu'ils tentent de se cacher, ajouta Silk d'une voix douce, empreinte de pitié. Ils se contentent de courir.

Il secoua la tête.

– Ils ne vont pas tarder à le rattraper, observa Mandorallen.

Les Grolims qui le poursuivaient portaient des robes noires à capuchon et leur visage disparaissait derrière un masque d'acier poli.

– Nous ferions mieux de redescendre, conseilla Barak.

Ils baissèrent la tête, disparaissant à nouveau au-dessous du niveau du plateau. Quelques instants plus tard, les trois chevaux passaient au galop, martelant la terre durcie.

– D'ici quelques minutes, ils l'auront rattrapé, avança Garion. Il va droit vers le bord. Il va être pris au piège.

– Ça, je ne crois pas, objecta Silk d'un ton sombre.

Un instant plus tard, ils entendirent un long hurlement de désespoir qui s'estompa horriblement dans l'abîme.

– C'est plus ou moins ce que je pensais, souffla Silk.

L'estomac de Garion se tordit à la pensée de la hauteur terrifiante de l'à-pic.

– Ils reviennent, les avertit Barak. Descendons.

Les trois Grolims repassèrent à cheval devant la ravine. L'un d'eux dit quelque chose que Garion ne comprit pas et ses compagnons éclatèrent de rire.

– Le monde serait bien plus agréable avec trois Grolims de moins, insinua Mandorallen dans un soupir sinistre.

– Quelle pensée délicate, acquiesça Silk. Mais Belgarath ne serait sûrement pas d'accord. Il vaut mieux les laisser partir. Personne ne tient à ce qu'on vienne à leur recherche.

Barak jeta un regard neurasthénique sur les trois Grolims et poussa un soupir profond comme la barre de Cherek.

– Allons rejoindre les autres, proposa Silk.

Ils repartirent comme ils étaient venus, en rampant dans le goulet broussailleux.

– Ils sont partis? questionna Belgarath en levant les yeux sur eux.

– Ils s'en vont, précisa Silk.

– Qu'est-ce que c'était que ce cri? interrogea Relg.

– Trois Grolims pourchassaient un Thull. Il est passé par-dessus le bord de l'à-pic, l'informa Silk.

– Pourquoi?

– Il avait été choisi pour certaine cérémonie religieuse et n'avait pas envie d'y participer.

– Il avait refusé? s'exclama Relg, choqué. Il méritait bien son sort, alors.

– Je pense, Relg, que vous n'apprécieriez pas la nature des cérémonies des Grolims, ajouta Silk.

– Il faut se soumettre à la volonté de son Dieu, insista Relg avec ferveur. Les obligations religieuses sont sans appel.

– Dites-moi, Relg, qu'est-ce que vous savez de la religion angarak? s'enquit Silk en le dévisageant.

– Je ne m'intéresse qu'à la religion ulgo.

– Mieux vaut savoir de quoi on parle avant de porter des jugements.

– Laissez tomber, Silk, lui conseilla tante Pol.

– Non, Polgara. Pas cette fois. Il serait bon que notre ami dévot ait connaissance de certains faits. Il semble manquer d'éléments de référence. Ce qui constitue le cœur de la religion angarak, reprit-il en revenant vers Relg, est un rituel que la plupart des hommes trouvent révoltant. Les Thulls consacrent la totalité de leur existence à l'éviter. Telle est la réalité centrale de la vie thullienne.

– Quel peuple abominable! lança Relg d'une voix âpre.

– Non. Les Thulls sont stupides sinon complètement abrutis, mais ils sont loin d'être abominables. Vous voyez, Relg, le rituel en question met en jeu des sacrifices humains.

Relg retira le voile de ses yeux pour regarder le petit homme à la face de rat avec incrédulité.

– Chaque année, deux mille Thulls sont sacrifiés à Torak, poursuivit Silk, ses petits yeux noirs, brillants, rivés à ceux de Relg, sidéré. Les Grolims autorisent les heureux élus à se faire remplacer par un esclave, et les Thulls s'échinent parfois leur vie durant à gagner l'argent nécessaire pour acheter l'esclave qui prendra leur place sur l'autel s'ils ont la malchance d'être désignés. Mais il arrive que les esclaves meurent, ou qu'ils s'enfuient. Si un Thull sans esclave est choisi, il tente souvent de s'enfuir. Alors les Grolims le pourchassent – ils sont rompus à cet exercice et ils y excellent. Je n'ai jamais entendu dire qu'un seul Thull ait réussi à s'échapper.

– Il est de leur devoir de se soumettre, maintint obstinément Relg, bien qu'un peu moins sûr de lui, peut-être.

– Coment sont-ils sacrifiés? questionna Durnik d'une voix assourdie.

Le fait que le Thull ait préféré se jeter du haut de l'à-pic l'avait apparemment secoué.

– C'est très simple, commença Silk sans quitter Relg du regard. Deux Grolims maintiennent le Thull cambré sur l'autel et un troisième lui arrache le cœur avec un poignard. Puis ils brûlent le cœur sur un petit bûcher. Torak n'a pas besoin de tout le Thull. Seul son cœur l'intéresse.

Relg accusa le coup.

– Ils sacrifient aussi les femmes, ajouta Silk. Mais elles, elles ont un moyen très simple de s'en sortir : les Grolims ne sacrifient pas les femmes enceintes ; ça fausserait leurs calculs. Alors les femmes thulles s'efforcent d'être continuellement enceintes. Voilà pourquoi il y a tant de Thulls et pourquoi les Thulles sont réputées pour leur appétit insatiable – et leur manque de discrimination.

– C'est monstrueux! laissa échapper Relg. La mort serait infiniment préférable à une aussi vile dépravation.

– La mort est longue, Relg. Très longue, insista Silk avec un petit sourire glacial. Un peu de dépravation s'oublie vite si on y met du sien. Surtout quand sa vie en dépend.

Relg rumina la description abrupte des horreurs de la vie thullienne. Il affichait à présent un certain trouble.

– Vous êtes un homme pervers, accusa-t-il enfin, mais sa voix manquait de conviction.

– Je sais, approuva Silk.

Relg en appela à Belgarath.

– Ce qu'il a dit est-il vrai?

Le sorcier se grattouilla la barbe d'un air pensif.

– Il n'a pas oublié grand-chose. Vous savez, Relg, le mot « religion » recouvre des notions bien différentes selon les individus. Tout dépend de la nature du Dieu que l'on vénère. Vous devriez essayer d'y réfléchir. Cela vous faciliterait peut-être un peu la tâche.

– Je pense que nous avons à peu près épuisé les possibilités de cette conversation, Père, intervint tante Pol. Et nous avons encore du chemin à faire.

– Exact, acquiesça-t-il en se relevant.

Ils traversèrent le fouillis aride de caillasse et de buissons rabougris qui longeait la frontière occidentale du pays des Thulls. Le vent qui balayait inlassablement l'àpic était d'un froid glacial, mais seules quelques maigres flaques de neige contemplaient le ciel d'un gris menaçant.

Les yeux de Relg s'étaient adaptés à la lumière tamisée et les nuages semblaient un peu atténuer la panique que lui inspirait le vide céleste. Il passait de toute évidence un sale quart d'heure. Le monde de la surface lui était hostile et tout ce qu'il y rencontrait semblait entrer en conflit avec ses idées préconçues. Il vivait en outre une période de trouble personnel, et la crise religieuse qu'il traversait l'amenait à proférer des discours et à se livrer à des actes étranges, incohérents. A un certain moment il dénonçait pieusement la perversité pécheresse de ses pareils, le visage tordu dans une expression d'implacable vertu ; et l'instant d'après, il se rabaissait plus bas que terre, avouant sa faute et ses péchés en une litanie sans fin – assez répétitive au demeurant – à tous ceux qui voulaient bien l'entendre. Son visage blême et ses énormes yeux noirs encadrés par le capuchon de son haubert se révulsaient, ébranlés par la tempête de ses émotions. Dans ces moments-là, tous les autres, même Durnik, si patient et si indulgent, le fuyaient, l'abandonnant à Garion. Relg s'arrêtait souvent pour prier et se livrer à de petits rites obscurs qui semblaient l'amener invariablement à se rouler sur le sol.

– A ce tarif-là, il va nous falloir un an pour arriver à Rak Cthol, gronda aigrement Barak en l'une de ces occasions.

Il contemplait avec un dégoût ostensible le fanatique qui s'agenouillait frénétiquement dans la poussière, le long de la piste.

– Nous avons besoin de lui, répondit calmement Belgarath. Et il a besoin de ça. Supportons-le autant que possible.

– Nous approchons de la frontière nord de Chol Murgos, annonça Silk en indiquant une rangée de collines. Une fois de l'autre côté, plus question de nous arrêter à tout bout de champ comme ça. Il nous faudra rejoindre le plus vite possible la Grand-Route des Caravanes du Sud. Les Murgos patrouillent intensivement dans la région, et ils n'approuvent guère les incursions sur leur territoire. Une fois sur la piste, tout ira bien, mais je ne tiens pas à ce qu'on nous arrête avant.

– Tu sembles, ô Prince Kheldar, escompter que l'on ne se posera point de questions sur nous dès ce moment ?

s'informa Mandorallen. Notre petit groupe est curieusement assorti, et les Murgos fort soupçonneux.

– Ils nous surveilleront, admit Silk, mais ils n'oseront
rien faire tant que nous ne nous écarterons pas de la piste.
Le traité entre Taur Urgas et Ran Borune garantit la
liberté de déplacement le long de cette fameuse route, et
aucun Murgo au monde ne serait assez stupide pour cau-
ser des embarras à son roi en le violant. Taur Urgas est
très sévère avec les gens qui lui causent des soucis.

Ils entrèrent à Cthol Murgos peu après midi par un jour
froid, brouillasseux, et mirent aussitôt leurs chevaux au
galop. Au bout d'une lieue ou deux, Relg retint sa
monture.

– Pas maintenant, Relg, protesta sèchement Belgarath.
Plus tard.

– Mais...

– UL est un Dieu patient. Il attendra. Continuons.

Ils traversèrent à vive allure les hauts plateaux désolés,
leurs capes flottant derrière eux au vent hargneux qui les
emportait. L'après-midi était bien entamé lorsqu'ils arrivèrent à la Route des Caravanes du Sud et s'y engagèrent.
Le terme de « route » était peut-être un peu usurpé, mais
des siècles de passage en avaient nettement dessiné le
profil.

– C'est bon, déclara Silk en jetant un coup d'œil satisfait alentour. Nous sommes redevenus d'honnêtes marchands et aucun Murgo au monde n'oserait nous mettre
des bâtons dans les roues.

Il dirigea son cheval vers l'est et mena la marche avec
toutes les apparences d'une confiance absolue en l'avenir
en général et en lui en particulier, bombant le torse et
adoptant à tous égards l'allure d'un très grand homme
d'affaires. Garion savait qu'il se préparait mentalement à
assumer un nouveau rôle. Et lorsqu'ils croisèrent la caravane d'un marchand tolnedrain qui faisait route vers
l'ouest avec son escorte, Silk avait opéré la transition. Il
salua son alter ego avec toute l'aisance et la camaraderie
de l'homme de qualité.

– Belle journée, Super-Hyper-Marchand, dit-il au Tolnedrain, remarquant les marques de noblesse de l'autre.

Si vous avez un moment, et si cela vous sied, nous pourrions échanger des informations sur la route. Vous venez de l'est, je viens de prendre la route, un peu à l'ouest. La confrontation pourrait se révéler mutuellement fructueuse.

— Excellente idée, acquiesça le Tolnedrain.

Le Super-Hyper-Marchand était un homme corpulent, au front haut, vêtu d'un mantelet doublé de fourrure qu'il refermait étroitement autour de lui pour faire échec au vent glacial.

— Je m'appelle Ambar, déclara Silk. Et je viens de Kotu.

— Kalvor, de Tol Horb, se présenta poliment le Tolnedrain avec un hochement de tête. Vous avez choisi une période bien difficile pour aller vers l'est, Ambar.

— Je n'avais pas le choix. Mes fonds sont limités et le coût de l'hébergement hivernal à Tol Honeth aurait englouti mes dernières ressources.

— Les Honeth sont de vrais vautours, renchérit Kalvor. Ran Borune est-il toujours de ce monde?

— Il avait toujours bon pied bon œil lors de notre départ.

— Et la querelle de succession bat-elle toujours son plein? demanda Kalvor en esquissant une grimace.

— Plus que jamais! répondit Silk en riant.

— Kador de Tol Vordue, ce chien, part-il toujours favori dans la course à la succession?

— Le chien serait tombé sur un os, à ce que je me suis laissé dire. Il aurait attenté à la vie de la princesse Ce'Nedra. J'imagine que l'Empereur saura prendre les mesures qui s'imposent pour mettre fin à ses activités.

— Quelle merveilleuse nouvelle! s'exclama Kalvor, s'illuminant tout à coup.

— Comment est la piste vers l'est?

— Il n'y a pas beaucoup de neige. Cela dit, il n'y en a jamais beaucoup à Cthol Murgos. C'est un royaume très sec. Mais il fait un froid abominable. Le vent est redoutable dans les passes. Et les montagnes de l'est de la Tolnedrie?

— Il neigeait quand nous sommes passés.

– C'est bien ce que je craignais, nota Kalvor dont le nez s'allongea.

– Vous auriez mieux fait d'attendre le printemps, Kalvor. Vous avez mangé votre pain blanc.

– J'ai été obligé de quitter Rak Goska, expliqua Kalvor en regardant autour de lui comme s'il craignait les oreilles indiscrètes. Vous vous jetez droit dans la gueule du loup, Ambar, poursuivit-il gravement.

– Oh, oh?

– Ce n'est vraiment pas le moment de mettre les pieds à Rak Goska. Les Murgos sont devenus fous, là-bas.

– Fous? répéta Silk, inquiet.

– Il n'y a pas d'autre explication. Ils m'ont arrêté, un honnête homme comme moi! sur les charges les plus improbables qui se puissent imaginer. Tous ceux qui viennent du Ponant font l'objet d'une surveillance constante, d'ailleurs. Ce n'est assurément pas le moment d'emmener une dame dans la région.

– Ma sœur, précisa Silk, avec un coup d'œil en direction de tante Pol. Elle a investi dans mon expédition, mais elle n'a pas confiance en moi et elle a insisté pour m'accompagner afin de s'assurer que je ne la flouerais pas.

– A votre place, j'éviterais Rak Goska, conseilla Kalvor.

– Je ne peux plus faire demi-tour, maintenant, avoua Silk d'un air impuissant. Je n'ai pas le choix.

– Je vous le dis honnêtement, Ambar, vous risquez votre vie en allant là bas en ce moment. Un bon marchand de ma connaissance a été accusé d'avoir violé le quartier des femmes d'une maison murgo.

– Enfin, j'imagine que ça arrive de temps en temps. Les femmes murgo sont réputées pour leur beauté.

– Ambar, reprit Kalvor, peiné, l'homme avait soixante-treize ans.

– Eh bien, ses fils peuvent être fiers de sa virilité, s'esclaffa Silk. Que lui est-il arrivé?

– Il a été condamné et empalé, ajouta Kalvor en réprimant un frisson. Les soldats nous ont encerclés et forcés à assister à la séance. C'était épouvantable.

Silk fronça les sourcils.

– L'accusation n'avait aucune chance d'être fondée?

– Soixante-treize ans, Ambar. Les preuves étaient à l'évidence forgées de toute pièce. Si je ne savais pas que c'est impossible, je dirais que Taur Urgas fait tout ce qu'il peut pour chasser les marchands occidentaux de Cthol Murgos. Rak Goska n'est vraiment pas un endroit sûr pour nous en ce moment.

– Qui peut dire ce que Taur Urgas a en tête, insinua Silk avec une grimace.

– Il tire avantage de toutes les transactions qui s'effectuent à Rak Goska. Il faudrait qu'il soit fou pour nous évincer.

– J'ai eu l'occasion de rencontrer Taur Urgas, déclara Silk d'un ton sinistre. On ne risque pas de l'accuser d'avoir toute sa raison. Kalvor, reprit-il en jetant un coup d'œil désespéré sur les environs, j'ai investi tout ce que j'avais et tout ce que j'ai pu emprunter dans ce voyage. Si je tourne bride maintenant, je suis ruiné.

– Vous pourriez prendre par le nord après les montagnes, suggéra le Tolnedrain. Traversez le fleuve, entrez à Mishrak ac Thull et allez à Thull Mardu.

– J'ai horreur des Thulls.

– Vous avez une autre solution. Vous connaissez le relais qui se trouve à mi-chemin de Tol Honeth et Rak Goska?

Silk hocha la tête en signe d'acquiescement.

– Les Murgos ont toujours eu un relais à cet endroit – de la nourriture, des chevaux de rechange et autres biens de première nécessité. Mais depuis les troubles qui agitent Rak Goska, quelques Murgos à l'esprit entreprenant s'y sont installés. Ils achètent des caravanes entières, chevaux compris. Les prix ne sont pas aussi attrayants qu'à Rak Goska, mais ça vous permettrait malgré tout de réaliser un certain bénéfice sans risquer votre peau.

– Oui, mais je repartirais à vide, objecta Silk. Rentrer sans marchandises à Tol Honeth représente un sérieux manque à gagner.

– Vous seriez assuré d'avoir la vie sauve, Ambar, insista Kalvor en regardant autour de lui comme s'il s'attendait à être arrêté d'un instant à l'autre. Je ne suis pas près de remettre les pieds à Cthol Murgos, décréta-t-il fermement. Je suis aussi disposé que n'importe qui à prendre des risques pour un bénéfice substantiel, mais je ne retournerais pas à Rak Goska pour tout l'or du monde.

– Nous sommes encore loin du relais? s'informa Silk comme ébranlé dans ses intentions.

– A trois journées de cheval. Bonne chance, Ambar – quoi que vous décidiez, fit le Tolnedrain en reprenant les rênes. Je voudrais faire encore quelques lieues avant la nuit. Il y a peut-être de la neige dans les montagnes de Tolnedrie, mais au moins j'aurai quitté Cthol Murgos et je ne serai plus sous la botte de Taur Urgas.

Il eut un bref hochement de tête et repartit vers l'ouest à un trot alerte, ses gardes et sa caravane à sa suite.

CHAPITRE XXI

La Route des Caravanes du Sud serpentait à travers une série de hautes vallées arides orientées suivant une direction générale est-ouest et surplombées de pics élevés, sans doute plus hauts que les montagnes de l'ouest mais dont la neige n'effleurait qu'à peine les sommets. Le ciel d'ardoise pesait sur eux comme un couvercle, pourtant jamais les nuages n'abreuvaient cette étendue désolée de sable, de rocaille et de maigres touffes d'épineux. Mais s'il ne neigeait pas, il n'en faisait pas moins horriblement froid. Le vent soufflait sans trêve, les cinglant de coups de cravache.

Ils allaient toujours vers l'est, à vive allure.

— Belgarath, commença Barak, par-dessus son épaule. Il y a un Murgo sur la ligne de crête, droit devant, juste au sud de la piste.

— Vu.

— Qu'est-ce qu'il fait là ?

— Il nous surveille. Il ne fera rien d'autre tant que nous resterons sur la route.

— Ils surveillent toujours la route comme ça, expliqua Silk. Les Murgos aiment bien tenir à l'œil tous ceux qui s'aventurent sur leur territoire.

— Ce Tolnedrain... Kalvor, reprit Barak. Vous croyez qu'il exagérait ?

— Non, démentit Belgarath. Je pense que Taur Urgas cherche un prétexte pour fermer la route des caravanes et expulser tous les Occidentaux de Cthol Murgos.

– Mais pourquoi? s'indigna Durnik.

– La guerre approche, commenta Belgarath avec un haussement d'épaules. Taur Urgas sait que parmi certains des marchands qui vont à Rak Goska par cette route sont des espions. Il s'apprête à faire remonter ses armées du sud, et il préfère garder le secret sur leur nombre et leurs mouvements.

– Quelle armée peut-on lever dans un royaume aussi sinistre et peu peuplé? s'interrogea Mandorallen.

Belgarath promena son regard sur le plateau désertique.

– C'est là une toute petite partie de Cthol Murgos; la seule que nous soyons autorisés à voir. Le pays s'étend sur plus de mille lieues vers le sud, et il s'y trouve des villes où aucun Occidental n'a jamais mis les pieds – nous n'en connaissons même pas les noms. Ici, au nord, les Murgos jouent un jeu très élaboré pour dissimuler le vrai Cthol Murgos.

– Tel est donc Ton avis que la guerre est proche?

– L'été prochain, peut-être. Sinon, celui d'après.

– Serons-nous prêts? questionna Barak.

– Nous allons faire en sorte.

Tante Pol poussa un petit cri de dégoût.

– Qu'est-ce qui se passe? s'inquiéta aussitôt Garion.

– Des vautours. De sales bête répugnantes.

Une douzaine d'oiseaux au corps lourd s'acharnaient sur une proie, le long de la piste, en battant des ailes et en poussant des cris rauques

– Qu'est-ce qu'ils mangent? s'étonna Durnik. Je n'ai pas vu un seul animal depuis que nous avons quitté l'à-pic.

– Un cheval, sûrement. Ou un homme, supposa Silk. Il n'y a rien d'autre par ici.

– Un homme serait resté sans sépulture? reprit le forgeron.

– Seulement partielle, précisa Silk. Certains brigands s'imaginent parfois que la collecte sera plus facile le long de la route des caravanes. Les Murgos leur donnent tout le temps de méditer leur erreur.

Durnik lui jeta un regard déconcerté.

– Les Murgos les capturent, les enterrent jusqu'au cou

et les abandonnent. Les vautours se sont depuis longtemps rendu compte qu'un homme dans cette position était sans défense. Il leur arrive de s'impatienter et de ne pas attendre que leur proie ait fini de mourir pour commencer à la dévorer.

— C'est un moyen comme un autre de se débarrasser des bandits, décréta Barak d'un ton presque approbateur. Ça prouve que même les Murgos peuvent avoir de bonnes idées de temps en temps.

— Oui, sauf que les Murgos partent du principe que tous ceux qui ont le malheur de s'écarter de la piste sont des bandits.

Les vautours poursuivirent leur funeste festin sans désemparer tandis que le groupe passait à moins de cinquante pas de leur congrégation ailée. Leurs ailes et leur corps dissimulaient ce qu'ils pouvaient bien déguster, chose dont Garion leur fut profondément reconnaissant. Quoi que ce fût, ça ne devait pas être bien gros.

— Il ne faudra donc pas nous éloigner de la piste quand nous nous arrêterons pour dormir, souligna Durnik en détournant les yeux avec un frisson.

— Vous avez tout compris, approuva Silk.

Les informations du marchand tolnedrain sur la foire improvisée au relais se révélèrent exactes. L'après-midi du troisième jour, ils virent au détour d'une colline un essaim de tentes entourant un bâtiment de pierres massives dressé sur l'un des côtés de la piste. Les tentes avaient l'air toutes petites dans le lointain, et leur toile se gonflait et claquait dans le vent incessant.

— Alors Belgarath, qu'en pensez-vous? interrogea Silk.

— Il est tard, remarqua le vieil homme. Nous serons bien obligés de nous arrêter pour la nuit d'ici peu, et ça paraîtrait bizarre si nous passions sans autre forme de procès.

Silk hocha la tête.

— Mais il ne faut pas qu'ils voient Relg, poursuivit Belgarath. Personne ne nous prendra pour des marchands comme les autres si l'on nous voit avec un Ulgo.

— Nous allons l'enrouler dans une couverture, décida Silk après un instant de réflexion. Et si on nous pose des questions, nous dirons qu'il a la crève. En général, les gens ne s'éternisent pas auprès des malades.

Belgarath acquiesça d'un hochement de tête.

– Vous pourriez faire semblant d'être souffrant? suggéra-t-il à Relg.

– Je *suis* souffrant, répondit l'Ulgo le plus sérieusement du monde. Il fait toujours aussi froid par ici? reprit-il en reniflant tout ce qu'il savait.

Tante Pol amena son cheval près du sien et tendit la main vers son front.

– Ne me touchez pas! hurla Relg en se recroquevillant devant elle.

– Ah, ça suffit, hein! fit-elle en lui effleurant le front et en le regardant sous le nez. Il a attrapé un rhume, Père, annonça-t-elle. Dès que nous nous arrêterons, je lui donnerai quelque chose. Et vous, pourquoi ne disiez-vous rien, aussi?

– Je supporterai les épreuves qu'UL choisit de m'envoyer, proclama Relg. C'est la punition de mes péchés.

– Mais non, riposta-t-elle sans ambages. Ça n'a rien à voir avec le péché ou un quelconque châtiment. Vous avez un bon rhume, et voilà tout.

– Je vais mourir? s'informa calmement Relg.

– Bien sûr que non. Vous n'avez jamais été enrhumé auparavant?

– Non. Je n'ai jamais été malade de ma vie.

– Eh bien, vous ne pourrez plus jamais dire cela, déclara Silk d'un ton léger en tirant une couverture de l'un des paquetages et en la lui tendant. Enroulez-vous làdedans, ramenez-la sur votre tête et essayez d'avoir l'air mal fichu.

– Mais *je suis* mal fichu, répéta Relg en se mettant à toussoter.

– Peut-être, mais ça ne se voit pas assez. Pensez au péché, suggéra Silk. Ça devrait vous donner une mine lamentable.

– Je pense tout le temps au péché, confirma Relg en toussant comme un perdu.

– D'accord. Eh bien, essayez d'y penser un peu plus fort.

Ils descendirent la colline en direction des tentes, sous la tyrannie du vent âpre, obsédant. Seuls de rares marchands avaient osé sortir de leur pavillon, et ceux-là vaquaient rapidement à leur tâche dans le froid mordant.

— Je pense que nous devrions d'abord passer au relais nous ravitailler un peu, suggéra Silk en indiquant le bâtiment de pierre carré. Ça paraîtrait plus naturel. Laissez-moi prendre les choses en main.

— Silk! Espèce de chacal galeux de Drasnien! rugit une voix rauque émanant d'une tente voisine.

Silk écarquilla légèrement les yeux et se fendit d'un immense sourire.

— Il me semble avoir entendu couiner un cochon nadrak! s'exclama-t-il assez fort pour être entendu par l'occupant de la tente.

Un Nadrak un peu mal dégrossi, vêtu d'une sorte de houppelande de feutre noir qui lui arrivait aux chevilles émergea du pavillon de toile. Il portait une sorte de bonnet de fourrure qui lui emprisonnait les oreilles et d'où dépassaient des cheveux noirs, raides. Une barbe noire, pareille à une carpette pelée, lui mangeait la figure. Ses yeux avaient l'angularité propre à tous les Angaraks; mais contrairement aux yeux morts des Murgos, les siens brûlaient d'une sorte de ruse cordiale.

— Alors, Silk, ils n'ont pas encore eu ta peau? reprit-il d'une voix éraillée. J'aurais juré qu'à cette heure-ci quelqu'un aurait bien réussi à t'écorcher vif.

— Ivre, comme toujours, à ce que je vois, commenta Silk avec un sourire féroce. Ça fait combien de jours, cette fois, Yarblek?

— Qui tient les comptes? s'ébaudit le Nadrak dans un grand éclat de rire, en basculant légèrement sur ses talons. Qu'est-ce que tu fabriques dans le coin? Je pensais que ton gros plein de soupe de roi avait besoin de toi à Gar og Nadrak?

— Ma figure était un peu trop connue dans les rues de Yar Nadrak. Les gens commençaient à m'éviter.

— Allons, allons, comment est-ce possible? rétorqua Yarblek d'une voix lourde de sarcasme. Tu roules les gens en affaires, tu triches aux dés, tu abuses des femmes des autres et tu es un espion. Ce n'est tout de même pas une raison pour que les hommes cessent d'avoir de l'estime pour toi et pour tes bons côtés, si tu en as.

— Décidément, Yarblek, je trouve ton sens de l'humour de plus en plus subtil.

— C'est mon seul défaut, admit le Nadrak un peu gris. Allez, Silk, descends de cette pauvre bête et viens sous ma tente. Amène tes amis. Nous nous soûlerons la gueule ensemble.

Il réintégra sa tanière.

— Une vieille connaissance, expliqua rapidement Silk en descendant de cheval.

— On peut lui faire confiance? interrogea Barak d'un air méfiant.

— Il est réglo. Pas à cent pour cent, mais ce n'est pas un mauvais bougre. Enfin, pour un Nadrak. Il sait tout ce qui se passe, et s'il a assez bu, nous en tirerons peut-être des informations utiles.

— Entre là-dedans, Silk, rugit Yarblek de l'intérieur de sa tente de feutre gris.

— Allons toujours voir ce qu'il a dans le ventre, décida Belgarath.

Ils mirent pied à terre, attachèrent leurs chevaux à une rangée de piquets sur le côté et entrèrent à la file indienne dans la tente du Nadrak. C'était un vaste pavillon aux parois et au sol couverts d'épais tapis écarlates. Une lampe à huile était accrochée au montant central et des vagues de chaleur émanaient d'un brasero de fer.

Yarblek était assis, les jambes croisées, au fond de la tente, un gros tonneau noir posé par terre, à portée de la main.

— Grouillez-vous un peu d'entrer! ordonna-t-il brusquement. Et refermez-moi ce rabat. Vous laissez partir toute la chaleur!

— Je vous présente Yarblek, déclara Silk. Un marchand correct et un poivrot de haut de gamme. Nous nous connaissons depuis un sacré paquet d'années.

— Ma tente est la vôtre, annonça Yarblek dans un hoquet, indifférent aux commentaires de Silk. Ce n'est pas formidable, mais vous êtes tout de même chez vous. Il y a des gobelets dans ce tas-là, sous ma selle. Il y en a même des propres. On va trinquer ensemble.

– Voici dame Pol, Yarblek, reprit Silk, poursuivant les présentation.

– Pas mal, observa Yarblek en la regardant avec insolence. Pardonnez-moi de ne pas me lever, Gente Dame, mais je suis un peu étourdi en ce moment. J'ai dû manger quelque chose qui ne m'a pas réussi.

– Sûrement, oui, convint-elle avec un petit sourire assez froid. On ne fait pas assez attention à ce qu'on avale.

– C'est exactement ce que je me suis dit un bon millier de fois ! approuva-t-il en lui lançant un clin d'œil tandis qu'elle retirait son capuchon et sa cape. Elle est rudement bien, Silk. Tu ne la vendrais pas, par hasard ?

– Je suis trop chère pour vous, Yarblek, commenta-t-elle sans s'offusquer le moins du monde.

Yarblek la dévisagea en rugissant d'allégresse.

– Par le nez du Grand Borgne, je vous crois volontiers ! Sans compter que vous avez sûrement une dague cachée sous vos vêtements et que vous m'ouvririez le ventre si j'essayais de vous voler, hein ?

– Et comment.

– Quelle femme ! ricana Yarblek. Et vous savez danser ?

– Comme vous n'avez jamais vu danser une femme, Yarblek. Je pourrais vous changer les os en bouillon de pot-au-feu si je voulais.

Les yeux de Yarblek s'embrasèrent.

– Quand nous serons tous ivre-morts, peut-être danserez-vous pour nous ?

– On verra.

Et ce n'était pas un refus absolu. Garion était sidéré de cette hardiesse qui ne lui ressemblait guère. C'était manifestement ce que Yarblek attendait d'une femme, mais Garion se demandait où et comment sa tante Pol avait bien pu apprendre les us et coutumes des Nadraks au point de lui répondre sans la moindre hésitation.

– Je te présente sire Loup, poursuivit Silk en indiquant Belgarath.

– Je me fiche des noms. Je ne m'en souviens jamais, n'importe comment, déclara Yarblek en agitant la main avec désinvolture, ce qui ne l'empêcha pas de les dévisager d'un œil acéré. En fait, ajouta-t-il, et soudain il n'avait plus l'air tout à fait aussi soûl, il vaudrait mieux que je ne sache pas comment vous vous appelez. Ce qu'un homme ne sait pas, il ne peut pas le révéler, et vous formez un groupe un peu trop hétéroclite pour être venus dans cette saloperie de Cthol Murgos juste pour faire du tourisme. Allez plutôt chercher vos gobelets. Le tonneau est presque plein, et j'en ai un autre à rafraîchir derrière la tente.

Sur un geste de Silk, ils prirent tous un gobelet sous le monceau d'accessoires de cuisine empilés à côté d'une selle usée et s'assirent à côté de Yarblek, près du tonneau.

– Je pourrais vous servir si j'étais un hôte digne de ce nom, mais j'en mets trop à côté. Vous vous débrouillerez mieux sans moi.

La bière de Yarblek était un breuvage noir à la saveur corsée, presque fruitée.

– Intéressant, approuva poliment Barak.

– Mon brasseur hache des pommes sèches dans ses cuves, l'informa le Nadrak. Ça atténue un peu l'amertume. Je pensais que tu n'aimais pas les Murgos, observat-il en regardant Silk.

– Ça tu l'as dit.

– Alors qu'est-ce que tu fiches à Cthol Murgos?

– Les affaires, esquiva Silk en haussant les épaules.

– Lesquelles? Les tiennes ou celles de Rhodar?

Silk lui fit un clin d'œil.

– C'est aussi ce que je pensais. Eh bien, bonne chance. Je te donnerais volontiers un coup de main, mais il vaut sans doute mieux que je ne fourre pas mon nez dans tes « affaires ». Les Murgos se méfient encore plus de nous que des Aloriens – et on ne peut pas les en blâmer. Tout Nadrak digne de ce nom ferait un détour de dix lieues pour le seul plaisir de couper le cou d'un Murgo.

– L'affection que tu portes à tes cousins me va droit au cœur, insinua Silk avec un bon sourire.

– Mes cousins! cracha Yarblek, l'œil sombre. Sans les

Grolims, il y a belle lurette que nous aurions écrasé cette sale race au sang froid, décréta-t-il en remplissant son gobelet et en le levant. Aux Murgos. Qu'ils crèvent!

— Voilà quelque chose à quoi nous pouvons tous boire, acquiesça Barak avec un immense sourire. Qu'ils crèvent!

— Et mille furoncles au cul de Taur Urgas! ajouta Yarblek.

Il vida son gobelet à longues gorgées, le remplit à nouveau et le vida une seconde fois.

— Je suis dans un bon jus, moi, admit-il.

— Nous ne nous en serions jamais doutés, confia tante Pol d'un ton suave.

— Tu me plais, fillette, avoua Yarblek avec un grand sourire. Je voudrais bien avoir les moyens de me payer une femelle comme toi. Je ne pense pas que tu envisages de t'enfuir?

— Pas vraiment, déclina-t-elle avec un petit sourire de dérision. Je regrette vraiment, mais c'est mauvais pour la réputation de la femme, vous comprenez.

— C'est bien vrai, ça, confirma Yarblek d'un air inspiré. Enfin, je ferais sûrement mieux de fermer ma grande gueule, mais comme je disais, je suis vraiment dans un bon jus. Ce n'est pas le moment de s'aventurer à Cthol Murgos. Surtout pour les Aloriens. J'ai entendu des histoires bizarres, ces temps-ci. Une rumeur circule à Rak Cthol: la terre des Murgos doit être purgée de tous ses étrangers. Taur Urgas a beau porter la couronne et jouer au roi à Rak Goska, le vieux Grolim de Rak Cthol tient le cœur du roi des Murgos dans sa main. Il sait que Ctuchik n'a qu'à la refermer un peu, et il est cuit.

— Nous avons rencontré un Tolnedrain à quelques lieues d'ici qui nous a raconté le même genre d'histoire, répliqua gravement Silk. Il nous a dit que dans tout Rak Goska on arrêtait les marchands occidentaux sous des prétextes futiles.

Yarblek hocha la tête.

— Ce n'est que la première étape. Les Murgos sont des gens très prévisibles – il faut dire qu'ils n'ont pas beaucoup d'imagination. Taur Urgas n'est peut-être pas encore prêt à offenser ouvertement Ran Borune en massacrant tous les marchands occidentaux du royaume, mais ça va venir. Rak Goska est probablement une ville fermée, à l'heure qu'il est. Taur Urgas est libre de s'intéresser à ce qui se passe au-dehors. C'est probablement pour ça qu'il vient ici.

– Il *quoi*? s'exclama Silk en blêmissant.

– Je pensais que tu étais au courant. Taur Urgas marche vers la frontière à la tête d'une armée. Je me demande s'il n'a pas l'intention de fermer la frontière.

– A combien est-il d'ici?

– J'ai entendu dire qu'on l'avait vu à moins de cinq lieues pas plus tard que ce matin. Pourquoi? Il y a quelque chose qui ne va pas?

– Nous avons eu un différend sérieux, Taur Urgas et moi, rétorqua promptement Silk, atterré. Il ne faut pas qu'il me trouve ici.

Il se leva d'un bond.

– Où allez-vous? lui demanda sèchement Belgarath.

– Me planquer. Je vous rejoindrai plus tard.

Il fit volte-face et quitta la tente en coup de vent. Un instant plus tard, ils entendaient les sabots de son cheval frapper le sol gelé.

– Vous voulez que j'aille avec lui? proposa Barak.

– Vous n'arriveriez jamais à le rattraper, objecta Belgarath.

– Je me demande bien ce qu'il a pu faire à Taur Urgas, remarqua Yarblek d'un ton rêveur avant de se mettre à ricaner. Ça devait être gratiné à la façon dont ce petit voleur a filé d'ici.

– Il ne risque rien s'il quitte la piste de la caravane? s'inquiéta Garion en pensant aux vautours et à leur sinistre festin.

– Ne t'en fais pas pour Silk, le rassura Yarblek d'un air confiant.

Un bruit sourd, rythmé, commença à se faire entendre dans le lointain. Yarblek étrécit les yeux d'un air haineux.

– Eh bien, on dirait que Silk est parti juste à temps, grommela-t-il.

La pulsation s'amplifia, se mua en coups frappés sur d'immenses tambours selon un rythme lent, angoissant.

Faiblement, derrière cette vibration, ils distinguèrent une sorte de complainte, un chœur de plusieurs centaines de voix graves chantant à l'unisson sur un mode mineur.

— Qu'est-ce que c'est? demanda Durnik.

— Taur Urgas, répondit Yarblek en crachant par terre. C'est le chant de guerre du roi des Murgos.

— Un chant de guerre? répéta vivement Mandorallen.

— Taur Urgas est toujours en guerre, poursuivit Yarblek d'un ton méprisant. Même quand il n'a pas d'ennemi à combattre. Il ne quitte jamais son armure. Il va jusqu'à dormir avec. Inutile de vous dire que ça n'améliore pas son odeur, mais tous les Murgos puent tellement, n'importe comment... Je ferais peut-être aussi bien d'aller voir ce qu'il mijote.

Il se leva lourdement.

— Restez ici, leur conseilla-t-il. C'est une tente nadrak. On est en droit d'espérer une certaine courtoisie entre « cousins » angaraks. Ses soldats n'entreront pas ici. Vous serez en sûreté tant que vous ne mettrez pas le nez dehors.

Il se glissa vers le rabat de la tente, une expression de haine ardente imprimée sur le visage.

Les chœurs rythmés par le gong s'amplifièrent. Des fifres stridents ébauchèrent un accompagnement discordant, presque incongru, puis une sonnerie de trompes retentit soudain, profonde, éclatante.

— Qu'en pensez-vous, Belgarath? grogna Barak. Ce Yarblek me fait une assez bonne impression, mais c'est tout de même un Angarak. Un mot de lui et nous avons une centaine de Murgos sur le dos.

— Il a raison, Père, acquiesça tante Pol. Je connais assez les Nadraks pour affirmer que Yarblek était loin d'être aussi ivre qu'il le prétendait.

— Il ne me paraît guère judicieux en effet de parier sur le mépris des Nadraks pour les Murgos, admit Belgarath en gonflant les lèvres dans une moue pensive. Nous sommes peut-être injustes avec Yarblek, mais de toute façon, il me semble plus prudent de filer avant que Taur Urgas n'ait eu le loisir de poster des gardes un peu partout. Nous ignorons combien de temps il a l'intention de rester dans les parages; et une fois qu'il sera installé, nous risquons d'avoir du mal à repartir.

Durnik écarta le tapis rouge suspendu au fond de la tente, se pencha, arracha plusieurs piquets et souleva la toile.

– Nous devrions arriver à nous faufiler par ici.

– Eh bien, allons-y, décida Belgarath.

L'un après l'autre, ils quittèrent la tente et retrouvèrent le vent mordant du dehors.

– Les chevaux! ordonna tout bas Belgarath.

Il jeta un coup d'œil alentour en plissant les yeux et leur indiqua une gorge qui s'ouvrait juste après les dernières tentes.

– Vous voyez cette faille? Si nous veillons à rester derrière les tentes, nous devrions y arriver sans nous faire repérer de la piste des caravanes. Il est probable que tout le monde regarde défiler Taur Urgas.

– Ami Belgarath, le roi des Murgos Te connaîtrait-il? s'enquit Mandorallen.

– C'est possible. Nous ne nous sommes jamais rencontrés, mais des descriptions de moi circulent à Cthol Murgos depuis un certain temps maintenant. Autant éviter de courir des risques inutiles.

Ils menèrent leurs chevaux par la bride derrière les tentes et gagnèrent le couvert de la ravine sans incident.

– La gorge descend derrière cette colline, là-bas, indiqua Barak. En la suivant, nous serons tout le temps hors de vue, et après avoir mis la colline entre le camp et nous, nous pourrons nous éloigner sans être repérés.

– Le soir va bientôt tomber, annonça Belgarath avec un coup d'œil au ciel de plomb. Avançons un peu; nous nous arrêterons en attendant la nuit.

Ils gravirent le ravin et se retrouvèrent de l'autre côté de la butte.

– Allez jeter un coup d'œil, ordonna Belgarath.

Barak et Garion rampèrent hors de la ravine et se tapirent derrière un buisson, en haut du coteau.

– Les voilà! marmonna Barak.

Un fleuve ininterrompu de soldats murgos au visage impénétrable traversait la foire improvisée sur huit colonnes, au roulement cadencé d'énormes tambours. Taur Urgas avançait au milieu de cette marée humaine, monté sur un énorme cheval noir, brandissant une bannière noire qui claquait au vent. C'était un grand gaillard aux épaules larges, tombantes. Son visage angulaire, implacable était barré par d'épais sourcils noirs. Sa cotte de mailles avait été plongée dans un bain d'or rouge, si bien qu'il donnait l'impression d'être couvert de sang. Il portait son épée sur la hanche gauche, dans un fourreau incrusté de pierres précieuses accroché à un gros ceinturon de métal. Une sorte de heaume de mailles lui couvrait la nuque, le cou et les épaules. Il arborait par-dessus la couronne d'or rouge de Cthol Murgos, rivetée sur un casque d'acier pointu.

Taur Urgas retint sa monture en arrivant à l'étendue dégagée juste devant le bâtiment de pierre du relais.

– Du vin! ordonna-t-il.

Portée par le vent glacial, sa voix semblait étonnamment proche. Garion se recroquevilla un peu plus sous son buisson.

Le Murgo qui tenait le relais rentra précipitamment à l'intérieur et en ressortit avec un flacon et un gobelet de métal. Taur Urgas prit le gobelet, le vida et referma lentement son gros poing autour, l'écrasant dans sa poigne. Barak eut un reniflement de mépris.

– Pourquoi a-t-il fait ça? chuchota Garion.

– Personne ne boit dans une coupe où Taur Urgas a trempé les lèvres, expliqua le Cheresque à la barbe rouge. Si Anheg tentait d'en faire autant, ses guerriers le flanqueraient tout de suite dans la baie du Val d'Alorie.

– As-tu les noms de tous les étrangers ici présents? demanda le roi au boutiquier murgo.

Sa voix retentissait aux oreilles de Garion comme s'il s'était trouvé à ses côtés.

– A vos ordres, redouté suzerain, répondit le boutiquier avec une courbette obséquieuse.

Il tira un rouleau de parchemin de l'une de ses manches et la tendit au souverain.

Taur Urgas déroula le parchemin et y jeta un coup d'œil.

– Faites venir Yarblek, le Nadrak! commanda-t-il.

– Laissez approcher Yarblek de Gar og Nadrak! beugla l'un des officiers qui flanquaient le roi.

Yarblek fit un pas en avant, sa houppelande de feutre voletant avec raideur dans le vent.

– Notre cousin du Nord, commenta froidement Taur Urgas en guise de salut.

– Votre Majesté, rétorqua Yarblek avec une petite courbette.

– Tu ferais mieux de quitter les lieux, Yarblek, lui conseilla le roi. Mes soldats ont reçu des ordres particuliers, et certains pourraient oublier de reconnaître un cousin angarak dans leur avidité à obéir à mes consignes. Je ne puis garantir ta sécurité si tu restes, et je serais fort marri qu'il t'arrive malheur.

Yarblek s'inclina à nouveau.

– Votre Majesté, nous partons sur-le-champ, mes serviteurs et moi-même.

– Si ce sont des Nadraks, ils ont la permission de s'en aller, reprit le roi. Mais tous les étrangers doivent rester ici. Tu peux disposer, Yarblek.

– Je pense que nous avons déguerpi juste au bon moment, grommela Barak.

Puis un homme en cotte de mailles rouillée couverte d'un gilet marron tout sale sortit du relais. Il n'était pas rasé, et le blanc d'un de ses yeux dardait un éclat malsain.

– Brill! s'exclama Garion.

Le regard de Barak devint d'une fixité inquiétante.

Brill s'inclina devant Taur Urgas avec une grâce inattendue.

– Salut à toi, Puissant Souverain, déclama-t-il d'un ton neutre, dépourvu de respect comme de peur.

– Que fais-tu ici, Kordoch? questionna froidement Taur Urgas.

– J'obéis aux ordres de mon maître, Redouté Souverain, répliqua Brill.

– Je me demanda bien ce que Ctuchik peut avoir à faire par ici.

– Quelque chose de personnel, Grand Roi, contra Brill d'un ton évasif.

– J'aime assez suivre les manigances des Dagashii dans ton genre, Kordoch. Quand es-tu arrivé à Cthol Murgos?

– Il y a quelques mois, Puissant Bras de Torak. Si j'avais su que cela pouvait vous intéresser, je vous l'aurais fait savoir. Les gens dont mon maître m'a demandé de m'occuper savent que je les suis, et mes mouvements ne sont pas secrets.

Taur Urgas éclata d'un petit rire sec, un bruit totalement dépourvu de chaleur.

– Tu deviens sénile, Kordoch. La plupart des Dagashii leur auraient d'ores et déjà réglé leur compte.

– Ce sont des gens très spéciaux, commenta Brill en haussant les épaules. Mais ça ne devrait plus traîner. La partie tire à sa fin. A propos, Grand Roi, j'ai un présent pour vous.

Il claqua sèchement les doigts et deux de ses hommes sortirent du bâtiment en tirant un troisième larron entre eux. Le devant de la tunique du captif était plein de sang et sa tête pendait sur sa poitrine comme s'il était à moitié inconscient. Barak laissa échapper un petit sifflement.

– Je me suis dit que vous aimeriez peut-être faire un peu de sport, suggéra Brill.

– Je suis le roi de Cthol Murgos, Kordoch, rétorqua froidement Taur Urgas, et tu aurais tort de l'oublier. Tu ne m'amuses pas et je n'ai pas pour habitude de faire les corvées des Dagashii. Si tu veux sa mort, tue-le toi-même.

– Ce ne sera pas une corvée, Votre Majesté, protesta Brill avec un sourire mauvais. Cet homme est un de vos vieux amis.

Il tendit la main, empoigna le prisonnier par les cheveux et lui releva brutalement la tête.

C'était Silk, blême et le front profondément entaillé. Le sang ruisselait sur son visage.

– Admirez le prince Kheldar, espion drasnien de son état, railla Brill. Il est à Votre Majesté.

Taur Urgas esquissa un sourire, les yeux étincelants d'un plaisir affreux à voir.

– Magnifique, Kordoch! C'est un cadeau inestimable, et toute la gratitude de ton roi t'est acquise, déclara-t-il en élargissant son sourire. Salut à toi, Kheldar, fit-il dans une sorte de ronronnement. Il y a bien longtemps que j'attendais le plaisir de te revoir. Nous avons de vieux comptes à régler tous les deux, n'est-ce pas?

Silk donnait l'impression de rendre son regard au roi des Murgos, mais Garion n'était pas sûr qu'il soit seulement assez conscient pour comprendre ce qui lui arrivait.

– Tu ne perds rien pour attendre, Prince de Drasnie, poursuivit Taur Urgas avec une joie mauvaise. Je veux prendre le temps de réfléchir à tes dernières réjouissances, et je tiens à ce que tu sois bien réveillé pour en profiter. Tu mérites un traitement de faveur, et tu peux compter sur moi pour faire durer le plaisir. Je ne voudrais pas te décevoir par une hâte incongrue.

CHAPITRE XXII

Barak et Garion rebroussèrent chemin en se laissant glisser dans le ravin, les cailloux de la berge escarpée roulant sous leurs pieds.

– Ils ont capturé Silk, raconta tranquillement Barak. Brill et ses hommes sont là-bas. Silk a dû tomber sur eux quand il a tenté de fuir, et Brill l'a livré à Taur Urgas.

Belgarath se leva lentement, les traits altérés.

– Ils l'ont... commença-t-il.

– Non, le rassura Barak. Il est encore en vie. On dirait qu'ils l'ont un peu malmené, mais il va bien.

Belgarath laissa échapper un long, très long soupir.

– C'est toujours ça.

– Apparemment, Taur Urgas le connaissait, reprit Barak. Silk a dû méchamment l'offenser, et Taur Urgas m'a tout l'air d'un garçon rancunier.

– Où l'ont-ils emmené? Peut-on l'approcher? questionna Durnik.

– Impossible à dire, répliqua Garion. Ils ont bavardé un moment puis quelques soldats l'ont traîné derrière un bâtiment et nous n'avons pas vu où ils sont allés après.

– Le Murgo qui tient le relais a parlé d'un puits, ajouta Barak.

– Il faut faire quelque chose, Père, dit tante Pol.

– Je sais, Pol. Nous allons bien trouver un moyen de le tirer de là. Barak, combien de soldats Taur Urgas a-t-il avec lui?

– Au moins deux régiments. Il y en plein la vallée.

– Nous pourrions le délocaliser, Père, suggéra tante Pol.

– Ça fait loin, Pol, objecta-t-il. Et encore faudrait-il que nous sachions exactement où il est enfermé.

– Je vais voir.

Elle entreprit de retirer sa cape.

– Mieux vaudrait attendre la nuit, objecta-t-il. Il n'y a pas beaucoup de chouettes à Cthol Murgos et en plein jour tu ne ferais qu'attirer l'attention. Garion, Taur Urgas a-t-il des Grolims avec lui?

– Il me semble en avoir vu quelques-uns.

– Pour tout arranger. La délocalisation fait un bruit affreux. Nous aurons Taur Urgas à nos trousses en partant d'ici.

– Tu as une autre idée, Père?

– Laisse-moi réfléchir. De toute façon, nous ne pouvons rien faire avant la nuit.

Un sifflement assourdi se fit entendre à une certaine distance dans la ravine.

– Qu'est-ce que c'est encore que ça? gronda Barak en portant la main à son épée.

– Salut, les Aloriens.

C'était un chuchotement rauque.

– M'est avis que c'est ce Nadrak, Yarblek, déclara Mandorallen.

– Comment a-t-il deviné que nous étions ici? s'étonna Barak.

On entendit des pas lourds écraser le gravier et Yarblek apparut à un détour du ravin. Son bonnet de fourrure était rabattu sur ses oreilles et il avait relevé le col de sa houppelande de feutre.

– Alors vous voilà, s'exclama-t-il, l'air soulagé.

– Vous êtes seul? questionna Barak, sur la défensive.

– Evidemment que je suis seul, fit Yarblek avec un reniflement indigné. J'ai dit à mes serviteurs d'aller devant. Pour partir en vitesse, vous êtes partis en vitesse, vous alors!

– Nous n'avions pas tellement envie de rester dire bonjour à Taur Urgas, commenta Barak.

– Ça vaut sûrement mieux pour vous. J'aurais eu un mal de chien à vous tirer de ce guêpier, en bas. Avant de me laisser filer, les soldats murgos ont examiné mes gens sur toutes les coutures pour vérifier que c'étaient bien des Nadraks. Silk est dans les griffes de Taur Urgas.

– Nous avons vu. Comment nous avez-vous retrouvés ?

– Vous n'avez pas replanté les piquets derrière ma tente et la colline était la cachette la plus proche de ce côté de la foire. Je me suis demandé où je serais allé à votre place et vous avez laissé çà et là des traces de votre passage qui m'ont confirmé ma première impression, expliqua gravement le Nadrak, dont le visage ingrat ne trahissait aucun signe de sa récente explication avec le tonneau de bière. Il va falloir vous tirer d'ici. Taur Urgas ne va pas tarder à lancer des patrouilles dans toute la région ; il n'aura qu'à se baisser pour vous ramasser.

– Nous devons d'abord sauver notre compagnon, lui annonça Mandorallen.

– Silk ? n'y songez pas. J'ai bien peur que mon vieux complice ait lancé sa dernières paire de dés. Je l'aimais bien, moi aussi, conclut-il avec un grand soupir.

– Il n'est pas encore mort ! s'insurgea Durnik, écœuré.

– Pas encore, mais Taur Urgas a bien l'intention d'y remédier dès l'aube. Je n'ai même pas réussi à m'approcher suffisamment de cette fosse pour lui lancer une dague afin qu'il puisse s'ouvrir les veines. Son dernier matin risque fort d'être plutôt moche.

– Pourquoi essayez-vous de nous aider ? demanda abruptement Barak.

– Ne lui en veuillez pas, Yarblek, intervint tante Pol. Il n'est pas au fait des coutumes nadraks. Barak, commença-t-elle en se tournant vers le grand bonhomme, il vous a invité sous sa tente, il a partagé sa bière avec vous. Vous êtes comme un frère pour lui jusqu'au prochain lever du soleil.

– Vous semblez bien nous connaître, ma fille, observa Yarblek avec un bref sourire. Je ne vous ai jamais vu danser, il me semble?

– Une autre fois, peut-être, lança-t-elle sans se démonter.

– Espérons-le.

Il s'accroupit, tira une dague de sous sa houppelande, lissa une flaque de sable avec sa main libre et entreprit de tracer un rapide croquis avec la pointe de son arme.

– Les Murgos m'ont à l'œil. Je ne peux pas ajouter une douzaine de gens à ma suite, ils me tomberaient tout de suite sur le dos. A mon avis, ce que vous avez de mieux à faire est encore d'attendre la tombée de la nuit. Je vais m'arrêter à une lieue à l'est, sur la piste des caravanes. Quand il fera noir, vous vous glisserez hors d'ici et vous me rejoindrez. On verra bien après.

– Pourquoi Taur Urgas vous a-t-il dit de partir? s'informa Barak.

Yarblek se renfrogna.

– Il va y avoir un grand malheur demain. Taur Urgas enverra immédiatement un message d'excuse à Ran Borune — une histoire de troupes inexpérimentées pourchassant une bande de brigands et prenant d'honnêtes marchands pour des bandits. Il proposera d'offrir réparation, et les choses s'arrangeront toutes seules. « Dédommagement » est un mot magique pour les Tolnedrains.

– Il va massacrer tout le campement? s'exclama Barak, sidéré.

– C'est bien ça. Il a l'intention de nettoyer Cthol Murgos de tous les étrangers qui s'y trouvent, et il a dû se fourrer dans la tête que quelques incidents de ce genre feraient bien son affaire.

Relg était resté planté à l'écart, perdu dans ses pensées. Tout d'un coup, il fit un pas vers Yarblek et effaça son croquis.

– Vous pourriez me montrer où se trouve précisément le puits où notre ami est emprisonné?

– Je ne vois pas à quoi ça pourrait vous servir, commenta Yarblek avec un haussement d'épaules. Il est gardé par une douzaine d'hommes. Silk a une certaine réputation et Taur Urgas n'a pas envie de le voir s'envoler.

– Montrez-moi tout de même, insista Relg.

– Nous sommes ici, au nord, commença Yarblek en esquissant à grands traits la foire et la route des caravanes. Ça, c'est le relais, fit-il en indiquant un petit carré de la pointe de sa lame. La fosse est juste derrière, au pied de cette grosse colline, du côté sud.

– De quoi sont faites les parois?

– De pierre massive.

– Est-ce une fissure naturelle dans le sol, ou bien a-t-elle été creusée?

– Mais qu'est-ce que ça peut bien changer?

– J'ai besoin de le savoir.

– Je n'ai pas vu de marques d'outil, répondit Yarblek, et le haut de l'ouverture est irrégulier. C'est probablement un trou naturel.

Relg hocha la tête.

– Et la colline, derrière? C'est de la roche ou de la terre?

– De la pierre, pour l'essentiel. Toute cette saloperie de Cthol Murgos est presque entièrement rocheuse.

– Merci, fit poliment Relg en se relevant.

– Vous ne pourrez jamais creuser un tunnel jusqu'à lui, si c'est à ça que vous pensez, déclara Yarblek en se levant à son tour et en ôtant le sable des pans de sa houppelande. Vous n'aurez jamais le temps.

Belgarath réfléchissait intensément, les yeux étrécis.

– Merci, Yarblek, dit-il. Votre amitié nous aura été précieuse.

– Je ferais n'importe quoi pour embêter les Murgos, déclara le Nadrak. J'aurais bien voulu pouvoir aider Silk.

– Ne l'enterrez pas trop vite.

– Il n'y a guère d'espoir, je le crains. Mais je ferais mieux d'y aller, à présent. Mes gens vont s'égarer si je ne suis pas là pour les surveiller.

— Yarblek, fit Barak en lui tendant la main. Un jour, il faudra que nous prenions le temps de nous soûler la gueule convenablement.

Yarblek lui serra la main avec un grand sourire. Puis il se retourna et étreignit tante Pol dans une grande embrassade.

— Si jamais vous vous enquiquinez avec ces satanés Aloriens, mon petit, le rabat de ma tente sera toujours ouvert pour vous.

— Je n'oublierai pas, Yarblek, rétorqua-t-elle gravement.

— Bonne chance, leur dit encore Yarblek. Je vous attendrai jusqu'à minuit.

Puis il se détourna et s'éloigna à grandes enjambées dans la ravine.

— C'est un type bien, décida Barak. Je pense que nous nous serions bien entendus.

— Il faut faire des plans pour le sauvetage du prince Kheldar, décréta Mandorallen en commençant à retirer son armure des paquetages de l'un des chevaux. Faute d'autre solution, nous voilà contraints de recourir à la force.

— Voilà qu'il a une rechute, soupira Barak.

— C'est arrangé, annonça Belgarath.

Barak et Mandorallen le dévisagèrent, surpris.

— Remettez ça en place, Mandorallen, ordonna le vieil homme. Vous n'en aurez pas besoin.

— Qui va aller tirer Silk de là? interrogea Barak.

— Moi, articula calmement Relg. Combien de temps nous reste-t-il avant la tombée de la nuit?

— Une heure à peu près. Pourquoi?

— J'aurai besoin d'un peu de temps pour me préparer.

— Vous avez un plan? s'informa Durnik.

— Inutile, répliqua Relg en haussant les épaules. Nous allons contourner cette colline jusqu'à l'autre bout du campement. J'irai chercher notre ami et nous pourrons repartir.

— Comme ça? fit Barak en claquant les doigts.

— Plus ou moins. Excusez-moi, s'il vous plaît.

Relg tournait déjà les talons.

– Attendez un peu. Nous ne pourrions pas vous accompagner, Mandorallen et moi?

– Impossible.

L'Ulgo s'éloigna un peu dans la ravine, et au bout d'un moment, ils l'entendirent psalmodier ses prières.

– Il croit peut-être qu'il va le tirer de la fosse avec des prières? commenta Barak, écœuré.

– Non, riposta Belgarath. Il va traverser la colline et transporter Silk hors de là. Voilà pourquoi il a posé toutes ces questions à Yarblek.

– Il va *quoi*?

– Vous avez vu ce qu'il a fait à Prolgu – quand il a enfoncé son bras dans le mur?

– Oui, mais...

– C'est un jeu d'enfant pour lui, Barak.

– Et Silk? comment va-t-il le tirer de là?

– Ça, je ne sais pas. Mais il a l'air assez sûr de lui.

– Si ça ne marche pas, Taur Urgas va le faire rôtir à petit feu à la première heure, demain matin. Vous le savez, non?

Belgarath opina du chef d'un air lugubre.

– Ce n'est pas normal, grommela Barak en secouant la tête.

– Ne vous faites pas de mouron, lui conseilla Belgarath.

La lumière commença à décliner et Relg priait toujours, sa voix s'élevant et retombant selon un rythme monotone. Lorsqu'il fit complètement nuit, il rejoignit les autres.

– Je suis prêt, annonça-t-il tranquillement. Nous pouvons y aller.

– Nous allons partir vers l'ouest en menant les chevaux par la bride, leur expliqua Belgarath. Restons à couvert dans toute la mesure sur possible.

– Ça va prendre des heures, pronostiqua Durnik.

– Ça ne fait rien. Comme ça, les soldats auront le temps de s'installer pour la nuit. Pol, va donc voir ce que mijotent les Grolims.

Elle hocha la tête et Garion éprouva mentalement la délicate poussée de son esprit scrutant à distance.

– Tout va bien, Père, déclara-t-elle au bout d'un moment. Ils sont inquiets. Taur Urgas leur a ordonné d'organiser un service en son honneur.

– Parfait. Eh bien, allons-y.

Ils descendirent précautionneusement le goulet en menant les chevaux à la main. C'était une nuit sans lune et le vent les harcela lorsqu'ils sortirent de l'abri des talus de sable. Dans la plaine, à l'est de la foire, une centaine de feux de camp tremblotaient dans la bourrasque furieuse, marquant le vaste campement de l'armée de Taur Urgas.

Relg poussa un grognement et se couvrit les yeux des deux mains.

– Qu'est-ce qui ne va pas? questionna Garion.

– Leurs feux, gémit Relg. Ils me blessent les yeux.

– Essayez de ne pas les regarder.

– Lourd, bien lourd, Belgarion, est le fardeau que mon Dieu a placé sur mes épaules, fit l'Ulgo en reniflant et en s'essuyant le nez avec la manche. Je n'ai pas été créé pour me retrouver ainsi à l'air libre.

– Il vaudrait mieux que tante Pol vous donne quelque chose contre le rhume. Ça n'aura sûrement pas bon goût, mais vous vous sentirez mieux après.

– Peut-être, éluda Relg en se protégeant les yeux des flammes vacillantes.

La colline du côté sud de la foire était une faible surrection de granit. Des siècles et des siècles de vent immuable l'avaient presque entièrement recouverte d'une couche épaisse de sable et de terre, mais la roche était bien compacte sous son manteau d'alluvions. Relg se mit à essuyer soigneusement la paroi de granit inclinée, la débarrassant de la terre qui la masquait.

– Vous seriez plus près en partant de là-bas, non? suggéra calmement Barak.

– Trop de terre, répondit sobrement Relg.

– La terre, la roche, quelle différence?

– Enorme. Vous ne pourriez pas comprendre.

Il se pencha en avant et posa sa langue sur la pierre, comme s'il la goûtait.

– Ça va prendre un moment, commenta-t-il.

Il se redressa, se mit à prier et entra lentement, droit dans le roc.

Barak se mit à trembler et détourna précipitamment les yeux.

– Quelle est, Messire, cette souffrance? s'étonna Mandorallen.

– J'ai la chair de poule rien que de le regarder, répondit Barak.

– Notre nouvel ami n'est peut-être pas le plus jovial des compagnons, releva Mandorallen, mais si son don lui permet de libérer le Prince Kheldar, c'est de grand cœur que je lui donnerai l'accolade et le nom de frère.

– S'il traîne trop là-dessous, nous serons dangereusement près quand le jour se lèvera et que Taur Urgas se rendra compte de la disparition de Silk, objecta Barak.

– Nous verrons bien, conclut Belgarath, fataliste.

La nuit s'étira interminablement. Les buissons épars bruissaient avec raideur dans le vent qui hurlait et gémissait dans la rocaille, à flanc de colline. Ils attendirent. Plus le temps passait et plus Garion était oppressé par une peur panique. Il acquit peu à peu la conviction qu'ils avaient désormais à la fois perdu Relg et Silk. Il éprouvait la même angoisse que le jour où ils avaient été obligés d'abandonner Lelldorin en Arendie. Il se rendit compte avec une certaine culpabilité qu'il n'avait pas eu une pensée pour Lelldorin depuis des mois. Il se demanda si ce jeune chien fou s'était bien remis de ses blessures – et s'en était-il seulement remis? Sa rumination devenait de plus en plus lugubre au fur et à mesure que les minutes s'envolaient.

Puis, sans prévenir, sans un bruit précurseur, Relg sortit de la paroi rocheuse dans laquelle il était entré des heures auparavant. Il portait un gros paquet sur son large dos – un homme, désespérément cramponné à lui: Silk! Le petit Drasnien ouvrait des yeux épouvantés dans sa face de rat et ses cheveux donnaient l'impression de se dresser sur sa tête.

Les autres les entourèrent aussitôt en s'efforçant de

ne pas faire de bruit malgré leur intense jubilation. Ils n'oubliaient pas qu'ils étaient virtuellement cernés par une armée de Murgos.

– Désolé d'avoir mis si longtemps, commenta Relg en secouant les épaules pour faire dégringoler Silk. La roche change de nature au milieu de la colline. J'ai dû procéder à certains ajustements.

Silk se releva, haletant, agité d'un tremblement incoercible. Enfin, il se retourna vers Relg.

– Ne me faites plus *jamais* ce coup-là, balbutia-t-il. Jamais, vous m'entendez?

– Il y a un problème? intervint Barak.

– Je préfère ne pas en parler.

– Grande était ma crainte que nous t'ayons perdu, ami, déclara Mandorallen en pressant la main de Silk entre les siennes.

– Comment Brill s'y est-il pris pour t'attraper? questionna Barak.

– J'ai commis une imprudence. Je ne m'attendais vraiment pas à tomber sur lui. Ses hommes m'ont jeté un filet dessus alors que je traversais une ravine au galop. Mon cheval a trébuché et s'est cassé le cou.

– Hettar ne va pas apprécier.

– Brill me le paiera de sa vie – si tant est que sa salle carcasse vaille quelque chose.

– Mais pourquoi Taur Urgas t'en veut-il à ce point? s'enquit Barak avec curiosité.

– Je suis venu à Rak Goska, il y a quelques années. Un agent tolnedrain avait porté contre moi de fausses accusations – je n'ai jamais su exactement pourquoi. Taur Urgas a envoyé des soldats pour m'arrêter. Je n'avais pas tellement apprécié, alors je me suis un peu expliqué avec les soldats. Plusieurs sont morts au cours de la discussion – ce sont des choses qui arrivent. Sauf que – manque de bol – le fils aîné de Taur Urgas se trouvait au nombre des victimes, et le roi des Murgos en a fait une affaire personnelle. Il est parfois un peu étroit d'esprit.

Barak esquissa un grand sourire.

– Il sera très déçu de ne pas te revoir demain matin.

– Ça, j'imagine. Il est probable qu'il va tout retourner dans ce coin de Cthol Murgos et qu'il regardera sous chaque pierre pour me retrouver.

– Nous ferions mieux de ne pas nous éterniser ici, ajouta Belgarath.

– Je me demandais combien de temps vous alliez mettre à en arriver à cette conclusion, déclara Silk.

CHAPITRE XXIII

Ils menèrent vive allure pendant le restant de la nuit et presque toute la journée du lendemain. Le soir, les bêtes titubaient d'épuisement et Garion était aussi engourdi de fatigue que de froid.

– Il nous faut absolument trouver un endroit abrité, déclara Durnik en retenant sa monture.

Le moment était venu de chercher où s'arrêter pour la nuit. Ils avaient suivi la Route des Caravanes du Sud le long d'une enfilade de vallées et pénétré dans les montagnes désolées du centre de Cthol Murgos. Le froid n'avait cessé d'empirer depuis qu'ils avaient entrepris l'escalade de cette morne immensité de sable et de roches déchiquetées. Le vent mugissait sans trêve dans les gorges arides. Durnik avait le visage marqué par la fatigue. La poussière granuleuse chassée par la bise s'était accumulée dans les plis de son visage, creusant ses traits.

– Nous ne pouvons pas passer la nuit à la belle étoile, ajouta-t-il. Pas avec ce vent.

– Allez par là, déclara Relg. Il y a un creux dans le rocher, une grotte.

Du doigt, il leur indiqua un éboulis rocheux sur la pente abrupte qu'ils escaladaient. Il plissait encore étroitement les paupières; pourtant le ciel était toujours couvert et le jour déclinant était maintenant très faible.

Le petit groupe considérait Relg d'un œil nouveau

depuis qu'il avait sauvé Silk. L'Ulgo avait fait la preuve de sa capacité à prendre des mesures décisives en cas de nécessité, leur faisant moins l'impression d'un poids mort et davantage d'un compagnon comme les autres. Belgarath avait fini par le convaincre qu'il pouvait tout aussi bien prier à cheval qu'à genoux, et ses fréquentes dévotions n'interrompaient plus leur avance. Ses prières étaient ainsi devenues moins contraignantes et ne constituaient plus qu'une bizarrerie, un peu comme le parler archaïque de Mandorallen ou l'esprit caustique de Silk.

— Vous en êtes sûr? insista Barak.

— Je le sens, affirma Relg.

Ils dirigèrent leurs montures vers l'éboulis de roches. Plus ils se rapprochaient et plus Relg s'animait. Il prit la tête de la colonne et poussa son cheval épuisé d'abord au trot, puis au petit galop. Arrivé devant le cône d'avalanche, il mit vivement pied à terre, contourna un énorme bloc de pierre et disparut.

— On dirait qu'il sait de quoi il parle, observa Durnik. Je ne serai pas mécontent de m'abriter de ce satané vent.

L'entrée de la grotte était étroite, et ils furent obligés de pousser et de tirer leur chevaux pour les persuader de s'y faufiler; mais à l'intérieur, la cavité s'élargissait en une vaste salle assez basse de plafond.

Durnik contempla la caverne d'un air approbateur.

— Parfait, déclara-t-il en détachant sa hache de l'arrière de sa selle. Nous allons avoir besoin de bois.

— Je vais t'aider, fit Garion.

— Moi aussi, proposa promptement Silk.

Le petit homme braquait un regard inquiet sur les parois de pierre et parut très soulagé de se retrouver dehors.

— Il y a quelque chose qui ne va pas? s'enquit Durnik.

— Depuis la nuit dernière, je ne me sens pas très à l'aise dans les endroits clos, expliqua Silk.

— Quel effet ça fait? interrogea Garion avec curiosité. De traverser la pierre, je veux dire?

– C'était horrible, s'exclama Silk en tremblant de tous ses membres. Nous nous sommes littéralement infiltrés dans la pierre. Je la sentais passer à travers moi.

– Il vous a tout de même fait sortir, lui rappela Durnik.

– Je me demande si je n'aurais pas préféré y rester, rétorqua Silk en tremblant de plus belle. Bon, on ne pourrait pas parler d'autre chose?

Ils eurent du mal à trouver du bois à brûler sur ce flanc de montagne dénudé, et encore plus à le couper. Les buissons d'épineux coriaces, élastiques, résistaient obstinément aux coups de hache de Durnik. Au bout d'une heure, comme les ténèbres se refermaient sur eux, ils n'avaient ramassé que quelques maigres brassées.

– Vous n'avez vu personne? fut la première question de Barak comme ils réintégraient la grotte.

– Non, le rassura Silk.

– Pourtant Taur Urgas te fait probablement rechercher.

– Ça ne fait aucun doute. Où est Relg? s'informa Silk avec un coup d'œil circulaire.

– Il s'est réfugié au fond de la grotte pour se reposer les yeux, annonça Belgarath. Il a trouvé de l'eau – ou plutôt de la glace. Il faudra la faire fondre pour donner à boire aux chevaux.

Le feu de Durnik n'était pas bien grand, et comme il l'alimentait avec parcimonie afin d'économiser leurs réserves de rameaux et autres petits bouts de bois, ce ne fut pas une nuit très agréable.

Le lendemain matin, tante Pol braqua sur Relg un œil scrutateur.

– Mais vous ne toussez plus, on dirait? observa-t-elle. Comment vous sentez-vous?

– Ça va, reconnut-il en prenant bien soin de ne pas la regarder en face.

Le fait d'avoir affaire à une femme semblait le mettre terriblement mal à l'aise, et il faisait tout ce qu'il pouvait pour l'éviter.

294

– Qu'est-il arrivé à votre rhume?

– Il n'a pas dû réussir à traverser la roche. Je ne l'avais plus quand je suis ressorti de la colline, l'autre nuit.

Elle le contempla avec gravité.

– Je n'aurais jamais pensé à ça, avoua-t-elle d'un ton rêveur. C'est la première fois que l'on guérit un rhume.

– Le rhume n'est pas une maladie grave, Polgara, intervint Silk d'un air blessé. Et je vous garantis que l'infiltration dans le roc a peu de chances de devenir un remède populaire.

Il leur fallut quatre jours pour franchir les montagnes et arriver à la vaste cuvette que Belgarath leur avait désignée sous le nom de Terre Gâte des Murgos, et encore une demi-journée pour descendre la paroi de basalte escarpée qui menait au sable noir du fond.

– Qu'est-ce qui a pu provoquer cette immense dépression? s'étonna Mandorallen en regardant l'étendue déserte de roche croûteuse, de sable noir et de cristaux de sel d'un gris sale.

– Il y avait une mer intérieure ici, autrefois, raconta Belgarath. Quand Torak a fendu le monde, le soulèvement a fracturé la rive orientale et toute l'eau s'y est infiltrée.

– Ça devait être un fameux spectacle, commenta Barak.

– Nous n'avions pas le cœur à aller à la plage, à ce moment-là.

– Qu'est-ce que c'est? s'écria Garion, alarmé, en indiquant un objet qui dépassait du sable, droit devant eux.

C'était une tête énorme, dotée d'un long mufle aux dents pointues. Les orbites, grandes comme des seaux, semblaient tourner vers eux un regard maléfique.

– Je ne crois pas que ça porte un nom, répondit calmement Belgarath. Il y en avait plein dans la mer avant que l'eau ne s'échappe. Ils sont tous morts depuis des milliers d'années, maintenant.

En passant devant le monstre marin, Garion vit que

ce n'était plus qu'un squelette. Ses côtes faisaient penser à la carcasse d'un bateau, et son immense crâne blanchi était plus gros que celui d'un cheval. Tout le temps qu'ils furent à portée de vue, ils eurent l'impression que les orbites vides les regardaient passer.

– Quelle sale bête, murmura Mandorallen, qui avait à nouveau revêtu son armure.

– Regardez un peu ces dents, fit Barak, impressionné. Il aurait pu couper un homme en deux d'un seul coup.

– C'est arrivé une ou deux fois, observa Belgarath. Et puis les gens ont appris à éviter le coin.

Ils avaient à peine parcouru quelques lieues dans la Terre Gâte que le vent forcit, balayant les dunes noires sous le ciel gris ardoise. Des vagues de sable commencèrent à s'élever et à se déplacer dans l'étendue désertique, puis le vent se déchaîna et se mit, rageur, à décapiter le sommet des dunes, leur fouaillant le visage.

– Nous ferions mieux de nous abriter, hurla Belgarath dans le vent furieux qui emportait ses paroles. Plus nous nous éloignerons des montagnes, plus ça va empirer.

– Hé, Relg, il n'y a pas de grottes dans le coin? appela Durnik.

– Aucune qui puisse convenir, répondit Relg avec une moue désabusée. Elles sont toutes pleines de sable.

– Par ici! s'écria Barak en tendant le doigt vers un amas de roches déchiquetées dressées au bord d'une plaque de sel. Mettons-nous sous le vent, nous serons à l'abri.

– Non, contre le vent! cria Belgarath. Le sable va s'entasser derrière. Nous risquerions de mourir enterrés vif.

Ils mirent pied à terre près de l'amas rocheux. Le vent s'agrippait à leurs vêtements, faisant tourbillonner le sable comme un immense nuage noir.

– Pas fameux comme abri, Belgarath, rugit Barak, sa barbe flottant sur ses épaules. Ça va durer longtemps?

– Ça dépend. Un jour ou deux. Peut-être une semaine.

Durnik s'était penché pour ramasser une pierre arrachée à l'aiguille rocheuse. Il la tourna et la retourna entre ses mains en le regardant attentivement.

– Elle est presque carrée, leur indiqua-t-il. Les blocs tiendraient bien les uns sur les autres. Nous pourrions construire un mur pour nous abriter.

– Ça risque de prendre un moment, objecta Barak.

– Vous avez autre chose à faire?

Le soir, ils avaient construit un mur qui leur arrivait à hauteur d'épaules. Ils fixèrent les tentes en haut et, en les relevant un peu, à l'aiguille rocheuse. Ils parvinrent ainsi à se garantir tant bien que mal du vent. Ils n'avaient pas beaucoup de place, car il fallait bien protéger les chevaux aussi, mais au moins ils n'étaient plus en butte aux assauts de la tempête.

Pendant deux jours ils restèrent tapis dans leur abri de fortune, et pendant deux jours le vent déchaîné souffla sans désemparer, s'acharnant sur la toile rêche des tentes. Puis il finit par tomber et le sable noir se reposa en douceur dans un silence presque oppressant.

En ressortant de là, Relg jeta un coup d'œil en l'air et se couvrit le visage des deux mains, puis il se laissa tomber à genoux et éclata en prières frénétiques. Le ciel s'éclaircissait au-dessus d'eux, devenait d'un bleu lumineux, glacial. Garion s'approcha du fanatique en prière.

– Tout va bien, Relg, dit-il en tendant la main vers lui, sans réfléchir.

– Ne me touchez pas, fit Relg en continuant ses dévotions.

Silk se flanquait de grandes claques pour chasser le sable et la poussière de ses vêtements.

– Ça arrive souvent, ce genre de tempête de sable?

– C'est la saison, répondit sobrement Belgarath.

– Charmant, répliqua Silk avec aigreur.

A cet instant, un grondement sourd sembla émaner des profondeurs de la terre, sous leurs pieds, et le sol se mit à vibrer.

— Un tremblement de terre! s'écria Belgarath. Faites sortir les chevaux!

Durnik et Barak regagnèrent précipitamment l'abri de toile et menèrent les chevaux loin du mur branlant, sur le sol couvert d'une croûte de sel.

Au bout d'un moment, le sol cessa de trembler.

— C'est Ctuchik qui fait tout ça? grommela Silk. Il espère se débarrasser de nous à coup de tremblements de terre et de tempêtes de sable?

— Non, répondit Belgarath en secouant la tête. Personne ne pourrait faire une chose pareille. Voilà l'origine du phénomène.

Il tendit le doigt vers le sud et une ligne de pics sombres, loin au-delà de la Terre Gâte. L'un des sommets vomissait un énorme panache de fumée qui s'élevait en tourbillonnant dans l'air.

— Un volcan, reprit le vieil homme. Peut-être celui qui est entré en éruption l'été dernier et a couvert Sthiss Tor de cendres.

— Une montagne de feu? gronda Barak en contemplant l'énorme nuage noir planant sur les cimes. C'est la première fois que je vois ça.

— Tout de même, Belgarath, nous en sommes à cinquante lieues, reprit Silk. Vous croyez que la terre tremblerait jusque-là?

— La terre est tout d'un bloc, Silk, repartit le vieil homme en hochant la tête avec conviction. Il faut une force énorme pour provoquer une pareille éruption. Une force de taille à provoquer pas mal de remous. Allons, nous ferions mieux de repartir. Les patrouilles de Taur Urgas ne vont pas tarder à reprendre leurs recherches, maintenant que la tempête de sable a cessé.

— Par où allons-nous? s'informa Durnik en regardant autour de lui pour se repérer.

— Par là, décréta Belgarath en indiquant la montagne qui fumait.

— J'en étais sûr, râla Barak.

Ils passèrent le reste de la journée au galop, ne s'arrêtant que pour faire reposer les chevaux. La désolation de la plaine semblait ne devoir jamais cesser. La tempête avait déplacé le sable noir, formant de nouvelles dunes, et le vent avait si bien nettoyé les plaques de sel qu'elles étaient maintenant presque blanches. Ils virent encore un certain nombre de squelettes blêmis par le temps. C'était comme si les carcasses des immenses monstres marins qui vivaient autrefois dans cet océan intérieur nageaient dans le sable noir en braquant sur eux le regard affamé de leurs orbites vides, implacables.

Ils s'arrêtèrent pour la nuit à côté d'un nouvel amas de roches vérolées, déchiquetées. Le vent les laissait en répit, mais le froid était toujours atroce et ils ne trouvèrent guère de bois à brûler.

Lorsqu'ils se remirent en route, le lendemain matin, Garion fut surpris par une odeur désagréable.

– Qu'est-ce que c'est que cette infection? demanda-t-il.

– Le loch Cthok, répondit Belgarath. C'est tout ce qui reste de la mer qui occupait la région. Il se serait asséché depuis des siècles sans les sources souterraines qui l'alimentent.

– Ça sent les œufs pourris, commenta Barak.

– Il y a du soufre dans l'eau qui imprègne le sol, par ici. Mieux vaut ne pas boire l'eau du lac.

– Ça ne me serait même pas venu à l'idée, fit Barak en tordant le nez.

Le loch Cthok était une immense mare d'eau huileuse qui puait comme si tous les poissons crevés du monde s'y étaient donné rendez-vous. La surface fumait dans l'air glacial, et les volutes de buée les bâillonnaient de leur puanteur. En atteignant la pointe sud du lac, Belgarath ordonna une halte.

– Le passage qui suit est dangereux, leur annonça-t-il sobrement. Ne laissez pas vagabonder vos chevaux. Assurez-vous qu'ils avancent bien sur la roche. Le sol peut avoir l'air ferme et ne pas l'être. Nous devrons prendre garde a d'autres choses encore, alors ne me quittez pas des yeux, et faites exactement comme moi. Si je m'arrête, arrêtez-vous. Si vous me voyez éperonner mon cheval, foncez!

Il regarda Relg d'un air pensif. L'Ulgo s'était noué un carré de tissu supplémentaire autour des yeux, à la fois pour occulter la lumière et pour masquer l'immensité du ciel au-dessus de sa tête.

— Je vais mener son cheval, Grand-père, proposa Garion.

— Je ne vois pas comment faire autrement, avoua Belgarath avec un hochement de tête.

— Il faudra bien qu'il s'y fasse, déclara Barak.

— Peut-être, mais ce n'est pas le moment. Allons-y.

Le vieil homme avança a une allure prudente.

Des fumerolles s'élevaient du sol, devant eux, et tout était embrumé. Ils longèrent une vaste étendue de boue grise, effervescente. De l'autre côté, un torrent d'eau claire, bouillante, jaillissait tout frémissant d'une source, miroitait joyeusement et s'enfonçait dans le sol bourbeux.

— Au moins, il fait un peu moins froid, observa Silk.

— Beaucoup plus chaud, renchérit Mandorallen, dont le visage luisait de transpiration sous son heaume.

Belgarath qui menait lentement la marche tourna légèrement la tête comme s'il écoutait attentivement quelque chose.

— Stop! s'écria-t-il tout à coup.

Ils s'arrêtèrent aussitôt.

Juste devant eux, dans une autre mare, un geyser de boue liquide d'un gris sale fit brusquement éruption, fusant à trente pieds dans l'air. Il jaillit ainsi pendant plusieurs minutes puis se calma peu à peu.

— Maintenant! aboya Belgarath. Vite!

Il talonna son cheval et ils passèrent à toute vitesse devant la mare dont la surface hoquetait encore, les sabots de leurs chevaux faisant gicler le limon brûlant. Lorsqu'ils se trouvèrent de l'autre côté, le vieil homme ralentit à nouveau l'allure et poursuivit sa route en tendant l'oreille aux bruits venant du sol.

— Dites, Polgara, vous savez ce qu'il guette comme ça? questionna Barak.

— Les geysers font un certain bruit avant d'entrer en action, expliqua-t-elle.

– Je n'ai rien entendu.

– Vous ne saviez pas quoi écouter.

Derrière eux, le geyser vomit un nouveau flot de boue.

– Garion! lança tante Pol comme celui-ci se retournait pour regarder la gerbe de boue qui surgissait de la mare. Regarde plutôt où tu vas!

Il ramena précipitamment les yeux sur la route. Le sol devant lui avait l'air parfaitement normal.

– Recule, ordonna-t-elle. Durnik, prenez les rênes du cheval de Relg.

Durnik obtempéra et Garion entreprit de tourner bride.

– Je t'ai dit de reculer, répéta-t-elle.

Le cheval de Garion posa l'un de ses sabots de devant sur le sol apparemment ferme et le sabot disparut. Le cheval recula, affolé, et resta planté là tandis que Garion le retenait fermement. Puis tout doucement, un pied derrière l'autre, Garion le ramena sur le sol ferme de la piste invisible.

– Des sables mouvants, remarqua Silk en avalant sa salive. C'est complet.

– Il y en a tout autour, acquiesça tante Pol. Ne vous écartez pas du chemin.

Silk regarda avec répugnance l'empreinte du cheval de Garion disparaître à la surface des sables mouvants.

– C'est profond?

– Toujours assez, repartit tante Pol.

Ils poursuivirent leur chemin en regardant bien où leurs montures mettaient les sabots, entre les fondrières et les sables mouvants. Ils s'arrêtèrent souvent pour laisser les geysers vomir leur boue et leur eau bouillante. A la fin de l'après-midi, ils sortirent de ce bourbier frémissant et arrivèrent à une crête rocheuse, bien ferme. L'effort de concentration qu'avait exigé d'eux la traversée de cette épouvantable région les avait tous vidés.

– Ça continue encore longtemps comme ça? s'informa Garion.

– Non, assura Belgarath. On ne trouve ça qu'aux confins méridionaux du loch.

– N'aurions-nous pu en faire le tour, en ce cas? s'enquit Mandorallen.

– Ç'aurait été beaucoup plus long, et les marécages découragent les poursuivants.

– Qu'est-ce que c'est? s'écria tout à coup Relg.

– Quoi donc? fit Barak.

– J'ai entendu quelque chose, devant nous. Une sorte de cliquetis, comme si deux cailloux s'étaient heurtés.

Garion sentit une sorte de vague effleurer son visage, comme une ride invisible dans l'air, et il sut que tante Pol explorait les alentours avec son esprit.

– Des Murgos! annonça-t-elle.

– Combien? questionna Belgarath.

– Six. Et un Grolim. Ils nous attendent juste derrière la crête.

– Que six? releva Mandorallen, un peu déçu.

– C'est bien, ils fournissent les attractions dans le coin, commenta Barak avec un bon sourire.

– Tu deviens aussi terrible que lui, lança Silk, accusateur.

– Te semble-t-il, Messire, qu'il nous faille mettre un plan au point? demanda Mandorallen à l'attention du grand Cheresque.

– Pas la peine, rétorqua Barak. Pas pour une demi-douzaine. Nous allons déjouer leur petit piège en douceur.

Les deux guerriers prirent la tête de la colonne en s'apprêtant discrètement à dégainer.

– Le soleil s'est-il enfin couché? s'enquit Relg.

– Il ne va pas tarder, répondit Garion.

Relg tira sur son voile, ôta son bandeau de ses yeux et plissa ses grands yeux en grimaçant.

– Vous allez vous abîmer la vue, fit Garion. Vous devriez remettre votre voile tant qu'il ne fait pas complètement nuit.

– J'aurai peut-être besoin de mes yeux, répliqua Relg comme ils longeaient la crête et se jetaient dans l'embuscade des Murgos.

Les Murgos attaquèrent sans prévenir. Ils surgirent à

cheval d'un immense amas de roche noire et foncèrent, sabre au clair, droit sur Mandorallen et Barak. Mais les deux hommes étaient sur leurs gardes et réagirent aussitôt sans connaître l'instant de surprise qui aurait pu leur être fatal. Mandorallen tira son épée de son fourreau tout en dirigeant son destrier droit sur le premier Murgo. Il se dressa sur ses étriers et, de sa large lame, assena un coup formidable sur la tête du Murgo, lui fendant le crâne en deux. Déséquilibré par le choc, le cheval s'abattit lourdement sur son cavalier agonisant. Pendant ce temps, Barak chargeait, hachant un second assaillant en trois coups d'épée. Le Murgo vida les étriers, éclaboussant de sang vermeil le sable et la roche alentour.

Un troisième Murgo esquiva l'assaut de Mandorallen et frappa le chevalier dans le dos, mais sa lame arracha un tintement clair à l'armure d'acier, sans autre dommage. Le Murgo leva son épée dans un geste désespéré, puis il se raidit et glissa à bas de sa selle : une dague habilement lancée par Silk venait de plonger dans son cou, juste sous l'oreille.

Un Grolim en robe noire, le visage dissimulé derrière un masque d'acier poli, émergea de derrière les rochers. Son exultation tourna à la consternation quand il vit Barak et Mandorallen réduire systématiquement ses guerriers en chair à pâté. Le prêtre se redressa et Garion sentit qu'il bandait sa volonté pour frapper. Mais c'était trop tard. Relg était déjà sur lui. Les lourdes épaules du fanatique s'arrondirent. Il empoigna le devant de la robe du Grolim à deux mains et, sans effort apparent, colla l'homme à la paroi lisse d'un bloc de pierre aussi gros qu'une maison.

Au début, ils eurent l'impression que Relg avait seulement l'intention de maintenir le Grolim contre la roche jusqu'à ce que les autres viennent l'aider à lui régler son compte, et puis ils perçurent une différence subtile. La courbure de son dos indiquait qu'il n'en avait pas fini avec l'homme. Le Grolim se débattait et lui flanquait de grands coups de poings sur la tête et les épaules, mais Relg le pressait inexorablement contre la pierre. Et le roc se mit à luire faiblement autour de lui.

– Non, Relg! s'exclama Silk d'une voix étranglée.

Ses bras s'agitant en tous sens, le Grolim commença à pénétrer dans la paroi de pierre. Relg maintint sa pression, l'enfouissant dans la roche avec une lenteur terrifiante. La surface de la roche se referma doucement sur le prêtre à la robe noire qui se débattait encore. Relg continua à appuyer, ses bras s'enfonçant dans la pierre où il incrustait toujours plus profondément le Grolim, puis il retira ses bras de la pierre, y abandonnant le Grolim. Les deux mains qui surgissaient de la roche s'ouvrirent une dernière fois dans une supplication muette, puis elles se raidirent et ce ne furent bientôt plus que des serres mortes.

Derrière lui, Garion entendit le bruit étouffé de Silk, en proie à des haut-le-cœur.

Barak et Mandorallen avaient alors entrepris deux des Murgos survivants, et le cliquetis des épées retentissait dans l'air glacial. Le dernier Murgo contempla un moment le désastre en ouvrant des yeux terrifiés, puis il éperonna son cheval qui se cabra et fila comme l'éclair. Sans un mot, Durnik détacha sa hache de sa selle et se lança à sa poursuite, mais au lieu d'abattre l'homme, il se plaça en travers de sa route, l'obligeant à faire volte-face. Pris de panique, le Murgo frappa les flancs de sa monture du plat de son épée, se détournant du forgeron au faciès inquiétant et plongea droit par-dessus le rebord de la crête, Durnik sur ses talons.

Leurs assaillants étant malencontreusement décédés, Barak et Mandorallen regardèrent autour d'eux, les yeux brillants d'exaltation, à la recherche de nouveaux adversaires.

– Où est le dernier? demanda Barak.

– Durnik le pourchasse, répondit Garion.

– Il ne faut pas qu'il se sauve; il ramènerait tous ses copains.

– Durnik va s'en occuper, intervint Belgarath.

– Durnik est un bon garçon, riposta Barak, irrité, mais ce n'est pas ce que j'appellerais un grand bretteur. Je ferais peut-être mieux d'aller à la rescousse.

De l'autre côté de la corniche s'éleva un hurlement d'horreur, puis un second. Le troisième s'interrompit prématurément et ce fut le silence.

Au bout de quelques minutes, Durnik revint au galop, seul, le visage sombre.

– Comment ça s'est terminé? questionna Barak. Il ne s'est pas enfui, au moins?

– Je l'ai envoyé dans la fondrière, répliqua Durnik. Il s'est englouti dans les sables mouvants.

– Pourquoi ne l'avez-vous pas coupé en deux avec votre hache?

– Je n'aime pas tellement taper sur les gens, déclara le forgeron.

Silk regardait Durnik, le visage de cendre.

– Alors vous avez préféré le pourchasser dans les sables mouvants et vous êtes resté à le regarder s'engloutir dedans? Mais Durnik, c'est monstrueux!

– La mort c'est la mort, rétorqua Durnik avec une brutalité inhabituelle chez lui. Quand elle vient, peu importe comment, non? Bon, je suis tout de même désolé pour le cheval, conclut-il, un peu songeur.

CHAPITRE XXIV

Le lendemain matin, ils longèrent la crête qui s'incurvait vers l'est. Le soleil brillait sans chaleur dans le ciel hivernal d'un bleu polaire. Relg avançait la tête voilée, sans cesser de psalmodier des prières pour ne pas succomber à la panique. Plusieurs fois, ils virent des nuages de poussière loin au sud, dans les étendues désolés de sable et de sel, mais ils n'auraient su dire s'ils étaient provoqués par des patrouilles de Murgos ou des vents erratiques.

Vers midi, le vent tourna et se mit à souffler régulièrement du sud. Un nuage énorme, noir comme de l'encre, obscurcit la ligne déchiquetée des pics qui se découpaient sur l'horizon. La nuée se déplaçait vers eux avec quelque chose d'inexorable et de menaçant, des fulgurances lumineuses s'allumant dans son ventre fuligineux.

– Une vilaine tempête se prépare, gronda Barak en contemplant le nuage.

– Ce n'est pas un orage, rectifia Belgarath en secouant la tête. Ce sont des cendres. Le volcan est à nouveau entré en éruption, et le vent rabat les cendres sur nous.

Barak eu une grimace bientôt suivie d'un haussement d'épaules.

– Au moins, quand nous serons dessous, nous n'aurons plus à nous préoccuper de ne pas nous faire repérer, déclara-t-il.

– Vous savez, Barak, ce n'est pas avec leurs yeux que les Grolims nous cherchent, lui rappela tante Pol.

– Il va falloir nous occuper de ça, intervint Belgarath en se grattant la barbe.

– Enfin, Père, le groupe est trop important pour se fondre dans la nature comme ça. Et je ne parle même pas des chevaux.

– Je suis sûre que tu y arriveras, Pol. Tu as toujours été très bonne à ce jeu-là.

– Je pourrais m'occuper d'une partie du groupe et toi de l'autre, Vieux Loup Solitaire.

– J'ai bien peur de ne pouvoir t'aider, Pol. C'est Ctuchik en personne qui nous cherche. Je l'ai déjà senti à plusieurs reprises, et je vais être obligé de me concentrer sur lui. Il ne préviendra pas avant de frapper. Il faut que je sois prêt, et cela me sera impossible si je suis empêtré dans un bouclier.

– Voyons, Père, je n'y arriverai jamais toute seule. Personne ne peut protéger autant d'hommes et de chevaux sans aide.

– Garion va t'aider.

– Hein? Moi?

Garion détourna vivement les yeux du nuage menaçant pour regarder son grand-père.

– Allons, Père, il ne l'a jamais fait!

– Il faudra bien qu'il apprenne tôt ou tard.

– Ce n'est guère le moment de faire des expériences.

– Il s'en tirera. Aide-le pas à pas jusqu'à ce qu'il ait pigé.

– Qu'est-ce que je suis censé faire au juste? s'enquit Garion avec un peu d'appréhension.

Tante Pol jeta sur Belgarath un regard aussi noir que les nuées ardentes et se tourna vers Garion.

– Je vais te montrer, mon chou. La première chose à faire, c'est de rester calme. Ce n'est pas très difficile, au fond.

– Mais tu viens de dire...

– Ne t'occupe pas de ce que j'ai dit, écoute ce que je dis maintenant.

– Alors, qu'est-ce que tu veux que je fasse? répéta-t-il d'un air dubitatif.

– D'abord, tu te détends. Et puis tu penses au sable et aux pierres.

– C'est tout?

– Commence par ça. Concentre-toi.

Il pensa au sable et aux pierres.

– Non, Garion. Pas *blanc*, le sable. *Noir*, comme celui qui nous entoure.

– Tu aurais pu préciser.

– Je ne pensais pas y être obligée.

Ricanement de Belgarath.

– Tu veux le faire toi-même, Père? lança-t-elle d'un ton hargneux. Allez, mon chou, recommence, ordonna-t-elle à Garion en revenant à lui. Essaie d'y arriver, cette fois.

Il s'absorba dans cette pensée.

– Voilà, c'est mieux. Maintenant, dès que tu auras le sable et les pierres bien en tête, déploie l'idée en demi-cercle, comme un éventail, de sorte qu'elle t'entoure sur le côté droit. Je m'occupe du gauche.

Il se concentra intensément. Il n'avait jamais rien tenté de plus difficile de toute sa vie.

– Pas si fort, Garion. Tu fais des plis et j'ai un mal de chien à assurer les raccords. Tout doux, tout lisse...

– Pardon.

Il repassa l'idée dans sa tête.

– Alors, Père? Qu'en penses-tu? interrogea tante Pol.

Garion sentit une poussée s'exercer sur l'idée qu'il s'efforçait de maintenir.

– Pas mal, Pol. Pas mal du tout. Il est doué, ce gamin.

– Qu'est-ce qu'on est en train de faire, au juste? s'informa Garion.

Il faisait un froid de canard, et pourtant il sentait la sueur rouler sur son front.

– Un bouclier, révéla Belgarath. Tu t'enfermes dans l'idée du sable et des pierres, et elle se fond avec ceux qui nous entourent. Si les Grolims essaient de nous retrouver mentalement, ils chercheront des hommes et des chevaux et ils passeront devant nous sans nous remarquer parce qu'ils ne verront que du sable et quelques cailloux.

– C'est tout? s'exclama Garion, soulagé de constater que c'était aussi simple.

– Pas tout à fait, mon chou, corrigea tante Pol. Il va falloir étendre la notion de telle sorte qu'elle nous englobe tous. Vas-y, lentement, quelques pieds à la fois.

Ce n'était plus si simple. Il déchira plusieurs fois la trame mentale avant de parvenir à l'étendre aussi loin que tante Pol le désirait. Il sentit une étrange fusion s'opérer entre leurs deux esprits, au centre de l'idée, à l'endroit où leurs deux franges s'unissaient.

— Je crois que ça y est, Père, déclara tante Pol.

— Je te l'avais bien dit, Pol. Je savais qu'il y arriverait.

Le nuage noir, violacé, roulait vers eux dans le ciel, son front menaçant accompagné de sourds grondements de tonnerre.

— Dites donc, Belgarath, si ces cendres ressemblent à celles qui tombaient en Nyissie, nous allons errer comme des aveugles dans les ténèbres, s'inquiéta Barak.

— Ne vous en faites pas pour ça, le rassura le sorcier. Je sais où est Rak Cthol. Les Grolims ne sont pas seuls à pouvoir localiser les choses ainsi. Allons-y.

Ils poursuivirent leur chemin le long de la crête sous la nuée qui bouchait maintenant tout le ciel. Les coups de tonnerre se succédaient sans répit et les éclairs crépitaient sèchement dans la tourmente noire et pourpre, comme si des milliards de minuscules particules entraient en effervescence, créant de prodigieuses décharges d'énergie. Puis les premiers flocons de cendre commencèrent à dériver dans l'air glacial. Belgarath les mena vers le bas de la crête, dans les étendues sablonneuses.

Dès la fin de la première heure, Garion constata que le maintien de l'image mentale lui était devenu assez aisé. Il n'était plus obligé d'y consacrer toute son attention comme au début. Au bout de la deuxième heure, c'était juste une légère contrainte. Pour distraire un peu son ennui, il reconstitua tant bien que mal l'un des immenses squelettes qu'ils avaient vus en entrant dans la Terre Gâte et l'intégra à son image. L'un dans l'autre, il trouvait qu'il ne s'en était pas si mal sorti, et c'était toujours une occupation.

— Je t'en prie, Garion, fit sèchement tante Pol. N'essaie pas de faire preuve de créativité.

— Hein?

— Tiens-t'en au sable. Ce squelette est bien joli, mais il a l'air un peu bizarre avec un seul côté.

– Comment ça, un seul côté?

– Il n'y en a pas du mien. Reste simple, Garion. N'essaie pas d'enjoliver les choses.

La pluie de cendres allait en s'épaississant. Ils étaient désormais obligés de se protéger le visage pour empêcher les scories de leur entrer dans la bouche et le nez et de les étouffer. Garion sentit un contact mental effleurer le bouclier. Cela semblait planer contre son esprit en papillonnant, un peu comme les têtards qu'il avait attrapés une fois, dans la mare, à la ferme de Faldor.

– Concentre-toi, Garion, l'avertit tante pol. C'est un Grolim.

– Il nous a vus?

– Non. Là, il s'en va, maintenant.

Le contact fugitif disparut.

Ils passèrent la nuit blottis contre l'un des sempiternels amas de roches fracassées qui jonchaient la Terre Gâte. Durnik construisit un nouvel abri en empilant des pierres et y assujetit la toile de tente. Ils ne firent pas de feu et prirent un souper froid de pain et de viande séchée. Garion et tante Pol se relayèrent pour maintenir l'image mentale du désert, comme un bouclier déployé au-dessus de leurs têtes. C'était d'autant plus facile qu'ils étaient immobiles, constata Garion.

Le lendemain matin, les cendres tombaient toujours mais le ciel était un peu moins noir que la veille.

– On dirait que ça se dégage, Belgarath, remarqua Silk tandis qu'ils sellaient leurs chevaux. Si le vent chasse tout ça, la partie de cache-cache avec les patrouilles va recommencer.

Le vieil homme eut un hochement de tête affirmatif.

– Nous ferions mieux de nous dépêcher, déclara-t-il. Je connais un endroit où nous pourrons nous cacher, à une lieue au nord de la ville. Je voudrais bien y arriver avant la fin de la pluie de cendres. Des murailles de Rak Cthol, on y voit à dix lieues dans toutes les directions.

– Les murailles sont donc si hautes? demanda Mandorallen.

– Plus hautes que vous ne pouvez imaginer.

– Plus hautes que celles de Vo Mimbre?

— Dix fois, cinquante fois plus. Il faut les voir pour comprendre.

Ils ne ménagèrent pas leurs montures, ce jour-là. Garion et tante Pol maintenaient le bouclier protecteur, mais les frôlements inquisiteurs des Grolims se multipliaient. Garion éprouva à plusieurs reprises un contact mental d'une force prodigieuse, et qui surgissait sans prévenir.

— Ils savent ce qu'ils font, expliqua tante Pol à Belgarath. Ils tentent de pénétrer le bouclier.

— Tenez bon, répliqua le vieil homme. Tu sais quoi faire si l'un d'eux arrive à passer au travers.

Elle hocha la tête, le visage grave.

— Préviens le petit.

Elle hocha la tête à nouveau et se tourna vers Garion.

— Écoute-moi bien, mon chou, commença-t-elle d'un ton solennel. Les Grolims essaient de nous prendre par surprise. Le meilleur bouclier du monde peut être traversé si on y met la force et la vitesse nécessaires. Si l'un d'eux réussit à s'insinuer, je te dirai d'arrêter. Quand je dirai : « Arrête! », je veux que tu effaces immédiatement l'image et que tu dissocies complètement ton esprit du mien.

— Je ne comprends pas.

— Tu n'as pas besoin de comprendre. Fais exactement ce que je dis. Si je te dis d'arrêter, éloigne aussitôt tes pensées des miennes. Je ferai quelque chose de très dangereux et je ne veux pas te faire de mal.

— Je ne pourrai pas t'aider?

— Non, mon chou. Pas cette fois.

Ils poursuivirent leur chemin à cheval. La pluie de cendres se calma et le ciel devint d'un bleu jaunâtre, brumeux. Le soleil apparut, globe pâle comme la lune, un peu au-dessus de l'horizon, au sud-ouest.

— Arrête, Garion!

Cette fois, ce ne fut pas un effleurement mais un coup de poignard. Garion eut un hoquet et dégagea précipitamment son esprit, rejetant très loin l'image du sable. Tante Pol se raidit, les yeux jetant des éclairs. Elle esquissa un geste de la main et prononça un mot, un seul. Un prodigieux champ de force ébranla Garion tandis qu'elle libérait son pouvoir. Dans un spasme de désespoir, il se rendit compte que son esprit était toujours uni à celui de sa tante. La fusion qui maintenait l'image était trop forte, trop complète pour se rompre si aisément. Il se sentit attiré avec elle tandis que leurs esprits encore liés claquaient, comme un fouet. Ils remontèrent à la vitesse de l'éclair le faible courant de pensée qui avait traversé le bouclier et en trouvèrent l'origine. Ils effleurèrent un esprit empli de la joie de la découverte. Puis, sûre de sa cible maintenant, tante Pol frappa de toute la force de sa volonté. La conscience étrangère recula, s'efforçant de rompre le contact, mais c'était trop tard. Garion sentit l'autre esprit s'enfler, gonfler d'une façon insupportable et exploser. Cette autre pensée éclata en mille morceaux, s'abîmant dans une folie furieuse, tandis que l'horreur la submergeait. Il y eut alors comme un envol, un essor frénétique, aveugle, tel celui d'un oiseau plongeant pardessus une muraille de ténèbres avec pour seule idée la fuite, une fuite terrifiante, désespérée. Puis les pierres ne furent plus là. Elles avaient cédé la place à une terrible sensation de chute vertigineuse. Garion s'en arracha en toute hâte.

— Je t'avais bien dit de te tenir à distance, lança tante Pol.

— Je ne l'ai pas fait exprès. Je n'arrivais pas à me dégager.

— Que s'est-il passé? questionna Silk, surpris.

— Un Grolim a réussi à s'infiltrer, répondit-elle.

— Il nous a vus?

— Un instant. Ça n'a plus d'importance. Il est mort, maintenant.

— Vous l'avez tué? Mais comment?

— Il a oublié de se défendre. J'ai remonté le cours de ses pensées.

— Il est devenu fou, poursuivit Garion d'une voix étouffée, encore pénétré de l'horreur de la rencontre. Il a sauté de quelque chose de très haut. Il ne pouvait pas faire autrement. C'était la seule façon d'échapper à ce qui lui arrivait.

Garion avait envie de vomir.

– Quel vacarme, Pol, remarqua Belgarath, l'air attristé. Il y a des années que tu n'avais fait autant de boucan.

– J'avais un passager.

Elle jeta un regard noir à Garion.

– Ce n'était pas ma faute, protesta Garion. Tu me tenais si fort que je n'ai pas réussi à me dégager. C'est toi qui nous as liés l'un à l'autre.

– Ça t'arrive quelquefois, Pol, confirma Belgarath. Le contact devient un peu trop intime et tu donnes l'impression de t'installer pour toujours. Je pense que c'est une question d'amour.

– Tu comprends ce qu'ils racontent, toi? demanda Barak.

– Je préfère l'ignorer, répondit Silk.

Tante Pol regardait Garion d'un air pensif.

– C'était peut-être ma faute, admit-elle enfin.

– Il faudra bien que tu lui lâches le coude un jour, Pol, décréta gravement Belgarath.

– Peut-être. Mais pas tout de suite.

– Vous feriez mieux de rétablir le bouclier, suggéra le vieil homme. Ils savent que nous sommes dans le coin, maintenant, et les autres vont se lancer à notre recherche.

– Allez, Garion, dit-elle avec un mouvement de menton. Le sable, mon chou, pense au sable...

La pluie de cendres se poursuivit tout l'après-midi, s'apaisant un peu à chaque lieue. Ils distinguaient maintenant les amas rocheux entre lesquels ils passaient et les spires de basalte qui crevaient les sables du désert. Comme ils approchaient de l'une des crêtes rocheuses, peu élevées, qui striaient la Terre Gâte à intervalles réguliers, Garion distingua une masse sombre, d'une hauteur prodigieuse, dans le brouillard, devant eux.

– Nous allons nous cacher ici jusqu'à la nuit, suggéra Belgarath en mettant pied à terre derrière la crête.

– Nous sommes arrivés? interrogea Durnik avec un coup d'œil circulaire.

– Voilà Rak Cthol, annonça le vieil homme en indiquant l'ombre menaçante.

Barak scruta les ténèbres en plissant les yeux.

– Je pensais que c'était une montagne.

– C'en est une. Rak Cthol est construite au sommet.

– Un peu comme Prolgu, alors?

– Si vous voulez, sauf que c'est là le fief de Ctuchik le magicien. Ça fait une drôle de différence.

– Je croyais que Ctuchik était un sorcier, releva Garion, perplexe. Pourquoi dis-tu toujours que c'est un magicien?

– C'est un terme de mépris. Une insulte mortelle dans notre société restreinte.

Ils attachèrent les chevaux entre d'énormes blocs de pierre, à l'arrière de la crête, et gravirent la quarantaine de pieds qui les séparaient du haut. Ils s'y tapirent pour monter la garde en attendant la tombée de la nuit.

La pluie de cendres se raréfiait toujours, et le pic commença à émerger de la brume. C'était moins une montagne qu'une aiguille rocheuse surgie de la Terre Gâte. Sa base, entourée de débris de roche, faisait bien une lieue de périmètre, et ses flancs, aussi noirs que la nuit, étaient presque verticaux.

– A quelle hauteur s'élève-t-elle? chuchota Mandorallen, sans se rendre compte qu'il avait baissé la voix.

– Sûrement plus d'une demi-lieue, répondit Belgarath.

Une chaussée abrupte partait du sol et s'élevait en pente raide, l'encerclant jusqu'à la cime, mille pieds plus haut.

– Ils ont dû mettre un moment à construire ce truc-là, remarqua Barak.

– Près d'un millier d'années, confirma Belgarath. Tout le temps qu'a duré la construction, les Murgos ont acheté chaque esclave que les Nyissiens ont pu leur procurer, jusqu'au dernier.

– Sale boulot, observa Mandorallen.

– Sale endroit, acquiesça Belgarath.

Alors le vent glacial chassa les derniers lambeaux de brume et la silhouette de la cité perchée au sommet de l'aiguille apparut dans toute son horreur. Les murailles en étaient aussi sombres que les parois du pic. Des spires et des tours en jaillissaient comme au hasard, poignardant le ciel vespéral de leurs flèches de ténèbres, pareilles à des lances. La cité des Grolims avait quelque chose de malsain, de menaçant. Elle planait, tel un mauvais présage, sur l'étendue sauvage qui l'encerclait, cette Terre Gâte désertique, peuplée de poussière, de pierres et de fondrières puant le soufre. Puis le soleil sombra dans les bancs de nuages et de cendres, le long de l'horizon déchiqueté, et baigna la sinistre forteresse d'une lueur écarlate, fuligineuse. Et tout à coup ce fut comme si les murailles de Rak Cthol saignaient, comme si tout le sang versé sur les autels de Torak depuis le commencement des âges ruisselait sur la cité de la peur. Et tous les océans du monde n'auraient pas suffi à la laver.

CHAPITRE XXV

Ils redescendirent prudemment de la crête rocheuse
tandis que les dernières traces de lumière désertaient le
ciel, et traversèrent l'étendue couverte de cendres. La
tour les dominait de toute sa hauteur, triomphant des
étoiles. Ils mirent pied à terre en arrivant à l'éboulis
déchiqueté entourant la base, confièrent les chevaux à
Durnik et escaladèrent l'amas abrupt de pierraille
menant au pic de basalte. Relg, qui tremblait et se
couvrait encore les yeux un instant plus tôt, avançait
maintenant presque avidement vers la paroi. Il s'arrêta
et posa doucement les mains et le front sur la roche
glacée.

– Alors? demanda Belgarath au bout d'un moment,
la voix altérée par une angoisse terrible. J'avais raison?
Il y a des grottes?

– Je sens des vides, répondit Relg. Loin à l'intérieur.

– Vous pourriez y parvenir?

– Aucun intérêt. Cela ne mène nulle part. Ce sont
des espaces clos.

– Et maintenant, qu'est-ce qu'on fait?

C'était Silk.

– Je ne sais pas, admit Belgarath, terriblement déçu.

– Faisons le tour et essayons un peu plus loin, suggéra Relg. Je reçois des échos par ici. Il y a peut-être
quelque chose de ce côté-là, dit-il en tendant le doigt.

– Je veux que vous compreniez bien une chose tout
de suite, annonça Silk en se dressant fermement sur

ses ergots. Il n'est pas question que je m'infiltre à nouveau dans la roche. Si vous avez l'intention de vous livrer à ce genre de sport, je vous attends ici.

– Nous allons bien trouver un moyen, répliqua Barak.

– Je ne traverserai pas la roche, décréta Silk en secouant la tête, inébranlable.

Relg longeait déjà la paroi, effleurant le basalte du bout des doigts.

– C'est plus fort par ici. C'est large et ça monte.

Il fit encore quelques centaines de pas. Ils le suivirent, le regardant avec intensité.

– Juste ici, indiqua-t-il enfin en tapotant la pierre. C'est peut-être ce que nous cherchons. Attendez-moi.

Il posa les mains contre la paroi et les enfonça doucement dedans.

– Je ne peux pas supporter ça, gémit Silk en se retournant précipitamment. Dites-moi quand il aura fini.

Avec une détermination terrifiante, Relg s'insinua à l'intérieur de la roche.

– Il est parti? demanda Silk.

– Il rentre dedans. Il dépasse encore à moitié, répondit Barak avec une précision clinique.

– Je t'en prie, Barak, tu ne pourrais pas être un peu moins explicite?

– C'était vraiment si terrible? questionna le Cheresque.

– Tu ne peux pas savoir. Tu ne peux absolument pas imaginer.

Le petit homme à la face de rat ne pouvait s'empêcher de trembler rétrospectivement.

Ils attendirent dans les ténèbres glaciales pendant une demi-heure, peut-être davantage. Puis, loin au-dessus de leur tête, un cri retentit.

– Qu'était-ce que cela? demanda Mandorallen.

– Les Grolims s'amusent, répondit Belgarath d'un ton sinistre. C'est la saison de la Blessure. C'est à cette époque que l'Orbe a brûlé le visage et la main de Torak. On se livre à un grand nombre de sacrifices en cette période de l'année. Des esclaves, surtout. Apparemment, Torak n'insiste pas trop pour avoir du sang angarak pourvu qu'il soit humain.

Enfin, ils entendirent un faible bruit de pas quelque part le long de la corniche, et un instant plus tard, Relg les rejoignait.

– J'ai trouvé! annonça-t-il. L'entrée est à un quart de lieue d'ici. Elle est partiellement obstruée.

– Ça va jusqu'en haut? interrogea Belgarath.

– Ça monte, répondit Relg en haussant les épaules. C'est tout ce que je peux dire. La seule façon de savoir jusqu'où ça va, c'est d'y aller. Mais il y a toute une série de grottes et de galeries.

– Avons-nous le choix, Père? releva tante Pol.

– Pas vraiment, en fait.

– Je vais chercher Durnik, déclara Silk.

Il tourna les talons et disparut dans les ténèbres.

Les autres suivirent Relg jusqu'à une petite ouverture dans la paroi rocheuse, juste au-dessus de l'éboulis rocheux.

– Il va falloir déplacer certaines de ces pierres si nous voulons faire entrer les chevaux, leur expliqua-t-il.

Barak se pencha et souleva un énorme bloc de pierre. Il tituba sous sa masse et le laissa retomber un peu plus loin avec un vacarme retentissant.

– Ne faites donc pas tant de barouf! s'exclama Belgarath.

– Désolé, marmonna Barak.

Les roches n'étaient pas très grosses, mais il y en avait énormément. Lorsque Silk et Durnik les rejoignirent, ils s'employèrent à dégager l'entrée de la caverne. Il leur fallut près d'une heure pour retirer assez de pierres afin de permettre aux chevaux de se glisser à l'intérieur.

– C'est fou ce que Hettar peut me manquer, grommela Barak en poussant la croupe d'un cheval récalcitrant avec son épaule.

– Tu as essayé de lui parler? suggéra Silk.

– Je n'arrête pas.

– Essaye sans les insultes.

– Il faudra grimper un peu, annonça Relg quand ils se retrouvèrent dans l'obscurité absolue de la grotte avec les chevaux. Pour autant que je sache, les galeries s'élèvent verticalement. Il faudra donc nous élever niveau par niveau.

Mandorallen s'appuya contre l'une des parois, dans un grand cliquetis d'armure.

– Vous n'y arriverez pas comme ça, Mandorallen, fit Belgarath. Vous ne pourrez jamais grimper avec votre armure. Laissez-la ici avec les chevaux.

Le chevalier poussa un soupir et entreprit de retirer sa cuirasse.

Une faible lueur apparut. Relg mélangeait dans un bol en bois des poudres tirées de deux bourses de cuir cachées sous sa cotte de mailles.

– Voilà qui est mieux, approuva Barak. Mais nous y verrions peut-être plus clair avec une torche, non?

– Beaucoup plus, renchérit Relg. Sauf moi, qui serais aveugle. Tenez, au moins vous verrez où vous mettez les pieds.

Il lui tendit le bol luminescent.

– Bon, allons-y, ordonna Belgarath.

Relg tourna les talons et les conduisit vers une galerie plongée dans les ténèbres. Au bout de quelques centaines de mètres, ils arrivèrent à un éboulis de pierres qui s'élevait rapidement et disparaissait dans le noir absolu.

– Je vais voir, décréta Relg.

Il gravit la pente et disparut aussitôt. Au bout d'un moment, ils entendirent une curieuse petite explosion et une pluie de fragments de roche s'abattit sur les pierres éboulées.

– Vous pouvez venir, fit la voix de Relg, au-dessus de leur tête.

Ils escaladèrent prudemment la pente et arrivèrent à une paroi lisse.

– A droite, indiqua Relg. Il y a des trous. Utilisez-les pour grimper.

La roche était en effet creusée de trous ronds de six pouces de profondeur.

– Comment avez-vous fait ça? s'étonna Durnik en examinant l'une des cavités.

– C'est un peu difficile à expliquer, éluda Relg. Il y a une corniche, ici. Elle mène à une autre galerie.

L'un après l'autre, ils escaladèrent la paroi verticale et rejoignirent Relg sur la corniche. Comme il le leur avait annoncé, elle aboutissait à une galerie en pente raide qui s'enfonçait dans les profondeurs du pic. Le boyau se ramifiait, et ils passèrent devant plusieurs ouvertures de chaque coté.

– On ne va pas voir où ça mène? demanda Barak alors qu'ils avaient déjà laissé derrière eux trois ou quatre de ces entrées de souterrain.

– Nulle part, répondit Relg.

– Comment le savez-vous?

– Les galeries qui débouchent quelque part n'ont pas la même odeur. Celle que nous venons de dépasser se termine en cul-de-sac à une centaine de pieds d'ici.

Brak poussa un grognement dubitatif.

Ils arrivèrent à une nouvelle paroi lisse, et Relg s'arrêta pour scruter les ténèbres.

– C'est haut? questionna Durnik.

– Une trentaine de pieds. Je vais faire des trous dedans pour que nous puissions grimper.

Relg s'agenouilla, enfonça doucement sa main dans le roc, cambra les épaules et tordit légèrement le bras. La roche fit entendre une petite détonation. Relg retira le poing de la muraille, entraînant une avalanche de fragments. Il débarrassa le trou ainsi creusé des débris qui l'obstruaient encore, se releva et plongea son autre main dans la pierre à deux pieds environ au-dessus de la première cavité.

– Pas bête, fit Silk, admiratif.

– C'est un très vieux truc, lui confia Relg.

Ils escaladèrent la paroi à la suite de Relg et, arrivés en haut, se faufilèrent dans une faille étroite. Barak poussa quelques jurons en s'insinuant dans le boyau, abandonnant une jolie surface de peau dans son sillage.

– Nous avons fait beaucoup de chemin? interrogea Silk, plein d'appréhension.

Il jetait des coups d'œil inquiets à la roche comme si elle allait se refermer sur lui de toute part.

— Nous sommes peut-être à huit cents pieds de la base du pic, l'informa Relg. Par ici, maintenant.

Il leur indiqua un autre passage qui montait en pente douce.

— Mais nous revenons sur nos pas, non? observa Durnik.

— Les galeries décrivent des zigzags. Nous n'avons qu'à suivre celles qui montent.

— Elles vont toutes vers le sommet?

— Elles débouchent quelque part. C'est ma seule certitude, dans l'état actuel des choses.

— Qu'est-ce que c'est que ça? s'écria Silk.

Des profondeurs d'une des galeries ténébreuses s'éleva une voix, une mélopée d'une insondable tristesse, dont l'écho brouillait les paroles. Une seule chose était sûre : elles étaient entonnées par une femme.

Au bout d'un moment, Belgarath poussa une exclamation de surprise.

— Qu'y a-t-il? s'inquiéta tante Pol.

— Une Marague! s'exclama le vieil homme.

— Impossible!

— Enfin, Pol, je connais cette mélodie. C'est un chant funèbre marag. Une femme, quelle qu'elle soit, est à l'article de la mort non loin d'ici.

Les coudes et les méandres des galeries renvoyaient l'écho de la psalmodie, et Belgarath et ses compagnons avaient du mal à en situer l'origine, mais plus ils avançaient et plus le bruit semblait se rapprocher.

— Par ici, annonça enfin Silk en s'arrêtant, la tête inclinée sur le côté, devant une ouverture.

Le chant s'arrêta soudain.

— N'avancez pas, interdit la femme invisible, menaçante. J'ai un couteau.

— Nous sommes des amis, répondit Durnik.

Elle éclata d'un rire amer.

— Je n'ai pas d'amis. Vous ne me reprendrez pas. Mon couteau est assez long pour me percer le cœur.

— Elle nous prend pour des Murgos, chuchota Silk.

Belgarath s'adressa à elle dans une langue liquide, musicale, que Garion n'avait jamais entendue. Au bout d'un moment, la femme lui parla d'une voix hésitante, comme si elle tentait de se rappeler des mots qu'elle n'avait pas prononcés depuis des années.

– Elle croit à une ruse de notre part, expliqua tout bas le vieil homme. Elle a un couteau, la lame pointée sur son cœur. Il faudra prendre garde.

Il prononça encore quelques mots depuis l'entrée de la galerie, et la femme s'exprima à son tour.

– Elle dit qu'elle laissera l'un de nous venir jusqu'à elle, déclara enfin Belgarath. Elle n'a pas confiance en nous.

– J'y vais, annonça tante Pol.

– Fais bien attention, Pol. Elle pourrait décider au dernier moment de retourner son couteau contre toi et non contre elle.

– Je m'en sortirai, Père.

Tante Pol prit la lumière des mains de Barak et avança lentement dans la galerie tout en parlant doucement.

Les autres restèrent debout dans le noir en tendant l'oreille aux bribes de conversation de tante Pol et de la Marague.

– Vous pouvez venir, maintenant, appela-t-elle enfin.

Ils longèrent la galerie en suivant la direction de sa voix et découvrirent une femme allongée à côté d'une petite mare. Son visage encadré de cheveux d'un noir de jais, inextricablement emmêlés, était l'image même du désespoir et de la résignation. Elle avait les pommettes larges, des lèvres charnues et d'immenses yeux violets encadrés de cils noirs comme du charbon. Ses maigres hardes dévoilaient une ample surface de peau pâle. Elle était d'une saleté inconcevable. Relg inspira brutalement et lui tourna ausitôt le dos.

– Elle s'appelle Taïba, leur expliqua calmement tante Pol. Elle s'est échappée il y a plusieurs jours du quartier des esclaves, dans les sous-sols de Rak Cthol.

Belgarath s'agenouilla à côté de la femme qui paraissait au bout du rouleau.

– Vous êtes marague, n'est-ce pas ? l'interrogea-t-il avec intensité.

– C'est ce que ma mère m'a dit, confirma-t-elle. C'est elle qui m'a appris la langue du temps jadis.

Ses cheveux noirs retombaient en désordre sur sa joue pâle.

– Y a-t-il d'autres Marags dans le quartier des esclaves ?

– Quelques-uns, sans doute. C'est difficile à dire. La plupart des autres esclaves ont eu la langue coupée.

– Il faut lui donner à manger, déclara tante Pol. Quelqu'un a-t-il pensé à apporter de la nourriture ?

Durnik retira sa sacoche de sa ceinture et la lui tendit.

– Du fromage, dit-il. Et un peu de viande séchée.

Tante Pol ouvrit le sac de cuir.

– Vous avez une idée de la façon dont votre peuple est arrivé ici ? questionna Belgarath. Réfléchissez. Ça peut être très important.

– Nous sommes ici depuis toujours, répondit Taïba en haussant les épaules.

Elle se jeta avec avidité sur la nourriture que lui offrait tante Pol.

– Pas trop vite, conseilla tante Pol.

– Vous n'avez jamais entendu relater comment les Marags ont échoué dans les quartiers des esclaves des Murgos ? insista Belgarath.

– Ma mère m'a dit un jour que nous vivions autrefois, il y a des milliers d'années, dans un pays à ciel ouvert où nous n'étions pas esclaves, répondit Taïba. Mais je ne l'ai pas crue. C'est le genre d'histoire qu'on raconte aux enfants.

– Vous savez, Belgarath, ça me rappelle les vieilles rumeurs qui circulaient sur les campagnes tolnedraines à Maragor, remarqua Silk. On a prétendu pendant des années qu'au lieu de tuer leurs prisonniers, certains commandants de la légion les auraient vendus aux trafiquants d'esclaves Nyissiens. C'est bien le genre des Tolnedrains.

– Ce n'est pas impossible, en effet, approuva Belgarath, les sourcils froncés.

– Nous sommes vraiment obligés de rester ici? siffla Relg d'un ton hargneux.

Son dos raide en disait long sur son indignation.

– Pourquoi est-il fâché après moi? chuchota Taïba d'un ton infiniment las.

– Couvre ta nudité, femelle! ordonna Relg. Tu constitues un outrage à la décence.

– C'est tout? fit-elle en éclatant de rire, un rire de gorge, chaleureux. Je n'ai rien d'autre à me mettre, reprit-elle avec un coup d'œil à sa silhouette voluptueuse. D'ailleurs, il n'est pas mal, mon corps. Il n'est ni difforme ni laid. Pourquoi devrais-je le cacher?

– Femelle lubrique! lança Relg d'un ton accusateur.

– Si ça vous ennuie tant que ça de me voir, ne me regardez pas, recommanda-t-elle.

– Relg a des problèmes religieux, expliqua Silk avec une pointe d'ironie.

– Ne me parlez pas de religion, ajouta-t-elle en frissonnant.

– Vous voyez, souligna Relg avec un reniflement méprisant. Elle est complètement dépravée.

– Pas vraiment, rétorqua Belgarath. C'est plutôt qu'à Rak Cthol religion est synonyme d'autel et de poignard.

– Garion, fit tante Pol. Donne-moi ta cape.

Il retira sa lourde houppelande de laine et la lui tendit. Elle s'apprêtait à en couvrir l'esclave mais s'arrêta tout à coup en la regardant attentivement.

– Où sont vos enfants? demanda-t-elle.

– Les Murgos me les ont pris, répondit Taïba d'une voix éteinte. J'avais deux belles petites filles. Elles ont disparu, maintenant.

– Nous allons vous les retrouver, promit impulsivement Garion.

Elle éclata d'un petit rire amer.

– Ça, j'en doute. Les Murgos les ont livrées aux Grolims et ces monstres les ont sacrifiées sur l'autel de Torak. C'est Ctuchik lui-même qui tenait le couteau.

Garion sentit son sang se glacer dans ses veines.

– C'est bon ça. C'est bien chaud, fit Taïba avec

reconnaissance en caressant le tissu rugueux. Il y a si longtemps que j'ai froid...

Elle poussa un soupir de contentement, incroyablement las.

Au-dessus d'elle, Belgarath et tante Pol échangèrent un long regard.

— Je dois être sur la bonne voie, remarqua enfin le vieil homme, sybillin. Tomber sur elle comme ça, après l'avoir cherchée toutes ces années...

— Tu es sûr, Père, que c'est elle?

— Comment pourrait-il en être autrement? Tout coïncide, jusque dans les moindres détails. C'est presque trop beau.

Il inspira profondément et laissa échapper son souffle avec une profonde satisfaction.

— Ça me hantait depuis un millier d'années. Comment avez-vous réussi à vous sauver du quartier des esclaves, Taïba? reprit-il doucement.

— L'un des Murgos a oublié de verrouiller une serrure, raconta-t-elle d'une voix endormie. Je me suis glissée dehors et j'ai trouvé ce poignard. Je voulais aller trouver Ctuchik et le tuer, mais je me suis perdue. Il y a tellement de grottes ici, tellement... Je n'ai plus beaucoup d'espoir, maintenant, mais j'aurais tant aimé le voir crever avant de mourir. Je voudrais bien dormir, à présent, murmura-t-elle. Je suis si fatiguée...

— Vous serez bien, ici? demanda tante Pol. Nous sommes obligés de partir, mais nous reviendrons. Vous avez besoin de quelque chose?

— Un peu de lumière, peut-être, souffla la femme. Toute ma vie j'ai vécu dans le noir. Je voudrais mourir avec de la lumière.

— Relg, faites-lui un peu de lumière, ordonna tante Pol.

— Nous en aurons peut-être besoin, répliqua-t-il d'un air buté.

— Elle en a plus besoin que nous.

— Faites ce qu'elle vous dit, Relg, intervint Belgarath d'un ton sans réplique.

Le visage de Relg se figea, mais il mélangea une

partie du contenu de ses deux bourses de cuir sur une pierre plate et versa un peu d'eau goutte à goutte sur la mixture. La substance pâteuse se mit à luire.

– Merci, dit simplement Taïba.

Relg refusa de lui répondre ou même de la regarder.

Ils repartirent comme ils étaient venus, la laissant auprès de sa petite mare, avec son lumignon. Elle se remit à chanter, mais tout doucement cette fois, et d'une voix comme endormie.

Relg les mena dans les galeries obscures qui décrivaient des méandres et changeaient constamment de direction, sans cesser de grimper. Les heures passaient, mais le temps ne voulait pas dire grand-chose dans ces ténèbres éternelles. Ils gravirent encore des parois à pic et suivirent d'autres boyaux qui montaient toujours plus haut dans cette formidable aiguille rocheuse. Garion avait définitivememnt renoncé à s'orienter et se demandait si Relg savait seulement où il allait. Puis, au détour d'une galerie, une faible brise sembla leur effleurer le visage, leur apportant une odeur effroyable.

– Qu'est-ce que c'est que cette puanteur? s'exclama Silk en fronçant son nez pointu.

– Les quartiers des esclaves, vraisemblablement, répliqua Belgarath. Les Murgos ne sont pas très portés sur l'hygiène.

– Ils se trouvent sous Rak Cthol, n'est-ce pas? rappela Barak.

Belgarath lui répondit d'un hochement de tête affirmatif.

– Et ils donnent directement dans la ville?

– Pour autant que je m'en souvienne, oui.

– Bravo, Relg, vous avez réussi, déclara Barak, en flanquant à l'Ulgo une formidable claque sur l'épaule.

– Ne me touchez pas, fit Relg.

– Oh, pardon.

– Les enclos des esclaves doivent être gardés, annonça Belgarath. Maintenant, motus et bouche cousue.

Ils suivirent une nouvelle galerie en regardant bien où ils mettaient les pieds. Garion n'aurait su dire à partir de quel moment l'intervention humaine avait pris le relais de la nature dans ces galeries. Puis ils passèrent devant une porte de fer entrouverte.

— Il n'y a personne, là-dedans? murmura-t-il à l'attention de Silk.

Le petit homme se coula vers la porte, prêt à faire usage de sa dague, jeta un coup d'œil dans l'ouverture et recula vivement la tête.

— Juste une poignée d'os, rapporta-t-il d'un air sinistre.

Belgarath leur fit signe de s'arrêter.

— Ces galeries inférieures sont probablement abandonnées, chuchota-t-il. Après la construction de la chaussée, les Murgos n'avaient plus besoin de ces milliers d'esclaves. Nous allons continuer à monter. A partir de maintenant, plus un bruit. Et ouvrez l'œil.

Ils suivirent en silence le couloir qui s'élevait toujours en pente régulière et passèrent devant d'autres portes de fer rouillées, toutes entrebâillées. En haut de la pente, la galerie décrivait un virage en épingle à cheveux, revenait sur elle-même sans cesser de grimper. Des mots étaient gravés sur la paroi, dans une écriture que Garion ne connaissait pas.

— Grand-père, chuchota-t-il en lui indiquant l'inscription.

— Neuvième cercle, marmonna Belgarath, après y avoir jeté un coup d'œil. Nous sommes encore loin sous la ville.

— A partir de quel moment risquons-nous de rencontrer des Murgos? grommela Barak en regardant autour de lui, la main sur la garde de son épée.

Belgarath haussa légèrement les épaules.

— Difficile à dire. Pour moi, seuls les deux ou trois niveaux du haut sont occupés.

Ils poursuivirent leur montée jusqu'au coude suivant. Là encore, le mur portait une inscription en langue étrangère.

— Huitième cercle, traduisit Belgarath. Continuons.

L'odeur des quartiers des esclaves devenait de plus en plus infernale au fur et à mesure qu'ils s'élevaient.

– Une lumière, droit devant, fit subitement Durnik, alors qu'ils s'apprêtaient à pénétrer dans le quatrième cercle.

– Restez ici, souffla Silk.

Il se fondit au détour de la galerie, la dague collée à la jambe.

La lumière, faible au départ, gagnait en intensité et semblait animée de faibles oscillations de bas en haut.

– Un homme avec une torche, marmonna Barak.

Tout à coup, la lumière se mit à vaciller, projetant des ombres mouvantes sur les parois. Puis elle cessa de s'agiter et s'immobilisa tout à fait. Quelques instants plus tard, Silk revint en essuyant soigneusement sa dague.

– Un Murgo, commenta-t-il. Je pense qu'il cherchait quelque chose. Les cellules sont vides aussi, là-haut.

– Qu'est-ce que tu en as fait? demanda Barak.

– Je l'ai traîné dans l'une des cellules. Ils ne risquent pas de tomber dessus, à moins de le chercher.

Relg se protégeait soigneusement les yeux.

– Même avec cette faible lumière? s'étonna Durnik.

– C'est la couleur, expliqua Relg.

Ils reprirent leur ascension et abordèrent le quatrième cercle. Quelques centaines de pas plus loin, une torche fichée dans la paroi de la galerie brûlait d'une flamme régulière. En s'en approchant, ils virent une longue traînée de sang frais sur le sol inégal, jonché d'éclats de pierre.

Belgarath s'arrêta devant la porte de la cellule.

– Comment était-il habillé? demanda-t-il à Silk en se grattant la barbe.

– Il portait une de leurs robes à capuchon, répondit Silk. Pourquoi?

– Allez la chercher.

Silk le dévisagea l'espace d'un instant, puis eut un hochement de tête et disparut dans la cellule. Il en ressortit un moment plus tard avec une robe noire murgo qu'il tendit au vieil homme.

Belgarath étala la robe devant lui et examina d'un air critique la longue entaille qui fendait le dos.

— Essayez de ne pas faire des trous aussi gros dans les autres, suggéra-t-il au petit homme.

— Désolé, fit Silk avec un grand sourire. J'y suis peut-être allé un peu fort : l'enthousiasme, sans doute. Je ferai plus attention la prochaine fois.

Il jeta un coup d'œil à Barak.

— Ça te dit?

— Evidemment. Vous en êtes, Mandorallen?

Le chevalier hocha la tête avec gravité en dégainant son épée.

— Nous vous attendons ici, déclara Belgarath. Ne prenez pas de risques inutiles, mais ne traînez pas trop quand même.

Les trois hommes se faufilèrent vers le troisième degré, au bout de la galerie.

— A ton avis, Père, quelle heure peut-il bien être? demanda calmement Polgara quand ils furent seuls.

— Bien plus de minuit, je pense.

— Tu crois que nous y arriverons avant le lever du soleil?

— En faisant vite.

— Nous serions peut-être mieux inspirés de passer la journée ici et de n'agir qu'au coucher du soleil.

— Je ne pense pas, Pol, fit-il en fronçant les sourcils. Ctuchik prépare quelque chose. Il sait que j'arrive – je le sens depuis une semaine au moins. Pourtant il n'a pas levé le petit doigt. Ne lui donnons pas plus de temps que nécessaire.

— Voyons, Père, il ne va pas se laisser faire comme ça.

— Il y a bien longtemps déjà que nous aurions dû nous affronter, Ctuchik et moi. Depuis des années, nous nous tournons autour comme des chiens qui se flairent, sous prétexte que ce n'est jamais le bon moment. Eh bien, je suis là. Au moment fatidique, Pol, je préférerais que tu ne t'en mêles pas, conclut-il en scrutant les ténèbres, le visage morne mais la voix implacable.

Elle le regarda longuement puis hocha la tête.

— Très bien, Père. Comme tu voudras, dit-elle enfin.

CHAPITRE XXVI

La robe du Murgo était de toile noire, rêche. Elle sentait la fumée, et d'autres choses moins agréables. Un étrange emblème rouge était incrusté dedans, juste au-dessus du cœur de Garion, et il avait un petit trou, une sorte d'accroc, juste sous l'aisselle gauche. Autour, le tissu était mouillé et collant. La peau de Garion se recroquevillait à ce contact.

Ils gravirent rapidement les trois derniers niveaux du quartier des esclaves, le visage dissimulé sous le vaste capuchon des robes murgos. Les galeries étaient éclairées par des torches fuligineuses, mais ils n'y rencontrèrent personne, et les esclaves emprisonnés derrière les portes de fer piquetées de rouille ne faisaient pas un bruit quand ils passaient devant. Garion sentait une peur atroce suiter de ces vantaux fermés.

— Comment allons-nous entrer dans la ville? chuchota Durnik.

— Il y a un escalier au bout de la galerie du haut, murmura Silk en réponse.

— Il n'est pas gardé?

— Plus maintenant.

Le haut de l'escalier était fermé par un portail garni d'une barre de fer, de chaînes et de serrures. Silk tira un petit outil de métal de l'une de ses bottes, tritura la serrure pendant quelques secondes puis poussa un grognement de satisfaction en l'entendant céder.

— Je vais aux renseignements, souffla-t-il en se faufilant de l'autre côté.

Derrière la porte, les bâtiments de Rak Thol se découpaient sur le ciel nocturne empli d'étoiles. Un cri de désespoir puis d'agonie retentit à travers la ville, bientôt suivi par la terrible vibration d'un gong de fer, immense, prodigieuse. Garion eut un frisson.

Quelques instants plus tard, Silk se glissa à nouveau par la porte.

— Il n'y a pas un chat, là-haut, révéla-t-il tout bas. Par où allons-nous?

— Par ici, fit Belgarath, le doigt tendu. Nous allons longer le mur jusqu'au Temple.

— Le Temple? répéta Relg avec avidité.

— Il n'y a pas d'autre moyen d'arriver jusqu'à Ctuchik. Dépêchons-nous. Le jour ne va pas tarder.

Rak Cthol n'avait rien à voir avec les villes qu'ils avaient pu connaître. Rien n'isolait les immenses bâtiments les uns des autres, comme partout ailleurs. Les Murgos et les Grolims qui vivaient là donnaient l'impression de n'avoir rien en propre, et le cloisonnement de la possession individuelle caractéristique des demeures du Ponant n'entrait pas dans leurs structures. Il n'y avait pas de rues au sens habituel du terme, mais plutôt un dédale de cours reliées les unes aux autres et de corridors qui passaient entre les maisons, et souvent à travers.

Ils arpentèrent silencieusement les cours obscures et les galeries plongées dans les ténèbres. La cité semblait déserte. Ils étaient oppressés par une sourde impression de menace, comme si on les observait. Les murailles noires, silencieuses, les entouraient de toute part. D'étranges tourelles surgissaient des murailles aux endroits les plus inattendus, s'inclinant sur leur passage pour les lorgner. D'étroites meurtrières braquaient sur eux un regard accusateur. Les ombres tapies dans les coins des portes en ogive les suivaient des yeux. Un mal vieux comme le monde pesait de tout son poids sur Rak Cthol. C'était comme si les pierres elles-mêmes raillaient Garion et ses amis tandis qu'ils s'enfonçaient toujours plus profondément dans le sombre labyrinthe de la forteresse grolim.

— Dites, Belgarath, vous êtes sûr que vous savez où vous allez? chuchota Barak, inquiet.

— Je suis déjà venu – par la chaussée, murmura le vieil homme. J'aimais bien venir voir de temps en temps ce que faisait Ctuchik. Nous allons prendre cet escalier. Il nous mènera en haut des remparts de la ville.

Ils gravirent en silence l'escalier étroit et raide, aux marches de pierre usées par les siècles, encadrées de murailles massives et surmontées par une voûte. Un autre cri retentit dans la ville et le prodigieux gong d'airain donna à nouveau de la voix.

Ils émergèrent de l'escalier sur le mur d'enceinte, une muraille aussi large qu'une grand-route. Un parapet courait le long de la paroi extérieure, marquant le bord du terrible précipice qui s'abîmait à la verticale dans le désert rocailleux, une demi-lieue plus bas. L'air glacial leur mordit les joues. Les dalles noires et les blocs grossièrement équarris du chemin de ronde luisaient de givre sous le ciel étoilé.

Belgarath contempla l'étendue dégagée du chemin de ronde et les bâtiments noirs qui se dressaient plusieurs centaines de pas plus loin.

— Ne restons pas groupés, chuchota-t-il. Nous allons finir par attirer l'attention. On n'a pas l'habitude de voir tant de gens à la fois à Rak Cthol. Nous allons passer deux par deux. Marchez. Ne courez pas, ne rentrez pas la tête dans les épaules. Faites comme si vous aviez toujours vécu ici. Allons-y.

Il partit le long de la muraille avec Barak, les deux hommes marchant d'une démarche déterminée mais sans hâte apparente. Au bout de quelques instants, tante Pol et Mandorallen leur emboîtèrent le pas.

— Durnik, souffla Silk, nous allons partir ensemble, Garion et moi. Vous nous suivrez d'ici une minute, Relg et vous. Ça va? demanda-t-il à l'Ulgo en scrutant son visage enfoui dans la nuit du capuchon murgo.

— Tant que je ne suis pas obligé de regarder le ciel, répondit Relg d'une voix contrainte, comme s'il parlait entre ses dents serrées.

– Allez, Garion, on y va, murmura Silk.

Garion s'engagea aux côtés du petit Drasnien sur la partie à ciel ouvert du mur d'enceinte. Il dut faire un effort prodigieux sur lui-même pour avancer d'une allure normale sur les pierres gelées. Il avait l'impression que des yeux le guettaient dans l'ombre de tous les bâtiments et de toutes les tours. L'air était d'une immobilité et d'un froid mortels. Les pierres du parapet étaient couvertes d'une dentelle de givre.

Un cri émana du temple, quelque part devant eux.

Le bout de la zone dégagée du chemin de ronde disparaissait dans l'ombre d'une large tour. Ils s'y glissèrent avec soulagement.

– Attends-moi ici un instant, chuchota Silk en se glissant derrière l'angle de la tour.

Garion resta planté là, transi de froid, à l'affût du moindre bruit. Il jeta un coup d'œil par-dessus le parapet. Un petit feu brûlait au loin, dans les solitudes désolées, vacillant dans le noir comme une petite étoile rouge. Garion essaya de deviner à quelle distance il pouvait se trouver.

Puis il entendit un léger frôlement, au-dessus de sa tête. Il fit volte-face, la main sur la garde de son épée. Une ombre se laissa tomber d'une corniche, quelques dizaines de pas plus haut, sur le côté de la tour, et retomba comme un chat sur les dalles, juste devant lui. Garion reconnut l'odeur âcre, familière.

– Ça faisait longtemps, pas vrai, Garion? fit calmement Brill avec un vilain ricanement.

– Reculez, ordonna Garion d'un ton menaçant, en brandissant son épée, la pointe basse, comme Barak le lui avait appris.

– Je savais bien que je te trouverais seul un jour, reprit Brill, ignorant son arme.

Il fléchit les jambes en écartant largement les mains, son yeux torve luisant au clair de lune.

Garion recula en agitant son épée d'un air menaçant. Brill fit un bond de côté et Garion braqua instinctivement la pointe de son arme sur lui. Alors, si vite que Garion n'eut pas le temps de comprendre ce qui lui arrivait, Brill esquiva et lui flanqua un bon coup du tranchant de la main sur l'avant-bras. Garion lâcha son épée qui glissa sur les dalles givrées. Désespéré, il porta la main à sa dague.

C'est alors qu'une autre ombre surgit des ténèbres, au coin de la tour. Brill prit un bon coup de pied dans les côtes et poussa un grognement. Il se laissa tomber sur les dalles, roula sur lui-même et se releva aussitôt, les pieds écartés, déplaçant lentement les mains dans le vide devant lui.

Silk ôta sa robe murgo, l'envoya promener d'un coup de pied et adopta la même attitude, les jambes fléchies, les mains écartées.

Brill eut un sourire affreux.

– J'aurais dû me douter que tu étais dans le coin, Kheldar.

– Je pensais bien que nos routes allaient se croiser à nouveau, Kordoch, rétorqua Silk. Tu tombes toujours comme un chien dans un jeu de quilles.

Brill projeta rapidement une main vers le visage de Silk, mais le petit homme l'évita avec aisance.

– Comment fais-tu pour nous devancer à chaque fois, comme ça? demanda-t-il sur le ton de la conversation. Ça commence à agacer Belgarath.

Il envoya un coup de pied vers l'entrejambe de Brill, mais le borgne recula d'un bond agile.

– Vous êtes trop tendres avec vos chevaux, répliqua Brill avec un petit rire. J'en ai crevé quelques-uns sous moi en vous courant après. Comment as-tu réussi à sortir de ce puits? demanda-t-il, l'air vraiment intéressé. Taur Urgas était furieux, le lendemain matin.

– Quel dommage.

– Il a fait écorcher les gardes.

– J'essaye d'imaginer un Murgo sans peau; ça doit avoir l'air assez bizarre.

Soudain Brill plongea, les mains en avant, mais Silk esquiva l'assaut et lui abattit ses deux poings en plein dans le dos. Brill poussa un grognement mais réussit à s'éloigner en roulant sur lui-même.

– Il se pourrait que tu sois aussi bon qu'on le raconte, admit-il à contrecœur.

– M'essayer, c'est m'adopter, Kordoch, invita Silk avec un sourire inquiétant.

Il s'éloigna de la tour, les mains en perpétuel mouvement. Le cœur au bord des lèvres, Garion regardait les deux hommes se tourner autour.

Brill bondit à nouveau, les deux pieds en avant, mais Silk plongea sous lui. Ils roulèrent à terre et se redressèrent en souplesse. La main gauche de Silk fusa, percuta le haut de la tête de Brill. Celui-ci flancha mais réussit, en se retournant, à flanquer un coup de pied sur le genou de son adversaire.

– Tu adoptes une stratégie de défense, Kheldar, fit-il de sa voix rocailleuse, en secouant sa tête embrumée. C'est une faiblesse.

– Simple différence de style, Kordoch, répliqua Silk.

Brill tendit un pouce en crochet vers l'œil de Silk, mais le Drasnien intercepta le mouvement et riposta d'un coup imparable dans l'estomac de son adversaire. En tombant, Brill lança ses jambes en ciseaux dans celles de Silk et les deux hommes s'effondrèrent sur les pierres couvertes de givre. Ils se relevèrent d'un bond, leurs mains portant des coups si rapides que l'œil ne parvenait plus à les suivre.

Ce fut une erreur imperceptible, tellement dérisoire que Garion ne devait jamais savoir si c'en était bien une. Brill porta au visage de Silk un coup un tout petit peu plus sec qu'il n'aurait dû et avança un poil trop loin. Silk projeta ses mains en avant à la vitesse de l'éclair, emprisonnant le poignet de son adversaire dans une étreinte implacable, puis il roula en direction du parapet en repliant ses jambes, entraînant son ennemi. Brill perdit l'équilibre et ce fut comme s'il plongeait en avant. Alors Silk tendit les jambes dans une détente stupéfiante, projetant le borgne d'abord vers le haut puis vers l'avant. Brill poussa un cri étranglé et tenta désespérément de se cramponner au parapet, mais il passa trop haut, et il était mu par une force trop puissante. Il bascula par-dessus le rempart, s'abîmant dans les ténèbres de l'autre côté. Sa chute estompa son cri, qui se confondit, détail horrible, avec un autre hurlement provenant du Temple de Torak.

Silk se releva, jeta un coup d'œil par-dessus le mur d'enceinte et rejoignit Garion, tout tremblant dans l'ombre du mur de la tour.

– Silk! s'exclama Garion en étreignant le bras du petit homme avec un soulagement indicible.

– Qu'est-ce qui s'est passé? demanda Belgarath en revenant de l'autre côté de la tour.

– Brill, lâcha simplement Silk en remettant sa robe murgo.

– Encore? fit Belgarath, exaspéré. Qu'est-ce qu'il fabriquait, cette fois?

– Eh bien, la dernière fois que je l'ai vu, il essayait d'apprendre à voler, gouailla Silk.

Le vieil homme le regarda avec stupeur.

– Il n'était pas très doué, ajouta Silk.

Belgarath haussa les épaules.

– Ça lui viendra peut-être avec le temps.

– Je ne crois pas qu'il ait beaucoup de temps devant lui, reprit Silk avec un coup d'œil vers le parapet.

D'en bas, très loin, terriblement loin, leur parvint un choc sourd, amorti; puis, au bout de plusieurs secondes, un autre.

– Ça compte, quand on rebondit? s'informa Silk.

– Pas vraiment, répondit Belgarath avec une affreuse grimace.

– Alors je dirais qu'il n'a pas eu le temps d'apprendre, conclut allègrement Silk.

Il jeta un coup d'œil autour de lui avec un grand sourire.

– Quelle nuit magnifique, remarqua-t-il, sans s'adresser à personne en particulier.

– Allons-y, suggéra Belgarath avec un coup d'œil inquiet en direction de l'horizon. Le jour va se lever d'un instant à l'autre, maintenant.

Ils rejoignirent les autres dans l'ombre des murailles du Temple, à quelques centaines de pas de là, et attendirent Relg et Durnik avec angoisse.

– Qu'est-ce qui vous a retardés? souffla Barak.

– Je suis tombé sur une de nos vieilles connaissances, répondit tranquillement Silk, et son sourire fit étinceler ses dents blanches dans l'obscurité.

– Brill, précisa Garion dans un murmure rauque. Il s'est battu avec Silk, et Silk l'a fait passer par-dessus le mur.

Mandorallen jeta un coup d'œil vers le parapet couvert de givre.

– Ça fait une belle descente, observa-t-il.

– Oui, hein? acquiesça Silk.

Barak eut un petit ricanement et posa sa grosse patte sur l'épaule de Silk, sans un mot.

Puis Durnik et Relg franchirent à leur tour la partie dégagée du mur d'enceinte et se joignirent au petit groupe.

– Nous allons traverser le Temple, annonça calmement Belgarath. Rabattez votre capuchon sur votre figure et baissez la tête. Restez bien l'un derrière l'autre et marmonnez comme si vous étiez en prière. Si on vous adresse la parole, laissez-moi faire. Et chaque fois que le gong retentit, tournez-vous vers l'autel et prosternez-vous.

Il les mena jusqu'à une grosse porte renforcée de barres d'acier usées par les intempéries. Il jeta un coup d'œil par-dessus son épaule pour s'assurer qu'ils étaient bien en rang d'oignons et poussa la porte.

Le Temple était baigné d'une lumière rouge, fuligineuse, et il y régnait une puanteur de charnier, terrifiante. La porte donnait sur une galerie couverte longeant l'arrière du Temple, sous le dôme. Une balustrade de pierre courait tout du long, soutenue à intervalles réguliers par d'énormes piliers. Les ouvertures entre les piliers étaient drapées de la même étoffe rêche, lourde, dont étaient faites les robes des Murgos. Un certain nombre de portes s'ouvraient le long du mur du fond, profondément enfoncées dans la pierre. Ce balcon, se dit Garion, devait surtout servir aux servants du Temple, dans leurs activités diverses et variées.

Belgarath s'engagea sur la galerie en croisant ses mains sur sa poitrine et mena le petit groupe à un pas lent, mesuré, en psalmodiant d'une voix caverneuse.

Un cri strident, plein de terreur et d'agonie, retentit

dans les profondeurs du Temple. Garion ne put s'empêcher de jeter un coup d'œil entre les draperies, vers l'autel. Il devait regretter jusqu'à la fin de ses jours de ne pas s'en être abstenu.

Les murs circulaires du Temple étaient de pierre noire, polie. Juste derrière l'autel se trouvait un énorme visage d'acier luisant comme un miroir – le faciès de Torak qui servait de modèle aux masques des Grolims. Le visage était d'une incontestable beauté, mais il irradiait une menace perverse, une cruauté qui passait les limites de l'entendement humain. Le sol du Temple, devant l'effigie du Dieu, était noir de prêtres Grolims et de Murgos agenouillés qui psalmodiaient un galimatias incompréhensible en une douzaine de dialectes. L'autel était dressé sur une estrade surélevée, juste sous l'effigie étincelante de Torak. A chaque coin, sur le devant de l'estrade couverte de sang, se trouvait un brasier fumant, placé sur un support de fer. De vilaines flammes rouges léchaient les parois d'une fosse carrée, ouverte dans le sol juste devant l'estrade. Une fumée noire, grasse, s'en élevait, montant vers le haut du dôme.

Une demi-douzaine de Grolims en robe noire et masque d'acier étaient réunis autour de l'autel où ils maintenaient le corps dénudé d'un esclave. La victime était déjà morte et sa poitrine béait comme la cage thoracique d'un cochon éventré. Un Grolim était planté devant l'autel, les mains levées vers le visage de Torak. Dans celle de droite, il tenait un long poignard incurvé, et dans la gauche, un cœur humain, dégoulinant de sang.

– Contemple notre offrande, ô Dieu-Dragon des Angaraks! s'écria-t-il d'une voix terrible.

Puis il se tourna et déposa le cœur sur l'un des brasiers. Le cœur tomba dans les braises ardentes, accompagné d'un jet de vapeur et de fumée et d'un crépitement hideux. L'immense gong métallique retentit sous le sol du Temple, emplissant l'air de sa vibration. Les Murgos assemblés et leurs serviteurs Grolims émirent une sorte de plainte et pressèrent leur visage sur le sol.

Garion sentit une main lui appuyer sur les épaules.

Silk s'inclinait vers l'autel sanglant. Garion l'imita maladroitement, le cœur soulevé par toutes les horreurs qui se déroulaient en dessous de lui.

Les six Grolims plantés autour de l'autel s'emparèrent avec dégoût du corps inerte de l'esclave et le jetèrent dans la fosse béante. La dépouille s'engloutit dans une gerbe de flammes et d'étincelles qui trouèrent les volutes de fumée.

Garion se sentit submergé par une colère formidable. Sans réfléchir, il commença à bander son énergie mentale dans l'intention de pulvériser l'autel maléfique et l'effigie impitoyable accrochée au-dessus, de les réduire en échardes dans un déchaînement sans pareil, cataclysmique, de force incontrôlée.

— *Belgarion!* fit sèchement sa voix intérieure. *Ne te mêle pas de ça. Ce n'est pas le moment.*

— *Je ne peux pas supporter ça,* répondit Garion avec une rage silencieuse. *Il faut que je fasse quelque chose.*

— *Non! Pas maintenant. Tu vas mettre la ville entière à feu et à sang. Calme-toi, Belgarion.*

— *Fais ce qu'il dit, Garion,* intervint soudain la voix posée de tante Pol.

L'esprit de tante Pol et l'autre conscience se reconnurent implicitement et Garion laissa, impuissant, la colère et la volonté le déserter.

— *Cette abomination ne durera plus longtemps, Belgarion,* lui assura la voix. *En ce moment précis, la terre se rassemble pour s'en débarrasser.*

Puis la voix disparut.

— Qu'est-ce que vous faites ici? s'exclama une voix rauque.

Garion détourna précipitamment les yeux du spectacle horrible qui se déroulait en dessous de lui. Un Grolim en robe, le visage masqué, était planté devant Belgarath et l'empêchait de passer.

— Nous sommes les serviteurs de Torak, répondit le vieil homme avec un accent qui imitait parfaitement les inflexions gutturales de la langue murgo.

– Nous sommes tous les serviteurs de Torak à Rak Cthol, rétorqua le Grolim. Pourquoi n'assistez-vous pas au sacrifice rituel?

– Nous sommes des pèlerins de Rak Hagga, expliqua Belgarath. Nous venons d'arriver à la Cité de la Terreur. On nous a ordonné de nous présenter au Grand Prêtre de Rak Hagga dès notre arrivée. Cette stricte obligation nous a empêchés de prendre part à la cérémonie.

Le Grolim émit un grognement dubitatif.

– Le vénéré représentant du Dieu Dragon pourrait-il nous mener aux appartements du Grand Prêtre? Nous n'arrivons pas à nous y retrouver dans le Temple des ténèbres.

Un nouveau cri retentit dans les profondeurs du Temple. Le gong de fer fit entendre sa puissante vibration, le Grolim se retourna et s'inclina vers l'autel du sacrifice. Belgarath eut un rapide signe de tête en direction de ses compagnons et s'inclina à son tour en direction de l'autel.

– Prenez l'avant-derière porte, lui indiqua le Grolim, apparemment satisfait de cette manifestation de piété. Elle donne sur les appartements du Grand Prêtre.

– Nous sommes infiniment reconnaissants au serviteur du Dieu Noir, remercia Belgarath, en s'inclinant.

Ils passèrent devant lui à la queue leu leu, tête basse, les mains croisées sur la poitrine, en marmonnant comme s'ils étaient en prière.

– Perversité! s'étranglait Relg. Abomination perverse!

– Baissez la tête! souffla Silk d'un ton impérieux. Ça grouille de Grolims dans les parages.

– Si UL m'en donne la force, je ne connaîtrai pas le repos tant que Rak Cthol restera en proie à cette désolation, jura Relg dans un murmure fervent.

Belgarath était arrivé devant un panneau orné d'une profusion de sculptures, non loin du bout de la galerie. Il l'ouvrit avec circonspection.

– Le Grolim nous regarde toujours? demanda-t-il tout bas.

– Oui, fit Silk après un coup d'œil vers le prêtre debout non loin de là. Attendez – ça y est, il est parti. Nous sommes tranquilles, maintenant.

Le sorcier lâcha la porte qui se referma et s'approcha de la dernière porte. Il fit prudemment jouer la poignée; le panneau s'ouvrit en douceur. Il fronça les sourcils.

– Avant, elle était toujours verrouillée, marmonna-t-il.

– Vous pensez que c'est un piège? grommela Barak.

Il plongea la main sous sa robe pour empoigner la garde de son épée.

– C'est possible, mais nous n'avons guère le choix.

Belgarath ouvrit la porte. Ils se glissèrent dans l'ouverture tandis qu'un nouveau hurlement s'élevait de l'autel. Le panneau se referma doucement derrière eux au moment où le gong ébranlait les murailles du temple. Ils descendirent un escalier en colimaçon, étroit, mal éclairé et aux marches de pierre usées.

– Nous sommes juste contre la muraille extérieure, n'est-ce pas? demanda Silk en effleurant la paroi de pierre noire.

Belgarath hocha la tête.

– Cet escalier mène aux appartements privés de Ctuchik.

Puis les blocs de pierre qui entouraient l'escalier de chaque côté laissèrent place à la roche taillée.

– Il habite sous la ville? s'étonna Silk.

– Oui, confirma Belgarath. Il s'est construit une sorte de tourelle qui surplombe le pic rocheux.

– Drôle d'idée, commenta Durnik.

– Ctuchik est un drôle de personnage, ajouta tante Pol d'un ton sinistre.

Belgarath les arrêta.

– L'escalier descend encore sur une centaine de pieds, chuchota-t-il. Il y a deux gardes devant la porte de la tourelle. Même Ctuchik ne pourrait rien y changer – quelque idée qu'il ait derrière la tête.

– Des sorciers? s'informa doucement Barak.

– Non. Ces gardes sont là plus pour le décorum qu'autre chose. Ce sont des Grolims ordinaires.

– On va les prendre par surprise et foncer dans le tas.

– Ce ne sera pas nécessaire. Je vais vous en amener tout près, mais je veux que vous leur régliez leur compte en vitesse, et en douceur.

Le vieil homme fouilla sous sa robe et en ramena un rouleau de parchemin attaché par un nœud de ruban noir. Il reprit la descente, Barak et Mandorallen sur ses talons.

Ils découvrirent bientôt, au détour de l'escalier, une zone brillamment éclairée. Des torches illuminaient le bas des marches de pierre et une sorte d'antichambre creusée dans la roche. Deux prêtres grolims étaient debout, les bras croisés sur la poitrine, devant une porte noire, toute simple.

– Qui approche du Saint des Saints? questionna l'un d'eux en portant la main à la poignée de son épée.

– Un messager, annonça Belgarath d'un ton important. J'apporte un message de mon Maître au Grand Prêtre de Rak Goska.

Il éleva le parchemin roulé au-dessus de sa tête.

– Approche, messager.

– Loué soit le nom du Disciple du Dieu-Dragon des Angaraks, fit Belgarath d'une voix tonitruante.

Il descendit majestueusement les dernières marches et s'arrêta juste devant les gardes masqués d'acier, Mandorallen et Barak à ses côtés.

– Ainsi ai-je mené à bien la tâche qui m'avait été confiée, proclama-t-il en tendant le parchemin.

L'un des gardes tendit la main pour s'en saisir, mais Barak lui emprisonna le bras dans son énorme poing tandis que son autre main se refermait prestement sur la gorge du Grolim qui n'eut pas le temps de réagir.

L'autre garde tenta de porter la main à son épée, mais il poussa un grognement et se plia en deux. Mandorallen lui avait enfoncé un long poignard plus fin qu'une aiguille dans le ventre. Avec une application morbide, le chevalier tourna consciencieusement la poignée de l'arme, l'enfonçant profondément dans le torse du Grolim. Le garde eut un tremblement de tout le corps lorsque la pointe lui atteignit le cœur, et il expira dans un long gargouillement.

Les épaules massives de Barak s'effacèrent et il y eut un craquement écœurant comme il broyait dans sa poigne mortelle les os du cou du premier Grolim. Les pieds du garde râclèrent spasmodiquement le sol pendant un moment, puis il devint tout mou.

– Je me sens déjà mieux, marmotta Barak en lâchant sa proie inerte.

– Vous allez rester là, tous les deux, déclara Belgarath. Je ne veux pas être dérangé quand je serai là-dedans.

– Nous y veillerons, promit Barak. Qu'est-ce qu'on fait de cette viande froide ? demanda-t-il en indiquant les cadavres.

– Relg, débarrassez-nous de ça, ordonna sèchement Belgarath.

Silk tourna précipitamment le dos tandis que Relg s'agenouillait entre les deux corps et s'en emparait, un dans chaque main. Il y eut une sorte de glissement soyeux, gluant, tandis qu'il enfouissait les deux carcasses dans le sol de pierre.

– Vous avez laissé dépasser un pied, observa Barak, d'un petit ton détaché.

– Tu avais vraiment besoin de dire ça ? s'indigna Silk.

Belgarath prit une profonde inspiration et posa la main sur la poignée de fer de la porte.

– Très bien, dit-il calmement. Allons-y.

Il ouvrit la porte.

CHAPITRE XXVII

Les trésors d'un nombre incalculable d'empires étaient accumulés derrière la porte noire. Des monceaux d'or, des tas de pièces jaunes, brillantes, des bagues, des bracelets, des couronnes et des tiares d'un éclat éblouissant couvraient les tapis précieux. Les piles de lingots rouge sang issus des mines angaraks longeaient les murs entre les coffres débordants de diamants de la taille du poing, plus étincelants que les étoiles. Au centre de la pièce, une table immense était jonchée de rubis, d'émeraudes et de saphirs gros comme des œufs. Des rivières, des cascades de perles roses, grises ou d'un noir de jais retenaient les draperies écarlates croûlant devant les fenêtres.

Belgarath avançait tel un fauve à l'affût, les yeux partout à la fois. Les ans avaient glissé de ses épaules. Ignorant les richesses qui l'entouraient il se dirigea vers une pièce emplie, du sol au plafond, d'ouvrages, de rouleaux de parchemin et de reliures de cuir défilant en bataillons serrés sur des étagères d'ébène. Les tables de ce cabinet d'étude disparaissaient sous d'étranges appareils de chimie en verre et de curieux dispositifs de cuivre et de fer, pleins de roues et d'engrenages, de chaînes et de poulies.

Un trône d'or massif entouré de tentures de velours noir constituait la pièce maîtresse de la troisième salle. Une cape d'hermine était négligemment jetée sur l'un des bras ; une lourde couronne d'or et un sceptre montaient la garde sur l'assise. Dans les pierres polies du sol était scellée une carte du monde, pour autant que Garion pût en juger.

– Qu'est-ce que c'est que cet endroit? murmura Durnik, impressionné.

– C'est là que Ctuchik s'amuse, répondit tante Pol avec un insondable dégoût. Il a toutes sortes de vices et il aime bien scinder les choses.

– Il n'est pas là, marmonna Belgarath. Allons voir au-dessus.

Il leur fit rebrousser chemin et emprunter un petit escalier de pierre qui grimpait en s'enroulant autour de la tourelle.

C'est l'horreur qui les attendait dans la pièce du haut. Un chevalet était planté au milieu, et les murs étaient garnis de fouets et d'engins de torture. Sur une table appuyée le long du mur étaient soigneusement rangés des accessoires d'acier à l'éclat impitoyable : des crochets, des clous pointus comme des aiguilles, des instruments terrifiants aux lames en dents de scie auxquels adhéraient encore des lambeaux de chair et d'os. Une épouvantable odeur de sang emplissait la salle.

– Va devant avec Silk, Père, fit tante Pol. Garion, Durnik et Relg n'ont pas besoin de voir tout ce qu'il y a dans les autres pièces de ce niveau.

Belgarath acquiesça sans un mot et passa une porte, Silk sur ses talons. Au bout de quelques instants, ils revinrent par une autre porte. Silk n'avait pas l'air dans son assiette.

– Il a des perversions plutôt exotiques, hein? remarqua-t-il en réprimant un frisson.

– On monte encore d'un étage, annonça calmement Belgarath, le visage tendu. Il est là-haut. C'est bien ce que je pensais, mais je voulais en être sûr.

Ils prirent un autre escalier.

Ils approchaient du troisième niveau de la tourelle lorsque Garion sentit poindre tout au fond de lui quelque chose d'étrange. Cela rayonnait et le picotait à la fois, et il se sentait comme attiré par une sorte de chant sans fin. La marque de sa main droite le brûlait.

L'effigie d'acier de Torak lorgnait un autel de pierre

noire dressé au milieu de la pièce. Le sang s'était incrusté dans les pores de la pierre. Un poignard étincelant au manche souillé de sang séché était posé sur le devant. Belgarath allait maintenant très vite, d'une démarche féline, le regard intense. Il jeta un coup d'œil par une porte ouverte derrière l'autel, secoua la tête et retourna vers un autre vantail fermé, sur le mur opposé. Il effleura le panneau du bout des doigts et hocha la tête.

– Il est là, murmura-t-il d'un air satisfait. Il y a bien longtemps que j'attendais ce moment, ajouta-t-il avec un grand sourire, en inspirant profondément.

Tante Pol le rappela à l'ordre, le regard d'acier. La mèche blanche qui surmontait son front luisait comme du givre.

– Allez, Père, ne musarde pas, s'impatienta-t-elle.

– Je te demande, Pol, de ne pas t'en mêler lorsque nous serons à l'intérieur, lui rappela-t-il. Toi non plus, Garion. C'est une affaire entre Ctuchik et moi.

– Très bien, Père, répondit tante Pol.

Belgarath tendit la main et ouvrit la porte sur une salle à peine meublée, sinon vide. Le sol de pierre était nu, il n'y avait pas de rideaux aux fenêtres rondes offertes aux ténèbres du dehors. De simples chandelles de cire brûlaient dans des candélabres, aux murs. Au centre de la pièce, un homme vêtu d'une robe noire à capuchon était assis à une table, le dos à la porte. Il semblait contempler le contenu d'un coffret de fer. Garion se sentit vibrer tout entier en réponse à ce qui se trouvait dans la cassette, et exalté par le chant qui lui emplissait l'esprit.

Un petit garçon aux cheveux de lin était debout devant la table. Lui aussi regardait dans le coffret. Il portait une pauvre robe de lin souillée de taches et ses petites chaussures étaient bien sales. Son expression semblait dénuée de toute pensée, mais il émanait de lui une douceur et une innocence poignantes. Il avait de grands yeux bleus confiants. De sa vie, Garion n'avait vu un plus bel enfant.

– Qu'est-ce qui t'a retenu si longtemps, Belgarath? demanda, sans même se retourner, l'homme assis à la table. Je commençais à m'inquiéter pour toi.

Sa voix avait quelque chose de poussiéreux. Il ferma le coffret métallique avec un petit cliquetis.

– Quelques contretemps mineurs, Ctuchik, répondit Belgarath. J'espère que nous ne t'avons pas fait attendre.

– J'ai fait en sorte de m'occuper pour passer le temps. Entrez. Entrez tous.

Ctuchik daigna enfin se retourner. Il avait la barbe et les cheveux très longs, d'un blanc pisseux. Son visage était creusé de profondes rides et ses yeux jetaient des éclairs mauvais au fond de leurs orbites. Tout en lui respirait le mal, un mal immémorial, insondable. La cruauté et l'arrogance avaient effacé les ultimes traces de décence ou d'humanité de ses traits, et un égocentrisme démesuré les avait à jamais tordus en un rictus de mépris envers toute créature vivante. Ses yeux s'arrêtèrent sur tante Pol.

– Polgara, fit-il en la saluant d'une inclinaison de tête moqueuse. Toujours aussi belle. Tu es enfin venue te soumettre à la volonté de mon Maître ?

Il avait un regard lubrique, incroyablement pervers.

– Non, Ctuchik, répondit-elle froidement. Je suis venue rendre justice.

– Justice ! s'exclama-t-il avec un rire méprisant. Il n'y a pas de justice, Polgara. Les forts imposent leur loi ; les faibles s'inclinent. C'est ce que mon Maître m'a appris.

– Son visage défiguré ne t'a rien appris d'autre ?

Le visage du Grand Prêtre s'assombrit, mais il écarta d'un haussement d'épaules ce mouvement d'irritation.

– Je vous proposerais bien de vous asseoir, et un rafraîchissement, peut-être, reprit-il de la même voix poussiéreuse, mais vous ne resterez pas assez longtemps, je le crains. Ton groupe diminue à vue d'œil, Belgarath, observa-t-il en détaillant les autres du regard. J'espère que tu n'en as pas perdu en chemin.

– Ils se portent à merveille, Ctuchik, assura Belgarath. Mais je suis sûr qu'ils seront très touchés de ta sollicitude.

– Tous ? répéta Ctuchik d'une voix traînante. Je vois le Voleur aux Doigts Habiles, l'Homme aux Deux Vies et l'Aveugle, mais je ne vois pas les autres. Où sont l'Ours Terrifiant et le Chevalier Protecteur ? Le Seigneur des Chevaux et l'Archer ? Et ces dames, où sont-elles ? Où sont la Reine du Monde et la Mère de la Race Qui n'est Plus ?

347

— Ils vont tous très bien, Ctuchik, répondit Belgarath. Parfaitement bien.

— Comme c'est extraordinaire. J'étais presque certain que tu en aurais perdu au moins un ou deux à ce stade. J'admire ta persévérance, vieillard – maintenir intacte tout au long des siècles une prophétie qui aurait disparu dans la nuit des temps si un seul de leurs ancêtres était mort au mauvais moment. Ah! s'exclama-t-il, et le regard de ses yeux gris se fit lointain tout à coup. Je vois. Tu les a laissés en bas pour monter la garde. C'était inutile, Belgarath. J'ai donné des ordres pour qu'on ne nous dérange pas.

Les yeux du Grand Prêtre se posèrent sur le visage de Garion.

— Belgarion, dit-il presque poliment – et en dépit du chant qui vibrait toujours dans ses veines, Garion ne put réprimer un frisson, comme si la force maléfique de l'esprit du Grand Prêtre l'avait effleuré. Tu es plus jeune que je ne croyais.

Garion lui rendit son regard avec méfiance, bandant sa volonté pour éviter d'être pris par surprise.

— Belgarion! C'est que tu tenterais de résister à ma volonté! fit Ctuchik avec amusement. Tu as brûlé Chamdar, mais c'était un imbécile. Tu me trouveras un peu plus dur à cuire. Dis-moi, mon garçon, ça t'a plu?

— Non, répondit Garion, sur la défensive.

— Avec le temps, tu apprendras à aimer ça, reprit Ctuchik, et son sourire devint hideux. Regarder son ennemi se tordre et hurler sous l'emprise de son esprit est l'une des plus grandes satisfactions que peut offrir le pouvoir. Tu serais donc enfin venu me détruire? railla-t-il en ramenant ses yeux noirs sur Belgarath.

— Comme tu dis. Il y a longtemps que ça te pendait au nez, Ctuchik.

— Oui, n'est-ce pas. J'attendais ce moment avec presque autant d'impatience que toi, Belgarath. Nous nous ressemblons beaucoup. En d'autres circonstances, nous aurions pu être amis.

— J'en doute. Je suis un homme simple, et certaine de tes distractions sont un peu sophistiquées pour mon goût.

– Fais-moi grâce de ce couplet, je t'en prie. Tu sais aussi bien que moi que nous sommes au-delà de ces considérations.

– Peut-être. Mais en tout cas, je choisis mes amis avec un peu plus de discernement.

– Tu es vraiment assommant, Belgarath. Dis aux autres de monter. Tu ne veux pas qu'ils te regardent me détruire? fit-il en haussant un sourcil sardonique. Pense à la douceur de leur admiration.

– Ils sont très bien où ils sont, rétorqua Belgarath.

– Tu commences à m'ennuyer. Tu ne me refuseras certainement pas l'occasion de rendre hommage à la Reine du Monde, se gaussa Ctuchik. Je meurs d'envie de contempler sa perfection exquise – avant de périr pour de bon.

– Je doute qu'elle s'intéresse à toi, Ctuchik. Mais je lui ferai transmettrai tes compliments.

– J'insiste, Belgarath. Je ne te demande pas grand-chose. Il te serait facile de me satisfaire. Si tu ne la fais pas venir toi-même, c'est moi qui le ferai.

Belgarath plissa les yeux, puis il le gratifia d'un grand sourire.

– C'est donc ça, souffla-t-il. Je me demandais pourquoi tu t'étais donné tant de mal pour nous laisser entrer si facilement.

– Ça n'a plus vraiment d'importance, maintenant, répliqua Ctuchik dans une sorte de ronronnement. Tu as fait ta dernière erreur, vieillard. Tu l'as amenée à Rak Cthol, et c'est tout ce qui compte à présent. Ta prophétie, Belgarath, s'achève ici et maintenant. Et toi avec, je le crains.

Une lueur de triomphe étincela dans les yeux du Grand Prêtre, et Garion sentit la force maléfique de l'esprit de Ctuchik s'étendre, telle une pieuvre effroyable.

Belgarath chercha tante Pol du regard et lui fit un clin d'œil malicieux.

Ctuchik ouvrit tout grands les yeux : il explorait mentalement les niveaux inférieurs de sa sinistre tourelle et n'y voyait personne.

– Où est-elle? demanda-t-il dans un cri sauvage.

– La princesse n'a pas pu nous accompagner, répondit placidement Belgarath. Elle t'envoie ses excuses.

– Tu mens, Belgarath! Tu n'aurais pas osé partir sans elle. Il n'y a pas un endroit au monde où elle soit en sûreté.

– Même dans les cavernes d'Ulgolande?

– En Ulgolande? hoqueta Ctuchik, le visage blême.

– Pauvre vieux Ctuchik, fit Belgarath en secouant la tête dans une belle démonstration de fausse compassion. Tu deviens gâteux, je crois. Ton plan n'était pas mauvais, mais il ne t'est pas venu à l'esprit de t'assurer que la princesse était bien parmi nous avant de me laisser approcher?

– N'importe lequel fera aussi bien l'affaire, affirma Ctuchik, les yeux étincelants de fureur.

– Non, contredit Belgarath. Les autres sont tous inattaquables. Seule Ce'Nedra était vulnérable, et elle est à Prolgu, sous la protection d'UL en personne. Tu peux t'y risquer si tu le souhaites, mais personnellement je ne te le conseille pas.

– Maudit sois-tu, Belgarath!

– Tu ferais mieux, Ctuchik, de me remettre l'Orbe tout de suite, suggéra Belgarath. Tu sais que je peux te la reprendre si tu m'y obliges.

Ctuchik fit un effort sur lui-même.

– Allons, Belgarath, nous ne sommes pas pressés, dit-il au bout d'un moment. Que gagnerions-nous à nous détruire? Nous avons Cthrag Yaska. A nous deux, nous pourrions mener le monde.

– Je ne veux pas de la moitié du monde, Ctuchik.

– Tu le veux tout entier? insinua Ctuchik, et un rapide sourire de connivence effleura son visage. Moi aussi, au départ. Mais je me contenterais de la moitié.

– En fait, ce n'est pas ce que je veux.

– Que veux-tu, Belgarath? insista Ctuchik avec une nuance de désespoir.

– L'Orbe, répondit inexorablement Belgarath. Donne-la moi, Ctuchik.

– Pourquoi ne pas unir nos forces? Nous pourrions employer l'Orbe à détruire Zedar.

– Pour quoi faire?

– Tu le hais autant que moi. Il a trahi ton Maître. Il vous a dérobé Cthrag Yaska.

– Il s'est trahi lui-même, Ctuchik, et cela doit parfois le hanter. Mais son plan pour s'emparer de l'Orbe était assez futé, je dois dire. Je me demande où il a trouvé cet enfant, remarqua Belgarath en regardant le petit garçon debout devant la table, les yeux braqués sur le coffre de fer. L'innocence, la pureté – ce n'est pas exactement la même chose, bien sûr, mais cela se ressemble beaucoup. Zedar a dû se donner beaucoup de mal pour élever un enfant totalement innocent. Songe un peu à toutes les pulsions qu'il a dû supprimer!

– C'est pour cela que je l'ai laissé faire, déclara Ctuchik.

Sentant qu'ils parlaient de lui, le petit garçon aux cheveux blonds braqua sur les deux vieillards ses grands yeux confiants.

Ctuchik s'appuya au dossier de son fauteuil et posa une main sur le coffre.

– La pierre angulaire de l'affaire, Cthrag Yaska, l'Orbe, est toujours en ma possession, déclara-t-il. Si tu tentes de t'en emparer, je m'y opposerai. Aucun de nous ne peut dire avec certitude ce qui pourrait alors advenir. Pourquoi courir ce risque?

– Et même si tu parvenais à soumettre l'Orbe, à quoi cela te servirait-il? Tu réveillerais Torak et la lui remettrais?

– C'est toujours envisageable. Mais Torak dort depuis des siècles maintenant, et le monde se passe avantageusement de lui. Je ne vois pas l'intérêt de le réveiller en ce moment.

– De sorte que tu resterais seul détenteur de l'Orbe?

– Il faut bien qu'elle soit à quelqu'un, répondit Ctuchik en haussant les épaules. Pourquoi pas à moi?

Le Grolim était adossé dans son fauteuil, l'air très détendu. Il n'y eut pas un signe avant-coureur, pas même l'ébauche d'une émotion sur son visage lorsqu'il frappa.

L'attaque survint avec une incroyable brutalité. Ce ne fut pas la vague habituelle mais une véritable conflagration, accompagnée non du rugissement maintenant si familier, mais d'un coup de tonnerre. Garion sut que si elle lui avait été destinée, il aurait été anéanti, mais ce n'est pas lui qui était visé; c'était Belgarath. L'espace d'un instant, Garion vit, épouvanté, une ombre plus noire que la nuit engloutir son grand-père. Puis l'ombre éclata comme se brise un gobelet de cristal, se dispersant en fragments de ténèbres. Le visage maintenant sinistre, Belgarath était toujours face à son vieil ennemi.

– Alors, Ctuchik, c'est tout ce que tu sais faire? fit-il en déchaînant son pouvoir contre son ennemi.

Un éclair de lumière bleue, intense, aveuglant, environna le Grolim et se referma sur lui, terrassant. Le lourd fauteuil où il était assis vola en éclats comme si un poids formidable s'était soudain abattu dessus. Ctuchik s'effondra parmi les échardes et repoussa l'éclair des deux mains. Puis il se redressa d'un bond et répondit par des flammes. L'espace d'un moment de pure terreur, Garion songea à Asharak brûlant dans la Sylve des Dryades, mais Belgarath écarta négligemment les langues de feu d'un revers de main et, en dépit de son assertion de naguère selon laquelle le Vouloir et le Verbe ne requéraient pas de geste, il leva la main et déversa un déluge d'éclairs sur Ctuchik.

Le sorcier et le magicien se faisaient face au centre de la pièce, environnés d'éclairs fulgurants, de vagues ardentes et de ténèbres. L'esprit de Garion était engourdi par les décharges successives d'énergie pure. Mais la vraie dimension de l'affrontement était invisible, il le sentait bien. Ils échangeaient des coups impossibles à voir – et même à imaginer. L'air semblait siffler et crépiter. D'étranges images apparaissaient et disparaissaient, vacillant à l'extrême limite de son champ de vision – des visages immenses, des mains gigantesques et d'autres choses que Garion ne pouvait nommer. La tourelle tremblait tandis que les deux terribles vieillards déchiraient le tissu de la réalité pour brandir les armes de l'imagination et de l'illusion.

Sans réfléchir, Garion commença à unir ses forces mentales, à se concentrer. Il fallait qu'il arrête ça. Les coups les atteignaient par ricochet, lui et les autres. Dans la haine qui les consumait, par-delà toute pensée consciente, Belgarath et Ctuchik déchaînaient des forces qui risquaient de les tuer, tous autant qu'ils étaient.

— Garion! Reste en-dehors de ça! ordonna tante Pol, d'une voix si impérieuse qu'il ne pouvait croire que c'était la sienne. C'est la limite. Si tu y ajoutes quoi que ce soit, tu vas les détruire tous les deux. Reculez, vous autres, fit-elle avec un geste impérieux. L'air qui les entoure est chargé d'une énergie mortelle.

Apeurés, ils reculèrent vers le fond de la tourelle.

Le sorcier et le magicien n'étaient plus qu'à quelques pas l'un de l'autre, maintenant. Leurs yeux jetaient des éclairs, leur pouvoir surgissait et refluait comme des vagues. L'air autour d'eux crépitait et leurs robes fumaient.

Puis les yeux de Garion tombèrent sur le petit garçon. Il les observait calmement, de ses grands yeux innocents. Les bruits terrifiants, les visions effroyables qui se bousculaient autour de lui ne lui arrachaient pas un cillement, il ne reculait pas d'un pas devant eux. Garion s'apprêtait à bondir pour le mettre à l'abri, mais à cet instant le petit garçon se tourna vers la table. Il traversa calmement un mur de flammes vertes qui avait surgi tout d'un coup devant lui – l'avait-il vu ou non? En tout cas, il n'en avait pas eu peur. Arrivé à la table, il se dressa sur la pointe des pieds, souleva le couvercle du coffret de fer que Ctuchik contemplait avec un plaisir pervers, tendit les mains et en sortit une pierre grise, ronde, polie. Garion éprouva instantanément cet étrange picotement de tout le corps, si fort maintenant qu'il était presque insupportable, et ses oreilles s'emplirent du chant obsédant.

Il entendit tante Pol suffoquer.

Tenant la pierre grise à deux mains comme une balle, le petit garçon se tourna et avança droit vers Garion, les yeux et le visage respirant la confiance. La pierre polie reflétait les éclairs lumineux du terrible combat qui faisait rage au milieu de la pièce, mais elle brillait d'une autre lumière. Un éclat azuré, intense, luisait à l'intérieur – une lueur qui ne vacillait pas, immuable, qui allait en s'intensifiant comme le petit garçon s'approchait de Garion. L'enfant s'arrêta devant lui et éleva la pierre pour la lui offrir. Il sourit et prononça un unique mot :

— Mission.

Une image fulgurante emplit l'esprit de Garion, une vision d'épouvante, atroce. Il sut que c'était une plongée dans l'esprit du Grolim. Ctuchik imaginait Garion tenant la pierre dans sa main, et cette idée l'épouvantait. Garion se sentit éclaboussé par des vagues de terreur. Avec une lenteur délibérée, il tendit la main droite vers la pierre tendue par l'enfant. La marque du fond de sa main brûlait de la toucher, et le chœur qui lui emplissait l'esprit s'enfla selon un formidable crescendo. Tout en tendant la main, il sentit la panique animale, incontrôlée, de Ctuchik.

Alors le Grolim éleva une voix rauque, stridente :

— *Disparais !* s'écria-t-il avec l'énergie du désespoir, dirigeant son terrifiant pouvoir sur la pierre que le petit garçon tenait entre ses mains.

L'espace d'un instant, un silence mortel emplit la tourelle. Même le visage de Belgarath, crispé dans son terrible combat, parut choqué, incrédule.

La lueur bleue qui animait le cœur de la pierre sembla se condenser, puis elle lança un éclair fulgurant.

Ctuchik, sa barbe et ses longs cheveux en bataille, se figea, les yeux écarquillés, la bouche ouverte sur un cri d'horreur.

— Ce n'est pas ce que je voulais dire ! hurla-t-il. Je ne voulais pas...

Mais une nouvelle force plus prodigieuse encore hantait maintenant la salle ronde. La force ne projetait pas de lumière, elle n'exerça aucune pression sur l'esprit de Garion. C'était plutôt comme si elle se retirait, comme si elle s'éloignait de lui pour se concentrer sur Ctuchik, horrifié.

Le Grand-Prêtre des Grolims se mit à hurler tel un dément. Puis il sembla se dilater, se contracter et se dilater encore. Puis son visage se lézarda comme s'il s'était tout à coup pétrifié, changé en une pierre qui se serait fragmentée sous la force incroyable palpitant en lui. Par ces fissures hideuses, Garion distinguait, non pas de la chair et les os, mais une énergie formidable. Ctuchik se mit à rayonner d'une lueur de plus en plus vive. Il leva ses mains dans un geste suppliant.

– Aidez-moi ! implora-t-il. *NON !*

Il ne devait jamais cesser de crier. Son hurlement de désespoir se perdit dans un vacarme foudroyant, et le Disciple de Torak se réduisit à néant.

Garion fut précipité à terre, dans l'angle du mur, par la terrible implosion. Sans réfléchir, il referma ses bras sur le petit garçon qui avait été projeté contre lui comme une poupée de chiffon. La pierre ronde rebondit contre les pierres avec un bruit clair. Garion tenta machinalement de la rattraper, mais la main de tante Pol se referma sur son poignet.

– Non ! s'exclama-t-elle. N'y touche pas. C'est l'Orbe.

Garion s'immobilisa, la main en l'air.

Le petit garçon s'échappa et courut récupérer l'Orbe qui roulait sur le sol.

– Mission ! s'exclama-t-il d'une voix triomphante avant d'éclater de rire.

– Qu'est-ce qui s'est passé ? marmonna Silk en se relevant, sonné.

– Ctuchik s'est auto-détruit, répondit tante Pol en se redressant à son tour. Il a tenté d'anéantir l'Orbe. La Mère des Dieux ne permet pas que l'on défasse ce qui a été créé. Garion, fit-elle en lui jetant un rapide coup d'œil. Ton grand-père ! Viens m'aider.

Belgarath se trouvait presque au cœur de l'explosion qui avait anéanti Ctuchik. Le souffle l'avait projeté à l'autre bout de la pièce, et il était resté par terre, les yeux vitreux, le poil roussi.

– Père, lève-toi, ordonna tante Pol en se penchant sur lui.

La tourelle commença à trembler et le pic de basalte sur lequel elle était accrochée se mit à vaciller. Un écho terrifiant résonna dans les profondeurs de la terre. Une averse de fragments de pierre et de mortier s'abattit sur eux comme la terre était agitée de spasmes, ébranlée par le choc de la destruction de Ctuchik.

Dans les pièces du dessous, la lourde porte s'ouvrit avec fracas et Garion entendit un bruit de pas précipités.

– Où êtes-vous? rugit la voix de Barak.

– En haut! hurla Silk dans la cage d'escalier.

Barak et Mandorallen gravirent les marches quatre à quatre.

– Sortons d'ici! tonna Barak. Le Temple s'effondre. La tourelle est en train de se séparer de la paroi rocheuse. Il y a déjà une fissure de deux coudées au plafond, à l'endroit où elle rejoint la roche.

– Père! s'écria tante Pol d'un ton impérieux. Lève-toi, il le faut!

Belgarath la contempla sans comprendre.

– Barak! Aidez-le, lança-t-elle.

Un terrible bruit d'arrachement se fit entendre. Les roches qui soutenaient la tourelle contre la paroi du pic commençaient à se rompre sous les contraintes de la terre en convulsion.

– Là! claironna Relg en indiquant le mur du fond de la tourelle qui se lézardait et s'ébranlait. Pouvez-vous ouvrir le mur? Il y a une grotte derrière.

Tante Pol leva vivement les yeux, braqua son regard sur la paroi et tendit un doigt.

– Explose! ordonna-t-elle.

Tel un mur de paille frappé par un ouragan, la muraille de pierre implosa avec un bruit formidable, ses débris se perdant dans les profondeurs de la montagne.

– Elle se détache! glapit Silk d'une voix suraiguë.

Il leur indiqua du doigt une fissure qui s'élargissait entre la tourelle et la paroi rocheuse.

– Sautez! beugla Barak. Vite!

D'une détente, Silk fut de l'autre côté de la faille. Il se retourna aussitôt pour rattraper Relg, qui l'avait suivi aveuglément. Durnik et Mandorallen, tenant tante Pol entre eux, bondirent à leur tour par-dessus le gouffre qui s'élargissait dans un craquement terrifiant.

– Allez, petit! ordonna Barak.

Le grand Cheresque s'approchait lourdement de l'ouverture, Belgarath, toujours inconscient, dans les bras.

– *L'enfant!* fit la voix intérieure de Garion, et elle

n'était plus ni sèche ni indifférente. *Sauve l'enfant ou tout le reste aura été inutile!*

Garion étouffa un hoquet en songeant tout à coup au petit garçon. Il fit volte-face et regagna en courant la tourelle qui commençait à s'incliner. Il referma ses bras sur l'enfant et courut vers le trou que tante Pol avait ouvert dans la roche.

Barak franchit la faille d'un bond. L'espace d'une terrible seconde, ses pieds ripèrent sur la pierre, de l'autre côté, puis il reprit son équilibre. Tout en courant, Garion banda sa volonté. Au moment de s'élancer, il prit appui derrière lui de toute la force de son pouvoir. Le petit garçon dans ses bras, il vola littéralement par-dessus le terrible vide et tomba droit sur le vaste dos de Barak.

L'Orbe d'Aldur blottie contre sa poitrine, l'enfant leva les yeux vers lui.

— Mission? demanda-t-il en souriant.

Garion se retourna. La tourelle s'écartait de la paroi de basalte. Les pierres qui la soutenaient cédèrent, s'arrachèrent à la roche. Elle bascula dans le vide avec une lenteur majestueuse. Puis, comme les fragments et les débris du Temple de Torak s'abîmaient dans le vide à côté d'elle, elle se détacha du pic et s'abattit dans le gouffre béant.

Le sol de la grotte se soulevait au rythme des convulsions de la terre dont les ondes de choc ébranlaient l'aiguille de basalte. D'énormes blocs dégringolaient des murailles de Rak Cthol, tombaient devant la bouche de la caverne, plongeant dans le vide sous les rayons rouges du soleil levant.

— Tout le monde est là? demanda Silk avec un rapide coup d'œil sur le petit groupe. Ne restons pas ici, ajouta-t-il, satisfait de les voir tous sains et saufs. Cette partie du pic n'a pas l'air très stable.

— Vous voulez redescendre tout de suite? demanda Relg à tante Pol. Ou vous préférez attendre un peu que les secousses aient cessé?

— Nous ferions mieux d'avancer, conseilla Barak. Les grottes vont grouiller de Murgos dès la fin du tremblement de terre.

Tant Pol jeta un coup d'œil à Belgarath, encore à-demi inconsient. Sa décision était prise.

– Descendons, annonça-t-elle avec fermeté. Nous devons encore retrouver l'esclave.

– Elle est certainement morte, à présent, affirma très vite Relg. Avec le tremblement de terre, la voûte de la grotte a dû s'écrouler sur elle.

Tante Pol braqua ses yeux flamboyants sur lui. Aucun être vivant au monde ne pouvait longtemps supporter ce regard. Relg baissa le sien.

– Très bien, dit-il d'un ton morne.

Il tourna les talons et les mena dans les grottes ténébreuses tandis que la terre tremblait sous leurs pieds.

Ici s'achève le Chant Trois de *La Belgariade*.
Le Chant Quatre, *La Tour des Maléfices*
voit Garion et Ce'Nedra prendre
conscience de leur héritage,
la Prophétie approcher de son dénouement,
et Garion découvrir qu'il y a des pouvoirs
plus durs à assumer que la sorcellerie.

DAVID EDDINGS

LE PION BLANC DES PRÉSAGES

Et les dieux créèrent l'homme, et chaque dieu choisit son peuple. Ah ! Que le monde était jeune, que les mystères étaient limpides ! Mais Torak, le dieu jaloux, vola l'Orbe d'Aldur, le joyau vivant façonné par l'aîné des dieux, et ce fut la guerre. Le félon fut châtié ; à Cthol Mishrak, la Cité de la Nuit, il dort toujours d'un long sommeil hanté par la souffrance.

Le fleuve des siècles a passé sur les royaumes du Ponant. Les livres des présages ne parlent plus qu'aux initiés, mais ils sont formels : Torak va s'éveiller. Et justement l'Orbe disparaît pour la seconde fois. Que le maudit la trouve à son réveil et il établira son empire sur toutes choses.

Belgarath le sorcier parviendra-t-il à conjurer le sort ? Dans cette partie d'échecs cosmique, il a réussi à préserver une pièce maîtresse : le dernier descendant des Gardiens de l'Orbe, désigné par les présages, mais qui n'est encore qu'un petit garçon jeté sur les routes par une venteuse nuit d'automne. Un simple pion, et si vulnérable...

DAVID EDDINGS

LA REINE DES SORTILÈGES

Horreur ! Le dieu pervers, Torak, va s'éveiller ! Les temps sont venus, l'univers vacille et Belgarath se hâte : il n'est que temps de retrouver l'Orbe d'Aldur, le joyau du destin, qui peut sauver les hommes de la colère des dieux. De la brumeuse Arendie à la putride Nyissie, patrie des Hommes-Serpents, Belgarath entraîne Garion sur une route semée d'embûches. Garion, le petit paysan qui n'a jamais cru aux sorts, ne sent pas la haine qui le menace, ne comprend pas ces femmes qui se pressent autour de lui : une pour l'instruire, une pour le séduire, une pour le réconcilier avec les pouvoirs dont il ne veut pas... Est-ce lui, l'Enfant de Lumière, le descendant des rois de Riva, l'enfant marqué par les présages, de toute éternité, pour affronter Torak ? Encore faut-il qu'il entende la Voix de la Prophétie qui lui parle en esprit. Sinon les sectateurs du dieu défiguré, dans leur soif de vengeance, pourraient bien s'emparer de lui et l'offrir à leur maître, à l'instant même où il s'éveillera !

DAVID EDDINGS

LA TOUR DES MALÉFICES

Garion monta sur le trône de basalte et plaça l'Orbe sur le pommeau de l'énorme épée. Il y eut un déclic ; la force vive de la pierre fusa dans la garde. La lame se mit à luire et se détacha du mur. Il la rattrapa des deux mains. La foule dans la salle réprima un halètement.

Garion sidéré vit l'Orbe jeter une formidable langue de feu bleu. Sans trop savoir pourquoi, il souleva le glaive.

" O joie, le roi est revenu, la prophétie s'accomplit ! clama Belgarath. Inclinons-nous devant Belgarion, roi de Riva, suzerain du Ponant ! "

Et la prophétie suivit son cours. Au cœur du tumulte, on entendit un bruit métallique, comme si une tombe scellée par la rouille venait de s'ouvrir. Garion en fut glacé jusqu'aux moelles. Arraché à des siècles de sommeil, un cri de rage surgit des ténèbres et réclama du sang.

Mais ce n'était pas le pire. Cette voix macabre, elle avait peur. Torah était de retour, et il tremblait, le dieu défiguré !

DAVID EDDINGS

LA FIN DE PARTIE DE L'ENCHANTEUR

Soudain jaillirent du sol des formes ténébreuses : silhouettes immenses, robes noires, masques d'acier étincelant. Elles avaient surgi à l'endroit le plus inattendu, entre les rangs mêmes de l'armée. Un jeune chevalier mimbraïque en avisa une à ses côtés et sabra. A l'instant où sa lame traversait l'ombre, il fut frappé par la foudre. Des tourbillons de fumée s'élevèrent des fentes de son ventail et il grilla dans son armure.

Ce'Nedra, la Fiancée de Lumière, crispa la main sur son amulette et ferma les yeux :

" Aide-nous, Belgarath ! Nous allons être écrasés ! "

A quoi servait de l'appeler ? Sans doute avait-il atteint la Cité de la Nuit, où Torak s'éveillait au milieu des ruines. L'immense geste s'achevait dans le fracas des armes, et l'enfant de la prophétie n'était pas prêt. La guerre de sept mille ans allait finir par la victoire du Dieu-Dragon des Angaraks !

PHILIP JOSÉ FARMER

LE FAISEUR D'UNIVERS

Robert Wolff est amnésique : il ne garde aucun souvenir des vingt premières années de sa vie. Après une carrière consacrée à l'étude des langues anciennes, il visite un pavillon où il songe à prendre sa retraite. C'est là qu'il découvre une corne mystérieuse qui lui donne accès à un univers parallèle. Univers étrangement familier : ses habitants ressemblent aux personnages de la mythologie antique. Ce monde perdu a-t-il un rapport avec l'enfance perdue de Robert Wolff ? Celui-ci traverse l'épreuve du rajeunissement et se lance dans une quête fantastique et périlleuse, à la recherche du créateur secret de cet univers factice, qui pourrait bien (sait-on jamais ?) lui livrer le secret de sa propre origine.

PHILIP JOSÉ FARMER

LES PORTES DE LA CRÉATION

Quel but démoniaque peut donc bien poursuivre Urizen, le Seigneur des Seigneurs, avec le rapt de Chryséis, la femme de son septième fils, Jadawin ? Jalousie, vengeance, représailles, guet-apens ? A la recherche de sa bien-aimée, Jadawin franchira les " portes " des mondes animaux, végétaux ou minéraux et découvrira bientôt tout ce qui le sépare de ses frères, les enfants d'Urizen. Car, à leur différence, Jadawin a connu la Terre, avec ses surprises et ses délices. Et c'est, comme Ulysse, un homme aux mille tours qui va affronter les pièges tendus par Urizen. D'ailleurs, le Dieu du Mal n'est-il pas désormais lassé de tout, même d'être immortel ?

PHILIP JOSÉ FARMER

COSMOS PRIVÉ

Il n'est même pas un Seigneur, seulement un être humain qui a presque oublié la Terre, ce grand cauchemar gris. Mais il est Kickaha, le Rusé, il a mille tours dans son sac et il ne s'avoue jamais vaincu. Pourtant le voici en fuite ! Un danger souterrain, monstrueux, plane sur les cosmos de poche. Pendant dix mille ans, les voleurs d'âmes sont demeurés inertes. Et puis quelqu'un a découvert leur cachette. Le malheureux ! Un voleur d'âmes s'est aussitôt transféré dans son cerveau. Ensuite, il n'avait plus qu'à trouver d'autres corps pour héberger ses congénères. Ils ont abandonné sans regrets leurs cercueils de métal : les délices de la chair sont trop tentants. Maintenant, ils sont là, quelque part, dans l'univers à étages. Ils vont s'emparer des corps et les jeter après usage, les Seigneurs et les hommes. Mais Kickaha se révolte. Il est chez lui dans ce monde magnifique avec son ciel vert et ses animaux fabuleux. On va s'en apercevoir.

PHILIP JOSÉ FARMER

LES MURS DE LA TERRE

Kickaha est de retour sur Terre avec un corps de vingt-cinq ans. Mieux vaut pour lui ne pas révéler qu'il est aussi Paul Janus Finnegan, né cinquante-deux ans avant. La Terre a bien changé, mais les motards de la mort étonnent Kickaha plus qu'ils ne l'embarrassent. Le vrai danger, ce sont les entités créées par les Seigneurs et révoltées contre eux. L'une d'elles, passée sur Terre, risque d'y prendre le pouvoir et de s'en servir comme base pour conquérir les univers à étages. Mais la Terre est-elle vraiment " naturelle " ? N'a-t-elle pas été créée il y a quinze mille ans ? Parmi tous les univers de poche créés par les Seigneurs, y a-t-il un univers aîné ? Et quel effet cela fait-il d'avoir pour dulcinée la nièce de Dieu ? Kickaha n'est pas au bout de ses peines.

PHILIP JOSÉ FARMER

LE MONDE LAVALITE

Kickaha s'éveilla quand les rochers commencèrent à rouler. Il était temps de se lever. Bientôt la pente serait trop forte et il tomberait.

C'est alors qu'il vit les arbres tueurs qui le guettaient là-bas sur la colline. Leur nombre augmentait sans cesse. Ils attendaient le matin pour attaquer.

En auraient-ils le temps ? Kickaha entendait la Terre craquer sous lui. Le sol était chaud : un ouragan de métamorphoses se préparait. Le sol pouvait devenir vertical en quelques secondes, et alors...

Kickaha pesta contre le Seigneur de cet univers, qui avait prévu d'y placer des arbres ambulants. Et des montagnes qui, en moins d'une journée, se transformaient en vallées. Un univers sans points de repère où la seule issue était de courir après un palais volant désert qui allait au hasard et ne s'arrêtait jamais.

Tout cela, le Seigneur Urthona l'avait fait pour s'amuser. Grand bien lui fasse !